《广州大典》普及书系
主编　陈建华

『粤诗冠冕』在客家

李黼平诗選

廖蕴山敬署

罗可群◎编著

广州新华出版发行集团
广州出版社

图书在版编目（CIP）数据

“粤诗冠冕”在客家：李黼平诗选 / 罗可群编著. —广州：广州出版社，2023.11

（《广州大典》普及书系 / 陈建华主编）

ISBN 978-7-5462-3668-1

Ⅰ. ①粤…　Ⅱ. ①罗…　Ⅲ. ①古典诗歌—诗集—中国—清代
Ⅳ. ①I222.749

中国国家版本馆CIP数据核字（2023）第232528号

书　　名　“粤诗冠冕”在客家：李黼平诗选
　　　　　“Yueshi Guanmian” Zai Kejia：LI Fuping Shixuan
出版发行　广州出版社
　　　　　（地址：广州市天河区天润路87号9、10楼　邮政编码：510635
　　　　　网址：www.gzcbs.com.cn）
出 品 人　柳宗慧
责任编辑　田宇星
责任校对　刘小娟
装帧设计　肖晓文
印刷单位　佛山市浩文彩色印刷有限公司
　　　　　（地址：佛山市南海区狮山科技工业园A区　电话：0757-86631906
　　　　　邮编：528225）
规　　格　787 mm × 1092 mm　1/16
印　　张　28
字　　数　370千
版　　次　2023年11月第1版
印　　次　2023年11月第1次
书　　号　ISBN 978-7-5462-3668-1
定　　价　85.00元

《广州大典》普及书系编辑委员会

关于“广府名人读本”系列编选出版的几点说明

一、本书属于《广州大典》普及书系“广府名人读本”系列。

二、“广府名人读本”系列作为《广州大典》普及书系的开篇，将分为若干辑出版，成熟一辑，出版一辑。

三、因书系以《广州大典》所收文献为编选基础，故个人著述不存世或存世稀少者不纳入“广府名人读本”系列。

四、考虑到《广州大典》（民国篇）正在编纂和不少近代广府名人著述活动时段跨越清末民初的实际情况，“广府名人读本”系列会适当拓宽选录范围。

《广州大典》普及书系
编辑出版缘起

广州自古以来就是岭南地区的政治、经济、文化中心，是首批国家历史文化名城。自秦始皇三十三年（前214年）广州建城，至今已有2200余年，大量珍贵的地方文献翔实地反映了广州文化不断发展、不断繁荣的悠久历程。

《广州大典》（一期）是由中共广州市委宣传部、广东省文化厅策划并组织研究编纂，旨在系统搜集整理和抢救保护广州文献典籍、传播广州历史文化的大型地方文献丛书，是千年羊城的“根”和“魂”。《广州大典》（一期）收录文献的时间范围截至1911年（个别门类延至民国），地域范围包括清代中期广州府所辖各县，内容范围包括广州人士（含寓贤）著述、有关广州历史文化的著述及广州版丛书，依经、史、子、集、丛五部分类，共计收录文献4064种，编成520册，于2015年影印出版。

2015年4月，广州大典研究中心成立，继续推进《广州大典》（一期）的推广与研究，并启动《广州大典》（二期）民国篇的编纂出版。2019年11月，《广州大典》（一期）集部曲类文献专辑以《广州大典·曲类》之名单行出版，共计收录文献1589种，编成43册。此外，近年来中心陆续推出《广州大典总目》、《广州大典概要》、《广州大典研究》集刊（1~8辑）、《广州大典·民国广东公报丛编》（初编）100册等。

习近平总书记指出，要讲清楚中华优秀传统文化的历史渊源、发展脉络、基本走向，讲清楚中华文化的独特创造、价值理念、鲜明特色，增强文化自信和价值观自信。要做到这两个“讲清楚”，既要在学术上做到深入，也要在普及上做到浅出。《广州大典》（一期）所收录的文献不仅卷帙浩繁，而且都是繁体字、文言文，没有经过点校整理，这在客观上造成当今读者与之有隔阂，阻碍了广州这一历史文化宝库在更广大的层面上发挥社会影响力。为此，广州大典研究中心、广州出版社决定联合编纂出版《广州大典》普及书系，努力将书系打造成集学术性、知识性和可读性于一体的优秀出版物。

书系以《广州大典》为文献基础（可根据实际情况，适当拓宽选录范围），组织一批专家学者从《广州大典》中精选最具代表性、最具可读性的文献，进行普及性的内容整理、发掘，形成《广州大典》普及书系。书系计划分为广府名人读本系列、地方风物读本系列、地方游记读本系列、西学东渐读本系列、小说读本系列、戏曲曲艺读本系列等。书系每种读本均包括导读、代表性作品选编（含注释、翻译、评析或解题、延伸阅读等）和相关资料附录，作者均为学有专长、研究有素的专家学者。每种读本均将尽量吸收、反映学界最新研究成果，并力求做到图文并茂、雅俗共赏。因此，《广州大典》普及书系可视作《广州大典》的延伸，且与已有的《岭南文库》的延伸《岭南文化知识书系》《广东历史文化名人丛书》等普及性读物既桴鼓相应，又各具匠心，可谓和而不同、美美与共。

知所从来，方明所往。《广州大典》普及书系既是一项重要的文化惠民工程，也是推动城市文化综合实力出新出彩，特别是“读懂广州”的切实举措。

志合者，不以山海为远。我们诚挚邀请更多的相关专家学者积极支持和参与书系各辑相关工作，推动书系各辑逐年面世。

食髓知味，小书不小。我们相信，书系的陆续出版，将充分展示广州历史文化底蕴，擦亮广州历史文化品牌，并有助于中华优秀文化的传承和发展。

《广州大典》普及书系编辑委员会

序　　言

吴永章[1]

客家民系是汉民族中一支重要的民系，主要分布于闽粤赣边区。客家人具有璀璨而别具一格的文化。客家文化中心随着客家人的迁徙不断转移。宋明时期，客家文化中心主要有福建汀州、江西赣州等地。自清初康乾以来，广东梅州地区则犹如积薪，后来居上。这一时期，梅州成为国内客家移民的新居地，成为遍布世界各地的客家华侨的主要祖居地，社会经济、文化迅猛发展。（参见《多元一体的客家文化》）

这一时期，梅州成为全国著名的文化之乡。主要表现为：

科举兴盛，教育发达。据统计，梅县历代进士105名（含翰林19名），其中宋代7名，元代2名，明代6名，清代90名。可见，梅州文化兴盛于清代，而尤以乾嘉以后为著。乾嘉年间，五次乡试，嘉应[2]人物独占鳌头，这便是广东民间广为流传的“五科五解”盛事。乾隆十七年（1752）会试，广东全省考中进士者11名，而梅县独占5名。嘉庆二十年（1815），参加童生试的士子竟达上万人。时人誉为“岭南冠”而无出其右者。推行新学后，赴国内各大学者，留学东西洋者，如水赴壑，一时成为风尚。

人文荟萃，群星闪耀。康熙三十年（1691），登进士的李象元，成为清朝登第者之始。乾隆以后，梅州地区人文日益昌盛。清代的梅州文化，以诗文最为发达。其中佼佼者，史有“客人三先生”（指李黼平、

① 吴永章，1934年生，广东梅州人。中南民族大学教授，博士生导师。中国南方民族史及客家文化研究专家。

② 嘉应，州、府名，治今梅州市。

宋湘、黄遵宪）、“嘉应五大诗人”（指李黼平、宋湘、黄香铁、黄遵宪、丘逢甲）。

有清一代的客家诗人大家中，宋湘是乾隆五十七年（1792）解元，代表作为《红杏山房诗钞》，有“粤诗自黎简、冯敏昌后，推宋湘为巨擘”的说法；黄香铁，嘉庆二十四年（1819）举人，代表作为《读白华草堂诗集》，时人誉为“粤东七子”之一；黄遵宪，光绪二年（1876）举人，代表作为《人境庐诗草》，是清末“诗界革命”的旗帜；丘逢甲，光绪十五年（1889）进士，代表作为《岭云海日楼诗钞》，是声名卓著的爱国诗人。

在客家文学史上，“客人三先生”和“嘉应五大诗人”，虽然评价的角度和人物不尽相同，但李黼平都荣列其中。由此可证，他在客家文学史上的杰出地位是公认的，是毫无争议的。李黼平，字绣子，号著花居士，嘉庆十年（1805）进士，选翰林院庶吉士，代表作为《绣子先生集》20卷。黄遵宪云：“嘉道之间，人物最盛，几于人人能为诗，置于吴越齐鲁之间，实无愧色也”，而宋湘、李黼平“固卓然大家”。时人更有称李黼平诗为嘉道年间“粤诗冠冕”。近人古直先生则言：“三先生诗，光焰万丈，江河不废。”

综上所述，有清一代，李黼平诸文学众星，是客家历史文化发展的代表人物，也正是他们为客家文学、广东文学作出了不可磨灭的贡献。

然而，同属客家文学史上的巨星，人们重视程度不一，研究深浅有别，普及程度各异。以“客人三先生”而言，宋湘、黄遵宪，已是家喻户晓，而李黼平则鲜为人知。因此，加强对李黼平诗歌的研究与普及就更加刻不容缓了。罗可群教授《李黼平诗选》应运而生，可谓众望所归。

我与可群兄认识，始于1984年广东省纪念丘逢甲的研讨会上，距今已有三十六载。因二人是同乡同行，又志同道合，由此过从甚密。可群兄给我的印象是为学勤奋，为人谦和。早年从中山大学中文系毕业后，长期致力于客家文化研究，著述甚丰。最值得称道的是《广东客家文学史》和《现代广东客家文学史》，两书洋洋数十万言，可视为广东客家文学通史。两书构建了客家文学史发展的框架，奠定了客家文学史研究的坚实基础。虽不敢言是尽善尽美之作，但筚路蓝缕，填空补缺之功不可没，这是毋庸置疑的。所以，编著《李黼平诗选》，可群兄是不二人选，这也是可群兄研究客家文学史由著入微的必然结果。

《李黼平诗选》一书，诠释通达详明，细密谨严；特别是其中有些词语典故，或旁征博引，或追根溯源，使读者卒读李诗，一目了然，并收增智广闻之功用。前言，则是对李黼平生平业绩与诗歌成就之专论。附录有二：一是嘉道以来“对李黼平诗歌的评论”，使读者了解李诗的历史地位；一是“李黼平诗事年表”，此文用功甚力，极富史料与研究价值。总之，本书可谓集研究与普及于一体，是雅俗共赏之作。毫无疑问，本书的付梓，对李黼平诗歌的研究与推广，必将进一步深入。

2020年11月11日

目录

导读

“客人先生”李黼平

名列“客人三先生”之首的李黼平，是清嘉道年间著名诗人。其诗被称为“粤诗冠冕”，是岭南诗歌继张九龄和“南园前后五子”之后的又一高峰。其诗论有诸多建树，专著《读杜韩笔记》至今仍为学界所重，且是经学翘楚，其《毛诗紬义》被收入《皇清经解》。其先后在广州的越华书院和学海堂任主讲，后又任东莞宝安书院山长，“高足生以千计，飞腾去者，指不胜屈”。因此，李黼平是名副其实的“客人先生”。

李黼平像

一、“客人先生”

李黼平（1770—1833），家名贞甫，字绣子，号著花居士，广东嘉应州（今广东梅州）人，清嘉庆十年（1805）进士，以诗名世，著作等身。有诗《著花庵集》8卷、《吴门集》8卷、《南归集》4卷（后人重刻，合为《绣子先生集》，共20卷）。还有《南归续集》4卷。另有学术著作《毛诗紬义》24卷、《读杜韩笔记》2卷、《易刊误》2卷、《文选异义》2卷等。被列为“客人三先生”之首。

“客人三先生”始于古直对李黼平、宋湘、黄遵宪三位客家先贤的尊称。1930年秋，时任中山大学教授的古直编选“客人丛书”。丛书第二种即为《客人三先生诗选》。古直在序中说：“三先生诗，光焰万丈，江河不废。冠于客人，非欲隘之也，以为三先生当日与广州人士皆有师友渊源。举三先生以当先后奔走，使客人二字，昭昭若揭，日月而行。然后邦人知所钦式，而诬妄非礼之词可以遏止，亦和齐民族之所有事也。”[①]

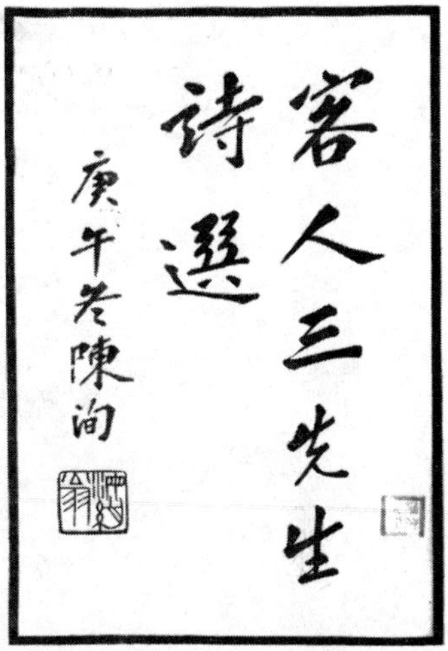

古直编《客人三先生诗选》扉页，陈洵题签

这里说的“客人”，乃客家人之简称。众所周知，可称为“先生”者，或年长有学问，或是教师。古直称李、宋、黄三位客家人为“先生”，首先是出于对他们的尊敬、钦仰，认为这三位客家人学识渊博，诗歌“光焰万丈，江河不废”，犹如“李杜文章在，光芒万丈长”（韩愈语）；犹如初唐四杰，“不废江河万古流”（杜甫语）。其次，他们三位确实都曾从事教育工作：宋湘担任过惠州丰湖书院山长、广州粤秀书院院长；李黼平先后在广州越华书院、学海堂、东莞宝安书院教授学生；黄遵宪更是家喻户晓的教育家。称他们为“先生”，名副其实。

古直称李黼平等为“客人先生”，还有另一重要原因：当时广州有些文人故意贬低客家人，公开说客家人“非汉种”，甚至诬蔑客家人为“榛狉”。古直则针锋相对，强调这三位客家人和广州名流的“师友渊源”。在夹注中，他特别举例证实：宋湘与番禺张南山（维屏）“交莫逆”；李黼平的“弟子著名者”有番禺刘熊、顺德李清华、梁廷枏等；黄遵宪与番禺梁节庵、南海康长素、新会梁任公“皆友善”。由此说明，李、宋、黄三位是得到广东著名文化人认同的“客人先生”。古直还认为，宣传这三位“客人先生”，不仅可以扩大客家人的社会影响，提高客家人的社会地

① 古直：《客人三先生诗选》，中华书局，1930年版，第1页。

位，“使客人二字，昭昭若揭，日月而行”，而且可资学习，“邦人知所钦式”，对促进不同族群互相尊重，加强团结，大有好处。

20世纪50年代，笔者在梅县读中学时，曾翻阅家传的《客人三先生诗选》，该书首选李黼平，其次是宋湘，再次是黄遵宪。对这一排列次序，笔者感到十分奇怪。直至进入中山大学中文系就读，仍然百思不得其解：论年纪，宋湘比李黼平大十多岁，在梅州地区，宋湘又是家喻户晓的才子；论影响，黄遵宪名声大得多，是“中国十大爱国诗人”之一（王瑶语）。为什么古直会把李黼平列在第一位呢？

原来在嘉庆年间，不少文人学士并不看重李黼平的诗歌。李黼平曾对番禺籍门生刘熊说过：“生平为诗以示人，多不喜，惟故友叶石亭解元及方伯吴鼒涛知之。”但是，随着时间的推移，人们对李黼平诗歌的认识不断深化，其声誉日隆。到道光七年（1827），李黼平《南归集》付梓时，刘熊为诗集写序，并作出这样的评价：“先生诗，情以为根，文以为华，礼义以为实，皆有识者所共见。尤其声韵之微，有未易骤而得之者。故为详揭于简端，以视叶、吴二公之论又未知其曾及乎此否也。”（见刘熊《南归集》序）而后担任学海堂学长的曾勉士（钊）、汪莘伯更是称誉李黼平诗为“粤诗冠冕”，高度赞颂其诗歌成就，要求后学好好研读。南海名儒朱次琦的“名士贫来有宦情，闻诸先辈李黼平”诗句，表达了对李黼平的深切同情和由衷景仰。

李黼平对联

黄遵宪（1848—1905）为《梅水诗传》作序时，对先辈李黼平更是崇敬。认为“嘉应一州，占籍者，十之九为客人”“客人者，中原之旧族，三代之遗民”。赞许里人张榕轩“钞存先辈诗甚富”。“嘉道之间，文物最盛，几于人人能诗，置之吴越齐鲁之间，实无愧色”，而在客人先辈中，李黼平和宋湘“固卓然名家”，是佼佼者。黄遵宪大声疾呼：“凡我客人，诚念我祖若宗，悉出于神明之胄，当益骛其远者大者，以恢我先绪，以保我邦族，此则愿与吾党共勉之者也。”可见，在黄遵宪心目中，李黼平有着多么重要的地位。

江苏文化名人王伯沆（1871—1944）是“博识宏闻，于书无所不窥”的大学者，对李黼平亦是推崇备至：“不特粤中之冠，直有清二百年风雅宗主也。”

1934年，李黼平的从曾孙云侍命儿开荣重刻《绣子先生集》和《读杜韩笔记》。蒇事后，李云侍分送海内社会名流、专家学者，深获赞许。时在国民政府立法院任职的梁寒操在给李云侍的信中说：“绣子先生遗诗，清新冲逸；笔记考据渊审。诚为后学楷式所凭。”（梁寒操信原件，现存李氏后人处。）汪憬吾（兆镛）、杨果庵（寿昌）、陈协之（融）、江霞公（孔殷）、闵孝同、陈天倪（鼎忠）、刘奇峰、丁仲祜（福保）、戴亮吉、杨云史（圻）、王巨川（铨济）、唐蔚之（文治）、王瀣（伯沆）、戴季陶（传贤）、金松岑、高吹万、吴敬轩（康）、朱民表（念慈）、温丹铭、马小进等20多位文化名人在给李云侍的复函中，众口一词，高度赞颂李黼平的诗作和诗评。中山大学《文学杂志》的第11期和12期，以“海内名家复函选录”为题，先后刊出各家复函；同时还选载李黼平《绣子先生集》和《读杜韩笔记》的部分章节。

现代著名诗人侯过先生谈到梅州“三杰”时，认为李绣子的诗，与王利亨的画、宋湘的书法，可谓梅州文化的“三鼎足”。他吟诗颂之：“梅州文艺溯乾嘉，书画诗名三鼎足。芷湾行草出平原，旁及东坡与山谷。竹航山水如耕烟，难得与可胸中竹。绣子诗格追盛唐，出入杜陵与杜曲，平分三杰宋王李，百年物聚惊凡目。”他特别说明：绣子之诗，

《绣子先生集》封面，黄节题签

人称为“盛世元音”（唐文治）、“风雅宗主”（王溍）、“合学人诗人才人而兼之”（江霞公、温丹铭）。①

2012年春夏，李黼平的从来孙李国器将《绣子先生集》20卷和《读杜韩笔记》2卷再版。9月，中国人民政治协商会议广东省委员会主持召开“李黼平诗歌艺术讨论会”，与会的20多位专家学者热烈发言，盛赞李黼平在诗歌创作、诗歌理论及经学研究方面的杰出贡献。中山大学教授陈永正说：“清朝嘉道年间，李黼平是我们广东梅州地区的杰出诗人，也是全国杰出的诗人。乾隆、嘉庆、道光年代是所谓‘太平时期’，在中国诗坛上，诗歌总体的风格不高。但是，李黼平的诗歌是高格调，出入杜韩，尤其是古风，特别是七古，在全国是一流的。”陈永正教授认为，客家人在广东教育界影响很大，李黼平是客家人，古直是客家人，20世纪30年代至70年代，中山大学是客家人的“天下”。华南师范大学原校长管林教授说，华师的情况也是一样，客家人当老师的很多。与会者列举实例：吴三立先生、黄海章先生、吴剑青先生，等等，都是著名的学者、教授、诗人。李黼平的同乡、广州大学的李尚行先生从文化传承的角度，详述了“客人先生”李黼平在梅州地区的地位和影响力：“以前，在梅县，李黼平是家喻户晓的人物。外号‘李书笼’，说他满肚子都是书。古直和梅县籍的南社诗人，黄海章、吴剑青、梁伯聪等许多文人学士，都直接或间接受到李黼平的影响。还有杨懋建、廖道传、杨徽五、刘燕勋等，真是不胜枚举。传承的脉络是很清晰的。在梅县当老师，要是不知道李黼平，那是天大的笑话。”他用

① 侯过：《侯过诗选》，旅港嘉属商会丛书之一，1980年版，第25-26页。

李国器翻印《绣子先生集》及《读杜韩笔记》

大量事实证明，李黼平的的确确“为我岭东耆硕”（杨果庵语）。珠江学者、华南师范大学岭南文化中心主任左鹏军教授说：“在古直先生所讲的客家三诗人中，李绣子先生的诗和他的才华、学问的结合，所达到的高古雅正、气势猷上的境界，是我们研究时应特别注意的。”左教授引述前人评价：李黼平的《著花庵集》“古体擅胜，有大家风味。近体亦出笔老重”（黄培芳《香石诗话》），“即一脔可知鼎味”（符葆森《国朝正雅集》），“所为诗，谐畅稳秀，有一唱三叹之致”（徐世昌《晚晴簃诗话》）。左鹏军教授还重点介绍了粤籍诗人兼诗论家陈融的论述：“近人以绣子、宋芷湾、黄公度合为三客人诗选者，客问三子诗何若？予谓芷湾哀乐无端，飞行绝迹。公度光怪陆离，悉入囊橐。绣子所让也。而绣子之光色精奇，皆事磨琢，则又二子所不如，盖根柢朴学也。”（《融园诗话》）

笔者认真读完《绣子先生集》，在研讨会上又聆听高言说论，深感嘉道年间“粤诗冠冕”之称，并非过誉。从岭南诗歌发展的角度看，李黼平是继张九龄和“南园前后五子”之后的诗坛大家。前贤古直先生的眼光深邃，他把李黼平列在“客人三先生”的第一位，确有其道理，而称李黼平为“客人先生”更是实至名归。

二、仕途坎坷

李黼平的人生道路可以说是甜酸苦辣咸，五味杂陈。

他是出身于书香门第的客家人。祖籍福建厚港，后迁至广东潮州饶平县，明朝中期，再迁至程乡县（今梅县）树湖坪。树湖《李氏族谱》记载：清朝初年，其十一世祖李焕，又迁往程乡县城的教场背定居。梁廷枏《奉政大夫翰林院庶吉士绣子李夫子墓志铭》云："世有宦达，高曾以上，并著声黉序。"李黼平的高祖父李敬毅，庠生；曾祖父李焕，附生；祖父李乃林，也是附生；父李斗光，监生；伯父李竖光，举人。深厚的家学渊源，使李黼平从小就受到良好的教育。他和兄弟们"有机云轼辙之好"，一起就读于闻名遐迩的"东村草堂"，奠定了深厚的国学基础。

《清史稿·儒林传》载：李黼平"幼颖异，年十四，精通乐谱"。李黼平还未弱冠，即初露锋芒，14岁那年，所写《桐花凤》，就受到州牧的赏识。李黼平成年，学使关曙生读其诗赋，爱其才，为附学生员。戴衢亨为学使时，试石鼓诗，得卷后，极为欣赏，高兴地说："文采珊钩鲜也。"早年的经历在李氏的诗歌中时有反映，如"昔充博士弟子员，考场共试石鼓篇。大庾相公剧欣赏，谓我文采珊钩鲜"（《大学观石鼓，时将南行》）。所谓"文采珊钩鲜"，是说文采斐然，如珊瑚艳丽，令人爱不释手。

青少年时期无忧无虑的快乐时光，让李黼平终生难忘，时时回味。他写下了《春日怀东村草堂，寄元甫、和甫》《送元甫之潮州》等许多篇章，记述"吾家安乐窝""一生奇事兼韵事，对床早与诸昆期"的动人情景。

"少小绝饮博，微尚窥群书。""故园东村下，群峰森四环。山堂近社学，琐细丰蒲蔄。芳蓼亘冈白，丛菊绕岩斑。林开云洞见，冒雨擢翠鬟。诸昆求点俦，山水志各娴。春秋天气佳，来放双飞鹇。醉卧磐石上，风泉听淙潺。幽栖信云乐，未解入世艰。”“闻道希大儒，暇即为诗歌。”诗中所说“诸昆求点俦”很值得注意，确实，李黼平的兄弟，犹如孔圣人的贤弟子冉求、曾点一样，人各有志，个个成才。李黼平本人是进士，其堂兄李汝谦则是解元，李汝辰是举人，胞弟李黼章也是举人。胞弟李黼文，堂弟李晋叟、李亨叟、李鼎叟等则都是生员。人们借四川眉山的苏轼、苏辙兄弟，山东新城王士禄、王士祜、王士祯兄弟等的故事，称赞他们有“眉山二苏、新城四王之风”（李云俦：《重刻绣子先生集序》）。

这些记录李黼平成长历程的诗歌，展现出一幅幅伯埙仲篪的生动图画：兄弟友爱，奋发向上，既勤奋用功，又天真烂漫。诗歌的字字句句，都是李黼平对美好感受的真实表达。

然而，世界上难得有平坦的生活道路。李黼平生于乾隆，长于嘉庆，卒于道光。一生经历了三位帝王的统治，且正值清王朝由盛到衰的转折时期。既有盛世的繁荣，又有衰败的凄凉。李黼平的境遇也是顺逆交错，磕磕碰碰，并非一帆风顺。

“一登孝秀科，禄利绾青纶。”（《怀东村草堂》）他由秀才到举人，略差强人意。嘉庆三年（1798），他和堂兄李汝谦同时中举，李汝谦中解元。李家“兄弟同榜”，被传为佳话。而李黼平由举人到进士，就颇为艰难了。进京赴考，本就不易，参加礼部考试，他两次名落孙山。京城“不易居”，乃士人共识。李黼平盘缠用尽，何以为生？他只好去当幕僚，聊以糊口。直到嘉庆十年（1805），李黼平才考中进士，钦点为翰林院庶吉士（庶常）。

清朝体制，庶吉士一般要在翰林院庶常馆学习三年之后，方能授予官职。嘉庆十三年（1808），李黼平在散馆时，出任江苏昭文县知县。《清史稿·儒林传》记述：李黼平“莅事一以宽和慈惠为宗，不忍用鞭扑，狱随至随结。公余，即书一编，民间因有李十五书生之目”。

这样的知县，是个好官，理应升迁才是。出人意料的是，李黼平在江苏做了三年官，却坐了六年牢。李黼平入狱的罪名是漕运“亏挪”，“漕银”未完。“漕运”是当时社会的一件大事。“漕粮”是清王朝赖以生存的重要的经济来源，然而，要把南方的粮食通过河道转运到京都，却极为艰难，花费很大。早在翰林院时，李黼平就曾疏陈胶莱转运之策，以解南漕之困，但“所怀莫申”。而李黼平后来任职的江苏昭文县，正是转输要冲，“漕运”的任务十分繁重。

为什么会“亏挪”呢？

《漕运行》一诗，可帮助我们了解真相：

“书生一食恒三日，忍饥诵经门不出。仙家撒米狡狯多，饭甑空看梦中溢。一麾作宰居海滨，职有漕事当躬亲。手收七万八千石，但丐糠覈能肥人。连廒四开临水曲，负载遥来趁初旭。南箕扇簸北斗量，原是天公具餐玉。岂惟献纳人争先，鸟雀未敢窥檐前。仓储近烦白虎卫，水餫远叱黄龙牵。颇闻荷花塘欲涸，碧波粼粼石凿凿。屯丁辛苦里正嗟，津贴钱刀苦求索。汝辈何知为杞忧，连云畚锸通邗沟。高低正依均海法，升斗不贷监河侯。舳舻万里趋芳甸，黍谷桃渠眼中见。滹沱可涸涞可陂，只在司农斥埃衍。拓地平移委粟山，治田尽表宜禾县。丰岁香粳满近畿，云帆永罢东吴转。”

细读此诗，可知“漕运”给民众带来多大的苦难，李黼平的思想负担又有多重，他是多么渴望“云帆永罢东吴转”。在《绣子先生集》中，他多次提到“漕运”一事。如：“吴中繁雄地，少旱亦无涝。财赋天下甲，输将走童髦。特逢恶少年，粟米包纳糙。屯丁良亦苦，兑运焉敢譟？汤汤河流干，雒雒舟行奡。腰缠万贯给，开头百牢犒。军民皆赤子，总在天复焘。要同牛羊牧，大异鼠雀盗。”（《寒夜贻升甫》）“私烛燃山郭，官钱给水村。”（《至日》）“三年飞挽备辛勤，为负官缗拟赴军。”（《即事》）“昭文海之角，三年迭丰和。时当漕事兴，井邑纳粟禾。一百十四艘，云帆行潞河。厥费良不赀，逋负将如何？刊章下犴狱，北寺南冠峨。”（《晨起诵经赠存吾》）。透过这些诗句，我们了解到：李黼平因“亏挪”入狱是事实。问题是，李黼平并没有贪污，钱到底用去哪里了？有人说是用于“赈济灾民”。笔者认为，昭文县“三年迭丰和”，连年丰收，无灾可言。门生梁廷枏《奉政大夫翰林院庶吉士绣子李夫子墓志铭》中说：“昭文故岁收漕，奸民倚为衣食薮。师惩治之，则饰诉于上官。缙绅以寡交往，故视之漠然也。会交代有弊，即病不亲察，又家远至，食指繁费不时节，竟以亏空免官系省狱。”这段叙述可供参考，但易造成误解。与缙绅“寡交往”和“家远至”“指繁费不时节”是指“亏空”后，自己家里无钱垫回去，“不能如限以偿”遂至“免官系省狱”。这些都不是“亏空”的缘由。从李诗看，“亏空”是“厥费良不赀”造成的。面对“津贴钱刀苦求索”的劳工，他“官钱给水村”，难于填补，而自己的问题出在“交代有弊”“病不亲察”。事实上，他也不可能管得很细，而他手下的奸吏，要靠漕运捞油水，捞不到便从中作梗、诬告，这才是李黼平“系省狱”的真正原因。用现代的话来讲，是下属使诈，导致管理出了问题。因此，人们普遍同情李黼平，却又无可奈何。这就是清中叶的社会现实：“食肉者鄙”，当权者不采纳良策，更不关心百姓疾苦。而“以宽和慈惠为宗”的李黼平，却因“躬亲漕事”，不得不吞下“亏空”的苦果。由于无法垫补亏空，坐了六年牢。

在狱期间，其弟李黼章“持书日走四方”，到处奔波，设法营救蒙冤的兄长，可是，一年又一年，他投告无门，满腔悲愤，只能诉之以诗：“汉家北寺在黄门，当时人苦狱吏尊。大吏梁下有县鼓，我欲击之丞卿怒。茅田一顷井在中，群贤阨穷不逾矩。有心守法犹见诃，举头撞地奈你何。”（《城上乌》）“长相思，久别离。岭外吴中天一涯。三年未见归何时？天边日月照四陲，应到高堂慈母帏。慈母见月不见儿，殷勤问明月，明月何所知。久别离，长相思。予季胡不归？”（《长相思》）

胞弟为自己的劳苦奔波，李黼平铭刻于心。其诗《送升甫之浙江》曰：“嗟君随难已五年，箭筒送饮橐纳饘。若庐起居日三至，绝口不道囊无钱。贫穷虽遭俗眼白，文采尚动高人怜。”弟兄俩借诗书怀，互诉衷肠。如《和升甫谒文种庙》《和升甫湖上拜岳坟》《和升甫登吴山》《和升甫兰亭》《和升甫渡钱塘江》《和升甫遣虐鬼歌》等。其诗美，其志远，其情苦，令人感慨万千。

李黼平在狱期间，家庭迭遭变故：先是父亲因病辞世，未几，妻子谢氏又告病亡。噩耗连连，却无法奔丧，李黼平痛不欲生。

据李国器先生提供的傅斯年图书馆的宫廷档案资料，结合章熙、庆桂、阮元等人的奏章，可以知道：李黼平因未完昭文县的漕项银两，起初是受到“降职壹级，戴罪征收”的处罚，后来又因“接征未完”，被免职、送进监狱。昭文县的接任者在嘉庆十七年（1812）交完漕银，事情才算了结。而李黼平则好不容易挨到嘉庆二十一年（1816）岁末才走出牢房。

《出狱》一诗，是李黼平感情的宣泄，确确实实称得上是五味俱全：

“茫然返旅舍，有若久客归。握手见吾弟，欲言泪先挥。怀锦兼奉壶，六年靡不为。非君笃天显，孰脱死丧威？招魂墙角根，蝴蝶同翻飞。传呼急丐沐，一洗尘与灰。不知何处闻，戚友叩门来。邻叟亦迭至，杂坐团圞围。往居高城里，寒雨雪霏微。庭空悄无人，独处心暗摧。今夕定何夕，四壁明灯辉。岁宴为予华，水仙红玉梅。梅以兴君子，清高冠瑶台。如仙寿命长，游戏穷九垓。随声各善祷，语软春风吹。反思良会艰，既是复恐非。为欢荷侪友，且愿停角杯。故山邈以遐，曷月瞻庭闱？”

李黼平为自己终于能出狱而高兴，欲即刻会见亲朋，深情感谢胞弟李黼章“六年靡不为”的辛劳。回忆自己的冤屈、狱中的苦难，不禁感慨唏嘘，面对耀眼的四壁明灯、高洁的红梅水仙，遥想故乡的亲人，喜、怒、哀、乐，齐涌心头。李黼平将这些复杂的心理活动，在诗中一一真切地展现出来。

李黼平出狱后，无钱回乡。于是他借舟权住，外出教馆。适逢陈桂生出任江苏巡抚，他了解李黼平，遂聘其为幕僚。惦念家乡亲人的李黼平，省吃俭用，用三年积蓄作为盘缠，终于可以回广东了：“三载言归今始归，还未到家涕先挥。”“满壁秋风残凤锦，一宵寒雨故牛衣。”（《归思》）。悲凉、无奈！旅途又多灾多难：“蒸炊坐釜甑，出入常苦愁。弟病儿未痊，药饵不时投。”（《常山客舍抒怀》）。“屋漏更遭连夜雨，行船偏遇顶头风。”祸不单行，还未到家，又传来母亲杨太夫人去世的噩耗。不得见慈母最后一面，终天之痛，何以过之！

嘉庆二十五年（1820），时任两广总督的阮元，看重李黼平的学识人品。《清史稿·儒林传》载：“会粤督阮元开学海堂，聘阅课艺，遂留授诸子经。”这对李黼平来说，无疑是雪中送炭，既解决了生计问题，又可以发挥自己的专长。

阮元（1764—1849），字伯元，号芸台。他既是嘉道名臣，又是一代文宗，集著作家、刊刻家、思想家于一身。在经史、数学、天算、舆地、编纂、金石、校勘等许多方面都有很深的造诣，做出过卓越的贡献。嘉庆二十二年（1817），调任两广总督。到广东后，他建议禁鸦片，上书嘉庆皇帝，认为对英商“不可尽以德绥”。嘉庆二十五年三月，阮元创办广州学海堂。这是广东教育史上的一件大事。他不仅聘请李黼平为学海堂“课艺”，还请其入督署教授诸子，其关系之密切，非比寻常。李诗有《学海堂落成，芸台尚书招同谢澧浦前辈、罗萝邨编修、胡香海司马小集》一诗：“士有来问鲸待撞，每标学海为刹幢。”期待在阮元的督导下，学海堂广纳贤士，人才辈出。道光四年（1824），学海堂由广州城西的文澜书院搬到越秀山新址。李黼平因“病头风”离开了阮府。阮元又举荐他担任东莞宝安书院山长（院长）。从道光四年始，李黼平在宝安书院主讲，八易寒暑。

在此期间，阮元将李黼平所著《毛诗紬义》24卷刻入《皇清经解》，这是粤籍人士唯一入选的经学著作。道光六年（1826），阮元迁云贵总督。据李黼平《广州晤厚民，出示芸臺尚书在兴安过陡河诗，次韵二首，一寄尚书，一寄厚民》的夹注：阮元离开广州时，“刻《皇清经解》未成，留厚民在粤选校”。李黼平对此深怀感激：“至今府中客，谁实思德厚？君留此校书，铅椠分左右。我衰未舍讲，坐送隙驹骤。相逢话远人，额手庆天佑。”他既感谢严厚民的辛劳，更怀念阮元的恩德，也对其寄予深深的祝福。

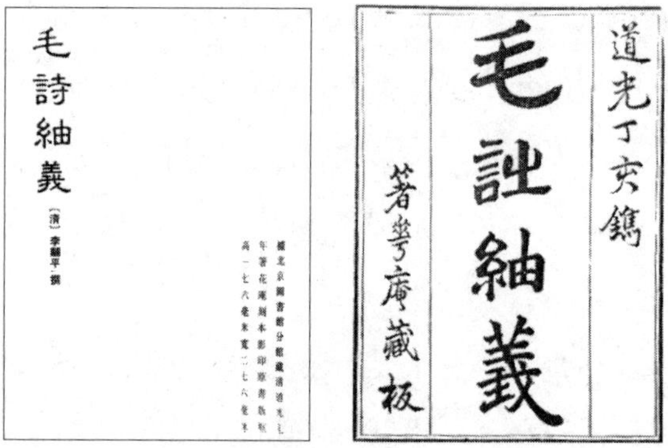

李黼平著《毛诗紬义》道光版封面

在《送芸台尚书移节云贵》四首的诗注中，李黼平客观评价了阮元开办学海堂及对广东教育的贡献：“惟先生教人与博学笃行之说，合自北宋后，儒者能直探圣学之原，先生一人而已！”“两粤科名，自先生至，得鼎甲四人、魁南宫者一人。”叙述实事求是，完全出自真心。

道光十二年（1883）十二月二十一，李黼平在东莞宝安书院逝世，享年六十有三。李黼平的一生，正如《梅州文献汇编》的评价：“功名显而官运蹇，著述丰而家境贫”，他是乐道安贫的正人君子，其鸿篇巨制则是留给后人的宝贵文化遗产。

三、理论建树

李黼平关于诗歌的理论，眼光深邃，论述精辟，贡献良多。

第一，认为“南”与“风雅颂”并称。

在《著花庵集》自序中，李黼平开篇就说：在上古时代，中国古代诗歌，就有“南”这一诗体。他说：“乐之有南。”“予观轩律采诸禺竹，舜乐张自韶石。其地皆在五岭之南，南人诚善为雅乐者。夫乐即诗也，三百篇皆可弦而歌，是以南风雅颂并称。”

“乐之有南”，这是有目共睹的事实。以“禺竹”“韶石”为代表的“南”乐，在尧舜时期就已经受到重视。李黼平认为“乐即诗也”，“南”乐，即“南”诗，“南”诗可与“风雅颂”并驾齐驱。

然而，人们的传统观念里，只有“风雅颂”才是中国古代诗歌的代表。为什么呢？因为“南”诗“不见了”，后来只有“风雅颂”流传。为什么“南”诗没有保存下来呢？

李黼平认为，有两个原因。一是周朝衰败，“南”诗地处僻远，鞭长莫及，无力采集：“古昔盛时，遒人有木铎之行，太史有辅轩之陈。故虽僻远如南，其诗皆得颁诸乐官，以时存肄。及周衰而残缺失次……”二是孔子的偏见：“孔子删诗，录《汝坟》《汉广》，以其为乡党、邦国、天下之所用，且以志化之。及南其余得之楚地者，方以其僭而削之，何有于楚之南如吾粤者与？”

李黼平提出“南”诗可与“风雅颂”并称，这一观点很值得重视。研究中国诗歌史的人，特别是研究岭南文化的热心人士，应该作进一步的探讨。

第二，对岭南诗歌的真知灼见。

在《著花庵诗集》自序中，他说："维时（指明朝）天下之诗派有三：河朔为一派；江左为一派；岭南诗自为一派。"从而确立了明代的岭南诗歌在中国诗坛的历史地位，与"河朔""江左"为"三鼎足"。

他旗帜鲜明地概括了岭南诗的特点："其才力排奡，声调高张，足以起衰式靡，彬彬乎其盛也。"

有清一代，中国诗坛拟古运动的遗风犹在，有的宗汉魏三唐，有的以宋元为圭臬。而在广东，情况则不太一样，早在明末清初，被称为"岭南三家"的诗人梁佩兰、屈大均、陈恭尹就主张革新。梁佩兰在《东轩诗略序》中说："尝与独漉（陈恭尹）、翁山（屈大均）论诗，谓吾粤人人自成面目，不在天下风气之内。"将粤诗与主流派的拟古之风划清界限。

生活于清中叶的李黼平，嘉庆十二年（1807）七月，在广州越华书院自序《著花庵诗集》时，更明确提出："汉兴以来，南裔渐辟，至唐张曲江公出，实有以追正始之音，流风未微，积而发于胜国。"在李黼平看来，在岭南诗歌的发展史上，唐代张九龄最具影响，其流风遗韵到明朝积而发之，又出现了高潮。

元末明初，广东以孙蕡、王佐为首的五位诗人，在广州的南园（抗风轩）组织诗社，名为"南园五子"；明嘉靖年间，又有欧大任、黎民表等五人，仍在南园聚会，世称"南园后五子"。这些南园诗人的作品，关注现实，诗风雄直。李黼平的《南园诗社行》是以诗论诗的佳作，他以无限的深情，讴歌前后"五子"的贡献："孙王欻起五管中，力挽隤纲无限功。一时声律谐九奏，象箾胥鼓追姬宗。"所谓"五管"，即岭南之地。此说法源于唐代，其时广、桂、荣、邕、安南府统归广府都督管辖，置五府节度使，称为岭南五管。"百余年间孰继轨？欧梁黎李连翩起。琼琚玉佩放厥词，籍甚才名仍五子。""一代兴亡何处见？抗风轩里诗三变。""文章忠孝两臻绝，词人到此开生面。"李黼平的《南园诗社行》

肯定明朝南园前后“五子”“力挽隤纲”的历史功绩，欣赏其“琼琚玉佩放厥词”的诗歌创作。

但是，“世之论者，又或以粗厉猛起少之”，他们看不到岭南诗歌的优点，轻视诗风雄直的岭南诗歌。因此，李黼平义无反顾，挺身而出，并大声疾呼：“心声所发，含宫嚼羽，期与象箾胥鼓相应，南乐之复，在此时也。”表示要继承岭南诗歌的优秀传统，高举张九龄的旗帜，像南园诗社的诗人那样，勇敢地与“世之论者”抗争。而他的诗歌创作便是这种抗争的产物。他坚持自己的诗歌理论，他的诗不是迎合潮流的“拟古”，而是做到“兼总众有，不名一长”“翘然特出，不为风气之所局”（李清华语）。

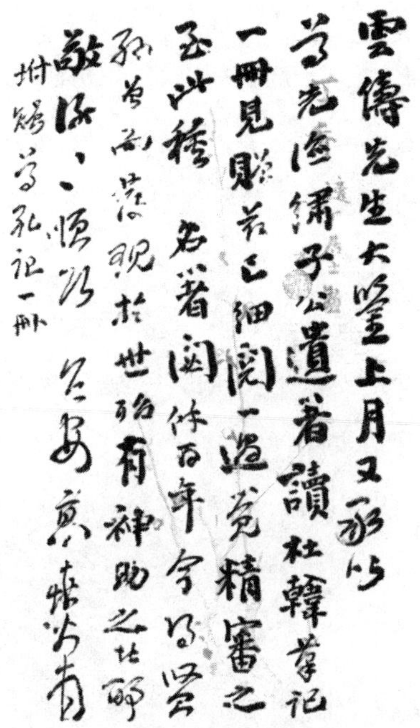

高吹万认为《读杜韩笔记》“精审之至”，高度评价李云俦发现和重刻的功绩

李黼平对岭南诗歌地位的肯定、对岭南诗歌风格的卓见和对岭南诗歌传统的继承，体现了嘉道年间岭南诗人的文化自信。这种文化自信给后起的岭南诗人，特别是黄遵宪、丘逢甲等客家诗人以深刻的影响。

第三，《读杜韩笔记》的价值。

《读杜韩笔记》是李黼平研读杜甫和韩愈诗歌的心得集。“原稿秘藏，百年未见。”《光绪嘉应州志》的“艺文”部分，仅录有其书名，注明“未见”。直至1934年，李黼平的从曾孙李云俦“忽从故家得之”，喜出望外，在重刻《绣子先生集》之后，又将该书付梓，“以慰海内文流之望”。（李云俦：《读杜韩笔记·跋》）

《读杜韩笔记》分上下两卷，上卷读杜，下卷读韩，采用读书笔记的形式著述，总共有93条，其中读杜65条，读韩28条。立论言简意赅，有的放矢。点评用词精当，切中肯綮。李黼平对前人注说的否定，往往先冠之"愚按"二字，然后引经据典，言之凿凿。对诗歌写作背景的陈述和诗意的理解，有可探讨之处，则提出质疑，或用"愚意"予以说明。从中亦可见其治学之严谨。

传统观点非常推崇杜诗"无一字无出处"，把每个字都有来历看成杜甫功力高深的体现。李黼平读杜，更是特别重视其渊源。

杜甫《赠张垍》："内分金带赤，恩于荔枝青。"原注杜诗者说："贵妃嗜生荔枝，置驿传送。垍在禁中，故得与赐。"李黼平认为："此非事实。"他根据《唐会要》所载开元二十六年（738），翰林供奉改称学士，别建学士院，张垍即以大常少卿的身份首掌学士院，而杨玉环则在天宝四年才册封为贵妃，认为"何知前此七八年间，岁贡荔枝，不蒙恩赐乎？此等皆当削去"。李黼平又说："《南裔异物志》曰：'荔枝色变赤，可食。'此言青者，其叶耳。王叔师《荔枝赋》'绿叶蓁蓁'是也。""又，荔枝亦有绿色者，蔡君谟说。"通过详察字句，考察背景，李黼平指出原注杜诗者的讹错，同时提出了自己的见解。

李黼平读杜，也有对注的补充。如《题瀼西草屋》："此邦千树橘，不见比封君。"李黼平说："注引《货殖传》解之，是矣。但蜀汉江陵尚泛。《汉书·地理志》：巴郡朐忍鱼复二县。班固注曰：'有橘官。'当兼引之，乃切此邦二字。"

博览群书的李黼平，运用比较方法研究杜诗，极有见地。如孟浩然的《临洞庭赠丞相》和杜甫的《登岳阳楼》都是吟咏洞庭湖、岳阳楼的传世名篇，李黼平经比较后，作出判断："二诗通体雄浑，未易轩轾。即摘句论，'涵虚混太清'与'乾坤日夜浮'正相敌也。"接着，他引刘文房诗《岳阳馆中望洞庭湖》，认为"语亦秀拔""孟杜二作后有此不愧"。李黼平还特别介绍："李翰林集中，亦有《与夏十二登岳阳楼》。诗云：

‘楼观岳阳尽，川迥洞庭开。雁引愁心去，山衔好月来。云间逢下榻，天上接行杯。醉后秋风起，吹人舞袖回。’此诗前半写得沙平水息，空阔光明，得手全在起句一‘尽’字。其布景之妙，写雁写月，似从谢希逸赋中来。五六点夏十二。结处‘秋风起’而洞庭波，醉余‘舞袖’，因风始回，寓无限感慨。乃从来选家不知及，何也？秋风句用楚骚《湘夫人》篇，舞袖句用长沙定王发语。点化无痕，是为高手。”最后，李黼平做一总结：“合观四作，各求其命意之所在，而诗法在是矣。”吟咏同一题材，立意不同，风格各异，可以写出各有千秋的佳作。李黼平通过深入比较，去寻找诗歌创作的规律。

对于音韵，李黼平也深有研究。如杜诗《太平寺泉眼》：“石间见海眼，天畔萦水府。”李黼平点评：“二语奇警。”而对注则质疑：“注谓泉从石中出，亦如成都海眼，便落呆相。诗正言海眼在石间，水府在天畔耳。见，当音贤遍反。”李黼平通过读音的辨误来准确地理解杜诗的本意。又如：“《自京赴奉先县咏怀》诗，用卒字韵者三：‘贫窭有仓卒’，字同‘猝’，人皆知之；‘幼子饿已卒’，浦氏谓与下‘因念远戍卒’复，当作‘殁’字。说非也。按：卒，终也，尽也，在质韵。又：卒，隶人，给事者，在月韵。此诗质、物、月、曷、黠、屑六韵通押，故得用之，非复也。”

《读杜韩笔记》卷下有关韩愈诗的28条目，直接谈音韵的就有8条。如第4条：“《秋怀诗》：‘尚须勉其顽，王事有朝请。’按：《史记·吴王濞传》：‘使人为秋请。’《索隐》曰：‘音净。’今韵亦在去声。昌黎于上声用之，则上去可通押。前人谓朝请字，东坡试押入上声，非也。”又如第13条：“《孟东野失子》篇，真、文、元、寒、删、先，六韵通押。”第20条：“《南山有高树行》，支、微、齐、灰，四韵通押。《猛虎行》，支、微、齐、佳，四韵通押。”

精警之处甚多，不胜枚举。正如李云俦在《读杜韩笔记·跋》中所说："杜注号千家，韩注号五百家，然纷拏支离，往往而有。绣子公此记二卷，独超众说，通其神恉。非惟学绝，抑亦识精也。其推阐诗法，穷其原委，尽其甘苦。学者持此，有余师矣。"这就是《读杜韩笔记》价值之所在。

《读杜韩笔记》至今仍为学界所关注。2004年4月，《学术研究》刊登《粤人所著诗话经眼录》一文，作者为当代学者蒋寅。他先介绍李黼平的生平，接着说：《读杜韩笔记》二卷为李黼平读杜甫、韩愈诗札记，上卷论杜诗，多商榷前人注解，虽人所熟知之名篇，如《秋兴八首》《咏怀古迹》之类，亦能独出新解，纠以前注家之失。他如《秋行官张望督促东渚耗稻向毕　清晨遣女奴阿稽竖子阿段往问》"北风吹蒹葭，蟋蟀近中堂。荏苒百工休，郁纡迟暮伤"，旧注引《豳风· 七月》"十月蟋蟀入我堂下"，李氏谓此乃用《唐风·蟋蟀》"蟋蟀在堂，岁聿其暮"，甚是。然其辩驳，亦有强作解事者，如开卷论《同诸公登慈恩寺塔》"回首叫虞舜，苍梧云正愁。惜哉瑶池饮，日晏昆仑丘"四句，谓旧说指玄宗、贵妃不确，乃用《离骚》语，谓己欲去京师，下文"黄鹄去不息"云云，本《韩非子》"臣将去君，为黄鹄举者矣"。然瑶池饮之典故用于自身，终觉不伦也。又论《苏端薛复宴简薛华醉歌》"近来海内为长句，汝与山东李白好"，解好为交好之义，亦强人就我之曲解也。下卷论韩诗，多就作品疏解诗意，析其本事、构思、修辞、押韵等，不同于上卷之仅商榷注释。李云倬跋称"独超众说，通其神情非惟学绝，抑亦识精也"，大体近之。作为一家之言，蒋寅先生的见解，亦可供参考。

第四，《毛诗紬义》的意义。

在《毛诗紬义·序》中，李黼平谈到撰写此书的来由：他在东莞任宝安书院山长时，"陈子蓳臣，执诗疏请业，乃琴川毛氏汲古阁本也。因就愚管所及，细出辨正，勒成此编"。

"诗"指《诗经》，因为毛亨、毛苌所传，故称为《毛诗》。东汉郑玄作笺，称之为《郑笺》。“疏”是对前人的注解再作注解。“诗疏”是对《毛诗》和《郑笺》的疏解，这里是指《毛诗正义》这本书。“毛氏汲古阁本”则是指明崇祯年间刻书家毛晋的汲古阁刻本。

《毛诗正义》本来是研究《诗经》的权威著作，它成书于唐贞观年间，集唐之前《诗经》研究之大成。该书出于王德昭、齐威之手，由孔颖达总其成，所以又简称《孔疏》。《四库全书总目》对它评价极高：“能融贯群言，包罗古义，终唐之世，人无异词。”该书面世之后，成为科举考试中士子们不能不读的著作。该书历经宋、元、明、清四个朝代，刻本甚多，流传极广。

但是，在李黼平看来，《毛诗正义》问题很多。在《毛诗紬义》的序中，李黼平以学者的严谨态度，明确指出：它“成于众手，疏略时形。其后屡经校刊，淆讹弥甚：有传笺本同，而正义强分之者；有传笺本异，而正义强合之者；有误释传笺义者；有漏释传笺义者；有传笺义载释文，而正义误脱者；有以笺作传，正义初不误，而后人羼入，并割裂正义以属之者；有集注定本，正义从或不从，而后人概从集注定本者，若斯之类，每欲条而录之，牵于世故，卒卒未遑”。他早就想把这些错误一一纠正。门生陈堇臣的“请业”，使他深感责无旁贷，从而“愚管所及，紬出辨正”。教师的职责是“传道、授业、解惑”，李黼平的《毛诗紬义》有的放矢，对当时要参加科举考试的士子来说是有实用价值的。在今天，它仍是《诗经》研究的重要参考资料。

还应该提到的是：阮元在江西时，于嘉庆二十一年（1816）用元刻明修的“宋十行本”重刻《毛诗正义》，并附有《校勘记》，世称“阮本”“江西本”。阮元本人就是博学广闻的经学专家，他大力支持李黼平撰写《毛诗紬义》，并把它列入《皇清经解》，予以刻印出版，这一事实不仅表明阮元认识到这本学术著作的重要价值，更说明他对李黼平的经学造诣十分肯定。人们称李黼平为“经学翘楚”，确实是有书可证。

四、“粤诗冠冕”

反复阅读《绣子先生集》，认真体味李黼平诗的成就，结合清中叶广东诗坛的实际，可以深切感受到：李黼平诗被称为“粤诗冠冕”，确非过誉。

李黼平的诗，与当时中国诗坛拟古主义的倾向相对，其诗论的实践，皆是“心声所发”。在岭南诗坛，李黼平举起了不同流俗的鲜明旗帜。

年轻时，他向往省城，在旅途中呼喊：“我泛龙川水，何时到广州？”（《望罗浮》），急切、兴奋，是“心声所发”。“罗阳城下水西流，记送郎船下广州”（《博罗竹枝》），对广州神往之情，寄于诗中。到羊城，他和朋友去游五羊观、诃林寺、六榕寺等名胜古迹，并以诗记游。《偕恕堂游五羊观》：“仙人驱须郎，倏忽化为石。……万古风月夜，衔禾恣腾掷。甘泉旧读书，灯火耿虚壁。我来纵暇眺，庭树莽萧摵。诛茅开三径，愿与仙共宅。为君招矜竞，荷蓑免行役。”李黼平从广州的五羊神话故事写起，进而表达对先贤的仰慕，表明要追随明代著名的哲学家湛若水（字甘泉）。《六榕寺》则见景抒情：“眼中览圆方，一洗平生隘。”文化内涵最为丰富、深刻的则是《诃林寺》一诗。

诃林寺，唐称法性寺，即今之光孝寺。本是南越王赵佗后裔赵建德的住宅，三国时期的名士虞翻曾在此讲学，因广植诃子树而有“诃林”之称。虞翻死后，施宅为寺。它是中国佛教史上具有重要地位的寺庙，达摩禅师从天竺带来的菩提树种植在这里，六祖慧能显迹也在这里。李黼平参观后，在《诃林寺》这首诗中，把寺庙的历史变迁和环境特点作了具体的描绘：“谁将名贤宅，营作开士第？皰皴古菩提，异域托根蒂。秦松半枯朽，汉柏全憔悴。扶持仗佛力，累劫见苍翠。”继而发出由衷的赞颂：“我闻獦獠贤，根性实云利。虚堂悬心镜，似识当年意。风幡两无声，令人涤尘思。”“獦獠贤”一典出自《坛经》，慧能到黄梅参拜五祖弘忍，诚心学佛，五祖面见他时说：“汝是岭南人，又是獦獠，若为堪作佛？”慧能回答：“人虽有南北，佛性本无南北，獦獠身与和尚不同，佛性有何差别？”后又作“菩提本无树，明镜亦非台，本来无一物，何处惹尘埃”一偈，深得五祖赏识而被传授法衣。慧能到广州法性寺正式出家时，以“不是风动，不是幡动，仁者心动”的名言，令众人拜服，遂开宗明教，为禅宗六祖。这些关于广东历史文化的诗作，既有深邃的历史感，又有浓郁的现实性。李黼平更是用这首诗表达自己的心意：对六祖的无限景仰。

《羊城早霜贻和甫兄》《将归，留别羊城诸子》，从诗题就可以感受到李黼平对广州的深情。《广州寄家书》开篇“距家尚千里，而我喜难寐。为多故乡人，能谈故乡事”，透露出李黼平热爱广州的因由。广州是广东省城、乡试举行之地。三年一次的乡试，曾使他对前途充满希望。广州有众多的客家同乡，有共同的语言可慰乡情。当昭文系狱后，又是广州给了仕途坎坷的李黼平以慰藉：“宦情冷淡留珠海，诗思清华续玉台。”（《宗牧崖少府德懋新辟小轩》）而在《镇海楼》一诗中，他更是明确表达出长住广州的意愿，坦露“径合移家来著籍”的心愿。

李黼平与诗友酬唱，亦常常涉及广州，字字句句都寄寓真情，抒写心声。如《和丙嵎都阃吊明羽冲汉都督墓之作》，则特别注明“墓在流花桥”，诗云“流花桥畔逢寒食，长使骚人赋礼魂”。《奉呈孙寄圃侍郎开府前辈祀南海神庙回，次昌黎谒衡岳庙韵》《冬日登五羊观后楼》《白鹿矶晓望》等诗，表达了诗人关心平民百姓生活的情怀。《沙面四首》从“月榭风亭俯碧流，通宵灯火拟扬州”起句，到“总付回澜桥下水，粉愁香恨上长堤”终篇，道出了诗人身在繁华广州，家国却处于由盛世转入衰败时期的伤感之情。

对广州风物民情的细腻描摹，亦传递出李黼平热爱广州的心声。如《荔枝词》：“万紫千红态各殊，园林初夏绛云铺。锦帆载上三江口，风韵天然见绿珠。”在注解中，李黼平有一段说明：“广州荔枝，以增城挂绿为上。”他赞同欧阳修“牡丹有名花而无佳实，荔枝有佳实而无名花”所作的比较，感叹“不及姚黄真富贵，生来花样奈渠何？”。《新塘曲》清新明快：“中塘北出是新塘，画舸沿流目送郎。却向别情洲畔过，一江凉月睡鸳鸯。”诗情画意的表达，寄托着诗人对生活的热爱。李黼平《灯词八首》对广州上元灯节作了生动的描绘：“今年春较去年多，百廿风光尽踏歌。才入上元花尚早，灯王教放曼陀罗。”“箫鼓喧阗闹海乡，六街游戏各逢场。若非蜑户输明月，定是鲛人卖夜光。”“谁家小女爱光辉，相约通宵不许归。才祀紫姑应有喜，出门真见凤凰飞。”“鱼藻门前依采舟，河南烟火混星毬。云端合有仙人驻，不看凉州看广州。”诗人爱广州，在诗人的笔下，广州的灯会是多么热闹，多么明亮，多么富有情趣！

身为“善雅乐”的“南”人，李黼平和朋友相聚、相别的记叙诗，常常离不开岭南的山川风物：“有子穗城客，离心花馆秋。禺山桂之树，采采足销忧。”（《家根五石圃读书图》）又如《与蓉查别十五载矣，辛巳九日，会于羊城，述怀赋赠》：“越华楼下记分张，南北怀人道阻长。零雨十年如一昔，秋风两鬓共重阳。天高俊鹘摩空起，日暮寒鸦绕树翔。暂借诃林小招隐，扫除文字卧春房。”《五仙观送恕堂之海阳》：“神羊亦应泣，此别非从前。”《初春，张磬泉孝廉杓、段纫秋秀才佩蔺、招同里甫郑堂铁君、黄习园、方牧之、萧梅生、陈仲卿、郑萱坪集云泉山馆》：“晨兴泉可觞，夜宿云共宅。”叙写山馆幽静之美。《蒲涧同用东坡韵》：“但觉山光落眼前，不知何处觅飞泉？青林杳杳云如海，白日霏霏雨满天。”《自羊城放舟归泊墩头》：“朝旦风日美，扬帆下通津。黄木若迎客，白云如送人。开窗问所届，已越波罗滨。江天近秋节，沙水碧粼粼。”《寄广州故人》：“华馆分襟半月间，秋风飒飒动河关。酒怀冷落吟情减，日依楼头看钵山。”

同时，身为客家人的李黼平，在诗歌创作时会不自觉有一种“客家味”。试读《咏雪，同石亭、恕堂用东坡〈雪后书北台壁〉韵二首》：“天街微霰集廉纤，冻鼓无声漏始严。自笑酸寒还拥絮，未妨高洁欲持盐。渔归极浦惊蓑袂，人去空山惜帽檐。却启北窗看积素，又添孤塔几层尖。”“萧萧庭院静藏鸦，煨芋闲烧折脚车。偶听芭蕉鸣败叶，要看薝葡现空花。千年云气愁梁苑，尽日风光属谢家。商略夜深须痛饮，无钱频把竹筒叉。”诗中的“自笑酸寒还拥絮”“无钱频把竹筒叉”把客家寒士在窘境中以苦作乐的形象，刻画得惟妙惟肖。《古月词》二首，比喻形象，寓意双关，颇类客家民谣：“郎道月如眉，侬道月如镜。将眉来对镜，可怜极端正。”“郎道月如珠，侬道月如盘。将珠来走盘，可怜共团圆。”

一言蔽之：李黼平之诗，皆“心声所发”，时时有我，处处有我。

就艺术形式而言，在《绣子先生集》中，则各体兼备。既有旧诗的各种体裁，如工整的格律诗、自然的古体诗、五言、七言和杂言，还有明快清新的民歌体，如上引的《古月词》。

李黼平的七言古诗，颇受赞誉。如《拜苏文忠公祠》以“丹崖峭插东海东”起句，以“海天万里斜阳红”作结。通过描绘阔大的境界，烘托出苏文忠公（苏轼）的高大形象，抒发自己对先贤的景仰之情。“春游下马入门拜，清高毛羽当晴空。元丰至今如梦中，公自散发骑白龙，沧波一勺歌酹公。”全诗淋漓酣畅，一气呵成。

又如《李忠定公草仓祠诗碑》：“高堂黤黮见古碑，审是吾家忠定诗。激昂感喟读始罢，萧条四壁回飕吹。”开篇即以高亢的笔调，抒发对南宋抗金名相李纲的敬仰，庄严肃穆的气氛、慷慨激昂的情怀，跃然纸上。诗人以“吾家忠定诗”而自豪。在南宋王朝岌岌可危的关键时刻，李纲进行了艰苦卓绝的斗争。诗中，李黼平以“大厦将倾，一木独支”为喻，热情褒扬李纲的功绩。进而对李纲诗的写作背景、诗人的写作心态及诗歌的影响，予以生动的描绘：“朝廷肯雪列圣耻，四方自聚勤王师。

风云浩落入胸臆，不觉下笔神淋漓。公昔飘零湖海湄，推论作者确不移。少陵思君托槐叶，左徒去国吟江蓠。今观短章极忠爱，议论欲仿鸱鸮贻。惜当偷安忘恢复，冰天坐恸龙胡垂。潘公集古爱此词，巧勒巨石穷砻治。流传响拓逾百载，体质完好无磷淄。蛟蛇夜呵鬼守护，怜公道路私忧时。君不见东南浮家竟终局，遗民又咏冬青枝。”李黼平以自己志在报国的情怀，讴歌先贤，荡气回肠，感慨万千。

李黼平的诗歌成就，受到当代学者的重视。在陈永正主编的《岭南文学史》中，“李黼平”这一节的执笔者是黄国声教授，他对李诗各种体裁的风格都有极为具体的评述：“黼平于诗，功力甚深，作品多经磨琢而出，光色精奇。他最擅长的是古体，气格沉凝，精整雅饬，尤以七言古体为然。”他认为：《得南垣宣化书》雄放劲健，风格颇似高适、岑参；《邯郸客舍闻美人歌》婉转流畅，杂以偶句，颇近白居易；《枞阳口守风作歌》，雄峻畅快，颇似韩愈；《莲花池古藤歌》是李黼平七古诗中颇能代表其风格的作品，此诗纵横变化，笔力夭健，学韩愈奇险排奡，而《狮子岭宋姬墓下作》，以老重之笔，写成奇警横肆的篇章，于沉郁感慨中，兼有深婉之致，更属难得；《夜渡洞庭》以清苍之笔，写山水胜概、个人感怀，笔意略参苏轼的风格，颇见健逸。五古《春日有怀元甫》《潘村是入山第一程》等，虽不如七古的奇崛多姿，却以幽秀奥折见胜。五律则清淡平衍，缺乏明显的个人特色。七律数量最多，佳作纷呈，骨格坚苍，出笔老重，语必磨琢，不肯稍作熟滥浮泛之语。引《泺口待渡同石亭》《惠州》《京口候潮》等篇作具体分析。他又说：李“间为七绝小诗，却又风致不同，面貌迥异”，并以《发江夏》《十五夜抵扬州二首》为证。[①]

李黼平的这些诗作继承了张九龄和“南园五子”等岭南先贤的优秀传统，特别是深受杜甫、韩愈、苏轼的影响，他采用不同的体裁，用典雅的

---

① 陈永正：《岭南文学史》，广东高等教育出版社，1993年版，第419-425页。

语言，生动描绘南粤的秀丽景色，形象图解广东的历史文化，抒发自己的情怀，实现了“心声所发，含宫嚼羽，期与象箾胥鼓相应，南乐之复，在此时也”的宏愿。他的诗，是继张九龄和“南园五子”之后岭南诗歌的代表，被称为“粤诗冠冕”，理所当然。

五、桃李满园

李黼平先后在广州的越华书院、学海堂和东莞的宝安书院任主讲，还被粤督阮元延聘为家庭教师，是一位学识渊博的教育家。他精心培育门生，桃红李白，春色满园，硕果累累。“高足生以千计，飞腾去者，指不胜屈。”（梁廷枏《奉政大夫翰林院庶吉士绣子李夫子墓志铭》）“弟子成就者甚众，而番禺刘熊，顺德梁廷枏、李清华尤得其传。”（古直《李先生传》）

对学生的教育，李黼平首重人品，强调个人修养。在《咏古示诸生》一诗中，他根据自己的人生经验，谆谆告诫门生：“齐赘善荀卿，而不喜孟轲。大贤犹见讥，荐士知如何。天民本难识，伊孔同一科。进非荣廊庙，退不羞岩阿。桃李扬光辉，盛时玩者多。幽兰生空谷，含馨自猗那。宁以不采故，跂彼美人过。物生有时会，燥竞世所诃。世无赤松子，孰识紫芝歌？”决不能为了得人青睐而有媚态，秉持操守，进退自如，方能无愧人生。“富贵何足道，益人在诗书”（《除夕示椿儿》）是李黼平的人生信条。他一生耻于攀附权贵，“与缙绅寡交往”，洁身自好，是学生们的榜样。其弟子对此感触颇深。“主讲宝安，令尹咸敬爱之。然师每自重，非庆贺不至县署”（梁廷枏《奉政大夫翰林院庶吉士绣子李夫子墓志铭》）即为一例。

李黼平常常勉励门生，对他们寄予厚望。如《送门人祁绎思秀才荷桐昆季赴广州院试》一诗：“东风水添数尺高，送君西去挥紫毫。定有知音赏春雪，不须别奏郁轮袍。”这里用王维奏新曲《郁轮袍》遂得登第的故事，表明自己对门生充满信心。《放生行贻门人阮受卿祜》的结句“如今水族解怜惜，他日庙堂藏里革”，赞扬门人的爱心，并以春秋时鲁国名人里革相期。又如《春日访门人张葊喈，即送其赴试广州二首》，起句“市桥春水外，沿路问君家”，关心学生，盛意拳拳，见面畅谈，依依惜别。送其赴试，用“见说禺阳竹，轩辕着意寻”一典，大加鼓励。

他在东莞宝安书院任主讲八年，深受学生爱戴。《奉政大夫翰林院庶吉士绣子李夫子墓志铭》记述得很具体：李黼平“教人学行兼勖，一如其主越华时，莞城文风又一变”。“至是竟卒”，一天，他“率诸生习礼毕，返院坐未定，汗出不可止。医至，气已绝矣”。为培育后人，他兢兢业业，一直到生命的尽头。离世之日，“士林泣送者数百人”。后来，根据“门下士”的请求，祀于越华书院。

墓志铭的作者、门人梁廷枏深情回忆李黼平对自己的教育之恩：“廷枏及门最晚，获训迪最深。时有撰述，必加奖励。秋赋之年，选题课艺，邮书谆督，殆同父兄。每榜发报罢，耿耿不自适，若逾身受也。”他客观介绍李黼平坎坷的人生道路，高度评价李黼平对广东教育事业的贡献。“昔嘉庆中，漕议海通，佥言不便，畏涛且风”，李黼平却力主海运，梁廷枏对此予以特别赞颂：“志虽未遂，伟论则存。”“懿烁吾师，斯文在兹。岂惟粤士，海内宗之。川源不竟，溉霑已甚。”李黼平的去世，是不可弥补的损失，“如瞽失相，如岁无春”。东莞籍名家朱民表说：“绣子先生道德文章，久为士林宗仰，诗才之大，早已超越众流。前掌教敝邑宝安书院，学者尊之，至今尚有追怀教泽者，足见感人之深矣。”[①]

虽然，目前并未直接发现李黼平在嘉应州（今梅州）掌教的资料，但是他对家乡教育直接和间接的影响是极其深远的。光绪十六年（1890），

---

① 《海内名家复函选录》，《文学杂志》第12期，1935年。

离李黼平辞世已经半个多世纪了，在《岁暮怀人诗》中，黄遵宪深情回忆和温仲和（慕柳）一起入州学的往事，以极其虔诚之心，寻流溯源，追忆李黼平及其诗作，献上心香一瓣："百人同队试青衫，记得同歌宵雅三。上溯乾嘉数毛郑，瓣香应继《著花庵》。"[1]

李先生傳

後學 古直 撰

先生諱黼平字繡子姓李氏廣東嘉應人少與兄弟讀書東
郊艸堂有機雲軾轍之好穎敏絶人年十四即通樂譜潛心
樸學炳炳有條列年十九以詩賦受知關曙生學使爲附學
生員次科戴衢亨爲學使試石鼓詩戴得卷劇欣賞之曰文
采珊鉤鮮也嘉慶戊午舉鄉試越九年成進士授庶常時方
苦南漕沿泝之艱議興海運先生疏陳膠萊轉運之策纖兒
目短遽塞清問所懷莫申乞假南還主講廣州粵華書院逾
年散館改官昭文縣爲政寬惠杜絶干謁公餘輒手一卷吳
人因有李十五書生之目昭文爲常熟分疆南漕轉輸當其

客人叢書 李傳 一

古直编《客人三先生诗选》

根据李黼平对广东教育的贡献，特别是他对广州、东莞的人才培育，对梅州学子的深远影响，广东教育史应该补上浓重的一笔。

纵观李黼平的人生经历，研读他的理论著述，欣赏他的诗歌佳作，称李黼平为"客人先生"，确实是理所应当。

在20世纪30年代，古直先生的《客人三先生诗选》曾收录李黼平诗70题109首。此外，再无选本。因此，本书的出版，对研究和普及李黼平诗词，具有重要意义。

① 钱仲联：《人境庐诗草笺注》，上海古籍出版社，1981年版，第552页。

诗选

暮春饮田家[1]遂宿

题解

此诗作于诗人的故乡广东嘉应州（今梅州）程乡县。详写一位不期而遇的农夫，热情接待诗人，对其无微不至，展现客家地区淳朴的民风，同时感慨尘世纷扰，流露出诗人对桃源生活的向往，与陶渊明《归园田居》有异曲同工之妙。

杖策[2]来山村，东风散花柳。
田翁春有事，犁锄具耘耦[3]。
相识邂逅[4]间，邀饮缸面酒[5]。
前园摘香葵[6]，后园剪丰韭。
农话不觉暮，山月射窗牖。
眷[7]兹[8]礼数周，遂此流连久。
语我田舍风，敦朴世所守。
居安遗子孙，食劳置疆亩。
十年堕世网，感叹心语口。
名场尚自混，生涯复何有？
留客碧山下，清眠谢奔走。
殷勤桃源人[9]，宵深几相叩。

注释

[1]田家：农家，农人。 [2]杖策：拄着拐杖。唐杜甫《别常征君》："儿扶犹杖策，卧病一秋强。" [3]耘耦：农事劳作。泛指耕种。耘，除草。耦（ǒu），农作时，二人并肩用力于耒耜，把泥土翻起来。 [4]邂逅：不期而遇，偶然见到。南朝鲍照《赠傅都曹别》："邂逅两相亲，缘念共无已。" [5]缸面酒：清酒。俗有"茶底酒面"之说，浊酒沉底，缸面酒为最佳。 [6]荾（suī）：芫荽。 [7]眷：眷恋。 [8]兹：这里。 [9]桃源人：即桃花源中的人。晋陶渊明在《桃花源记》中描绘了"桃花源"的理想世界，居住着"不知有汉，无论魏晋"的桃源人，保持着淳朴的民风，过着和平、宁静的幸福生活。

延伸阅读

晋陶渊明《归园田居·其一》："少无适俗韵，性本爱丘山。误落尘网中，一去三十年。羁鸟恋旧林，池鱼思故渊。开荒南野际，守拙归园田。方宅十余亩，草屋八九间。榆柳荫后园，桃李罗堂前。暧暧远人村，依依墟里烟。狗吠深巷中，鸡鸣桑树颠。户庭无尘杂，虚室有余闲。久在樊笼里，复得返自然。"

"渊明诗如说家常事，只见性情，不睹文字，纯净自然，令人不觉为诗。"①

① 古直（笺）、李剑锋（评）：《重定陶渊明诗笺》，山东大学出版社，2016年版，第44页。

即事

题解

即事，就当前发生的事，发表议论，抒写情怀。

诗人当时无端受人攻击、诽谤，遂以诗明志，抨击文人相轻的陋习。

轻薄何须数后生，大都[1]宾客[2]爱相倾。
说诗不解推[3]匡鼎[4]，为令偏能谤屈平[5]。
露压夫容[6]枝欲堕，霜飞松桧节逾贞。
龙泉挂壁[7]苔痕涩，说与伤心夜夜鸣。

注释

[1] 大都：这里作副词用，表示多数、大半。若作名词，则指较大的城邑，文意亦可通。 [2] 宾客：古代贵族的门客、策士被称为宾客。这里泛指文士。 [3] 推：推重、推崇，赞许。 [4] 匡鼎：匡，指西汉著名经学家匡衡。匡衡，字稚圭，东海郡人。年少家贫，为人佣作，苦读成才，有凿壁借光夜读的故事。他对《诗经》的理解极深，受到时人的推重，当时流传有“无说诗，匡鼎来；匡说诗，解人颐”的佳话。鼎，正、方，这里指正好的意思。汉元帝时，匡衡官至丞相。任职期间多次上疏建言，劝皇帝“减宫室之度，省靡丽之饰；考制度，修内外；

近忠正，远巧佞；放郑卫，进雅颂；举异才，开直言；任温良之人，退刻薄之吏；显洁白之士，昭无欲之路”，颇有建树。后因利用郡图谋私，被贬为庶人。唐杜甫《秋兴八首》：“匡衡抗疏功名薄，刘向传经心事违。” ［5］屈平：屈原（前340—前278）。名平，字原，伟大的爱国诗人。他生于战国时期楚国的丹阳秭归，自幼嗜书成癖，博闻强记。勇于任事，广受赞誉。曾任楚国左徒，对外出使齐国，联合齐、魏、赵、韩、燕抗秦；对内变法改革，举贤任能，修明法度，深得民心，但受到旧贵族和顽固势力强烈抵制。他一心辅佐楚怀王，“内修政治，外抗强秦”，却遭到了诽谤。上官大夫靳尚向楚怀王进谗，屈原被罢左徒之职，任三闾大夫，后来又两次被流放。楚国形势日益恶化，因不忍看到国家沦亡，投汨罗江自尽。屈原写有《离骚》《九歌》《九章》《天问》等不朽名作，是“楚辞之祖”，中国浪漫主义文学的奠基人，对中国诗歌产生深远的影响，在中国文学乃至世界文学中都享有崇高的地位。唐李白《江上吟》：“屈平辞赋悬日月，楚王台榭空山丘。” ［6］夫容：即芙蓉，荷花的别名。 ［7］龙泉挂壁：比喻英雄壮志未酬。龙泉，宝剑名。传说为春秋时期欧冶子铸造，原名龙渊，后因避李渊讳而改名为龙泉，是中国古代极为有名的宝剑。唐李白《留别广陵诸公》：“金羁络骏马，锦带横龙泉。”

延伸阅读

宋方回《夫容》：“粲粲夫容花，昨日犹鲜妍。憔悴忽乃尔，霜实使之然。南山有松柏，初未见贞坚。弱草一已萎，独立众木前。世不逮王霸，天犹生圣贤。君谅达兹理，何用常忧煎。”

南楼[1]感事寄萧金若文学[2] 声霖

题解

萧金若，字声霖，广东嘉应州程乡县人，李黼平挚友。李诗《金若过访南楼》言“劳生风尘间，彼此同被宿。喳喳惊鳥起，喔喔鸣鸡速。迟明共寻春，细马闲相逐”，可见二人关系非常密切。

北宋王安石对女婿蔡元度欣赏有加，老而弥笃，被传为佳话；东晋的王导因挚友周伯仁临难时自己未能出手相救而愧悔终生。李黼平借用历史上人们津津乐道的故事，表示有危难时得到了亲朋的帮助，自己永远不会忘记。

感恩知己，夜不能寐，诗人的一片深情，尽付以诗。

往事模糊话不真，一时蒙难托交亲[3]。
每从暇日思元度[4]，敢到他年负伯仁[5]。
举酒自消愁垒块[6]，当歌[7]谁识意悲辛？
中宵[8]徙倚南楼下，雨冷风斜念汝频。

注释

［1］南楼：李黼平的居所。 ［2］文学：原指文章博学，为孔门四科之一。汉朝后为官名，主管教育文化或掌校典籍。这里指州县负责教育的官员。 ［3］交亲：关系密切、友好交往的亲戚朋友。 ［4］元度：

指蔡元度，北宋王安石的女婿。翁婿感情深厚，王安石视蔡元度为知己。［5］伯仁：晋朝周顗，字伯仁。与王导有深交，但王导得知堂兄王敦要杀周顗却未表态。周死后，王导后悔不已，痛哭流涕，说“吾虽不杀伯仁，伯仁因我而死。幽冥之中，负此良友”。［6］垒块：即块垒，本义指众多的石头高低不平，后来常用来比喻郁积于心的不平之气。南朝刘义庆《世说新语》：“阮籍胸中垒块，故须酒浇之。”［7］当歌：东汉末曹操有“对酒当歌，人生几何？”（《短歌行》）的感叹。［8］中宵：夜半。晋陶渊明诗《辛丑岁七月赴假还江陵夜行涂口》：“怀役不遑寐，中宵尚孤征。”

延伸阅读

宋王安石《示元度》：“今年钟山南，随分作园囿。凿池构吾庐，碧水寒可漱。沟西雇丁壮，担土为培塿。扶疏三百株，莳楝最高茂。不求鹓雏实，但取易成就。中空一丈地，斩木令结构。五楸东都来，斸以绕檐溜。老来厌世语，深卧塞门窦。赎鱼与之游，喂鸟见如旧。独当邀之子，商略终宇宙。更待春日长，黄鹂弄清昼。”

望罗浮二首

题解

此二首诗作于清乾隆六十年（1795）李黼平赴广州参加乙卯科乡试途中。

罗浮，广东的罗浮山，横亘增城、博罗、河源等地，方圆200多平方公里，峰峦400余，是岭南第一山，也是道教名山。南朝谢灵运《初发石首城》："游当罗浮行，息必庐霍期。"

本诗抒写了诗人渴望通过参加科举考试，以实现理想的急切心情。

我泛龙川[1]水，何时到广州？推篷无一事，只是望罗浮。

罗浮多峰峦，四百三十二[2]。远梦偶然生，美人[3]夜深至。

注释

［1］龙川：县名，今属河源市。龙川水注入东江，直通广州。［2］四百三十二：指罗浮山峰峦极多。有人认为这是确数，大大小小共432座之多。明韩上桂《望罗浮》："东望罗浮四百峰，峰峰斗削青芙蓉。"［3］美人：这里实际是喻指君王。屈原在诗中常以对美人的追求，比喻对理想的追求，以男女意象借喻君臣关系。汉王逸在《楚辞章句》中称："美人，谓怀王也；人君服饰美好，故言美人也。"李黼平渴

望通过科举考试，施展才干，实现自己的人生目标。

延伸阅读

清宋湘《梦游罗浮山赋》：“戴我箬笠，携我竹鸠，优哉游哉，四百峰头。水复水兮褰裳，山复山兮舍舟，行复行兮古洞，止复止兮重楼。仙人看过之花，方士斸来之药，庄生新化之蝶，苏子旧吟之雀。相识相逢，如今似昨，亦复喑虎毛长，铜龙爪落矣。皓月转空，烟深露蒙。落叶一声，松梢始风。怪稚川兮何去，又鲍姑之不逢。尔乃扣石成音，短歌微吟，吟曰：天高高兮海深，山风吹兮我襟；鸡不鸣兮日早，世无人兮同心。于是梅花之英，翠羽之灵，开林启扉，有情无情。尽白水之明帘，扫黄叶于荒亭；叹师雄兮不归，诉月落与参横。我歌彼赓，绰有余声。赓曰：花开兮春深，花落兮故林。青山兮寂寂，流水兮古今。”[①]

① 宋湘（撰）、黄国声（辑）：《红杏山房集》，中山大学出版社，1988年版，第48页。

博罗竹枝

题解

博罗，指博罗县，今属广东惠州。

竹枝，竹枝词的简称。又称为竹歌、竹枝歌、竹枝曲。原为巴渝民歌中的一种，唐代诗人刘禹锡在夔州任刺史时，依调填词，创作了十多首诗歌，以“竹枝词”为题，通俗易懂，脍炙人口。其代表作“杨柳青青江水平，闻郎江上唱歌声。东边日出西边雨，道是无晴却有晴”是家喻户晓的名篇。

竹枝词后来发展成一种诗体，其形式为七言绝句，声调婉转动人，词语清新明朗，内容多歌咏风土民情。竹枝词极受欢迎，历久不衰。佳作繁富，影响深远，在中国诗歌史上有重要地位。

罗阳[1]城下水西流，记送郎船下广州。
长说归期长误妾，看郎一似浮山[2]浮。

注释

[1] 罗阳：在广州和惠州中间，位于罗浮山东麓，当时博罗县衙所在地。 [2] 浮山：传说浮山本为蓬莱一阜，浮海而至于罗山之西，后来与罗山并体，合成罗浮山。这里喻指情郎没有和自己在一起，还在水上漂浮。

延伸阅读

李廷锦《历代竹枝词赏析·前言》："历代竹枝词的主要内容是反映劳动人民的生产劳动和生活状况，吟咏风土民俗，歌咏爱情。其艺术上主要特色是：一、含蓄宛转，具有强烈的抒情性。刘禹锡概括竹枝词的特色是'含思宛转'（《竹枝词九首·序》），'竹枝无限情'（《纥那曲》）。很适合抒发感情，尤其是愁苦之情，例如相思之苦、羁旅之愁、怀乡之思、家散人亡之痛，等等。二、真实地反映生活，不粉饰太平，不掺假作伪。正如明代袁宏道在《答李子髯》一诗中说：'当代无文字，闾巷有真诗。却沽一壶酒，携君听《竹枝》。'他强调当时只有民歌和仿民歌真实地反映现实，抒写性情，才算得上真诗、好诗，而其他文字都是虚伪的、言不由衷的。……三、具有鲜明的地方色彩。祖国幅员广大，名胜古迹、奇山异水很多，各地气候水土不同，民俗有异，尤其山区少数民族聚居地方，风俗习惯又与中原迥异，竹枝词都有所反映，作品具有浓郁的地方色彩和乡土风味，特别令同乡读者倍感亲切。四、具有民歌风味，打上了民歌烙印。文人仿作的竹枝词，其中一部分是直接引用民歌或加工改造民歌的结果。例如刘禹锡、杨万里、梁启超写的竹枝词就带有民歌的烙印。这里说的民歌风味主要指清新活泼的格调、浅显通俗的语言，以及在艺术表现手法方面往往使用民歌中常见的比兴、复沓，多以妇女口吻表情达意，'侬'（或'妾'之类）'郎'对举连用，使用谐音双关语，等等。由此也就形成了语言的晓畅、韵律的和谐，富有音乐性，朗朗上口，易诵易歌。这些方面恰好体现了文人学民歌、仿民歌的成绩。"①

① 李廷锦：《历代竹枝词赏析》，广西教育出版社，1992年版，第3页。

诃林寺

题解

诃林寺，唐称法性寺，即今广州光孝寺。本是南越王赵佗后裔赵建德的住宅，三国时期的名士虞翻曾在此讲学，因广植诃子树而有“诃林”之称。虞翻死后，施宅为寺。它是在中国佛教史上具有重要地位的寺庙，达摩禅师从天竺带来的菩提树就种在这里，六祖慧能显迹也在这里。

本诗具体、生动地描绘了诃林寺的历史变迁和环境特点，突显六祖慧能的佛性，抒发自己对六祖的景仰之情。既有深邃的历史感，又有浓郁的现实性。

神仙多荒唐[1]，载[2]访诃林寺。
秾荫蔽回廊，落叶鸣初地[3]。
谁将名贤[4]宅，营作开士第[5]？
疱皴[6]古菩提，异域[7]托根蒂。
秦松半枯朽，汉柏全憔悴。
扶持仗佛力，累劫见苍翠。
列坐延清欢，怖鸽[8]时一至。
我闻獦獠[9]贤，根性实云利。
虚堂悬心镜[10]，似识当年意。
风幡[11]两无声，令人涤尘思。

注释

［1］荒唐：指虚无渺茫、漫无边际。唐韩愈《桃源图》：“神仙有无何渺茫，桃源之说诚荒唐。” ［2］载：语首助词，无义。如《诗经·鄘风·载驰》：“载驰载驱，归唁卫侯。” ［3］初地：佛教语，指修行过程中十个阶位中的第一个阶位。亦指佛教寺院，唐王维《登辨觉寺》：“竹经从初地，莲峰出化城。” ［4］名贤：指虞翻（164—233），字仲翔，会稽余姚人，生于东汉，成名于三国。初从王朗，后从孙策为功曹。曹操有意招揽，不就。孙权时，屡犯颜谏争，多被谤毁，终处罪迁徙交州。他在岭南讲学不倦，门生常数百人。精通《易经》，撰有《易注》，又为《老子》《论语》等作注。 ［5］开士第：即寺庙。开士，菩萨。 ［6］疱皴（pào cūn）：树木的表皮毛糙，起泡或皴裂。 ［7］异域：据传诃林寺的菩提树由天竺（古印度）传来。对中国而言，乃是异域。 ［8］怖鸽：受惊的鸽子。据《涅槃经》谓，有一鸽被猎人追逐，惶恐万分。避于舍利弗身影之下，犹复战栗。至佛影下，始获安然。 ［9］獦獠：古代对西南少数民族的称谓，这里指慧能。《坛经》载，慧能到黄梅参拜五祖弘忍，诚心学佛，五祖面见他时说：“汝是岭南人，又是獦獠，若为堪作佛？”慧能回答：“人虽有南北，佛性本无南北，獦獠身与和尚不同，佛性有何差别？” ［10］心镜：指以心为镜，与明镜相对。慧能作“菩提本无树，明镜亦非台，本来无一物，何处惹尘埃”一偈，深得五祖赏识，五祖从而将法衣传授给慧能。 ［11］风幡：慧能到广州法性寺正式出家时，以“不是风动，不是幡动，仁者心动”的名言，令众人拜服，遂开宗明教，为禅宗六祖。

延伸阅读

唐慧能弟子法海《六祖坛经·行由·第七节》："有一童，于碓房边过，唱诵此偈，惠能一闻，知未见性，即识大意。能问童子：'适来诵者，是何言偈？'童子答能曰：'尔不知大师言，生死事大，欲传于法，令门人等各作一偈来呈看，悟大意，即付衣法，禀为六代祖。有一上座名神秀，忽于南廊下书《无相偈》一首，五祖令诸门人尽诵。悟此偈者，即见自性，依此修行，即得出离。'惠能答曰：'我在此踏碓八个余月，未至堂前，望上人引惠能至南廊下，见此偈礼拜，亦愿诵取，结来生缘，愿生佛地。'童子引能，至南廊下，能即礼拜此偈，为不识字，请一人读，惠能闻已，即识大意。惠能亦作一偈，又请得一解书人，于西间壁上题着，呈自本心。不识本心，学法无益，识心见性，即悟大意。

"惠能偈曰：菩提本无树，明镜亦非台，佛性常清净，何处有尘埃！又偈曰：心是菩提树，身为明镜台。明镜本清净，何处染尘埃。

"院内徒众，见能作此偈，尽怪。惠能却入碓坊。五祖忽见惠能偈，即善知大意，恐众人知，五祖乃谓众人曰：此亦未了。

"五祖夜至三更，唤惠能堂内，说《金刚经》，惠能一闻，言下便悟。其夜受法，人尽不知，便传顿法及衣：'汝为六代祖。衣将为信禀代代相传；法以心传心，当令自悟。'五祖言：'自古传法，气如悬丝！若住此间，有人害汝，汝即须速去！'"①

① 郭朋：《坛经校释》，中华书局，1997年版，第15页。

见燕

题解

诗人看到燕子成双成对忙于营巢，触景生情，引发出对被遗弃妇女的同情。

诗中“旧人情重忍相违”，是痴情女子和负心汉的写照，后两句则想象“旧人”仍存希望，等待破镜重圆的场景：梨花落院，春阴淡淡，珠帘尽卷，痴情凝望。被遗弃的“旧人”不忍分离，亟盼团圆的形象，如在眼前，令人为之心酸。可是，“汝”呢？有没有被感动？能不能“归”？

这首诗浮切轻重，朗朗上口，含义隽永，耐人寻味。

竟日营巢作对飞，旧人[1]情重忍相违。
梨花庭院春阴[2]淡，尽卷珠帘待汝归。

注释

[1] 旧人：这里指前妻。唐杜甫《佳人》：“但见新人笑，那闻旧人哭。” [2] 春阴：春天的阴气。宋曹勋《点绛唇·惨惨春阴》：“惨惨春阴，画桡寒漾梅风去，冷风吹度，愁入淮山路。”

望阴那有怀秋岚

题解

阴那，指阴那山，在今广东梅州，为粤东名胜。风景秀丽，有千年古刹灵光寺等著名景点。宋蔡蒙吉《游阴那山》："宫阙天悬绝胜奇，况临泉石画中窥。五峰青翠冠攒玉，二水周回练拂漪。鱼鸟若能明正定，猿猴一似发菩提。沉沉钟鼓僧闲寂，客亦忘言自得之。"

秋岚，叶兰成，字秋岚，嘉应州程乡县人。嘉庆九年（1804）举人，李黼平挚友。当时，叶秋岚正在阴那山潜心读书。李黼平坐船途经阴那山，未能与其见面，只能遥思挚友，以诗抒怀。

叶子读书处，名山深复深。今朝川上望，岚[1]采落衣襟。
磴[2]坏飞湍急，岩倾积雪阴。遥遥隔精舍[3]，空听晓钟沉。

注释

［1］岚：山林中的雾气。晋夏侯湛《山路吟》："冒晨朝兮入大谷，道逶迤兮岚气清"。［2］磴（dèng）：山路的石阶，亦指石桥。晋孙绰《游天台山赋》："跨穹窿之悬磴，临万丈之绝冥。"［3］精舍：原指讲学、读书的学舍。后亦指道士、僧人修炼、居住之所。

延伸阅读

罗滨《阴那山是读书胜地》："在科举时代，这里的粲花馆、灵光寺、西竺寺等，是读书人发愤求知、修心养性、刻苦攻读的地方。所以我写了一首词《沁园春·阴那山怀古》，其下片云：名山历劫千年，凭谁识悠悠洙泗泉？数几人拜石，几人映雪，科场捷报，佳作连篇。赤子魂驰，名流句丽，九九峰头结愿缘。从头论，空中有月，顶外无山。

"前人负笈名山，屡有进益，其原因大约有二：

"一为环境清幽，无俗事干扰；二是山水木石，灵感寓焉。正如李其础（编者注：即李楩，明末翰林院侍读学士李二何长子）谈到他的读书经历时说的那样：

"予幼曾读书其处（指西竹寺）。一仞之峦，一勺之波，无不乘兴啸临。大抵石则矗然，而奇米南宫之袍笏下拜也。树则余郁然，而古佩云林之醉中濡墨也。湫与涧则独然，而请崔公之山池澹荡，摩诘之辋水沦涟也。"①

① 罗滨：阴那山胜概，香港天马图书有限公司，2001年版，第39页。

春日有怀元甫

题解

春日，即春天，亦特指立春那一天。本诗的春日指立春时节。

元甫，李黼平堂兄，字汝辰，家名元甫，嘉庆十二年（1807）丁卯科举人。在踏上仕途前，他们兄弟几个，一起在私塾东村草堂求学问字，一起登山临水，探幽访古。昆仲感情极深，被人誉为似“新城四王”，堪比陆机、陆云，苏轼、苏辙。诗人有另一首诗《春日怀东村草堂，寄元甫、和甫》：“一生奇事兼韵事，对床早与诸昆期。”这是诗人手足情深的又一佐证。

“每逢佳节倍思亲”，良辰美景谁与共？在生意盎然的春日，诗人深情怀念身处异乡的兄弟，其诗娓娓道来，其情真挚感人。

山中昨夜雨，芳草滋浅碧。
园芳新绿稠，庭华故红积。
良辰寡俦侣[1]，忽念越乡[2]客。
幕燕[3]营此身，逵鸿[4]矫其翮。
遥怜一樽酒。访古谁与适？
榆露暖[5]远村，桑烟澹[6]长陌。
苏碑[7]辨讹字，韩碣[8]寻遗迹。
倘下湘子桥[9]，予心寄潮汐。

注释

［1］俦侣：同辈伴侣。俦（chóu），同辈。［2］越乡：离别故乡。唐王勃《他乡叙兴》："缀叶归烟晚，乘花落照春。边城琴酒处，俱是越乡人。"［3］幕燕：在帷幕上筑巢的燕子，比喻处境极不安全，此为李黼平自喻。唐杜甫《对雨书怀，走邀许十一簿公》："震雷翻幕燕，骤雨落河鱼。"［4］逵鸿：在蓝天自由翱翔的鸿雁，喻指李元甫。逵，原义四通八达。［5］暧：昏暗不明。晋陶渊明《归园田居·其一》："暧暧远人村，依依墟里烟。"［6］澹：恬静，广漠。唐杜牧《登乐游原》："长空澹澹孤鸟没，万古销沉向此中。"［7］苏碑：苏轼题写的碑文。［8］韩碣：韩愈题写的碑文。碣，圆顶的碑石。［9］湘子桥：潮州名胜古迹，原称广济桥。传说韩湘子曾书"洪水止此"，因此俗称湘子桥。

延伸阅读

宋朱熹《春日》："胜日寻芳泗水滨，无边光景一时新。等闲识得东风面，万紫千红总是春。"

将归留别羊城诸子

题解

羊城，广州的别称。传说有五位仙人骑羊，手持稻穗，莅临广州，福荫民众，故广州又称为五羊城、羊城、穗城。

嘉庆三年（1798），诗人在广州参加乡试，中戊午科举人。回乡前，心情愉快，把酒赋诗，与广州的朋友告别。

胥江[1]掀巨涛，风紧帆不受。
我行有程期，念此山水友[2]。
寒宵展良觌[3]，快意[4]持杯酒。
清言[5]霏珠玉[6]，高唱破筑缶[7]。
雁叫霜落时，鸡鸣雪深候。
闭门更私语，岁晚当相守。
潜鳞乐渊壑，归翼怀林薮。
小别勿黯然，相忆有琼玖[8]。

注释

[1] 胥江：指珠江。西江、北江、绥江在佛山市三水区汇入珠江，今三水区芦苞镇仍存胥江祖庙。 [2] 山水友：指品行高洁，有如青山

绿水般清雅的朋友。 ［3］觌（dí）：相见，看见。《论语·乡党》"私觌，愉愉如也。" ［4］快意：诗人在广州参加乡试，中式戊午科举人，故心情畅快。 ［5］清言：指高雅的言论。晋陶渊明《咏二疏》："问金终寄心，清言晓未悟。放意乐余年，遑恤身后虑。" ［6］霏珠玉：即谈霏玉屑，意指美好的言辞如珠玉的碎末飞扬。宋欧阳澈《显道辞中以诗示教因和韵复之》："谈霏玉屑惊人听，歌和阳春满坐谣。投辖苦留留不住，归时明月挂璇霄。" ［7］筑缶：皆为古代打击乐器，极适合表达慷慨激昂的感情。筑，击弦乐器，《史记·刺客列传》："高渐离击筑，荆轲和而歌。"缶，瓦质打击乐器。 ［8］琼玖：玉名。《诗经·卫风·木瓜》："投我以木李，报之以琼玖。匪报也，永以为好也。"这里借指情谊深厚。

延伸阅读

唐李白《金陵酒肆留别》："风吹柳花满店香，吴姬压酒劝客尝。金陵子弟来相送，欲行不行各尽觞。请君试问东流水，别意与之谁短长？"

惠州

题解

惠州，广东省地级市，国家历史文化名城。背靠罗浮山，南临大亚湾。隋唐时期即有“岭南名郡”之誉，别称“鹅城”。传说有仙人骑木鹅自天外飞来，见惠州风景秀丽，西湖幽静淡雅，遂乐居此地。木鹅化成山岭卧于西湖畔，被称为“飞鹅岭”，惠州遂有了“鹅城”的美称。

北宋哲宗绍圣元年（1094），苏轼被贬至惠州，寓居了两年零七个月，创作了205首诗词、363篇散文，对当地的文化产生了极为深远的影响，众多名言佳句广为传颂，光耀千古，历久不衰。他游历过的地方，“屐痕所至，光彩顿生”，乃至成为景点。

诗人到惠州时作诗缅怀大文豪苏轼，抒发了其景仰之情。前四句写景，残阳落照，晨风萧飒，烟迷荒碧，阵阵寒凉，以一片凄清景象作铺垫，进而讴歌苏轼在逆境中写下不朽诗文，广为流传，永放光彩的历史影响。

回首罗阳[1]落照残，萧[2]晨风物尽相看。
烟迷鹤观[3]荒荒碧，水抱鹅城淰淰寒[4]。
万古文章[5]雄海外，一生事业寄江干。
停舟无限遭逢感，也拟林婆[6]酒盏干。

注释

［1］回首罗阳：由广州到惠州，由西往东，要经过罗阳。 ［2］萧：冷落、荒凉。宋范仲淹《岳阳楼记》：“若夫淫雨霏霏，连月不开；阴风怒号，浊浪排空；日星隐曜，山岳潜形；商旅不行，樯倾楫摧；薄暮冥冥，虎啸猿啼。登斯楼也，则有去国怀乡，忧谗畏讥，满目萧然，感极而悲者矣。” ［3］鹤观：白鹤观，在罗浮山麓，是著名道观。宋李之仪《白鹤观》：“白鹤不复见，荒台煨烬余。” ［4］渗（shěn）渗寒：一阵阵寒凉。唐杜甫《放船》：“江市戎戎暗，山云渗渗寒。” ［5］万古文章：指苏轼的作品千秋不朽，万代流传。 ［6］林婆：苏轼被贬谪到惠州后，曾在白鹤峰居住。邻居林行婆（信佛而未出家的老太太）以卖酒为生，她用罗浮山的甘泉和秘方酿制的美酒，深受苏轼喜爱。苏轼《白鹤新居上梁文》中有“年丰米贱，林婆之酒可赊”之句，遂使“林婆酒”声名远播，大受欢迎。后来，白鹤峰的“林婆卖酒处”亦成为著名景点。

延伸阅读

宋苏轼《惠州一绝·食荔支二首·其二》：“罗浮山下四时春，卢橘杨梅次第新。日啖荔支三百颗，不辞长作岭南人。”

草鞋铺遇盗

题解

草鞋铺，指船舱里的下等铺位。小偷居然要到下等舱去行窃，可见当时社会生活的贫困。读书人穷得只能坐下等舱，可见士子生活贫寒。

这首诗讲述小偷最后空手而归，作者却含笑自乐的故事。自己“囊空裘敝”，竟令小偷白来一趟，可说是“带泪的幽默”。

四载[1]扁舟数往来，囊空裘敝亦堪哀。
床头剩有青毡[2]破，博得偷儿一笑回。

注释

［1］四载：四年。清朝由秀才考举人的乡试，每三年一次，在各省省城（包括京城）举行。“四载”表明李黼平去省城广州参加了第二次科考。本诗是他参加嘉庆三年（1798）戊午科考试中举后回乡时所作。　［2］青毡：特指读书人的家传旧物。典出《晋书·王羲之》所附《王献之传》：“夜卧斋中，有偷儿入其室，盗物都尽。献之徐曰：‘偷儿，青毡我家旧物，可特置之。’群偷惊走。”后来，累世读书者，称为“青毡世业”。

周溪书院

题解

周溪书院，又名濂溪书院，在嘉应州东郊，今梅县区高级中学所在地。

明陈献章《程乡县社学记》：“吉之永丰刘侯彬，由戊戌进士来令程乡，首以教化风俗为事。……县东五六里，有地曰周溪，山势自北而来，迤逦南下，峰回绕如城，远望不知溪发处。但见自山东北隅流入，溶溶洋洋，横如陂陀之麓。上有曲池，状如半月。侯顾而乐之，又爱溪之名，寻即其地构堂于曲池之上最高处，图《太极图》于北壁，前作讲堂，左右为楼居。楼外凿二石井，泉甘而洌，谓之天泉井，榜其门曰‘周溪书院’。”

刘侯[1]昔讲学，游息[2]传兹地。
因山列翠屏，叠石铺碧砌[3]。
诸生守绵蕞[4]，习礼以时至。
溪声当窗落，浩浩洗胸次[5]。
家通郑元[6]经，人识扬雄[7]字。
我来已陈迹，云物[8]邈殊异。
风轻松涛作，日暖柳花坠。
剜藓读旧碑，空留白沙记[9]。

注释

［1］刘侯：刘彬，字吉之，广信永丰人。明成化十四年（1478）进士，任程乡县令，《广东通志·卷四十一》赞誉他“恤民隐，振士习。出俸余以市学租，建都里义仓以待荒歉。在任九载，衣食舆马，自奉省约如韦布时”。其兴建周溪书院等多所社学的事迹，载入《乾隆嘉应州志》。 ［2］游息：游玩、休息。宋欧阳修《吉州学记》：“学有堂筵斋讲，有藏书之阁，有宾客之位，有游息之亭，严严翼翼，壮伟闳耀，而人不以为侈。” ［3］碧砌：青绿石块铺成的台阶。唐王勃《江亭夜月送别》：“乱烟笼碧砌，飞月向南端。寂寞离亭掩，江山此夜寒。” ［4］绵蕞（zuì）：规矩，标尺。古代演习朝会时，将茅一束一束竖立地上，表示位次，有规范之意。蕞，束茅而立。《史记·刘敬叔孙通列传》载叔孙通“遂与所征三十人西，及上左右为学者与其弟子百余人习之月余”，其所习，即是“为绵蕞野外”——画地为官，引绳为绵，立表为蕞，用于习仪。后引申为仪范、表率。 ［5］胸次：胸怀、胸襟。宋黄庭坚《题高君正适轩》：“豁然开胸次，风至独披襟。” ［6］郑元：即郑玄（127—200），字康成，北海郡高密人，东汉大儒，著名经学家。因避清康熙帝玄烨讳，改称郑元。玄意主博通，遍注五经，其注释和著作达几百万字，创立了“郑学”，在中国经学发展史上具有极其重要的地位。 ［7］扬雄：字子云（前53—18），蜀郡成都人，西汉著名的辞赋家、思想家，杰出的方言学家。著有《方言》一书。该书全称为《辅轩使者绝代语释别国方言》，收集不同邦国的特色词语，多达9000字。 ［8］云物：原指景物，这里着重指人文环境。 ［9］白沙记：指《程乡县社学记》。陈献章（1428—1500），字公甫，广东新会白沙里人，世称白沙先生。明代著名学者，开明儒心学先河。其《程乡县社学记》详述了周溪书院由来。其诗《程乡学生锺宏求社学记赠之》：“千里来携欠一图，东南村构几模糊。人扶世教何妨切，老向斯文自愧疏。云谷

许还徽国主，周溪流到长官居。秋风海上无穷意，也向程乡社学书。”

延伸阅读

《循吏之典范刘彬》：“刘彬（约1431—1508），字素彬，又字吉之，号肃庵，江西永丰人，成化十四年（1478）举进士第，授潮州程乡（今梅州所辖）知县。其间，痛乡俗之薄恶，撤赌场、禁酒肆、逐娼优出诸境；立养济院，设社学并建濂溪书院。刘彬任程乡知县九年，任满后吏部考绩为‘无能事之虚名，有牧民之实惠’。不久升任雷州府同知，在雷州府任内，其施政作为一如程乡。后因病三次辞官，并最终获得朝廷同意回到故乡，作小楼以居，绝迹官府。正德元年（1506），明武宗继位，赐为朝请大夫。以疾终于家，年七十有七。

“作为历史上卓有政声的程乡知县，程乡百姓感念刘彬的恩德，在其离开程乡后，塑其生像于曾井庙，又立生祠于松口之蓬辣滩附近。”①

① 广东省梅州市纪委监委：《忠廉大义：梅州节士史话》，南方日报出版社，2019年版，第113页。

山中夜起怀金若

题解

萧金若，嘉应州人，诗人的亲密朋友，李黼平“南楼感事”想起他，“山中夜起”也想起他。

古代有许多著名的“怀人诗”，唐杜甫的《天末怀李白》、宋陆游的《怀友》、明陶安的《怀友》等，都非常真挚感人。李黼平这首诗和唐孟浩然的《夏日南亭怀辛大》有相通之处，孟诗云：“山光忽西落，池月渐东上。散发乘夕凉，开轩卧闲敞。荷风送香气，竹露滴清响。欲取鸣琴弹，恨无知音赏。感此怀故人，中宵劳梦想。”时序虽然略有差别，中宵念想却是同样深挚。

中宵苦烦溽[1]，起坐揽衣襟。
河汉坠微露，洒然[2]清一心。
飞泉响空涧，宿鸟鸣乔林[3]。
忽忆巢居[4]子，掩关[5]方苦吟。

注释

[1]溽：湿气熏蒸，闷热。元袁桷《上京杂咏十首·其一》：“午溽曾持扇，朝寒却衣绵。” [2]洒然：欣然，潇洒。宋苏舜钦《沧浪亭记》：“至则洒然忘其归，觞而浩歌，踞而仰啸。” [3]乔林：

树木高大的树林。三国魏曹植《赠白马王彪》："归鸟赴乔林，翩翩厉羽翼。" [4]巢居子：即巢父，传说为唐尧时期的隐士，在树上筑巢而居。这里指代萧金若。 [5]掩关：闭门。宋苏轼《江月五首·其二》："归来掩关卧，唧唧虫夜话。"

延伸阅读

唐韦应物《秋夜寄邱员外》"怀君属秋夜，散步咏凉天。空山松子落，幽人应未眠。"

陈邦炎赏析："它使读者在一首诗中看到两个空间，既看到怀人之人，也看到被怀之人，既看到作者身边之景，也看到作者遥想之景，从而把异地相隔的人和景并列和相连在一起，说明千里神交，有如晤对，故人虽远在天涯，而相思却近在咫尺。"①

① 萧涤非等：《唐诗鉴赏词典》，上海辞书出版社，1983年版，第688页。

李忠定公草仓祠诗碑

题解

李忠定公，李纲（1083—1140），字伯纪，邵武人。宋靖康元年（1126），金兵南侵，围困汴京。李纲以尚书右丞任亲征行营使，力主抗战，反对迁都，遭主和派排挤，罢官。高宗即位后为相，整军经武，志在恢复中原河山，力主联合义军抗击金兵。然高宗意在苟安，李纲主张不为所用，执政仅仅七十日，即被罢官。谥号忠定。

草仓祠即草仓庙，在福建宁化城西。李纲被高宗罢官后，再次途经曾憩息过的草仓祠，感慨万千，题诗于壁："不愁芒屩长南谪，满愿灵旗助北征。酹彻一杯揩泪眼，烟云何处是三京？"抒写出不计个人得失，始终忠君忧国的情怀。邑人敬仰李纲，遂立诗碑。

李黼平看到诗碑，为"吾家忠定"而自豪，他以高亢的笔调抒写对南宋抗金名相李纲的景仰。大厦将倾，一木独支。在南宋王朝岌岌可危的时刻，李纲进行了艰苦卓绝的斗争。李黼平对李纲的遭遇寄予深深的同情。

高堂黯黮[1]见古碑，审是吾家[2]忠定诗。激昂感喟[3]读始罢，萧条四壁回飚[4]吹。建炎[5]中兴继光武[6]，公也首相参皋伊[7]。朝纲军防渐修整，一木正赖支倾欹[8]。无端汪黄[9]肆馋诋，书生伏阙[10]将何裨？闽山苍苍暗烟雾，金鱼玉带[11]趋荒祠。孤臣窜逐安足惜，二帝霫郡[12]堪嗟咨。反思内禅[13]兵革滋，调和父子无嫌疑。两河三镇[14]孰割之，青城[15]欻[16]见毡车驰[17]。从来反[18]国事非易，孙申[19]瑕吕[20]皆瑰奇。朝廷肯雪列圣耻，四方自聚勤王师。风云浩落入胸臆，不觉下笔神淋漓。公昔飘零湖海湄，推论作者确不移。少陵[21]思君托槐叶[22]，左徒[23]去国吟茳蓠[24]。今观短章极忠爱，议论欲仿鸱鸮[25]贻。惜当偷安忘恢复，冰天坐恸龙胡垂。潘公[26]集古爱此词，巧勒巨石穷砻治。流传响拓[27]逾百载，体质完好无磷淄[28]。蛟蛇夜呵鬼守护，怜[29]公道路[30]私忧时。君不见东南浮家竟终局[31]，遗民又咏冬青[32]枝。

注释

［1］黭黮（yǎn dàn）：昏暗、阴黑。［2］吾家：即本家，泛指同宗同姓。因诗人和李纲同姓李，故称“吾家”。用此称呼，倍感亲切，充满自豪感。［3］感喟：感叹。喟，叹息。唐柳宗元《吊屈原文》：“托遗编而叹喟兮，涣余涕之盈眶。”［4］回飚：猛烈的旋风。飚，暴风。唐李白《与诸公送陈郎将归衡阳》：“回飚吹散五峰雪，往往飞花落洞庭。”［5］建炎：南宋高宗的年号，时为1127—1130年。［6］光武：指汉光武帝刘秀。他在25年建立了东汉王朝，使汉室中兴。［7］皋伊：皋陶、伊尹。传说皋陶是舜帝的贤臣，是掌管刑法的“理官”，以正直贤明名垂千古。伊尹，商汤时期的贤相，辅佐商汤讨伐夏桀。商汤死后，孙太甲破坏法制，伊尹把他放逐到桐宫，三年后迎太甲复位。［8］攲（qī）：倾斜。［9］汪黄：指南宋投降派

汪伯彦、黄潜善。 [10] 书生伏阙：指南宋太学生陈东等向宋高宗三次上书，请求重用李纲，不可用汪、黄，但不被采纳。 [11] 金鱼玉带：高官的标志，这里借指李纲。唐制，三品以上的高官，佩戴刻有鲤鱼形的金符和美玉装饰的腰带。唐韩愈《示儿》："不知官高卑，玉带悬金鱼。" [12] 霫（xí）郡：当年金人囚禁北宋徽、钦二帝的地方。霫，我国古代的一个部族，匈奴的别支，风俗略与契丹同，善骑射，在今内蒙古境内。 [13] 内禅：北宋宣和七年（1125），在金兵大举南侵之际，宋徽宗赵佶惊慌失措，下诏罪己，将皇位传给其长子赵桓（宋钦宗），翌年改年号为靖康。 [14] 两河三镇：两河指河北、河东地区，三镇指太原、中山、河间。北宋靖康元年（1126），宋钦宗不顾李纲反对，采纳投降派李邦彦的割地求和意见，将两河三镇割让给金人。 [15] 青城：宋朝祭天斋官名。靖康元年闰十一月（1127年1月），金人攻占汴京，屯兵青城，接受徽、钦二帝投降。 [16] 欻（xū）：忽然。 [17] 毡车驰：金兵用挂毡牛车押解宋徽宗、宋钦宗等去北地的金国。毡车，指挂毡毯的车子。宋苏轼《台头寺步月得人字》："遥知金阙同清景，想见毡车碾暗尘。" [18] 反：通"返"，返回。《左传·僖公二十三年》："公子若反晋国，则何以报不谷？" [19] 孙申：即申包胥，春秋时期楚国大夫。本姓孙，封于申，故又称孙申。当伍员率领吴军攻楚入郢时，申包胥到秦国求救，在秦廷痛哭七日七夜，最终感动了秦王。秦出兵救楚，打败吴军，使楚昭王得以返国。 [20] 瑕吕：复姓。春秋时期晋国人瑕吕铭甥，说服秦伯，使晋侯平安返国。事见《左传·僖公十五年》。 [21] 少陵：杜甫（712—770），唐代大诗人，自号"少陵野老"。 [22] 槐叶：指杜甫诗《槐叶冷淘》。诗云："青青高槐叶，采掇付中厨。新面来近市，汁滓宛相俱。入鼎资过熟，加餐愁欲无。碧鲜俱照箸，香饭兼苞芦。经齿冷于雪，劝人投此珠。愿随金騕褭，走置锦屠苏。路远思恐泥，兴深终不渝。献芹则小小，荐藻明区区。万里露寒殿，开冰清玉壶。君王纳凉晚，此味亦时须。"杜甫歌吟冷淘槐叶的美味，欲献君王，表达其对君王的深情。［23］左徒：指屈原，他曾任楚国左徒。［24］茳蓠：香草名。屈原常借美人、香草抒发爱国情怀。［25］鸱鸮（chī xiāo）：恶鸟名。这里指《诗经·豳风》中的《鸱鸮》篇。其开篇有“鸱鸮鸱鸮，既取我子，无毁我室”的痛苦呼喊。［26］潘公：指明嘉靖年间潘时宜。他在知县任内，曾将草仓庙改为“大忠祠”，特祀李纲。［27］响拓：用纸与前人的墨迹相叠，通过透光，描摹碑帖。［28］磷淄：磷因磨而损伤，淄因染而变黑，比喻受到环境的影响而变化。典出《论语·阳货》：“不曰坚乎？磨而不磷；不曰白乎？涅而不淄。”［29］怜：敬重，怜惜，同情。这里是表达敬重之情。［30］道路：这里指人生道路。［31］东南浮家竟终局：南宋祥兴二年（1279），宰相陆秀夫和小皇帝赵昺等人流亡到南海边的崖山，被元兵追逐。张世杰率领残余海军与元兵死战，不敌。陆秀夫背负小皇帝赴海而死，张世杰舟覆殉难，南宋灭亡。［32］冬青：长绿乔木。其终年常绿不凋，常被采写入诗，表达忠贞不渝的爱国情怀。清人蒋士铨据南宋历史，写有《冬青树》，歌颂文天祥、谢枋得等人的爱国精神。

延伸阅读

李纲《病牛》：“耕犁千亩实千箱，力尽筋疲谁复伤？但得众生皆得饱，不辞羸病卧残阳。”

钱锺书注：“绍兴二年（1132）所作。那时候李纲贬斥在武昌。这首诗见《梁溪全集》卷二十，在卷十九里有一首《建炎行》写他做了七十七天宰相被人排挤的事。看来这头病牛正象征他自己。”①

① 钱锺书：《宋诗选注》，人民文学出版社，1994年版，第128页。

二妙堂并序

题解

在程乡县郊的东村，留存有陈白沙和海瑞二人石刻，李黼平遂“榜所居堂”，取名为“二妙堂”，足见诗人对先贤的敬仰。

陈白沙，即陈献章，因居住白沙里，人称白沙先生。参见前《周溪书院》注。

海瑞（1514—1587），号刚峰，海南琼山人。明朝著名的清官，曾任户部主事、右佥都御史、南京吏部右侍郎等职，一生疾恶如仇，刚直不阿，卒谥忠介。海瑞亦是书法大家，尤擅行、楷。

东村[1]有白沙先生及海忠介公石刻，旧物沦落，知者鲜矣。余因榜所居堂曰“二妙”，并志以诗。

平生好古真成癖，破冢荒林俱蜡屐[2]。敢夸飞鸟补遗文，聊喜骞[3]鸾寻断画。白沙先生昔大儒，缚茅[4]迥与常人殊。程乡未到心已悉，乘兴为写周溪图[5]。行吟自爱泝湘水[6]，垂老终思求镜湖[7]。南都御史[8]我所慕，屡为亲知[9]丐毫素[10]。小篆[11]曾题有道阡[12]，古文远志延陵墓[13]。君迁翁仲[14]高向[15]人，午夜鹃声宛如故。两公不可作[16]，遗迹空山丘。腾光[17]逼象纬[18]，出火惊龙虬。相逢讵[19]惜百金买，乍到先为三日留。咫尺荒村留二妙，我以名堂翻一笑。征书万里[20]鹤频衔，谏草千言[21]凤孤叫。曾蒧[22]清狂焉得及？比干[23]心事长如照。文章气节双绝伦，金石犹难托后人。已同猎碣[24]付林莽，恐与禊序[25]随埃尘。况乃经生[26]世看丑，俗书姿媚诚何有。请除结习[27]去身花，别向古人论不朽。

注释

［1］东村：这里指李黼平的家乡程乡县城东郊。［2］蜡屐：以蜡涂屐，便于行走。［3］骞（xiān）：振翅飞翔。［4］缚茅：陈白沙以家乡圭峰山的茅草束缚为笔，创作出的书法作品别具一格，被称为“茅龙体”。［5］周溪图：陈白沙未到程乡，根据学生钟宏提供的资料，撰写了《程乡社学记》。该文对周溪书院作了具体详细的描述，有如图画。［6］泝湘水：屈原曾在汨罗江畔行吟。这里指陈白沙景仰屈原，效法屈原在水边行吟。［7］求镜湖：寻找可以静心读书做学问的地方。镜湖即鉴湖，在浙江会稽山北，为历代文人墨客向往的读书求知胜地。唐代著名诗人贺知章告老还乡，请求皇帝赏赐“镜湖一曲”。镜湖北岸的陆放翁祠，原是南宋诗人陆游赋诗读书之处，对岸有山阴道可直通兰亭。东晋大书法家王羲之，明代著名文人、画家徐渭等也都在此留下足迹。［8］南都御史：指海瑞，他曾任右佥都御史。［9］亲知：亲戚朋友。南朝谢朓《和王著作融八公山》：“浩荡别亲知，连翩戒征轴。”［10］丐毫素：这里指乞讨书法作品。毫，指毛笔；素，指白绢。毫素，泛指用笔创作文章或书画作品。［11］小篆：秦朝通行文字，又称秦篆。秦始皇统一六国后，推行“书同文，车同

轨”，由丞相李斯负责，在原来使用的大篆籀文的基础上，删繁就简，废除异体，创制全国统一的文字书写形式——小篆。小篆是中国文字发展史上的里程碑，它或铸在金属器皿上，或刻在石碑上。 ［12］阡：本指田间小路，又指通往坟墓的道路，这里指阡表，即墓碑。宋欧阳修手书的《泷冈阡表》非常著名，其碑刻至今保存完好。海瑞亦为其母题写碑文。 ［13］延陵墓：春秋时期吴国人季札之墓。传说碑文为孔子用古文题写：“呜呼有吴延陵君子之墓。” ［14］翁仲：墓道旁的石人，又称石像生，是王公大臣陵墓前仪卫性的雕像。唐柳宗元《衡阳与梦得分路赠别》：“伏波故道风烟在，翁仲遗墟草树平。”翁仲原是秦朝的大力士，姓阮，身高一丈三尺，为秦始皇统一六国立下大功。死后，秦始皇铸其铜人像，置于咸阳宫司马门前。后人遂把立于宫阙庙堂和陵墓前的铜人或石人称为翁仲。 ［15］向：朝向，对着。［16］作：兴起，产生。这里指出现。《易经·乾》：“圣人作而万物覩。”［17］腾光：闪射光彩，光华上射。三国魏曹植《正会诗》：“清酤盈爵，中坐腾光。” ［18］象纬：指日月和金木水火土五星。唐杜甫《游龙门奉先寺》：“天阙象纬逼，云卧衣裳冷。” ［19］讵：岂，何。唐李白《行路难》：“华庭鹤唳讵可闻，上蔡苍鹰何足道。” ［20］征书万里：指明宪宗征召陈献章入京为官，陈上《乞养终疏》力辞。 ［21］谏草千言：指海瑞冒死向明世宗上《治安疏》，向皇帝进谏。 ［22］曾蒧（diǎn）：字皙，又称曾点，曾参之父，孔丘弟子。喜欢弹琴唱歌，笃信儒学，痛恨礼教不行，志在改变现状，很受孔子欣赏。 ［23］比干：商纣王堂兄。谏纣王淫乱，被挖心。 ［24］猎碣：特指记叙秦王出猎的石刻，因刻石外形似鼓，被称为石鼓文。 ［25］禊（xì）序：特指东晋王羲之记述修禊一事的书法作品《兰亭序》，这件“古今莫二”的书法极品，至今未能找到其真迹。禊，古人按时序，在三月到水滨洗濯，去除污垢。 ［26］经生：研读四书五经的士子。 ［27］结习：积久难改的习气。源自佛经，意指人世间的欲望等烦恼。《维摩所说经·观众生品》载：维摩诘丈室中天女散花，天花散到诸菩萨身上纷纷坠地，而散到弟子们身上则黏附不去。“尔时天女问舍利弗：‘何故去华？’答曰：‘结习未尽，华着身耳；结习尽者，华不着也。’”意思是菩萨没有结习，便没有执着，因此“华不着也”。

延伸阅读

罗滨《文章气节双绝伦——从李绣子〈二妙堂〉诗说起》：“关于海刚峰岳母坟及题笔，有志乘可据，遗迹也依稀可辨，《光绪嘉应州志》卷三十二引张眉叔（麟定）《谈梅》一书云：距余家数里瓜岭为杨姓族葬。由杨坟而下为谢氏屋，屋右偏一古坟。父老相传为忠介外姑（即岳母）墓。上有横额，左右镌联，有‘子婿海瑞’款式。彭颖仙工部绍铨云：‘风木满窝丘，午夜鹃声空泣血；江山开寿域，他年马鬣看焚黄。’凿凿可见，询之故老皆不妄。……这处古迹，《州志》以前志乘未有提及，只有十口相传。现据张氏《谈梅》及绣子先生诗，看来是可信的。又据州人梁伯聪先生《梅县风土二百咏》亦有诗可证：‘海公岳母一坟留，瓜岭安居坟式优。墓对尚存忠介笔，草书风木满山丘。’”①

---

① 罗滨：《梅州风物诗话》，广东人民出版社，1990年版。

得南垣宣化书

题解

南垣，即黎南垣，字重光，嘉应州人。乾隆五十九年（1794）甲寅科举人，官罗山知县。李黼平的挚友。

宣化，今属河北张家口，历史文化名城。夏商属幽州、冀州。周朝为燕国领地。秦汉上谷郡。五代时，契丹建立辽国，为州、县治所。明朝为著名的“长城九镇”之首。

秦汉以来，尤在战争频仍的年代，独石口、鸡鹿塞、汤河等地是兵家必争之地。

诗人接到老朋友黎南垣从居庸关外宣化寄来的信，浮想联翩。他从友人所处的恶劣环境着笔，抚今思昔，吊古伤今。在这苦寒之地，曾有过惊心动魄的历史事件：明朝军队沙场折戟，连皇帝也被掳北去；汉代名将李广在此地与匈奴长期苦战，却不被重用。当权者骄奢淫逸，醉生梦死；塞外的守边将士为国效力，却不能建功立业。诗人引用历史典故，抒写怀才不遇的悲愤情怀，并给友人以心灵慰藉。

雁寒嗷嗷度居庸[1]，居庸迢迢云万重。乘风一夜到幽朔[2]，征人不来双泪落。塞上秋正深，雪霰[3]何褵褷[4]。寄书百无语，但道久栖迟[5]。栖迟关外从头说，石路崚嶒[6]马蹄裂，寒烟古树不见人，乃是统幕蒙尘[7]之故辙。沙场折戟[8]供摩挲，乌鸢衔肉愁云多，风声乍吹独石水[9]，雨色不见温汤河[10]。云山连联接上谷[11]，多少英雄下鸡鹿[12]。汉将朝为虎落屯[13]，胡人夜上龙城哭[14]。丈夫不遇蓬藁行[15]，枉叹胸怀逾甲兵。飞书驰檄[16]有不用，却与畿尉[17]相逢迎。边城蒲桃酒夜煮，当歌几回亲摘鼓。豹房伎[18]学黄额妆[19]，马市儿能白题舞[20]。回飚数声闻夕葭，座中低头苦思家。独依北斗望京国，每到燕然山[21]月斜。燕然山月金台色，故人好在长相忆。残衫破帽及早归，鸡黍留君共君食。

注释

［1］居庸：居庸关，长城著名的关口，在今北京昌平区西北部。［2］幽朔：泛指北方边地。古有幽朔城，晋陆机《苦寒行》："北游幽朔城，凉野多险难。" ［3］霰：雪珠，又称雪丸、软雹。色白，不透明，形小，球状。唐白居易《秦中吟·重赋》："岁暮天地闭，阴风生破村。夜深烟火尽，霰雪白纷纷。" ［4］褵褷（lí shī）：羽毛濡湿黏合的样子。唐皮日休《奉和鲁望白鸥》："雪羽褵褷半惹泥，海云深处旧巢迷。" ［5］栖迟：本义是游玩休憩，这里用引申义，指淹留、漂泊。唐李贺《致酒行》："零落栖迟一杯酒，主人奉觞客长寿。主父西游困不归，家人折断门前柳。" ［6］崚嶒（léng céng）：高峻突兀。唐杜甫《望岳三首·其二》："西岳崚嶒竦处尊，诸峰罗立如儿孙。" ［7］统幕蒙尘：指明英宗朱祁镇土木堡被俘。统幕是土木堡的原名。明正统七年（1442），明英宗亲政后，政治日趋腐败，军备松弛。蒙古族瓦剌王也先虎视眈眈，于明正统十四年（1449）举兵南侵，明英宗和太监王振率五十万大军迎敌，却节节败退。退回土木堡后，被也先军队追击，明军溃败，死伤数十万人，明英宗被掳。 ［8］沙场折戟：打了败仗，损失

惨重。折断的战戟沉没在泥沙里，亦即折戟沉沙。［9］独石水：历史地名，在今河北白河上源。［10］温汤河：历史地名，指居庸关西北约二十里的温汤水口。［11］上谷：历史地名，战国时期燕国北长城的起点，今属河北张家口。［12］鸡鹿：指鸡鹿塞，历史地名，汉朝时通往塞北的隘口，是汉武帝时期朔方郡非常重要的军事据点，今属内蒙古磴口县。［13］虎落屯：指汉代名将李广展现其英武之地。李广曾多次射杀老虎，其英勇善战，使匈奴闻之丧胆。《史记·李将军列传》载："广出猎，见草中石，以为虎而射之，中石没镞，视之石也。因复更射之，终不能复入石矣。广所居郡闻有虎，尝自射之。及居右北平射虎，虎腾伤广，广亦竟射杀之。"这里若联系下文李广被灞陵尉所辱一事，则有"虎落平阳遭犬欺"的寓意。［14］龙城哭：指匈奴人被李广的英勇所震慑，为自己的伤亡惨重而痛哭。龙城，匈奴祭天、大会诸部的地方，在今蒙古境内。［15］蓬虆（lěi）行：指人生不得意，处于蓬虆荆棘中的困难境地。虆，蓬虆，蔷薇科悬钩子属落叶灌木，疏生皮刺，叶边缘为尖锐锯齿形。［16］驰檄：飞快传送公文。檄，古代用木简制作的官方文书，多用于征召、晓喻、申讨。［17］畿尉：卫护京畿的官员。这里特指羞辱汉朝将军李广的灞陵尉。《史记·李将军列传》记载，李广英勇善战，与匈奴大小七十余战，使敌闻风丧胆，却不被汉帝重用，终生不得封侯。曾因夜行而遭灞陵尉侮辱："今将军尚不得夜行，何乃故也！"［18］豹房伎：在豹房歌舞的女子。明正德年间，皇帝朱厚照在西华门内建造豹房，昼夜淫乐，不听朝政，后死于豹房。［19］黄额妆：用黄粉在眉间额畔描绘星月等形状的妆容。［20］白题舞：古代北方少数民族的毡笠舞。清赵翼《白须》："掀来色映白题舞，捻断诗推白战家。"［21］燕然山：今蒙古境内的杭爱山。东汉窦宪大破匈奴北单于，登燕然山，刻石纪功，命班固作《燕然山铭》。

出都贻石亭

题解

贻，赠送。《诗经·邶风·静女》："静女其娈，贻我彤管。彤管有炜，说怿女美。"

石亭，叶石亭，即叶钧。嘉应州程乡县人，清乾隆五十九年（1794）恩科解元（乡试第一名），李黼平的知己。李黼平和叶石亭是同乡老友，感情甚笃。他们在京都仕途不顺，无法施展胸中抱负。感慨现实不如战国时的西秦，那时的西秦还能任用有才能的客卿。在无可奈何之下，叶石亭决定往东游历，朝齐鲁方向走。然而，齐国历史上又有过不识英才，而致滥竽充数的先例。胸怀"安边略"，能不能如愿以偿呢？考试不第的李黼平，也打算跟随老友往东去，顶霜踏雪，艰难前行。这首诗表现了老朋友之间惺惺相惜，同呼吸、共命运的深挚情感。

西方[1]论将帅，稍稍辟[2]书生。
子有安边略[3]，而为蹈海[4]行。
齐竽[5]从古滥，鲁酒[6]共谁倾？
吾亦欲东耳，相期霜雪征。

注释

［1］西方：指战国时期的秦国。相对东边的六国而言，秦国在西方，又称西秦。［2］辟（bì）：征召。《后汉书·黄宪传》："宪初

举孝廉，又辟公府。”　［3］安边略：使边疆安定的策略。明彭年《庚戌秋书事八首·其三》：“庙堂每忽安边略，胡虏方骄入塞魂。”　［4］蹈海：即赴海、投海。这里引用鲁仲连“蹈海”的典故。战国时期的齐人鲁仲连，是稷下学宫出来的著名辩士，以替人排忧解难为己任。他说服赵魏两国联合抗秦，表示自己宁愿蹈东海而死，也不愿作西秦的百姓。他又帮助田单复兴齐国，屡建奇功而谢绝封赏，最后隐居东海。鲁仲连的高风亮节一直激励后人，周恩来的诗句“难酬蹈海亦英雄”，即是一例。　［5］齐竽：指齐宣王不察，南郭先生滥竽充数的故事。《韩非子·内储说上》：“齐宣王使人吹竽，必三百人。南郭处士请为王吹竽，宣王说之，廪食以数百人。宣王死，湣王立，好一一听之，处士逃。”　［6］鲁酒：鲁国出产的酒。鲁酒薄，故薄酒亦称为鲁酒。这里语带双关。南北朝庾信《哀江南赋》：“楚歌非取乐之方，鲁酒无忘忧之用。”

延伸阅读

门生刘熊在李黼平《南归集·序》中说：“先生尝言：‘生平为诗以示人，多不喜。惟故友叶石亭解元及方伯吴蠡涛知之。’……尝试综而论之：《三百篇》后古诗，曹、王为一等，阮、陶为一等，李、杜、韩为一等，苏、黄为一等。数公为体不同，音节亦异；而其浮切轻重，高下皆宜一也。苏、黄而外，其能合乎此者鲜矣！至先生《著花庵集》出，始求古人遗声于不言之表，而有以独得其传。十数年来，经历事变，所养益粹，所造益高，如《南归集》者，尤其弹丸脱手之候也。盖不袭曹、王、阮、陶、李、杜、韩、苏、黄之貌，而天地之元音萃是矣！先生诗，情以为根，文以为华，礼义以为实，皆有识者所共见。独其声韵之微，有未骤而得之者，故为详揭于简端，以视叶、吴二公之论，又未知其曾及乎此否也？”

明湖诗思图

题解

明湖，指山东济南的明湖，景色秀丽。诗人到山东游历，在明湖闭关修身养性时，山东一位姓潘的朋友，为其创作了《明湖诗思图》。李黼平有感而发，写诗述怀。

李黼平先交代《明湖诗思图》的创作背景，接着介绍其展现的明湖之美，转而点出“诗思”本来应是“耸肩骑蹇驴”，进而回忆和朋友旧游明湖、豪情万丈的情景。当时诗人自比李白、杜甫，诗情澎湃，对比现在“瑟缩依圜蒲”“实愧形容枯”的落寞，“醉中逃禅一字无”，反倒写不出诗了。

全诗从《明湖诗思图》说起，跌宕起伏。先突出明湖“对景堪追摹”之美，然后笔锋一转，形象地道出写好诗的普遍要求。然而，自己的诗思却是因明湖的美景而澎湃，并坚定表示要立即出关再游。表面是否定潘生之说，实质是颂扬明湖之美。在叙事中，洋溢出豪气。

我在明湖闭关[1]将一月，济水[2]潘生为我写作诗思图：湖云山气相窈窕，西风猎猎吹黄芦。成群远雁落天际，鸟华[3]正倚斜阳孤。高城三面浸寒碧，楼台倒影涵蓬壶[4]。近形远势递隐现，谓是对景堪追摹。潘生汝知诗思竟安在？恰在耸肩骑蹇驴[5]。昔来穷秋九月初，始僦[6]小屋居临湖。故人叶君[7]历城[8]客，旧游指点无差殊。七桥流连朝至晡，渴饮湖水如醍醐[9]。折芰而坐[10]餐雕苽[11]，得句各映波光书。尔时自许杜李徒[12]，兴极临风相叫呼。潘生恨汝所见非故吾，见今瑟缩依圆蒲。醉中逃禅[13]一字无，照水实愧形容枯。虽然辱劝[14]何可忽，湖山有灵邀我娱。况闻昨者北极阁[15]，港荻[16]已伐寒可渔。明当选胜偕汝出，赋诗大笑惊飞凫。

注释

［1］闭关：闭门谢客，不为尘事所扰。本是佛家用语，指僧人独居一室，整天诵经坐禅，不与任何人来往，满一定期限才出来。唐李白《古风五十九首·其四十六》：“独有扬执戟，闭关草太玄。” ［2］济水：古代“四渎”之一。济南是济水边最重要的城市。 ［3］舄（xì）华：湿地的蒲苇。舄，同“潟”，盐碱地。 ［4］蓬壶：古代传说中的海上仙山，亦称蓬莱。 ［5］骑蹇（jiǎn）驴：骑跛足的驴。蹇，跛足。 ［6］僦（jiù）：租赁。 ［7］叶君：指叶兰成，其时在山东。 ［8］历城：今山东济南辖区，“先有历城县，后有济南府”，历城被称为“齐鲁首邑”。 ［9］醍醐（tí hú）：从牛奶中提炼出来的精华，甘甜美味，佛经中比喻最高佛法。如“醍醐灌顶”，比喻灌输智慧，使人开悟。 ［10］折芰（jì）而坐：采折芰叶为座席，暗喻隐士清高的生活。芰，菱，俗称菱角，一年生水生草本植物。唐贺知章《采莲》：“莫言春度芳菲尽，别有中流采芰荷。” ［11］雕苽（gū）：又称雕胡，六谷类粮食。 ［12］杜李徒：杜甫、李白的追随者。 ［13］逃禅：背离禅佛。唐杜甫《饮中八仙歌》：“苏晋长斋绣佛前，醉中往往爱逃禅。” ［14］辱劝：承蒙劝说、鼓励。辱，这里为谦辞，有承蒙的意思。 ［15］北极阁：又名北极庙、真武庙，位于明湖东北部。 ［16］荻：生长在水边的草本植物，似

芦苇。唐白居易《琵琶行》："浔阳江头夜送客，枫叶荻花秋瑟瑟。"

延伸阅读

宋陆游《剑门道中遇微雨》："衣上征程杂酒痕，远游何处不消魂。此身合是诗人未？细雨骑驴入剑门。"

钱锺书注："剑门关在四川剑阁东北。这时候陆游到成都去做参议。……李白在华阴县骑驴，杜甫《上韦左丞丈》自说'骑驴三十载'，唐以后流传他们两人的骑驴图（王琦《李太白全集注》卷三十六、《苕溪渔隐丛话》后集卷八、施国祈《遗山诗集笺注》卷十二），此外像贾岛骑驴赋诗的故事、郑綮的'诗思在驴子上'的名言等等（《唐诗纪事》卷四十、卷六十五），也仿佛使驴子变为诗人特有的坐骑。"[①]

① 钱锺书：《宋诗选注》，人民文学出版社，1994年版，第178页。

题竹

题解

竹为“四君子”之一。《晋书·王徽之传》载，王氏无论在哪里长住或暂居，都要种竹，说“何可一日无此君”。

在中国文学史上，文人墨客题竹的诗不胜枚举。有直接歌咏其功用的“我有阴江竹，能令朱夏寒”（杜甫）；有“可使食无肉，不可使居无竹”（苏轼）的惊人高论；也有“露涤铅粉节，风摇青玉枝”（刘禹锡）的具体描摹；更多的是把竹人格化，赋予它坚定、顽强、虚心、清雅、高洁的品格，如“咬定青山不放松，立根原在破岩中。千磨万击还坚劲，任尔东西南北风”（郑板桥）。

李黼平这首诗别具一格，起句即直抒胸臆，诉说自己的人生苦难：背井离乡，从南方到北方去搏前程，谋活计。异乡作客，坎坎坷坷，极不如意。长期以来，都处于贫病交加、苦寒难耐的窘境中。然后发出慨叹：我还不如西园中的几根绿竹，在风霜雨雪中依然平安无事。这既是写实，也是希望自己能像“竹君子”那样，顶风冒雪，始终傲然挺立，表现出传统文人坚忍的品格。

南人北客不称意，多病衣裘长苦寒。

争[1]似西园数竿竹，萧萧风雪百平安。

注释

［1］争：怎，怎么。唐白居易《新秋》："老去争由我，愁来欲泥谁？"

延伸阅读

雷光照、曾庆全《梅兰竹菊四君子颂》："梅兰竹菊被称为'四君子'，盖始于清代。这也许是一个渐进而趋凝聚的过程。屈原之于兰蕙，陶潜之于篱菊，嵇康、阮籍之流连竹林，陆凯之折梅赠人，发掘了这些花木的'社会性'，无理性之物像被注入了感情活力，物态与人性融合互补，作为一种价值取向，发展成人物合一的'四君子'形象。后人推波助澜。如欧阳修云：'花妍儿女姿，零落一何速？竹色君子德，猗猗寒更绿'（《刑部看竹，效孟郊体》）。黄庭坚说'兰似君子，蕙似士大夫'（《修水记》）。范成大指出：'山林好事者或以菊比君子'，乃因'草木变衰'之际，菊'灼然秀发，傲睨风露，此文人学士之操也'（《菊谱序》）。而元人王冕以为：'梅先生翩翩浊世之高士也。观其清标雅韵，有古君子之风焉。'（《梅华传》）都以君子拟之。千百年来，众口同声，'四君子'遂为高洁、清雅、孤傲、坚贞、艰苦自持、幽居自善等士大夫清流传统品格之载体，中华民族文化心态之一格也。"①

① 雷光照、曾庆全：《梅兰竹菊四君子颂》，河北少年儿童出版社，1995年版，第1页。

咏雪，同石亭、恕堂，用东坡《雪后书北台壁》韵二首

题解

同，即唱和的“和”。如杜甫诗《同诸公登慈恩寺塔》。石亭，指叶石亭，李黼平挚友，参见《出都贻石亭》。恕堂，也是诗人的老友，即刘道源，字恕堂，号药亭，嘉应州程乡县人，乾隆五十九年（1794）举人。

李诗原题将“北台”误为“北堂”，今据苏轼诗改回“北台”。

北台，在山东密州，今山东诸城市。宋张淏《云谷杂记》：“按北台在密州之北，因城为台……”

《雪后书北台壁》二首，是苏轼在密州时写下的名作。这两首咏雪诗，影响深远，次韵者不计其数。王安石当时亦有和诗，另有吕成叔者，和诗达百篇之多。

李黼平游历山东，与叶石亭、刘道源同行，他们在北台的唱和诗，以苏轼的名作为韵，都是写雪景，但李黼平注入的则是自己的独特感受，表达的是寒士在霜雪中的无奈：本想借酒浇愁，可是穷得连买酒的钱也没有。

天街[1]微霰集廉纤，冻鼓[2]无声漏始严[3]。
自笑酸寒[4]犹拥絮，未妨高洁欲持盐[5]。
渔归极浦[6]惊蓑袂，人去空山惜帽檐[7]。
却启北窗看积素[8]，又添孤塔几层尖。

萧萧庭院静藏鸦，煨芋闲[9]烧折脚车。
偶听芭蕉鸣败叶，要看薝葡[10]现空花。
千年云气愁梁苑[11]，尽日风光属谢家[12]。
商略[13]夜深须痛饮，无钱频把竹筒叉。

注释

［1］天街：原指京城中的街道，这里泛指都市的街道。［2］冻鼓：指受冻的更鼓，难于敲出响声。［3］漏始严：指天欲破晓。漏，指漏壶，古代的计时器。铜制有孔，可以滴水或漏沙，有刻度标志以计时间。古代平时戒夜曰严，《新唐书·礼乐志》："其日未明，四刻槌一鼓为一严，二刻槌二鼓为再严。"［4］酸寒：即寒酸。唐韩愈《荐士》："酸寒溧阳尉，五十几何耄。"［5］持盐：手捧白雪。此乃以盐喻雪，典出南朝刘义庆《世说新语·言语·咏雪》："谢太傅寒雪日内集，与儿女讲论文义。俄而雪骤，公欣然曰：'白雪纷纷何所似？'兄子胡儿曰：'撒盐空中差可拟。'兄女曰：'未若柳絮因风起。'公大笑乐。"谢太傅，指东晋谢安，政治家、名士。兄女，指著名女诗人谢道韫。［6］极浦：遥远的水滨，水之涯。战国楚屈原《九歌·湘君》："望涔阳兮极浦，横大江兮扬灵。"［7］惜帽檐：珍惜帽檐。帽檐，帽子前面或四周突出处，易受尘埃、霜雪。［8］积素：积雪。素，白色的绢，这里喻雪。唐王维《冬晚对雪忆胡居士家》："隔牖风惊竹，开门雪满山。洒空深巷静，积素广庭闲。"［9］闲：无事，空闲，安闲。晋左思《魏都赋》："闲居隘巷，室迩心遐。"［10］薝葡：即栀子，其花雪白高洁，香气浓郁。［11］梁苑：又称梁园，在今河南开封，中国古代著名的园囿。汉刘武（梁孝王）所建，用于游乐和宴宾，名

士司马相如、枚乘等皆为座上客。唐韩琮《杨柳枝》："梁苑隋堤事已空，万条犹舞旧春风。那堪更想千年后，谁见杨花入汉宫。" ［12］谢家：六朝时的谢家，世为望族，高门大户。与王家并称王谢。唐刘禹锡《乌衣巷》："旧时王谢堂前燕，飞入寻常百姓家。" ［13］商略：商讨，商量。

延伸阅读

宋苏轼《雪后书北台壁》二首："黄昏犹作雨纤纤，夜静无风势转严。但觉衾裯如泼水，不知庭院已堆盐。五更晓色来书幌，半夜寒声落画檐。试扫北台看马耳，未随埋没有双尖。""城头初日始翻鸦，陌上晴泥已没车。冻合玉楼寒起粟，光摇银海眩生花。遗蝗入地应千尺，宿麦连云有几家。老病自嗟诗力退，空吟冰柱忆刘叉。"

除夕书怀，同石亭、恕堂（六首选一）

题解

一年将尽，漂泊在异乡的诗人，思家情切，和同乡老友一起赋诗释怀，互相唱和，文思泉涌连写六首诗，这里选的是第二首。

东村，是诗人故里最难忘的地方，他和兄弟们在那里度过了人生最美好的时光，那许许多多的赏心乐事常常在脑海中萦回。诗人用“百事新”三字先作一高度概括，紧接着便切入主题：就是到了寒冬腊月的年末，那里的风光景物同样会给人以欢乐。再进一步，对具体景物桃花和梅花作形象描写，道出自己对家乡挚爱的深情：那里永远是春天！“白雪红云”，多么美丽，那是另一种春天景象啊！

故里东村百事新，残年[1]风物[2]也娱人。
夭桃[3]爱与梅相见，白雪红云别是春。

注释

［1］残年：这里指一年将尽。　［2］风物：风光，景物。晋陶渊明《游斜川诗序》：“天气澄和，风物闲美。”　［3］夭桃：繁盛的桃花。《诗经·周南·桃夭》：“桃之夭夭，灼灼其华。”

出郭马上作

题解

郭，外城。内城外郭，《孟子·公孙丑下》："天时不如地利，地利不如人和。三里之城，七里之郭，环而攻之而不胜。夫环而攻之，必有得天时者矣。然而不胜者，是天时不如地利也。"

这首诗浅显易懂，诗人要离开这个城市了，骑在马上吟出心中恋恋不舍之情：这是难以忘怀的地方啊，在这晚风轻拂，我乘马出城郊的时刻，就连初相识的官桥杨柳也是那么深情，飞花也为我送行。深情款款，清新如画。

本诗的杨柳飞花，有特别的含义。在中国传统文化中，杨柳和送别有着紧密的联系，杨柳轻轻摇曳，姿态婀娜，妩媚多情，有如人们在离别时依依不舍。早在《诗经·采薇》中，就有"昔我往矣，杨柳依依"的名句。后来逐渐形成了折柳送别的习俗。又因"柳"与"留"同音，折柳，又有了挽留的寓意。折柳送别，成为许多文学作品里的场景。如白居易"为近都门多送别，长条折尽减春风"。而本诗中的杨柳却不是被折送行，而是人格化了，主动飞花送行，更耐人寻味。

出郭犹余惜别情，短衣[1]马上晚风轻。
官桥[2]杨柳初相识，也遣飞花送我行。

注释

［1］短衣：后幅较短的上衣，便于动作，如上马、下马，在古代多为平民、士兵等穿着。［2］官桥：地名。全国以官桥为地名的地方很多。诗人当时在山东游历，这里应指今山东枣庄滕州的官桥镇。官桥，南邻苏淮，东是沂蒙山余脉，西接微山湖，交通便利。

延伸阅读

唐李白《宣城送刘副使入秦》："君即刘越石，雄豪冠当时。凄清横吹曲，慷慨扶风词。虎啸俟腾跃，鸡鸣遭乱离。千金市骏马，万里逐王师。结交楼烦将，侍从羽林儿。统兵捍吴越，豺虎不敢窥。大勋竟莫叙，已过秋风吹。秉钺有季公，凛然负英姿。寄深且戎幕，望重必台司。感激一然诺，纵横两无疑。伏奏归北阙，鸣驺忽西驰。列将咸出祖，英僚惜分离。斗酒满四筵，歌啸宛溪湄。君携东山妓，我咏北门诗。贵贱交不易，恐伤中园葵。昔赠紫骝驹，今倾白玉卮。同欢万斛酒，未足解相思。此别又千里，秦吴渺天涯。月明关山苦，水剧陇头悲。借问几时还，春风入黄池。无令长相忆，折断杨柳枝。"

登蓬莱阁寄济南故人

题解

蓬莱阁，建于北宋嘉祐年间，在今山东烟台蓬莱北的丹崖山巅。常可见“海市蜃楼”，是著名的道教名胜。别称“人间仙境”，传说是八仙过海的地方。

诗人到蓬莱阁上观看日出美景，想起苏轼曾有《登州海市》的诗歌。想起潮人吴子野曾在登州访东坡（是时，苏轼任登州知州），以及“买舟南反”的故事，浮想联翩，从而引发思乡之情，“欲附舟”南归。但是，现实是时光流逝，欲归不能，只能借景抒情，徒唤奈何！

高标仙阁俯神州，乘晓攀林到上头。
日色九枝[1]横不夜，潮声千骑撼之罘[2]。
旧家南海虚烹鲤[3]，故事东溟欲附舟。
（潮人吴子野[4]访东坡于登。自登买舟南反，五日而达潮州）
此意未堪[5]相识问，槛前云物[6]使人愁。

注释

[1] 日色九枝：形容晓日初升，霞光万道。明末清初顾炎武《望夫石》：“威远台前春草萋，望夫冈畔夜乌啼。九枝白日扶桑上，万叠

苍山大海西。” ［2］之罘（fú）：山名，又称芝罘，在今山东烟台芝罘区，与蓬莱阁隔海相望。 ［3］烹鲤：意指开启书信。鲤，指两块刻成鲤鱼形状的木板，中间夹有书信。典出《饮马长城窟行》：“客从远方来，遗我双鲤鱼。呼儿烹鲤鱼，中有尺素书。” ［4］吴子野：名复古，号远游，北宋海阳（今属广东汕头）人。与苏轼兄弟友善，往来十分密切。宋元丰八年（1085）十月，苏轼到登州任知州，仅五日即去，作有《登州海市》一诗。据李诗所注，吴子野拜访苏轼的时间，应是此五日间。 ［5］未堪：不堪。南朝刘义庆《世说新语·言语》：“桓公北征，经金城，见前为琅琊时种柳，皆已十围，慨然曰：‘树犹如此，人何以堪？’攀折枝条，泫然流泪。” ［6］云物：景物、景色。宋范成大《冬至日铜壶阁落成》：“故园云物知何似，试上东楼直北看。”

拜苏文忠公祠

题解

苏文忠公，苏轼（1037—1101），字子瞻，眉州眉山（今属四川）人，北宋著名文学家。在以王安石为代表的新党和以司马光为代表的旧党的党争中，屡遭排斥打击，仕途坎坷。他因“乌台诗案”入狱，被贬黄州。后来，又起起落落，先是被贬到偏远的广东惠州，后来又到了更为偏远的海南儋州。卒谥文忠。

苏轼曾知登州（今蓬莱），虽然任上只五日，却写下流传千古的《登州海市》一诗。后人在蓬莱建造有苏文忠公祠。

和许多文人学士一样，李黼平对苏轼有着一种特别的景仰之情，不仅因为苏轼是著名的文学家，还因为他坎坷的遭遇令人同情，高尚的品格使人感动，旷达的胸怀让人佩服。李黼平“春游下马入门拜”，瞻仰祠庙，缅怀苏轼，赋诗颂扬。

颂诗从苏文忠公祠的地理位置——东海东的三神山写起：峨眉仙人苏文忠公御风而来，到这仙人居住的仙境，定会遇见安期生、羡门这些仙翁。转而实写苏轼“成仙”前的经历：本是在朝为官，哪想到会因“乌台诗案”蒙冤受难、失去自由，且长达六年之久。任职登州知府，看到了海市蜃楼，又为老天爷的怜爱而高兴万分。遂用生花妙笔，为历史悠久、环境优美的登州讴歌。官居登州只有短短的五天时间，虽然得到老天爷的眷顾，但人逢厄运，又岂能如愿以偿？游历美景，只觉时光飞逝，弹指一挥间，好像那雪泥飞鸿一样，只留下一点痕迹罢了。后一贬再贬，直至儋州。乘船渡海，烟雾迷蒙，九死一生。想当年，在虔州（今江西赣州）观景，登州海市、蓬莱胜景也在脑海中浮现。后来的有识之士在蓬莱兴建了苏文忠公祠，供人礼拜。你就像万里无云的晴空中飞扬的羽毛，是那么清高！自从元丰年间的冤案以来，你历经坎坷，仿佛一切都在梦中，但你依然“不顾身害”“尽言无隐”“黑白分明”，保持光明磊落的品格、潇洒旷达的情怀，你自是“散发骑白龙”的神仙！在这海天一色、夕照通红的时刻，让我以海水当美酒，以诗歌为供品祭拜你吧！

丹崖[1]峭插东海东，三壶[2]缥缈一气通。
安期[3]羡门[4]定谁逢，峨眉仙人[5]来御风。
承明之直[6]岂自厌，六年缧绁[7]到处同。
及兹海市[8]供一玩，失喜[9]造物哀龙钟[10]。
莱牟[11]地荒古彝国[12]，将假诗笔开其蒙。
长山[13]沙门[14]幽绝处，群鸥狎客翘[15]支筇[16]。
官居五日亦人厄，天纵许住谁为容？
良游坐使弹指过，真如泥雪惊飞鸿[17]。
珠崖儋耳[18]历万死，鬼门并骛[19]烟濛濛。
当时郁孤台[20]上望，明灭苦忆蓬莱宫。
后贤似识方外[21]意，祠宇结构兹山崇。
春游下马入门拜，清高毛羽[22]当晴空。
元丰[23]至今如梦中，公自散发骑白龙。
沧波一勺歌酹公，海天万里斜阳红。

注释

［1］丹崖：今山东烟台蓬莱北的丹崖山，上有蓬莱阁。［2］三壶：传说中的东海三神山，方壶（方丈）、蓬壶（蓬莱）、瀛壶（瀛洲），均为仙人所居之地。［3］安期：即安期生，又称千岁翁，传说中的神仙。居住在蓬莱，秦始皇、汉武帝都曾派人寻找，以求长生。汉司马迁《史记·孝武本纪》："臣（李少君）尝游海上，见安期生，食巨枣，大如瓜。安期生，仙者，通蓬莱中，合则见人，不合则隐。"［4］羡门：传说中的仙人。唐白居易《梦仙》："须臾群仙来，相引见玉京。安期羡门辈，列侍如公卿。"［5］峨眉仙人：指苏轼。［6］承明之直：指苏轼曾任京官。汉代建有承明庐，为皇帝侍从值宿之所，后来泛指在朝为官。［7］六年缧绁（léi xiè）：指苏轼失去自由六年之久。缧绁，原指拘捕捆绑犯人的绳子，后引申为囚禁。北宋元丰二年（1079），苏轼调任湖州知府，其《湖州谢表》中，有"难以追陪新进"等语。新党以此为把柄，大做文章。他们诬告苏轼包藏祸心，讥讽皇帝，死有余辜。苏轼到任湖州才三个月，就被御史台逮捕。新党以"托事以讽""诋毁朝政"的罪名，要将苏轼置于死地，史称"乌台（御史台）诗案"。从苏轼下狱、被贬为黄州团练副使"本州安置"（要受当地官员监视），到元丰七年（1084）离开黄州，时间长达六年。［8］海市：指登州出现的海市蜃楼景象。［9］失喜：欢喜至极，不能控制自己。唐杜甫《远游》："似闻胡骑走，失喜问京华。"［10］龙钟：老态龙钟，指身体衰老，行动不便。宋陆游《听雨》："老态龙钟疾未平，更堪俗事败幽情。"［11］莱牟：莱州、牟平。古曾为莱子国、牟子国。［12］古彝国：指以青铜器祭祀的古国，表示历史悠久。彝，古代常用的青铜祭器，这里非指西南地区的古彝国。［13］长山：指靠近登州的长山岛。［14］沙门：指靠近登州的沙门岛，旧称，今称庙岛。［15］翘

(qiáo):这里用作动词，抬头，翘立。　[16]筇(qióng):实心、节间距离较长的一种竹子，适合做拐杖。引申为手杖。宋周密《夜归》:"夜深归客倚筇行，冷磷依萤聚土塍。"　[17]泥雪惊飞鸿：典见宋苏轼《和子由渑池怀旧》:"人生到处知何似？应似飞鸿踏雪泥。泥上偶然留指爪，鸿飞那复计东西。"　[18]珠崖儋耳：指海南岛。汉武帝时设置珠崖郡、儋耳郡。北宋绍圣四年(1097)，苏轼由惠州再贬至儋州。　[19]并骛：并驰。　[20]郁孤台：在今江西赣州。苏轼《虔州八境图》:"烟云缥缈郁孤台，积翠浮空雨半开。想见之罘观海市，绛宫明灭是蓬莱。"　[21]方外：尘世之外，神仙所居之地。这里借指神仙。　[22]毛羽：即羽毛。典出唐杜甫《咏怀古迹》:"诸葛大名垂宇宙，宗臣遗像肃清高。三分割据纡筹策，万古云霄一羽毛。"　[23]元丰：宋神宗年号，1078—1085年。这里特指元丰二年(1079)的"乌台诗案"，苏轼在湖州任上被诬下狱。

延伸阅读

章培恒、骆玉明《中国文学史》:"苏轼的朋友、诗僧参寥在《东坡先生挽词》中写道：'峨冠正笏立谈丛，凛凛群惊国士风。却戴葛巾从杖履，直将和气接儿童。'正是从两方面归纳了苏轼的人格精神。他既严正又平和，既坚持了士大夫积极入世、刚正不阿、恪守信念的人格理想，又保持了士大夫追求超越世俗、追求艺术化的人生境界与心灵境界的人格理想，把两者融为一体，巧妙地解决了进取与退隐、入世与出世、社会与个人那一类在士大夫心灵上历来相互纠结缠绕的矛盾，并在其文学作品中加以充分的表现。苏轼为后来在类似条件下生存的文人提供了一种典范，因而获得他们普遍的尊敬。"①

---

① 章培恒、骆玉明：《中国文学史》(中)，复旦大学出版社，1996年版，第371页。

送张芸堂秀才北还

题解

张芸堂，生平不详。从诗意看，应是河北涿水的一个家境贫寒的秀才。

他穿着短衣，和李黼平在东海边相遇，一起欣赏黄腄当地的景色，白天总想着超尘脱俗，到蓬莱为仙，夜晚却思乡情切，做梦也随着涿水缓缓前行，一路去往故乡。

李黼平劝慰友人：击缶高歌，多少人和你意气相投？像你这样才情横溢，能著书立说的人是不会没前途的。预祝你在华阳馆得到好消息（中举），你定会科举及第，春风得意，和新科进士们在都城骑马游春看花。

亲切的鼓励、真诚的祝福，李黼平对朋友的深情洋溢于字里行间。

短后[1]相逢东海头，黄腄[2]云物[3]眼中收。
仙心日问蓬山[4]渡，乡梦宵随涿水[5]流。
击缶[6]几人同意气，著书如汝未穷愁。
前期好在华阳馆[7]，准及春风并马游[8]。

注释

[1]短后：即短衣。衣服的后幅较短，便于活动。古代多为普通百

姓所穿。［2］黄腄（chuí）：地名，在今山东威海文登西。［3］云物：指景物。［4］蓬山：指蓬莱山，神仙居所。［5］涿水：水名，在今河北省。［6］缶：古时本是盛酒水的瓦器，也用作打击乐器。汉班固《汉书·杨恽传》："酒后耳热，仰天拊缶，而呼乌乌。"［7］华阳馆：疑指今山东济南东北的华阳宫。［8］春风并马游：在明媚的春天，新科进士们骑马游春看花，这里指科举及第。

延伸阅读

唐孟郊《登科后》："昔日龌龊不足夸，今朝放荡思无涯。春风得意马蹄疾，一日看尽长安花。"

紫荆山见雁

题解

紫荆山，从诗的内容和李黼平的行程看，应是指河南郑州的紫荆山，现已辟成以苍松翠柏为主的紫荆山公园。

这首诗见雁有感，抒写诗人思乡之情。

紫荆山上，放眼四望，草木萧瑟，落叶纷飞，虽然身处高山，却无登高眺望的雅兴。只见天上不断鸣叫的孤雁，苦苦飞翔，寻找雁群，而远离家乡的游子，也禁不住悲泪潸潸。霜雪雨霰的寒冬日益临近，关隘山岭，哪里可以安身？家中亲人都深深挂念你这长期外出的游子啊，更何况你微薄的生计连糊口都困难！

本诗见物起兴，比喻贴切。结语用亲友的思念，反衬自己的无奈。

满目纷萧瑟，凭高与兴违。离人望乡泪，独雁叫群飞。
霜霰日以逼，关山[1]安所依？长征深念汝，况乃稻粱[2]微。

注释

[1]关山：关隘山岭，高峻险要之地。　[2]稻粱：本是谷物的总称。后来常用来指代粮食等生活必需品。

延伸阅读

唐韦应物《闻雁》："故园渺何处？归思方悠哉。淮南秋雨夜，高斋闻雁来。"

刘学锴评："光从文字看，似乎诗中所抒写的不过是远宦思乡之情，但渗透着全诗中的萧瑟凄清情调和充溢在全诗中的秋声秋意，使读者隐隐约约感到在这'归思''闻雁'的背后还隐现着时代乱离的面影，蕴含着诗人对时代社会的感受。"①

① 萧涤非等：《唐诗鉴赏辞典》，上海辞书出版社，1983年版，第694页。

保定大雨歌

题解

保定，河北省重镇，位于北京南部，是千年古城。清朝时为直隶省会，乾隆皇帝几次南巡都驻跸保定。

本诗极其形象地描写保定久旱后经旬的滂沱大雨。诗人驰骋想象，借用传说中雷公先行、龙神布雨的故事，述说在井中骄懒睡觉的龙神，被求雨的县官割下耳朵，于是飞上天去，发狂地下起大雨来，大雨一连十天也不停止，使清苑、徐水，成了“潇湘江湖”。洪涝成灾，惨状环生，百姓哀鸣。结句安慰百姓，寄希望于皇帝赈灾。此诗体现了诗人对平民百姓的深切同情。

峥嵘[1]赤云布晴空，雷公[2]推车待龙公[3]。
龙眠井中骄不起，县官持刀割其耳。
龙飞上天雷发声，十日滂沱雨不止。
清苑[4]城南徐水[5]边，绿波新涨水如天。
坐思九十有九淀[6]，潇湘[7]江湖在眼前。
县官求雨亦其职，岂料旱干成水溢。
田园没尽庐舍倾，百姓长歌雨无极[8]。
雨无其极汝勿哀，诏书开仓天上来。

注释

［1］峥嵘（zhēng róng）：同“峥嵘”，深邃的样子。战国楚宋玉《高唐赋》：“俯视峥嵘，窐寥窈冥，不见其底。”［2］雷公：雷神的俗称，又称为雷师，在中国的神话中主管打雷的天神。［3］龙公：指龙神，在中国神话中负责下雨。［4］清苑：清苑县，今河北省保定市清苑区。［5］徐水：徐水县，今河北省保定市徐水区。［6］淀：浅水湖泊。［7］潇湘：指潇水和湘江。潇水青绿幽深，水量大，是湘江上游最大的支流。［8］无极：无边无际，没有尽头。《庄子·逍遥游》：“吾惊怖其言，犹河汉而无极也。”

延伸阅读

明苏升《看水灾》：“当时尧水入天成，闻说于今尚怆情。讵谓九年犹未厌，顿令千命问余生。西山日落云犹黑，南浦风轻波复惊。取是长河流不尽，翻疑吾泪益沧溟。”

莲花池古藤歌

题解

莲花池，指保定的莲花池。初建于唐，原名雪香园。后因荷花盛开而被称为莲花池。清雍正年间，直隶总督李卫曾在此开办莲池书院。其后，乾隆、嘉庆皇帝也曾在此驻跸。

诗人赞美保定莲花池的古藤，可谓出神入化，以之喻“世间奇才”，暗寓个人的理想。

起句即点出古藤非比寻常，接着是对现实的描摹，丰富的想象把人带进由实而虚、又由虚而实的观赏境界。

粗壮矫健的古藤生长在莲池之中，使游客爱不能罢，一日三窥，看了又看。只见它盘根错节，枝蔓纠缠，本应是深山老林之物，现出现在世人眼前，更显得枝条交错。莫非是大蛇遭砍杀后，其吞食的大象巨骨被抛弃，从遥远的潇湘漂移至此？不然，便是那被困积水中的黑色龙马，睡醒欲起时在盘曲蠕动？池中苔藓斑驳，日光映照下，像金灿灿的龙鳞上翘下垂，极为壮观。显形吧，夜晚可要提防，别遇上喝醉了酒的赤帝子，被他一刀斩了；含藏不露吧，白天又担心被司春的苍帝责怪。有人说保定十天的暴雨，可能是你为非作歹，天帝要派遣六丁下凡，带上雷公电母，用绳索把你连根拔除，真使人惊骇万分。你是天生神物，必定是堂堂正正，怎么会像妖龙那样祸害百姓呢？请在酷暑闷热，人们如坐蒸笼中的时候，用你繁茂、丰盛的枝叶搭起阴凉的高棚，让人舒适地躺在竹席上，直到太阳落到西山。你使人心宁神静，肌骨清爽，使人顿时觉得夏令时节吹来了阵阵秋风。当年，受到唐玄宗宠爱的杨玉环，走到了莲花池边，依靠着绘有凤凰的帝王车驾，上有如同灵芝般的华丽车盖，连那纤花细草也会增色，红艳艳的荷花，是何等赏心悦目！这时，你如果抓住时机起舞朝拜，必将被皇帝重用，车驾的六龙马会变为七龙马！世间的奇才呀，不必嗟怨，一定可以在帝都得到圣上的恩宠。

古藤矫矫当莲池，有客一日三来窥。深山蟠根蔓纠结，此本[1]入世尤支离[2]。巴蛇[3]就屠巨骨弃，荦确[4]远自潇湘移。不然踬涔[5]困黑骊[6]，起陆一睡盘躨跜[7]。苔缠薛绣极斑驳，日光照灿鳞之而[8]。显形夜妨赤帝[9]醉，含景昼畏苍精[10]知。人言保州十日雨，汝或窃化穷游嬉。六丁[11]下遣雷电索，速拔根本惊无遗。天生神物必正直，肯作民害同妖螭[12]？君看溽暑[13]坐蒸甑[14]，攒条布叶丰茸垂。高棚阴森铺簟[15]卧，羲和[16]疾走回西嵫。便人宁体肌骨爽，顿觉夏令吹秋飔[17]。玉真[18]昔年临水湄，身依凤凰翳[19]华芝[20]。纤花细草亦生色，赏心正对红芙披[21]。汝时攫[22]拿若朝舞，驾六[23]为七腾而驰。世间奇才勿嗟怨，黄图[24]万古邀恩慈。

注释

[1] 本：草木的根，这里指藤。 [2] 支离：形体不全。 [3] 巴蛇：大蛇。《山海经》："巴蛇食象，三岁而出其骨。" [4] 荦（luò）确：石多而不平貌。唐韩愈《山石》："山石荦确行径微，黄昏到寺蝙蝠飞。" [5] 涔：指路上的积水多。 [6] 黑骊：黑色的骏马。 [7] 躨跜（kuí ní）：虬龙盘曲，颔然若动的样子。 [8] 鳞之而：鬓毛上翘

下垂的状貌。典出《周礼·考工记·梓人》“作其鳞之而”。清戴震《考工记补注》：“颊侧上出者曰之，下出者曰而，须鬣属也。” ［9］赤帝：五天帝之一，南方之神，司夏天。这里则是用“赤帝子”的典故。汉司马迁《史记·高祖本纪》：“高祖被酒，夜径泽中，令一人行前。行前者还报曰：‘前有大蛇当径，愿还。’高祖醉，曰：‘壮士行，何畏！’拔剑击斩蛇。蛇遂分为两，径开。行数里，醉，因卧。后人来至蛇所，有一老妪夜哭。人问何哭？妪曰：‘人杀吾子，故哭之。’人曰：‘妪子何为见杀？’妪曰：‘吾子，白帝子也，化为蛇，当道，今为赤帝子斩之，故哭。’” ［10］苍精：五天帝之一，东方之神，司春天，又称苍帝、木帝。 ［11］六丁：即丁卯、丁巳、丁未、丁酉、丁亥、丁丑，道教中的武将阴神，为天帝役使，“行风雷，制鬼神”。唐韩愈《调张籍》：“仙官敕六丁，雷电下取将。” ［12］妖螭（chī）：为非作歹的蛟龙。螭，古代神话传说中没有角的龙，是龙王九子之一。 ［13］溽暑：潮湿闷热的夏天。 ［14］甑（zèng）：古人的蒸食炊器。 ［15］簟（diàn）：竹席。 ［16］羲和：神话中驾日车的神。战国楚屈原《离骚》：“吾令羲和弭节兮，望崦嵫而勿迫。” ［17］飔（sī）：凉风。 ［18］玉真：唐玄宗的贵妃杨玉环，号太真。 ［19］翳：遮蔽，掩盖。 ［20］华芝：这里指帝王车驾的伞形顶盖，形同灵芝。 ［21］红芙披：红荷花叶。 ［22］攫：快速抓取。 ［23］驾六：即“天子驾六”。据古代礼制，皇帝的御驾是六匹马拉的两轮马车。 ［24］黄图：帝都。唐骆宾王《同崔驸马晓初登楼思京》：“白云乡思远，黄图归路难。”

下第作

题解

下第，科举考试落第。第，本义是次序。古代科举考试中试者分甲乙等第，故考试中试也称为“第”。考中者称及第，不中者称落第、下第、不第。

李黼平参加嘉庆四年（1799）己未科、嘉庆六年（1801）辛酉恩科、嘉庆七年（1802）壬戌科的会试，连续三次到京城，皆不第。

会试的时间都是在春天，那是风光明媚的时节。一旦进士及第，便可骑马游春，欣赏都城的繁华。可是，李黼平却一次又一次失望了。面对朝露滋花、柳絮轻扬的良辰美景，他只有无尽的愁思，就像当年汉武帝眼巴巴看着青雀从高楼西飞一样，是那样无可奈何！

这首诗明白晓畅，诗人用众所周知的汉武帝的故事，把自己失落的情绪形象地表达出来。

三度长安[1]踏遍春，露花风絮媚良辰。
高楼无限珠帘卷，青雀西飞[2]思杀人[3]。

注释

[1] 三度长安：三次到京都。长安，今陕西西安，曾称镐京（西

周）、咸阳（秦）、大兴（隋）等，是十三朝古都，这里借指清朝的都城北京。 ［2］青雀西飞：表示无可奈何的心情。传说一个名叫“巨灵”的女子，竟然能从汉武帝身旁的青珉唾壶出入，嬉笑于帝前，甚得武帝喜欢。东方朔望见，以目视之，巨灵化为青雀飞走了。汉武帝于是筑青雀台纪念。唐李商隐《汉宫词》：“青雀西飞竟未回，君王长在集灵台。” ［3］思杀人：即“思煞人”。

延伸阅读

唐贾岛《下第》：“下第只空囊，如何住帝乡。杏园啼百舌，谁醉在花傍。泪落故山远，病来春草长。知音逢岂易，孤棹负三湘。”

顺德道中

题解

顺德，今河北邢台，元、明、清三代称顺德府。

李黼平在三次会试不第后，因“旅食尽”，曾一度“走谒陈简亭中丞大文于山东”，接着到保定当幕僚。嘉庆八年（1803），决定回老家广东，在经河北顺德途中写下这首诗。

诗人用叙事的手法，记述自己行程中的见闻：风铃的响声，惊破午休的梦境，在流水声中匆匆赶路。到了河北地区，只见城郊一带，有许多水稻田。农人在春耕插秧完毕后，又忙于疏通河道。农具多半已收拾起来，挂上了墙壁。耕牛在树下嬉戏，可以休闲歇息一阵了。新插的秧苗已经青绿齐整，放眼望去，青翠茂盛。本来要植株疏朗，但禾苗密集不方便除稗留苗呢！和风该不会影响水稻的生长吧，没有长得好的水稻，农人哪里能指望有丰收年呢？

由物及人，再由人及己。一句“客本农家流”，过渡极为自然。多年在北方漂泊，料想家里的农田已经荒芜，一想到这里，只能暗自伤悲。吟出这首诗，是要告诉童仆：快马加鞭，让我早日回到家乡！

诗人的心境与当年陶渊明写《归去来兮辞》时，可谓同出一辙。

铎铃[1]破午梦，决决[2]闻流泉。
兹惟河朔[3]区，负郭[4]多稻田。

人家耕种后，行水[5]通涂[6]川。
犁锄半挂壁，松下嬉乌犍[7]。
新秧青始齐，弥[8]望郁[9]芊眠[10]。
立苗欲其疏[11]，攒[12]促恐未便。
泠风[13]不摇长，何以望丰年？
客[14]本农家流，三年走幽燕[15]。
西畴[16]应已荒，寸心私自怜。
作诗告仆夫，为我加归鞭。

注释

[1] 铎铃：檐铃，风铃。 [2] 决决：象声词，形容水声。 [3] 河朔：泛指黄河以北地区。朔，指北方。 [4] 负郭：靠近城郭。 [5] 行水：疏通水流。 [6] 涂：同“途”，指道路。 [7] 乌犍：阉过的公牛，强健而温顺。这里泛指耕牛。宋陆游《独立思故山》：“青箬买来冲雨钓，乌犍租得及时耕。” [8] 弥：满，遍。 [9] 郁：青翠茂盛。 [10] 芊眠：草木茂盛。 [11] 立苗欲其疏：栽种禾苗，植株要疏朗。 [12] 攒：聚拢，凑集。 [13] 泠风：和风，清风，小风。《庄子·齐物论》：“泠风则小和，飘风则大和。” [14] 客：这里是诗人自谓。 [15] 幽燕：今河北北部及辽宁一带。在古代，幽州为十二州之一。《尔雅·释地》：“燕曰幽州。” [16] 西畴：西边已耕作的土地。这里用了陶渊明辞官归隐田园的典故。

邺中怀古和壁间韵

题解

邺，古代著名都城，今河北临漳县西和河南安阳北郊一带。齐桓公时始筑邺城，秦朝实行郡县制，属邯郸郡。

东汉末年，曹操击败袁绍后，被册封为魏国公，在邺城建都，并形成了以曹操父子为中心的邺下文人集团，他们的作品被称为“建安文学”，以“风骨”著称，其内容充实，慷慨悲歌，反映了当时局势动乱和民生疾苦的社会现状，在中国文学史上有重要地位。

李鼒平到了邺中，看见墙壁上有诗，读着读着，生发思古之幽情，想起一代枭雄曹操的丰功伟绩，想起以曹操为首的邺下文人集团，不胜感慨，遂依照原诗韵，作诗唱和。

曹操厥功至伟，却不愿居君主之位。他雅爱辞章，笃好斯文，形成邺下文人集团，并开创了悲凉慷慨的建安文学，影响千载。李鼒平热情讴歌，用“谁使”的反诘手法，突出曹操的高大形象。面对荒凉的景象，结句一个“空”字，表达了自己仰慕英雄，恨不同时，惆怅万分，无可奈何的心绪。

黄巾[1]白绕[2]乱纷纷，一剑横磨气不群[3]。
谁使五官[4]为舜禹，终教二伯[5]愧桓文[6]。
飞鹰走犬初心在[7]，鼓瑟吹笙[8]雅奏闻。
华屋荒凉才子散，空寻石墨[9]吊斜曛。

注释

[1] 黄巾：黄巾军。东汉灵帝光和七年（184），太平道首领张角等发动农民起义，以“苍天已死，黄天当立，岁在甲子，天下大吉”号召，信徒达数十万人。皆以黄巾裹头，称为黄巾军。 [2] 白绕：黑山黄巾军的首领。他攻打东郡时在濮阳被曹操击败。 [3] 一剑横磨气不群：赞颂曹操破黄巾、讨董卓、灭袁绍、征乌桓、统一北方的历史功绩，气势恢宏，超逸绝群。 [4] 五官：这里泛指百官。 [5] 二伯：周朝主持国政的东西二伯，周公主陕之东，召公主陕之西。 [6] 桓文：指“春秋五霸”中的齐桓公、晋文公。 [7] 飞鹰走犬初心在：字面意义是保留有打猎游荡的初心，实际是喻指曹操在功成后，能善待部属，而不是“飞鸟尽，良弓藏，走狗烹”。 [8] 鼓瑟吹笙：弹奏雅乐。这里特指曹操主持邺下文人集团的活动。三国曹操《短歌行》：“对酒当歌，人生几何？……我有嘉宾，鼓瑟吹笙。” [9] 石墨：用石炭（煤）作墨，这里指用石墨写的壁间诗。

延伸阅读

廖仲安、徐公持：“建安文人集团的主要人物就是‘三曹’和‘七子’。曹操处于政治领袖地位，他的诗文创作，紧密联系他的政治、军事斗争，表现了壮阔的胸怀抱负，具有沉雄的气概、古朴苍凉的风格。曹丕曹植兄弟，是建安作家集团实际上的核心，他们才华英发，诗、赋、散文各体皆能，作品最多。……‘七子’指孔融、王粲、徐干、阮瑀、应玚、刘桢，他们怀文抱质，各标其美。”①

① 周扬、钱仲联、王瑶等：《中国文学史通览》，东方出版中心，1994年版，第191页。

开封寄京师故人

题解

开封，今河南开封，著名的历史名城。简称汴，古称大梁、汴州、东京、汴京、汴梁等，是八朝古都。

诗人乘船南归，渡过黄河，经怀县，到了开封。向京城的老朋友述说行程，本是极为寻常的事，但这首诗却写得饶有趣味，令人印象深刻。

此诗重点写羁留开封（汴州）的情景：闭门、烦愁、回忆、醉酒、歌吟。往昔汴京的繁华和今朝自己的失落，与忆读《东京梦华录》联系在一起，对比强烈。

问予归棹越黄河，到处淹留[1]似伏波。
怀县[2]故人飞盖[3]别，汴州[4]愁思闭门多。
图书[5]南渡闲中忆，尘土东华梦里过。
赖有樊家[6]新酿熟，醉来凭上吹台[7]歌。

注释

[1]淹留：羁留，逗留。三国魏曹丕《燕歌行二首·其一》："慊慊思归恋故乡，君何淹留寄他方？" [2]怀县：旧县名。故城在今河南武陟县。 [3]飞盖：形容车行如飞。盖，车盖。 [4]汴州：北宋时期作为京城长达168年（960—1127），在当时最为繁荣。宋张择端《清

明上河图》有具体描绘。宋林升《题临安邸》："山外青山楼外楼，西湖歌舞几时休？暖风熏得游人醉，直把杭州作汴州。" ［5］图书：指宋孟元老的《东京梦华录》，该书详细记述了北宋时期京城汴州的风物民情和繁华景象。 ［6］樊家：指樊楼，汴京著名的酒楼。 ［7］吹台：汴京的游乐胜地，今河南开封禹王台公园内。据说，春秋时期双目失明的师旷曾在此吹奏乐器，上通神明，感天动地。汉梁孝王在兴建梁苑时，曾精心整修吹台。三国魏阮籍《咏怀》："驾言发魏都，南向望吹台。箫管有遗音，梁王安在哉？"唐李白、杜甫、高适在汴州相会，也同登吹台，饮酒赋诗。杜甫《遣怀》："忆与高李辈，论交入酒垆。两公壮藻思，得我色敷腴。气酣登吹台，怀古视平芜。"

延伸阅读

宋刘子翚《汴京纪事》："梁园歌舞足风流，美酒如刀解春愁。忆得少年多乐事，夜深灯火上樊楼。"

读遗山诗

题解

遗山诗，指元好问的《遗山集》。元好问（1190—1257），字裕之，号遗山，太原秀容（今山西沂州）人，金代著名诗人。兴定进士，任国史院编修，留官汴京。出任过多处县令，均有善政。官至尚书省左司员外郎，又家居汴京。金朝灭亡后，不再做官，回老家潜心著述。其“丧乱诗”深刻反映国破家亡的现实。有《遗山集》四十卷，另有《中州集》，编辑金代诗人的作品。

李黼平用凝练的笔法，赞颂元好问的家国情怀。蒙古军攻下汴京，金人在青城投降，美好河山被霸占，元好问的万分悲愤，都体现在“千年恨未休”五字中。而“甘一死”三字则表达了元好问对故里的深情。明知老家比不上长期生活的汴京的繁华，仍毅然决然返乡，心甘情愿在家乡终老一生。短短的二十八字，展现出爱国文人元好问的高大形象。

青城[1]山色汴河[2]流，风月[3]千年恨未休。
若[4]为墓田[5]甘一死[6]，梁州[7]原不及扬州[8]。

注释

［1］青城：北宋祭天斋官名，地在汴京（今河南开封），宋徽宗、钦宗在此降金。金朝末年，叛将崔立将后妃、诸王又送到此处，向蒙古军投降。［2］汴河：又称汴水，流经汴京。［3］风月：这里指清风明

月、江山美景。［4］若：指你。［5］墓田：坟地。这里指代先辈坟墓所在的家乡。［6］甘一死：指心甘情愿，一死方休。［7］梁州：古代九州之一，地辖今山西、陕西等地。这里指元好问的家乡。元好问晚年回归故里，潜心著述。［8］扬州：这里借指汴京。

延伸阅读

刘德谦："今存《遗山集》40卷，内诗赋共14卷，文26卷。集内有诗1300余首，内容题材异常广泛，缘其亲历亡国之痛，故涉及战乱的作品情绪表达最为强烈，如《岐阳》《壬辰十二月车驾东狩后即事》《癸巳五月三日北渡》《续小娘歌》等，都是声声句句见血泪的。此外，如《颖亭留别》《山居杂诗》等对山川村野的摹状，《驱猪行》《宛丘叹》对民生的哀叹都很有特色，尤其是《涌金亭示同游诸君》等更有一种杜甫苏轼的气势。好问工于七古和七律，关于他诗作的艺术，清赵翼说：'苏陆古体诗，行墨间尚多排偶，一则以示其辨博，一则以侈其藻绘，固才人之能事也；遗山则专以单行，绝无偶句，构思窅渺，十步九折，愈折而意愈深味愈隽，虽苏陆亦不及也。七言律则更深挚悲凉，自成声调，唐以来律诗之可歌可泣者，少陵十数联外，绝无嗣响，遗山则往往有之。'（《瓯北诗话》）。"①

① 朱林宝：《中华文化典籍指要》，山东人民出版社，1994年版，第586页。

樊城晚望

题解

李黼平深谙中国的历史文化，每到一个地方，就会想起该处的先贤业绩、人文掌故。抒写思古之幽情，感慨自己的遭遇，成为诗人创作中屡见不鲜的主题，本诗即为一例。

樊城，古代受襄阳管辖，今湖北襄阳樊城区。古代兵家必争之地，关羽与吴争荆州，即败于此地。

西晋羊祜任都督荆州诸军事时，在襄樊开府，广施德政，深得人心，成为千古佳话。千年后的李黼平，晚望樊城，深情吟咏。从眼前苍凉的景色起笔，遥思当年羊祜的政绩，细细体会，含义隽永，意味无穷。

斗僻[1]樊城一望空，市声萧瑟夕阳红。
人家门巷秋临水，幕府[2]旌竿晚啸风。
从古襄阳有耆旧[3]，到今江表[4]恨英雄[5]。
飞书拟赞征南画[6]，试遣归桡缓向东。

注释

［1］斗僻：偏僻狭小。　［2］幕府：古代军事将领办理公务的地方，因将帅出征住在帐幕而得名。　［3］耆旧：耆老故旧，指受人尊重的老年人。东晋史学家习凿齿著有《襄阳耆旧记》，是重要的史学

著作，记述有宋玉、羊祜等许多襄阳历史人物的事迹。 ［4］江表：古代泛指长江以南地区。在中原人看来，江南地处长江之外，故称为江表。 ［5］恨英雄："英雄恨"的倒装，为英雄壮志未酬而深感遗憾。英雄，这里特指羊祜。西晋大臣羊祜（221—278），字叔子，在晋武帝司马炎泰始五年（269），以都督荆州诸军事，出镇襄阳，长达十年。他开屯田，储军粮，为一举灭吴做准备。平日轻裘缓带，身不披甲，还与吴将陆抗互通使节，各保分界。在其治理下，襄阳繁荣昌盛，百姓安居乐业。有了扎实的基础后，曾屡请求出兵灭吴，并做充分准备，制订了具体计划，却因晋武帝犹豫，始终未果。死后，吏民为其建庙立碑于岘山，名为"堕泪碑"。唐孟浩然《与诸子登岘山》："人事有代谢，往来成古今。江山留胜迹，我辈复登临。水落鱼梁浅，天寒梦泽深。羊公碑尚在，读罢泪沾襟。" ［6］飞书拟赞征南画：指羊祜向晋武帝密奏伐吴计划，认为平吴之战，不宜操之过急。

延伸阅读

宋范仲淹《寄题岘山羊公祠堂》："休哉羊叔子，辅晋功勋大。化行江汉间，恩被疆场外。中国倚而安，治为天下最。开府多英僚，置酒每高会。徘徊临岘首，兴言何慷慨。此山自古有，游者千万辈。堙灭皆无闻，空悲岁月迈。公乎仁泽深，风采独不昧。于今堕泪碑，观之益钦戴。卓有王源步，文学伟当代。借麾来襄阳，高怀极恬退。山姿列云端，江响拂天籁。行乐何逍遥，览古忽感慨。不见叔子祠，芜没民畴内。千金赎故基，庙貌重营绘。襄人复其祀，水旱有攸赖。太守一兴善，比户皆欢快。源叔政可歌，又留千载爱。"

浔阳望香炉峰用孟公韵

题解

浔阳，古地名，别称湓城、湓口城，治今江西九江。唐白居易《琵琶行》："浔阳江头夜送客，枫叶荻花秋瑟瑟。"

香炉峰，是庐山的秀中之秀。唐李白《望庐山瀑布》："日照香炉生紫烟，遥看瀑布挂前川。飞流直下三千尺，疑是银河落九天。"

孟公，指唐代诗人孟浩然。其诗《晚泊浔阳望庐山》用冬钟韵：逢、峰、踪、钟。

李黼平同样是乘船到浔阳，遥望香炉峰，触景生情，有了创作冲动，联想起孟公望庐山的杰作，于是步其韵。

一般而言，步韵诗不仅格式要与原诗相同，思想内容也往往要和原诗相关联，不容易写好。而歌咏同一景物，更是难以创新，李白就有过"眼前有景道不得，崔颢题诗在上头"的慨叹。本诗能写出新意，可谓难能可贵。

李黼平是第二次到庐山，点明重游后，即以写实笔法，重点突出今朝美景：秋风拂面，江水漾漾。艳阳高照，晴空万里，高低峰峦，历历在目。悬崖陡峭，飞瀑流泉，古木参天，行人难觅，与前一次风雪漫天上庐山大不相同。形象生动，对比强烈。李黼平也想循着孟公的足迹，去造访东晋慧远大师的东林精舍，却听到一声声钟响，僧人正要午休，他也只能作罢。

李诗虽不如孟诗空灵，亦不失为清新之作，颇有意味。

昔年入庐阜[1]，风雪暗相逢。
今日秋江上，晴天云外峰。
飞泉挂绝壁，古木蔽行踪。
尚欲舍舟往，泠泠[2]方午钟。

注释

[1]庐阜：庐山。唐刘禹锡《历阳书事七十韵》：“庐阜香炉出，湓城粉堞明。” [2]泠泠：清泠、悠扬。唐刘长卿《听弹琴》：“泠泠七弦上，静听松风寒。”

延伸阅读

唐孟浩然《晚泊浔阳望庐山》：“挂席几千里，名山都未逢。泊舟浔阳郭，始见香炉峰。尝读远公传，永怀尘外踪。东林精舍近，日暮空闻钟。”

钱仲联、徐永端评述：“这首诗色彩淡素，浑成无迹，后人叹为‘天籁之作’，上来四句，颇有气势，尺幅千里，一气直下。诗人用淡笔一挥，便把这江山胜处的风貌勾勒出来了，而且还传递了神情……

“这首诗，诗人写来毫不费力，真有‘挥毫落纸如云烟’之妙。诗人写出了‘晚泊浔阳’时的所见、所闻、所思，流露出对隐逸生活的倾羡。”①

① 萧涤非等：《唐诗鉴赏辞典》，上海辞书出版社，1983年版，第88页。

彭蠡湖棹歌（八首选七）

题解

彭蠡湖，即今江西鄱阳湖。在古代又称彭蠡泽、彭泽、担石湖、扬澜、官亭湖等。

棹歌，船歌。棹，划船的工具，代指船。

诗人以清新明快的船歌，描绘彭蠡湖气象万千的景象，用形象生动的传说，介绍当地的风土民情，引领读者一一品味。

波澜壮阔的湖面上，崭新的“长安”号大舰正迎风破浪前行；湖上人家为了活计，长年劳碌，难得鸿雁秋来，书报平安；途经马当山，有“小姑”试妆、“大姑”失郎的爱情故事；有寡妇语儿、五老端坐的动人传说；有估客扬帆、歌女诉悲；四处漂泊，辛苦奔忙；蜀舸湘艑，南来北往；说不尽的风情，道不完的故事，就像那章江流水、十八滩声，声声入耳，让人陶醉。

新装大舰号长安，轻试风涛千尺宽。
还语客人须好立，扬澜湖[1]北正扬澜。

湖上人家少定居，上穷襄邓[2]下桐庐[3]。
秋来鸿雁入彭泽[4]，为报乘风多寄书。

烟雨空濛经马当[5]，小姑[6]膏沐试新妆。
底事[7]大姑独憔悴，风潮前夜失彭郎。

寡妇矶[8]前新月明，语儿港口晚潮生。
云中五老[9]常端坐，看尽行人朝暮行。

宫亭湖[10]水滑如油，浪草闲花不识愁。
估客[11]扬帆入湖口[12]，琵琶切切似江州[13]。

七月八月湖水平，下流直斗大江横。
南船乘潮唱歌去，北船辛苦上吴城[14]。

湘州[15]大艑[16]高建瓴[17]，蜀舸还夸过洞庭。
章江[18]南上九条水，十八滩[19]声君试听。

注释

[1]扬澜湖：即彭蠡湖。 [2]襄邓：指湖北的襄阳、河南的邓州。 [3]桐庐：县名，今属浙江省。 [4]彭泽：即彭蠡湖。亦为县名，在彭蠡湖边。 [5]马当：山名，在彭泽县东北部，面临长江。[6]小姑：特指民间传说中的小姑山。彭泽县的大江中有大、小孤山，江侧有澎浪矶。因音讹，"孤"转为"姑"，被称为"大姑山""小姑山"；"澎浪矶"则转为"彭郎矶"。彭郎为民间传说中的小姑婿。宋苏轼《李思训画长江绝岛图》："舟中贾客莫漫狂，小姑前年嫁彭郎。" [7]底事：何事，为什么。 [8]寡妇矶：又称大矶头，位于岳阳陆城西南，面临长江，环山石壁峭立。此处江面逐渐狭窄，水流湍急回旋，险象环生。传说有一富商运盐溯江而上，至此忽遇暴风疾雨，江水

滔滔，巨浪翻滚，船覆人亡。噩耗传至家中，妻子悲痛欲绝，发誓要平整矶头，方便船只来往。她变卖家产，聘请工匠，日夜操劳，终于得偿所愿。人们为纪念她的义举，便把大矶头称为寡妇矶。 [9] 五老：指庐山的五老峰。五老峰，一说因神话传说中道教的五位天神而得名；另一说是因山姿形态不一，看上去像不同行业的五位老翁而得名。 [10] 官亭湖：应为官亭湖，即彭蠡湖。 [11] 估客：行商，商人。 [12] 湖口：彭蠡湖通长江处。 [13] 琵琶切切似江州：那悲切的琵琶声，就像唐代的白居易在《琵琶行》中所描述的一样。江州，古地名，今江西九江。西晋时置江州，治所初在豫章，后移浔阳。白居易遭贬时曾任江州司马。其诗《琵琶行》真实地描述了琵琶女的不幸遭遇。 [14] 吴城：著名古镇，位于鄱阳湖、赣江、修水交汇处。 [15] 湘州：古代地名。东晋永嘉年间设置，辖今湖南全省、广东北部和广西东北部。 [16] 艑（biàn）：古代一种大船。 [17] 瓴（líng）：本指房屋上仰盖的瓦沟，用于走水。这里指建在船顶上的水沟，可流动走水。 [18] 章江：水名，与贡江汇合后为赣江。 [19] 十八滩：赣江的十八处险滩。

延伸阅读

唐白居易《彭蠡湖晚归》：“彭蠡湖天晚，桃花水气春。鸟飞千白点，日没半红轮。何必为迁客，无劳是病身。何来临此望，少有不愁人。”

宋芷湾吉士湘自惠州至

题解

宋芷湾，即宋湘（1756—1826），字焕襄，号芷湾，嘉应州人，清乾隆五十七年（1792）解元、嘉庆四年（1799）进士，选翰林院庶吉士。曾任惠州丰湖书院山长、广州粤秀书院院长、翰林院编修、云南曲靖知府、迤西道员、迤南道员、湖北督粮道员等。又是著名诗人、书法家。

吉士，即庶吉士，官名。清朝在翰林院设庶常馆，进士在殿试唱名后再试，选其优者为庶吉士。

宋湘与李黼平是忘年交，虽相差15岁，但惺惺相惜，感情甚笃。李黼平从京城回到潮州时，适宋湘因嘉庆七年（1802）博罗民变，声势浩大，持续数月，翌年亦自惠州出走至潮州。怀着深深的敬意与同情，李黼平以记述的手法，写下这首诗。

李黼平景仰宋湘，把他比作历史上自请长缨的终军，慷慨好义的鲁仲连，称赞他是一位富有家国情怀、关心民间疾苦、怀抱雄心壮志的大丈夫。宋湘具有远见卓识，在惠州任教时，提醒当权者警惕民变，要防患未然，曲突徙薪。可是，不为当权者所用。骚乱四起，“翰林丈人”不得不离开妻儿，远来潮州。诗人敬佩、惋惜之情，洋溢于字里行间。

终童[1]始为弃繻[2]生，壮志乃能请长缨。鲁连[3]慷慨天下士，玉貌岂肯安围城[4]。丈夫要当为世福，不在虎头飞食肉[5]。一夫向隅[6]闻者悲，何况千家万家哭。翰林[7]丈人[8]居惠州，载酒日与诸生游。江山清空伏莽[9]易，先识耿耿生深忧。后者尉他[10]前尉嚣[11]，千年霸气恐未销。惜哉曲突薪不徙[12]，坐看额烂兼头焦。博罗县前搥大鼓[13]，一夕惊传走豺虎。相公行营天上来，偃甲韬戈戒安堵。营门晨开四吹角，抵掌来谈黄石略[14]。建瓴[15]背水势已成，便可如风扫秋箨。吾谋不用非无人，琴剑飘然来海滨。却看妻子寄虎口，未免黯淡伤其神。潮州城南秋色新，楼台倒影波渊沦。公如凭栏写秋水，何许澒洞[16]多风尘。

注释

[1]终童：指汉代终军，年少有为，去世时才20多岁，故世人又称他为终童。终军（约前140—前112），字子云。从小好学，年十八被选为博士弟子，官谏议大夫，向汉武帝自请长缨，出使南越。 [2]繻（xū）：古代作通行证用的帛，上面写字，分成两半。过关时验合，以为凭信。《汉书·终军传》："军从济南当诣博士，步入关，关吏予军繻。军问以此何为，吏曰：为复传还，当以合符。军曰：丈夫西游，终不复还！弃繻而去。" [3]鲁连：即鲁仲连，战国时期齐国人。高蹈不仕，慷慨任侠，常为人排忧解难。秦国围攻赵国都城邯郸时，仲连驳魏王使者辛衍垣之说，力言须救赵，决不可帝秦。后又助齐国收复聊城，齐王欲封爵，仲连逃隐东海。 [4]玉貌岂肯安围城：鲁仲连哪里能对秦国围攻赵国无动于衷呢？玉貌，本是对人容貌的敬称，这里借指鲁仲连。《战国策·赵策》："辛垣衍曰：'今吾视先生（鲁仲连）之玉貌，非有求于平原君者。'" [5]虎头飞食肉：喻指不费力气，坐享其成，轻松取得成就。宋张耒《送刘季孙赴浙东》："将军好书如郗縠，文史随船

三万轴。吟诗坐啸士贾勇，不学虎头飞食肉。” [6]向隅：面对着屋子的一个角落。这里是向隅而泣的省略语。汉刘向《说苑·贵德》：“今有满堂饮酒者，有一人独索然向隅而泣，则一堂之人皆不乐矣。” [7]翰林：指宋湘。宋湘中进士后，选翰林院庶吉士。嘉庆六年（1801），应惠州知府伊秉绶之聘，出任惠州丰湖书院山长，与伊秉绶过从甚密，但生活较为清苦。[8]丈人：老人，古代对长者的敬称，指庄重老人。 [9]伏莽：原指军队埋伏在丛生草木中，伺机而动，亦指潜藏的匪盗。 [10]尉佗：指汉初为南越王的赵佗。赵佗本是秦末将领，曾任广州郡守。 [11]嚣：指任嚣，秦末将领。 [12]曲突薪不徙：比喻面对危险而无防范。突，指烟突，今称烟窗。汉班固《汉书·霍光传》：“客有过主人者，见其灶直突，旁有积薪。客谓主人：更为曲突，远徙其薪，不者，且有火患。主人嘿然不应。俄而家果失火，邻里共救之，幸而得息。于是，杀牛置酒，谢其邻人。灼烂者在于上座，余各以功次坐，而不及言曲突者。人谓主人曰：向使听客之言，不费牛酒，终亡火患。今论功而请客，曲突徙薪无恩泽，焦头烂额者为上客耶？” [13]博罗县前挝大鼓：嘉庆七年（1802）八月，博罗县人陈烂屐四、张锦秀等率天地会徒，聚众起事，以红布包头，潜出抢掳，声势浩大。事前，惠州太守伊秉绶曾面禀总督觉罗吉庆，建议防微杜渐，及早发兵，却未被采纳。从本诗看，是宋湘建议伊秉绶要求总督及早发兵。 [14]黄石略：指黄石公兵法。典出《史记·刘侯世家》，张良在下邳时，一老人授其《太公兵法》，自称十三年后，“济北谷城山下黄石即我矣”。 [15]建瓴：倾倒水瓶。建，通“瀽”（jiǎn），倾倒。有成语“高屋建瓴”。 [16]澒洞（hòng tóng）：弥漫无际。唐杜甫《自京赴奉先县咏怀五百字》：“忧端齐终南，澒洞不可掇。”

延伸阅读

清宋湘《答赠李绣子孝廉黼平兼柬乃兄和甫解元汝谦》："前年客潮州，大李与我为绸缪。今年客潮州，小李亦至复何求？我辈萍逢俱草草，世间万事何足道。只有文章一寸心，千秋四海同怀抱。我从前年别帝京，眼中名士落风尘。据鞍上马向东去，要窥阙里搜周秦。泰山之云东海水，一口吸到腰腹里。翻身散作霞满天，元气淋漓五色纸。谁谓龙身翻久藏，娉婷不嫁琅玡王。嫫母连朝去衣锦，罗敷归来还采桑。我有一樽酒，此酒名招魂，自来不得意，曾酹屈灵均。我有一张琴，此琴名知音，自来少同调，挂在高山岑。潮州城南江水深，潮州城北千松林。携琴呼酒弹复斟，古人何古今何今。不然短衣疋马射虎吾亦得，二李但来莫默默。"[1]

① 宋湘（撰）、黄国声（校辑）：《红杏山房集》，中山大学出版社，1988年版，第77页。

和芷湾《饮酒》

题解

宋湘到潮州后，常与李汝谦、李黼平兄弟喝酒唱和。在《答赠李绣子孝廉黼平兼柬乃兄和甫解元汝谦》之后，又作有《雨夜一首，索和甫、绣子和》《答绣子嘲饮》《答和甫索饮》《调和甫、绣子》《答和甫雨夜见怀》等诗。

宋湘《答绣子嘲饮》："一日应须一百杯，月光西落东飞回。昨宵醉是昨宵月，有底今宵不饮来？"李黼平的这首和诗，即是对宋湘诗的回应。

高馆沉沉，夜色朦朦，月亮初上，稍有一点点影子，酒席才刚刚开始，好酒之徒就踏着月色，早早赶来喝酒。运用白描的手法，简单几笔就活灵活现勾画出"酒人"的形象。后两句进一步深化"酒人"之愿：不怕一醉不起，就是死了，也要变成"酒圣"陶渊明家里的酒杯，时刻不离酒。

高馆[1]沉沉夜宴开，月痕初上酒人[2]来。
不愁一醉经千日，死傍陶家[3]化作杯。

注释

[1]高馆：高大的馆舍。唐岑参《武威送刘单判官赴安西行营便呈高开府》："置酒高馆夕，边城月苍苍。" [2]酒人：本为古代官

名，指掌管造酒之人。亦指酒徒，好酒之人。汉司马迁《史记·刺客列传》："荆轲虽游于酒人乎，然其为人深沉好书。"　［3］陶家：指陶渊明之家。东晋陶渊明是著名的酒圣，《饮酒二十首·序》："余闲居寡欢，兼比夜已长，偶有名酒，无夕不饮。顾影独尽，忽焉复醉。既醉之后，辄题数句自娱。"

延伸阅读

清宋湘《调和甫、绣子》："大李索饮渴欲死，小李止饮惨不齿。饮固欣然止亦喜，执中惟有病太史。君不见仪狄神农俱圣贤，一坐床前一瓮前。左呼调药右进酒，咄咄神仙亦何有？"[①]

---

① 宋湘（撰）、黄国声（校辑）：《红杏山房集》，中山大学出版社，1988年版，第79页。

门人送瓠

题解

门人，这里指弟子，学生。瓠（hù），葫芦瓜，一年生草本植物，茎蔓生，嫩时可作蔬菜食用，老熟后则可剖作盛器。

学生给老师送菜蔬，在过去是寻常事。老师生活普遍较为清苦。与李黼平同时代的宋湘，当了丰湖书院山长，一家八口，过年时竟然也要典当衣服，即可见一斑。所以，李黼平收到学生送的葫芦瓜，高兴得写起诗来：

多么新鲜的葫芦瓜啊，蔓长叶圆，又肥又大，用来做菜多么合适，可摆上筵席！也可以考虑把它剖开，当作大酒杯。只是怕有了酒杯却没有人送酒钱来，那又有什么用？

在自我调侃中，我们看到了诗人面对穷愁的幽默，这是带泪的微笑。

瓜蔓离离[1]豆叶圆，大瓠肥脆遣充筵。
商量[2]剖作清樽用，只恐无人送酒钱。

注释

[1] 离离：草木纷披繁茂的样子。《诗经·王风·黍离》：“彼黍离离，彼稷之苗。” [2] 商量：原义是商讨裁决，与人交换意见。这里指自己仔细考虑，想来想去。

延伸阅读

清宋湘《岁暮典衣见却四首》：

“岁暮逼人事，先生难高眠。琐细不具陈，何可无一钱。一仆事我久，解已在我前。逡巡视我笑，目已及我肩。我肩诗耸惯，皮毛遑计论。伸手付之去，载笑而载言。且勿遽笑言，视视皮之存。皮存岂不美，爆竹村四喧。

“背人解典衣，衣还人尽知。非遂畏人知，颇畏环妻儿。大儿犹自可，小儿殊意迷。邻儿新红袍，队队门前嬉。花灯与花爆，百具相提携。儿睇虽不言，饥者涎自垂。为人父母心，岂不与众齐？呼儿使归来，软语慰其痴。此事何足道，百感如乱丝。

“岁俭岂不丰？众虎渴一肉。淡泊岂不能，一饭已十粥。八口仗寸舌，况经粜新谷。我居长安来，百趣尝已足。新岁坐无毡，除夜吟有烛。妻孥幸不见，深讳戒诸仆。而今何讳为，先生未免俗。

“卧雪既有屋，避债亦有台。媳妇亦云巧，胡奴非不才。所愧终岁枯，不能酬一杯。年年文送穷，鬼亦生笑咍。不如且吟诗，天东春微来。”①

① 宋湘（撰）、黄国声（校辑）：《红杏山房集》，中山大学出版社，1988年版，第45页。

戏咏青奴

题解

青奴，即竹席。用竹青篾编成，供人作铺垫使用，又称“竹夫人”。

北宋诗人黄庭坚有“竹夫人”与“青奴”之辨的掌故，其诗《赵子充示“竹夫人”诗，盖凉寝竹器，憩臂休膝，似非夫人之职，予为名曰“青奴”，并以小诗取之》：“青奴元不解梳妆，合在禅斋梦蝶床。公自有人同枕簟，肌肤冰雪助清凉。秾李四弦风扫席，昭华三弄月侵床。我无红袖堪娱夜，政要青奴一味凉。”

过了七八百年，李黼平看到竹席，想起黄庭坚的诗，认同黄庭坚的看法，便以调笑的笔法吟咏，把“青奴”和“黄香”对举，寓意深长：本是高风亮节的青竹，敢于迎风斗雪，却被制成任人安排的竹席，形同奴隶，被称为“青奴”，确实是可悲。请别责怪以黄庭坚为代表的诗人们，不是他们太轻薄，而是他们太看重人格操守，你看，在严寒中盛开的腊梅终被称为“黄香”，这不就是证明吗?

此君高节厉风霜，奴隶随人亦可伤。

莫怪诗家[1]太轻薄，腊梅[2]终得号黄香[3]。

注释

［1］诗家：这里特指以黄庭坚为代表的诗人。　［2］腊梅：落叶灌木，冬末开花，色如黄蜡。明李时珍《本草纲目·腊梅》："此物本非梅类，因其与梅同时，香又相近，色似蜜蜡，故得此名。"　［3］黄香：指腊梅。腊梅的别名很多，有金梅、唐梅、香梅等。宋杨万里《腊梅》："栗入圆彫蕾，金钟细著行。来从真腊国，自号小黄香。"

延伸阅读

宋梅尧臣《县署丛竹》："袅袅幽亭竹，团团自结丛。寒生绿樽上，影入翠屏中。陶柳应惭弱，潘花只竞红。方持雪霜操，不敢倚春风。"

湖口

题解

湖口，鄱阳湖（古称彭蠡湖）与长江连接处，在今江西九江湖口县。

诗人从京城返广东后，在潮州设馆授徒。嘉庆十年（1805）再次赴京赶考，冀图进入仕途。

当他从鄱阳湖出湖口入长江之际，回望五老峰，依依不舍，仿佛看到小姑疾走在波浪上，赶来送别。秋风阵阵，枫叶萧萧，北雁南来，渡口徘徊。烟波湖上，橹声悠悠，鹅欢鹳鸣，煞是热闹。多么优美的景色啊，真令人神往！不要说没有一点留恋湖光山色、隐居不仕的意思，只不过为了糊口，不得不上京城去求点俸禄度日，实在是有愧于心啊！

无奈之情，尽在结句的“愧平生”三字中。

扁舟渺然出湖口，惟见大江东北横。
隔水难为五老[1]别，凌波也是小姑[2]情。
霜枫萧萧鸿雁渡，烟橹悠悠鹅鹳鸣。
莫道吾全无下意[3]，欲求升斗[4]愧平生。

注释

[1] 五老：指庐山的五老峰。 [2] 小姑：指民间传说中的小孤

山。［3］下意：屈意。《汉书·蒯通传》："彼东郭先生、梁石君，齐之俊士也，隐居不嫁，未尝卑节下意以求仕也。"［4］升斗：升和斗是常用的容量单位。升斗连用，表示微薄、少量的意思。诗里指少量的俸禄。

延伸阅读

金元好问《自邓州幕府暂归秋林》："升斗微官不疗饥，中林春雨蕨芽肥。归来应被青山笑，可惜缁尘染素衣。"

枞阳口守风作歌

题解

枞阳口，在今安徽省枞阳县。

守风，等待大风止息。诗人乘船，为风所阻而滞留在枞阳口。

这首诗，状写人们在枞阳口守风时的种种表现，惟妙惟肖。暴风骤起，浪翻倒涌。有的绝望叫喊，面如死灰；有的窃窃细语，垂头丧气；更有人迷信神怪，神情沮丧，不知所措，唯恐性命难保。在这一片慌乱的危难时刻，诗人镇定自若，一跃而起，大声疾呼，如雷贯耳：各位庸庸碌碌，太胆小了，让我来射杀妖怪吧！待我一箭射出，必定风平浪静，到时，我将踩着波浪，一只手就把水怪抓来。神女湘妃、汜人姿态美妙，许诺送来明月珠，以表谢意。豪情万丈，笑呼进酒，多像当年射蛟得胜的英雄！第二天，我们将安安稳稳抵达牛渚矶，保管那些鼍龙不敢号叫，再不能兴风作浪了！

以“马当山前风快哉”开篇，全诗酣畅淋漓，一气呵成，气势恢宏。诗人临危不惧的豪言，一改多愁善感的书生形象，凸显了诗人慷慨激昂、“金刚怒目”的一面。

马当山[1]前风快哉，轻帆饱挂穷双桅。雷池一步[2]顷刻过，树石反走山西回。盘涡毂[3]转浪倒涌，舟人绝叫颜如灰。襜[4]舻盖舳迭摇兀，趁势一泻趋湾洄。枞阳小港暂维系，尚听歕欱[5]声相豗[6]。摊钱[7]三老窃言语，且住未可将头开。昨升柁楼[8]见箕舌[9]，簸扬糠覈[10]迷烟埃。四天[11]云垂九日晦，水怪百种将为灾。同舟闻之色沮丧，性命立待幽都[12]催。东船西舫更无赖[13]，梦涉大水歌琼瑰[14]。我时跃起声如雷：君等碌碌[15]非奇才。雕弓脱弸[16]箭拔韇[17]，为公一发银山隤[18]。兴酣却蹋琉璃堆[19]，只手锁献支祈[20]来。湘妃[21]汜人[22]出婉娈[23]，许送明月光珠胎。仰天大笑仍呼酒，何似当年射蛟手[24]。诘朝[25]稳下牛渚矶[26]，管取龙鼍[27]不能吼。

注释

[1]马当山：在今江西彭泽县东北，临长江。 [2]雷池一步：典出《晋书·庾亮传》："（亮）报温峤书曰：吾忧西陲过于历阳，足下无过雷池一步也。"雷池，古地名，今安徽望江县雷池乡。 [3]毂：车轮中心的圆木，这里指代车轮。 [4]襜（chān）：车、船上的帷幕。[5]歕欱（pēn hé）：歕，喷射；欱，吸吮。汉班固《东都赋》："吐焰生风，欱野歕山。" [6]豗（huī）：撞击声，轰响。唐李白《蜀道难》："飞湍瀑流争喧豗，砯崖转石万壑雷。" [7]摊钱：赌博的一种。 [8]柁（duò）楼：船上操舵的房间，因其高起如楼而得名。 [9]箕舌：簸箕底部伸展向前宽广处，其状如舌。 [10]糠覈（hé）：糠皮麦屑。 [11]四天：四方的天空。唐沈佺期《从幸香山寺应制》："岭上楼台千地起，城中钟鼓四天闻。" [12]幽都：地府，鬼城，阎王殿。战国楚屈原（一说宋玉）《楚辞·招魂》："魂

兮归来，君无下此幽都些。” ［13］无赖：无奈。 ［14］梦涉大水歌琼瑰：梦中涉洹水得琼瑰而歌，是人将必死的预兆。典出《左传·成公十七年》：声伯梦见自己涉洹水，有人给他吃琼瑰，吃后眼泪也滴成了满怀琼瑰，从而作歌。因恐惧死亡，他不敢去占卜此事。三年后去占卜，当晚死去。 ［15］碌碌：平庸无能。 ［16］弸（péng）：强弓，满弓。 ［17］靫（chā）：盛箭器。 ［18］隤（tuí）：倒下。 ［19］琉璃堆：喻碧海波浪。 ［20］支祈：即无支祈，传说中的水怪。 ［21］湘妃：湘水之神。传说尧女舜妻娥皇、女英死后化为湘水之神。 ［22］汜人：艳女，丽人。汜，通氾。典出唐沈亚之《沈下贤集·湘中怨解》：垂拱年间，太学进士郑生乘晓月度洛桥时，遇艳女欲投水，载归与之同居，号汜人。数年后，汜人自言本是“蛟中之娣”，贬谪而从生，今已期满，于是离去。 ［23］婉娈（luán）：美好。 ［24］射蛟手：指汉武帝。典出《汉书》：汉武帝南巡，“自浔阳浮江，亲射蛟江中，获之”。 ［25］诘朝：明朝，第二天早晨。 ［26］牛渚矶：即采石矶，在今安徽当涂县西北的牛渚山下。因为是牛渚山的山脚突入长江，故又称牛渚矶。 ［27］龙鼍（tuó）：即鼍龙，扬子鳄，俗称猪婆龙。

镇江夜泊

题解

镇江，古代曾被称为朱方、谷阳、丹徒、京口、南徐州、润州等，是历史文化名城。今为江苏省地级市，其金山、焦山、北固山，组成著名的“三山旅游区”。

诗人乘船赴京考试途中，留宿镇江。傍晚，眺望彩霞中的金焦二山，气象万千；近看在沙滩栖宿的海鸥，团圆相聚。大江流日夜，入海可计时日，游客思乡苦，做梦也到不了家。转念一想，算了吧，值此美景良辰，还是快饮酒作乐，预祝早春广陵花开吧！浮想联翩时，忽然听见妙高台上的更鼓声响，一次又一次打开窗户，想看看天亮了没有。

“早春先赴广陵花”，应是双关语，暗寓春天会试高中进士，“一日看遍长安花”。

由镇江夜景，感叹时光流逝，由宿鸟圆沙再想到无法与家人团聚，又由自己为求升斗而功名未就，还不能去妙高台学道求仙，思绪一波三折。“几次开窗待月斜”，诗人上京赶路的急切心情，得以展现。

远望金焦[1]带晚霞，近依鸥鸟宿圆沙[2]。
江流计日终归海，客梦惊寒不到家。
良夜快呼京口酒[3]，早春先赴广陵花[4]。
妙高台[5]上闻更鼓，几次开窗待月斜。

注释

［1］金焦：金山、焦山的合称。 ［2］宿圆沙：鸟儿在沙滩栖宿。唐杜甫《遣意二首·其二》：“檐影微微落，津流脉脉斜。野船明细火，宿雁聚圆沙。” ［3］京口酒：京口所出的美酒，颇有名气。 ［4］广陵花：指广陵的芍药花。广陵，今江苏扬州，其芍药花最为著名，有“甲天下”的美誉，可与洛阳的牡丹相媲美。宋刘克庄《昭君怨·牡丹》：“曾看洛阳旧谱，只许姚黄独步。若比广陵花，太亏他。” ［5］妙高台：在镇江金山寺内，是著名景点。“妙高”是梵语“须弥”的意译。《金山志》：“宋元祐僧佛印凿崖为之，高逾十丈，上有阁，一称晒经台。”

延伸阅读

宋苏轼《金山妙高台》：“我欲乘轻舟，东访赤松子。蓬莱不可到，弱水三万里。不如金山去，清风半帆耳。中有妙高台，云峰自孤起。仰观初无路，谁信平如砥。台中老比丘，碧眼照窗几。巉巉玉为骨，凛凛霜入齿。机锋不可触，千偈如翻水。何须寻德云，即此比丘是。长生未暇学，请学长不死。”

十五夜抵扬州二首

题解

扬州，即今江苏扬州，古代曾称为广陵、江都、维扬、吴州等，已有2500多年的建城史。地处长江与京杭大运河的交汇处，被称为“中国运河第一城”。

诗人从镇江乘船出发时，江水来潮，夕阳斜照，春寒料峭，船帆背着金山直打转，令人思绪纷纷。当到达扬州时，已经是嘉庆十年（1805）正月十五日的夜晚了，扬州城元宵节的月光，分外明亮。

繁华的扬州城，熙熙攘攘，游车夹道，美女如云，香尘四起，万家灯火，火树银花。在竹西亭热闹的歌唱声中，有个人整夜都在吟咏梅花诗，又有谁知道呢?

全诗记叙明白晓畅，结句则寓意深长，不入俗流，自有追求。志在高远，品如梅花。“有人通夕咏梅花”，实际上是夫子自道。

京口春寒客思纷，潮来江上已斜曛[1]。
布帆却背金山转，行到扬州月二分[2]。

香尘[3]夹道斗游车，火树灯楼出万家。
谁识竹西歌吹[4]里，有人通夕咏梅花。

注释

［1］斜曛：黄昏、傍晚。　［2］月二分：十五夜，一月之半。这里巧用双关的修辞手法，亦指扬州的月亮特别明亮。“二分明月”是扬州的代称。唐徐凝《忆扬州》：“天下三分明月夜，二分无赖是扬州。”　［3］香尘：芳香之尘。指女子步履而起尘，典出晋王嘉《拾遗记》：“（石崇）又屑沉水之香如尘末，布象床上，使所爱者践之。”　［4］竹西歌吹：扬州有竹西亭，又名歌吹亭。唐杜牧《题扬州禅智寺》：“谁知竹西路，歌吹是扬州。”

延伸阅读

宋王安石《梅花》“墙角数枝梅，凌寒独自开。遥知不是雪，为有暗香来。”

何满子评曰：“因梅花的洁白，因开在百卉俱谢的严寒季节，自古的咏梅诗都联系到雪。……但此诗并不在画面上以雪映梅，也不在意象上以梅拟雪。虽然繁花似雪，但诗人‘为有暗香来’，已‘遥知不是雪’。提出雪，是为了逼出梅花的香。意思是说，雪是高洁的，但梅花除了具有雪一般的高洁以外，还具有雪不具有的香的品格。这梅花不仅凌寒呈艳，而且在严寒中播送出暗香。严寒既压不倒梅花的色，也压不倒它的香，于此更显出它‘凌寒’的傲骨。”①

① 缪钺等：《宋诗鉴赏辞典》，上海辞书出版社，1987年版，第245页。

翰林院上书

题解

翰林院，中国古代官署名。唐玄宗开元初，始置翰林院，以张九龄、张说等掌四方表疏批答、应和文章，号“翰林供奉”，与集贤院学士分司起草诏书。清沿明制，翰林院掌编修国史、草拟制诰等，属官有侍读、侍讲、修撰、编修、检讨和庶吉士等。

上书，用文字向君王或长官陈述意见或反映情况。“致君尧舜上，再使风俗淳”（杜甫），这两句诗所表达的政治抱负和美好理想，道出了封建时代儒士们共同的心声。

嘉庆十年（1805）三月，李鼒平在京城参加乙丑科会试，中进士，被选为翰林院庶吉士。幸遇上书的机会，李鼒平欣喜异常，于是写诗纪实。

这首诗难免落入给皇帝歌功颂德的窠臼，但是，“许身稷与契”一句，表明自己有杜甫那样的情怀，当效法稷、契，要为百姓做实事，这种精神有积极意义，是值得肯定的。

国家急经术[1]，词章特其余[2]。眷兹枚马俦[3]，奉职充石渠[4]。济济[5]瀛洲门[6]，天风振璜琚[7]。八十有四人，同时俱上书。群公炫其博，磊落笺虫鱼[8]。百家[9]尽腾踔，七录[10]妙爬梳[11]。资言[12]士所贵，拜献慎厥初。弱龄[13]希[14]典坟[15]（是日予上《尚书》），能读敢自誉。许身稷与契[16]，志大才或疏。吾皇同古天[17]，睢盱[18]化权舆[19]。游河念陶丘[20]，巡山出姚墟[21]。躬逢建礼乐[22]，万一骖属车。夔[23]诗与皋[24]歌，盛业实起予，请同八伯谣[25]，卿云丽晴虚[26]。

注释

[1] 经术：指经学，即研究经书，为经书作训诂或发挥经书义理的学问。汉班固《汉书·循吏传》："三人（董仲舒、公孙弘、倪宽）皆儒者，通于世务，明习文法，以经术润饰吏事。" [2] 词章特其余：辞章只是经术的余绪。古代重"经世致用"，有"余事作诗人"之说。[3] 眷兹枚马俦：承蒙眷顾，如今能与枚乘、司马相如这样有学识的人在一起。眷，关心、怀念。枚马，西汉著名文人枚乘和司马相如的并称。俦，同辈，朋辈。 [4] 石渠：这里借指翰林院。西汉萧何造"石渠阁"，藏入关所得秦之图籍，又藏秘书，是汉宫中藏书处。甘露三年（前51），汉宣帝曾在此处与诸儒讲论经义。 [5] 济济：众多。 [6] 瀛洲门：这里借指翰林院。瀛洲本是神话传说中的仙境，唐代特指唐太宗为广纳人才设立的文学馆。名流杜如晦、房玄龄、陆德明、孔颖达等十八人为学士，唐太宗"访以政事，讨论典籍"，遂有"十八学士登瀛洲"之说。[7] 璜琚：古人佩戴的玉器，是身份地位的象征。 [8] 磊落笺虫鱼：光明正大，胸怀坦荡，引经据典，诠释古籍。笺虫鱼，本指对古籍进行烦琐的考订。唐韩愈《读皇甫湜公安园池诗书其后二首》："尔雅注虫鱼，定非磊落人。"这里反其意而用之。 [9] 百家：指先秦时期的诸子百家。 [10] 七录：书目名。南朝梁阮孝绪撰，收录图书6288种，分为经典、记传、子兵、文集、术技、佛法、仙道七录。 [11] 爬梳：本义为抓搔梳理。这里指整理典籍，挖掘搜罗，爬梳剔抉。 [12] 资言：提

供意见以作参考。资，通咨，询问。［13］弱龄：少年。晋陶渊明《始作镇军参军经曲阿作》："弱龄寄事外，委怀在琴书。"［14］希：仰慕。［15］典坟：传说中的古代经典。这里泛指古代典籍。［16］稷与契：稷，周人祖先，教百姓耕种；契，殷人祖先，推行文教。唐杜甫《自京赴奉先县咏怀五百字》："许身一何愚，窃比稷与契。"［17］古天：这里指古代君王。［18］睢盱（suī xū）：张目，仰视，高瞻远瞩。［19］权舆：起始。［20］陶丘：地名，古称陶，今山东菏泽定陶区。《说文解字》："陶丘有尧城，尧尝居之。"［21］姚墟：地名，又称妫墟，传说是虞舜的出生地，位于今河南濮阳。［22］礼乐：礼仪、音乐的合称。礼仪，指古代社会规范人们行为的法则、仪式。礼乐文化在中国文明史上具有重要地位，其旨在对人们进行道德教化，促进社会和谐发展。［23］夔：传说是尧舜帝时的乐官。［24］皋：皋陶，传说是舜帝的贤臣，其歌"元首明哉，股肱良哉，庶事康哉"。［25］八伯谣：即八伯歌。卿云歌的第二部分："明明上天，烂然星辰，日月光华，宏于一人。"［26］卿云丽晴虚：指帝唱臣和《卿云歌》之盛况。舜帝唱："卿云烂兮，糺缦满兮，日月光华，旦复旦兮。"百官和："明明上天，烂然星辰，日月光华，宏于一人。"

次方顺桥

题解

次，停留，停止。原指行军在一个地方停留超过两宿，后来引申为路途中止息的场所。

方顺桥，地名，今河北保定满城区方顺桥。

诗人途经方顺桥，只见荒村寥落，屈曲溪流，但临水而居的乡民，却还要掘地井，用辘轳取水，这是为什么呢？老翁向诗人讲述了一个神奇的故事：

这里有长蛇，比“永州异蛇”还要邪恶。它出洞时掀起漫天狂风，冷气飕飕，吞鸡咬猪，荼毒生灵，无恶不作，极为凶悍。光天化日之下，竟然胆大妄为，横卧道路。时间一长，还妄想化为蛟龙，腾云驾雾，在空中为所欲为，实在是无法无天。天帝发怒了，下令让雷公去收拾它。“轰”的一声，响雷把恶蛇劈成两段，那骸骨残留至今，就在溪流的左右两边。每当刮风下雨，雷公电母都要来检查，看看还有没有祸害。此时这里将涌出盛大的泉水，除去污垢，清洗溪流。如此一来，乡民就可以长年喝上清泉一般的溪水了。

叙述故事过程中，诗人借老翁之口，发表议论：违背天理，必遭天谴！善恶皆有报，王道在德教。

全诗叙事生动，意象清新，主题鲜明，发人深省。

停骖[1]方顺桥，斜日照市楼。荒村何寥落[2]，屈曲抱溪流。数家临水居，樵汲不外求。如何掘地井，辘轳[3]转无休。

老翁前致词，溪上林木稠。崔嵬[4]石戴土，曲径通岩幽。其中产异蛇，章质殊永州[5]。修鳞[6]出洞壑，回飚冷飕飗。取鸡食獐豕，白日卧道周。岁月渐不制，欲化为黄虬[7]。行空排阊阖[8]，喷薄烟雾愁。帝怒下约束，雷公蹑[9]云收。一声震砰訇[10]，中断横林邱。至今溪左右，荦确[11]蜕骨留。每当风雨夕，飞电还一搜。天心于万物，听其自优游。风霆所摧剥，速戾[12]皆有由。任德不任刑[13]，至理垂春秋。行[14]涌万斛泉，为溪洗其羞。老翁饮溪水，终年碧如油。

注释

[1] 骖：本义是同拉一车的三匹马，这里指代马车。 [2] 寥落：这里指冷清。唐元稹《行宫》："寥落古行宫，宫花寂寞红。" [3] 辘轳：井上汲水的装置。 [4] 崔嵬（cuī wéi）：带泥土的石山。 [5] 章质殊永州：外表和体质与永州之蛇不相同。 [6] 修鳞：长蛇。 [7] 虬：传说中的无角龙。 [8] 阊阖（chāng hé）：这里指阊阖风，即西风。 [9] 蹑：踩，登。 [10] 訇：声音很大。 [11] 荦确：本意指石多不平貌，这里借指长蛇蜕骨的形状。 [12] 戾：罪。 [13] 任德不任刑：治世要用德教，不是用刑罚。语出《汉书·董仲舒传》："王者承天意以从事，故任德教而不任刑。" [14] 行：副词，且，将要。

董家堤晓望

题解

董家堤，地名，位于今河南开封市西北。

诗人到了董家堤，在晨曦中登堤眺望，笼罩树木的晓雾还未散去，在迷蒙中，隐约可见河对岸有一座孤城，那就是古代著名的魏都大梁。

九曲黄河回绕华山，从西迤逦而来，卫河、淇河、汤河则由东汇聚到黎阳，脚下的董家堤障，对防范洪水有重大作用。装着沙石的竹笼还在，人们担心的洪水还会再来。入秋时节的早霜落在芦花上，一片雪白。眼前的景色，触动了诗人的情思，穿越千年的时光隧道，仿佛看到了当年黄河决堤，汉武帝建宣房的情景。诗人若有所思地赞叹：哪里用得着书生们频频上书呢？皇帝已作出英明的决策，写下《瓠子歌》，亲自率领官员、民众，堵住决口，还在瓠子建造起了宣房宫！

触景生情，思接千载。这首诗也是李黼平“吾皇圣明”思想的一种表达。

河声笼树晓微茫，隔岸孤城见大梁[1]。
九曲[2]西来回华岳[3]，三川[4]东下扼黎阳[5]。
沙留竹落[6]惊新涨，秋入芦花报早霜。
安用书生频上策，瓠歌[7]前岁塞宣房[8]。

注释

［1］大梁：战国时期魏国的都城，遗址在今河南开封市西北。［2］九曲：指黄河。《尚书·禹贡》载：黄河流至河北平原中部后，又“北播九河”，俗称“黄河九曲”。［3］华岳：华山，又称太华山，古称西岳，“五岳”之一，位于今陕西华阴境内。［4］三川：指卫河、淇河、汤河。［5］黎阳：古县名。汉置，属魏郡，故城在今河南浚县西北。［6］竹落：竹笼，亦称竹络。装上小石，用于防洪。［7］瓠歌：指《瓠子歌》。［8］宣房：指宣房宫。汉武帝元光三年（前132），黄河决于瓠子。后来，汉武帝派人堵住了决口，并在上面建造起宣房宫。

延伸阅读

汉司马迁《史记·河渠书》：“自河决瓠子后二十余岁，岁因以数不登，而梁楚之地尤甚。天子既封禅巡祭山川，其明年，旱，干封少雨。天子乃使汲仁、郭昌发卒数万人塞瓠子决。于是天子已用事万里沙，则还自临决河，沉白马玉璧于河，令群臣从官自将军已下，皆负薪填决河。是时，东郡烧草，以故薪柴少，而下淇园之竹以外楗。天子既临河决，悼功之不成，乃作歌曰：‘瓠子决兮将奈何？皓皓旰旰兮闾殚为河！殚为河兮地不得宁，功无已时兮吾山平。吾山平兮钜野溢，鱼沸郁兮柏冬日。延道弛兮离常流，蛟龙骋兮方远游。归旧川兮神哉沛，不封禅兮安知外！为我谓河伯兮何不仁，泛滥不止兮愁吾人！啮桑浮兮淮泗满，久不反兮水维缓。’一曰：‘河汤汤兮激潺湲，北渡污兮浚流难。搴长茭兮沉美玉，河伯许兮薪不属。薪不属兮卫人罪，烧萧条兮噫乎何以御水！颓林竹兮楗石菑，宣房塞兮万福来。’于是卒塞瓠子，筑宫其上，名曰宣房宫。”

与和甫登黄鹤楼

题解

李黼平和堂兄李汝谦（字和甫），亲密无间，感情甚笃。嘉庆十年（1805）秋冬，他从翰林院请病假返乡，途经汉口，与堂兄一起登上了向往已久的黄鹤楼。

黄鹤楼，中国三大名楼之一，位于今湖北武汉的蛇山，面临长江。其得名，一说因仙人子安乘黄鹤过此而得名，一说因蜀国费文袆在此乘黄鹤登仙境。历代题咏甚多，以唐崔颢《登黄鹤楼》最为著名，诗云："昔人已乘黄鹤去，此地空余黄鹤楼。黄鹤一去不复返，白云千载空悠悠。晴川历历汉阳树，芳草萋萋鹦鹉洲。日暮乡关何处是，烟波江上使人愁。"据《唐才子传》，这首诗令大诗人李白亦难于下笔，发出"眼前有景道不得，崔颢题诗在上头"的感叹。

李黼平到此，同样感慨良多，于是写下这首诗，寄托自己的理想，希望有所作为。

仙云缥缈乘黄鹤[1]，霸业苍凉问赤乌[2]。
一片大江淘不尽[3]，眼前人物起菰芦[4]。

注释

[1] 仙云缥缈乘黄鹤：化用崔颢"昔人已乘黄鹤去，此地空余黄鹤

楼。黄鹤一去不复返，白云千载空悠悠”的诗意。［2］霸业苍凉问赤乌：这里意指黄鹤楼见证了霸业的兴衰。霸业，古时君王或诸侯取得或维持其霸权的功业。宋王千秋《贺新郎·石城吊古》：“霸业荒凉遗堞坠，但苍崖，日阅征帆渡。兴与废，几今古。”赤乌，吉祥的神鸟。典出《尚书大传·大誓》：“武王伐纣，观兵于孟津，有火流于王屋，化为赤乌，三足。”《史记·封禅书》：“周得火德，有赤乌之符。”［3］大江淘不尽：宋苏轼《念奴娇·赤壁怀古》：“大江东去，浪淘尽，千古风流人物。”这里则反其意而用之。［4］菰芦：茭白和芦苇。据唐许嵩编撰的《建康实录》，吴国的殷礼与张温出使蜀国，诸葛亮感叹：“江东菰芦中生此奇才！”

发江夏

题解

江夏，即武昌府江夏县，有“楚天首县”之称。今为湖北省武汉市武昌区一带。

诗人即将离开湖北，原本打算坐船前往江西九江，在出发前，忽然心血来潮，想到了汨罗江上行吟的大诗人屈原，便改道前往湖南，“要乞骚人一段愁”。

结句中所说的屈原之“愁”，应是“恐皇舆之败绩”“哀民生之多艰”“路漫漫其修远兮，吾将上下而求索”。

从李黼平对屈原的景仰，可以感受到诗人忧国忧民的情怀和追求高尚人格的价值取向。

沔鄂[1]云山忽倦游，布帆商略[2]下江州[3]。
无端[4]又向潇湘[5]去，要乞骚人[6]一段愁。

注释

［1］沔鄂：泛指今湖北武汉一带。沔（miǎn），沔水，即汉水。鄂，隋朝置鄂州，治今湖北武汉武昌。　［2］商略：商量，打算，考虑。　［3］江州：今为江西九江。西晋元康元年（291），分荆扬两州地，设置江州，后为九江府。　［4］无端：指没来由，突然心血来潮。　［5］潇湘：潇水和湘水的合称，这里泛指湖南地区。　［6］骚

人：特指在湖南汨罗江自沉的爱国诗人屈原。因作《离骚》，屈原被称为“骚人”。

延伸阅读

汉司马迁《史记·屈原贾生列传》：“屈平疾王听之不聪也，谗谄之蔽明也，邪曲之害公也，方正之不容也，故忧愁幽思而作《离骚》。离骚者，犹离忧也。夫天者，人之始也；父母者，人之本也。人穷则反本，故劳苦倦极，未尝不呼天也；疾痛惨怛，未尝不呼父母也。屈平正道直行，竭忠尽智以事其君，谗人间之，可谓穷矣。信而见疑，忠而被谤，能无怨乎？屈平之作《离骚》，盖自怨生也。”[①]

① 司马迁：《史记》，中华书局，2006年版，第505页。

夜渡洞庭

题解

洞庭，指今湖南北部的洞庭湖，古称云梦泽，因湖中有洞庭山（今称君山）而得名，是我国第二大淡水湖，有“八百里洞庭”之称。

诗人记叙夜渡洞庭湖的情景，可谓淋漓尽致：霜月高悬，天将破晓，船夫夜航，波涛汹涌。诗人起床站立在布帆之下，看那三江五渚迷迷蒙蒙，巴山楼台随波沉浮，连峰入眼，渔火尚明，空中飘过梵音。湿气烟云，环绕四周几百里，层层叠叠。天色渐明，湖面有如明镜，看那君山插水的倒影，“二山宛在湖中央，南北苕亭势可望”，宛若仙境。真想马上到仙境一游啊！可是，顷刻间便斗转星移，龙女归碧海，湘君隐竹林，群仙消失，湖山虚寂。徘徊惆怅，黯然若失。诗人暂别京城，想到天才少年贾谊被贬谪的遭遇，忍不住流下同情的泪水。

全诗由具体记叙到驰骋想象，由眼前之景到追思古人，过渡自然，感人肺腑。

城陵山[1]前霜月高，江潮欲上鸡初号。舟人夜语起捩[2]柁，但觉枕底生风涛。粘天洞庭乘水入，余亦起从帆下立。三江[3]杳杳宿鹭迷，五渚[4]苍苍老蛟泣[5]。巴丘[6]邸阁波浪间，到眼突兀横编山[7]。芦中渔火尚未灭，空际梵音[8]殊自闲。绕湖周遭几百里，湿烟[9]一堆层叠起。倒影俯临明镜看，

却是君山[10]青插水。二山宛在湖中央，南北岧亭[11]势可望。不知蓬瀛定谁到，对此辄欲褰[12]余裳。斯须[13]斗转星亦沉，群真[14]出入地道深。龙女[15]遥归碧海岸，湘君[16]正依斑竹林。湖山虚肃徘徊久，小别京华亦回首。洛阳少年[17]济时才，上书那遣长沙来。

注释

［1］城陵山：即城陵矶，长江与洞庭湖交汇处的咽喉要道。［2］捩（liè）：扭转。宋苏辙《入峡》："捩柁破溃旋，畏与乱石遭。"［3］三江：泛指入湖江水支流之多。［4］五渚：泛指湖中小块陆地之多。渚，水中小块陆地。［5］老蛟泣：老龙哭泣。宋苏轼《次韵舒尧文祈雪雾猪泉》："晓来泉上东风急，须上冰珠老蛟泣。"［6］巴丘：即巴陵山，在今湖南岳阳。东汉末，吴将鲁肃在洞庭湖操练水军，筑巴丘城，建阅兵楼，有人认为该楼即岳阳楼的前身。［7］编山：接连不断的山头。［8］梵音：佛的声音。［9］湿烟：指潮湿的云气、雾霭。唐王建《温门山》："暖气成湿烟，濛濛窗中白。"［10］君山：又名洞庭山，是八百里洞庭湖中的小岛，与岳阳楼遥遥相望。［11］岧亭：高耸貌。唐杜甫《桥陵诗三十韵因呈县内诸官》："居然赤县立，台榭争岧亭。"［12］褰（qiān）：本义是套裤。这里用作动词，意指撩起。《诗经·郑风·褰裳》："子惠思我，褰裳涉溱。"［13］斯须：片刻，须臾。唐杜甫《哀王孙》："不敢长语临交衢，且为王孙立须斯。"［14］群真：众仙。真，指仙人，道家称仙人或修仙得道的人为真人。［15］龙女：传说中的龙王之女。［16］湘君：湘水之神。［17］洛阳少年：指西汉的贾谊。贾谊（前200—前168），洛阳

人，少有才名。汉文帝时任博士，著有《过秦论》《论积贮疏》《陈政事书》等，针砭时弊，出谋划策，对汉王朝忠心耿耿，却遭人妒忌中伤，被贬为长沙王太傅。后忧郁而死，年仅33岁。贾谊也是辞赋大家，其辞赋是汉赋发展的先声，《吊屈原赋》《鹏鸟赋》最为著名。

延伸阅读

宋张孝祥《念奴娇·过洞庭》："洞庭青草，近中秋，更无一点风色。玉鉴琼田三五顷，着我扁舟一叶。素月分辉，明河共影，表里俱澄澈。悠然心会，妙处难与君说。　应念岭海经年，孤光自照，肝胆皆冰雪。短发萧骚襟袖冷，稳泛沧溟空阔。尽挹西江，细斟北斗，万象为宾客。扣舷独啸，不知今夕何夕！"

胡云翼评述："这首词是宋孝宗乾道二年（1166）张孝祥被谗言落职，从桂林北归，过洞庭湖所作。他用'肝胆皆冰雪'来表示自己的高洁忠贞，用'吸江酌斗，宾客万象'的豪迈气概，来回答小人的谗害，显示了作者高贵的品质。"[①]

① 胡云翼：《宋词选》，中华书局，1962年版，第233页。

汨罗江口

题解

战国时期，楚国的屈原忧愤国事，作《离骚》，在汨罗江怀石自沉。千百年来，人们一直在此凭吊爱国志士屈原。

出于对屈原家国情怀和高洁人品的景仰，李黼平专程到汨罗江缅怀先贤。傍晚，他在江边采摘屈原喜爱的香草，想象屈原江畔行吟，歌咏《离骚》的情景。当年屈原乘船离开楚国的郢都，流落到汨罗江一带，今天自己也乘船赶来这里，可是，却见不到敬爱的屈原，只有那迷蒙的风烟，横亘在汨罗江上。投书凭吊也许是徒然的，是非曲直还是留给百姓评判吧。

“出处付渔歌”，极为委婉地传递了诗人深挚的情感。

向晚[1]采兰若[2]，江天离思多。
扬舲背郢[3]路，弭[4]楫复湘波。
屈子[5]不可见，风烟横汨罗。
为书漫[6]投吊，出处[7]付渔歌[8]。

注释

[1] 向晚：傍晚。唐李商隐《乐游原》：“向晚意不适，驱车登古原。夕阳无限好，只是近黄昏。” [2] 兰若：兰花、杜若，皆为香草。在《离骚》中，屈原常以香草、美人寄托自己的政治理想，如“扈

江蓠与辟芷兮，纫秋兰以为佩”。 [3] 郢（yǐng）：郢都，战国时期楚国的都城，位于今湖北荆州江陵县。由于历史原因，楚国曾多次迁都。 [4] 弭：停止。 [5] 屈子：指屈原。 [6] 漫：这里是徒然的意思。唐杜甫《宾至》：“幽栖地僻经过少，老病人扶再拜难。岂有文章惊海内，漫劳车马驻江干。” [7] 出处：这里意为成败、穷通。 [8] 付渔歌：这里指交给百姓评判。渔歌，捕鱼人的歌咏。

延伸阅读

唐杜甫《天末怀李白》：“凉风起天末，君子意如何？鸿雁几时到，江湖秋水多。文章憎命达，魑魅喜人过。应共冤魂语，投诗赠汨罗。”

孙艺秋、王启兴评述：“最后一句‘投诗赠汨罗’，用一‘赠’字，是想象屈原永存，他和李白千载同冤，斗酒诗百篇的李白，一定作诗相赠以寄情。”①

① 萧涤非等：《唐诗鉴赏词典》，上海辞书出版社，1983年版，第501页。

浮湘

题解

浮湘，乘船浮于湘水之上。

李鼎平泛舟湘江，浮想联翩，感慨人生，写下了这首诗：大丈夫要么在边关建功立业，勒石燕然，高阁图画，得到荣华富贵。要么就在秘书省劳碌，陈诗颂德，或跟随君王在太乙坛祭祀，或在皇宫里簪笔以备书，受到君王的重用。而今，自己却因病不得不滞留在这周南。枫叶萧萧，秋霜飘洒，正打算张帆远航，却见烟雾弥漫。这里的岸草敌寒色、渚花延故香，又似乎在挽留游人，真想去采摘红荷，观照绿水，再享受一晚。沉吟再三，犹豫未决，我且慢慢饮用仙酒，等待明月东升吧。寒雁从黄陵古庙飞过，猿猴的哀鸣在昔日战场上消失，山水寂静，直到北斗西斜。朦胧中，一阵阵美妙的韶乐响起，欢迎大舜的降临，五龙翻腾，护卫着大舜的车驾，娥皇、女英也坐着云车迎接。“凤凰衔书来下界，小臣感泣先惊拜”，这是真的吗？自己为人正直，岂能与山鬼交通，必定是舜帝知道我日暮途穷，不知所之，特地派凤凰衔书，让江神传信，劝慰我这远行之人：沧波之上，天天都有归舟通航，绝代风华，有谁能匹敌？楚国的屈原、宋玉有崇高的声誉，汉朝的严光、邹阳终于受到重用。如今有人暂时南归，然而，才华横溢、品德高尚的人终究会脱颖而出，就像湘水永远向北流去！

诗人把自己泛舟时的心理活动，通过议论人生、描写江景以及想象在大舜的劝慰下鼓起前行的信心，表现得极为真切，如同向知心朋友倾诉一般，情真意切。

生当折箠[1]笞九边[2]，封狼居胥[3]勒燕然[4]。归来论功画高阁[5]，通衢甲第[6]连云烟。不尔[7]校书群玉府[8]，手采猗那[9]付鞉鼓[10]。太乙坛[11]前执戟从，奉高宫[12]里簪毫[13]舞。周南留滞[14]古所伤，我今一病浮三湘[15]。丹枫萧萧天雨霜，挂席[16]欲进烟波长。岸草敌寒色[17]，渚花延故香。欲搴芙蓉照绿水，佳期一夕风吹凉。沉吟此时余未发，满酌流霞[18]伫明月。黄陵[19]古庙冷雁飞，白沙[20]旧戍哀猿歇。山静江空珠斗[21]斜，箫韶[22]九奏迎重华。五龙腾翿翊[23]芝盖，二女[24]降渚回云车。凤凰衔书来下界，小臣感泣先惊拜。正直讵能山鬼通，疏顽只恐江神怪。途穷日暮无所之，帝遣丁宁[25]慰行迈。沧波无日无归舟，绝代兰芬谁许俦。楚国声名重屈宋[26]，汉庭早晚征严邹[27]。如今桂岭[28]人南去，终古湘江水北流。

注释

[1]箠（chuí）：鞭子。 [2]九边：明朝北方边防的九处要镇。又称九边重镇，即辽东镇、蓟州镇、宣府镇、大同镇、山西镇、榆林镇、宁夏镇、固原镇、甘肃镇，东起鸭绿江，西至嘉峪关。 [3]封狼居胥：指建功立业。狼居胥山，即今狼山，在内蒙古境内。西汉元狩四年（前119），霍去病率兵痛击匈奴，直追2千多里，歼敌7万多人，使“匈奴远遁，漠南无王庭”，在狼居胥山，举行了祭天礼。 [4]勒燕然：在燕然山刻石纪功。东汉窦宪破匈奴，登山刻石，命班固作《燕然山

铭》。［5］画高阁：高阁，指汉朝的麒麟阁和唐朝的凌烟阁。麒麟阁因汉武帝猎获麒麟而得名，汉宣帝为表彰功臣，画十一名功臣于阁中。唐太宗则特地在长安建造凌烟阁，阁中绘有有功之臣的图像。［6］甲第：豪门贵族的住宅。［7］不尔：不然，不这样。［8］群玉府：指秘书省，皇室图书藏所。［9］猗那：柔美、盛美之貌。原为叹美之词，《诗经·商颂·那》："猗与那与，置我鞉鼓"。［10］鞉（táo）鼓：有柄的小鼓，手摇之作声。［11］太乙坛：祭祀太乙的神坛。太乙，即太一，泰一。最尊贵的天神，又称为天帝。［12］奉高宫：汉朝皇帝在泰山的行宫，位于今山东泰安。宋真宗时改名为会真宫。［13］簪毫：即簪笔。古代文官簪笔以备书。［14］周南留滞：滞留在周南这个地方。周南，指古代成周以南，即今河南洛阳以南。汉司马迁《史记·太史公自序》："是岁天子始建汉家之封，而太史公留滞周南，不得与从事，故发愤且卒。"［15］三湘：湘水上游为漓湘，中游为潇湘，下游为蒸湘，总称三湘。亦泛指湖南。［16］挂席：指扬帆行船。南朝谢灵运《游赤石进帆海》："扬帆采石华，挂席拾海月。"［17］寒色：这里指寒冷时候的颜色。［18］流霞：本指流动、分散的云霞，也指仙人饮用的美酒。［19］黄陵：山名，在洞庭湖边，又名湘山，传说舜帝二妃墓在山上。有黄陵亭、黄陵庙。［20］白沙：地名。这里应指湖南湘江边的白沙。据《资治通鉴》，南朝齐永元二年（500），"杨公则克巴陵，进军白沙，宝积惧，请降"。［21］珠斗：即北斗。北斗七星如串起的珍珠，故有此称。［22］韶：韶乐，舜帝时的乐舞。由九段组成，"箫韶九成"。传说，舜帝喜闻韶乐。周朝时，韶乐用于祭祀。［23］翊（yì）：护卫。［24］二女：指传说中帝尧的两个女儿娥皇、女英，她们同嫁帝舜为妻。［25］丁宁：同"叮咛"，再三嘱咐。［26］屈宋：战国时期楚国著名文人屈原和宋玉的并称。［27］严邹：汉朝严光和邹阳的并称。严光，东汉高士，光武帝一再请他辅佐自己；邹阳，西汉名士，以才辩著称。曾谏吴王刘濞不要起兵，吴王不听。遂投梁孝王，又被谗言诬陷，下狱。将死，上书自辩获释，成为梁孝王的上客。

［28］桂岭：山名。这里应是指湘、粤、桂交界处的桂岭。

广州寄家书

题解

广州，可以说是李黼平的“第二故乡”。他深爱广州，在《镇海楼》一诗中，深情表示“径合移家来著籍”。嘉庆十年（1805）冬，诗人一回到广州，就写信寄回老家，抒发自己欢愉的心情。

广州距离诗人的故乡程乡县千里之遥，而诗人却兴奋异常，难以入睡。这是因为在广州见到了许多故乡人，能谈故乡事。说起故乡连年丰收，自己的欠债之苦，稍为缓解。知道父母在挂念自己，没有责怪自己迟迟未归，只是说若回到广州，就写信报个平安。平白的叙述，真切自然，既是诗人思乡心情的流露，也凸显出父母对儿子的关心、体贴、爱护，短短的几句诗，呈现了父母深深的舔犊情。

全诗通俗易懂，清新明快。孩儿从风霜雨雪的北方回来，虽然历经艰辛，但平安无恙，身体健康，就像小时候一样，还可以爬上树去玩，请老人家放心。当晚写好，立即寄出。其乐何如？秉烛呼酒，尽情欢饮，一醉方休！

距家尚千里，而我喜难寐。
为多故乡人，能谈故乡事[1]。
比逢丰稔[2]节，稍缓逋负累[3]。
高堂[4]念行人，不怪久不至。

但云到南海[5]，当写平安字。
儿从燕赵归，辛苦尝亦备。
风霜束肌骨，健可上树试。
数行倚马成[6]，一夕因雁寄。
秉烛[7]坐呼酒，陶然已欢醉。

注释

[1]故乡事：家乡的事情。 [2]丰稔：丰收，丰熟，富足。唐皮日休《七爱诗·元鲁山（德秀）》："三年鲁山民，丰稔不暂饥。" [3]逋负累：因负债而受苦受累。 [4]高堂：指父母。 [5]南海：指代广州。秦始皇时设立南海郡，广州是郡治所在地。 [6]数行倚马成：简单讲几句，很快就写好了。化用成语"下笔千言，倚马可待"。 [7]秉烛：拿着蜡烛。秉，把持、拿着。

延伸阅读

唐王维《杂诗三首·其二》："君自故乡来，应知故乡事。来日绮窗前，寒梅著花未？"

即事

题解

即事，就眼前的事物写诗，有感而发。

诗人前一天乘船从珠江出发，晚上做梦也随着波浪向北流去。梦中仿佛看到：家乡，晒场上的稻谷正被麻雀啄食，乡民都忙着借牛耕田、播种插秧。我因心火发热而愁苦，这与炎热的天气无关。我的焦虑，是因为客游在外，没有回到家里，而弟弟们年纪又小，无人去劳作。转眼便是秋凉时节，生病的人又怕风吹。真是有苦难言，哪里敢去登楼眺望家乡呢？

全诗借“宵梦”所见，引发情思。思乡，离不开与自己生活有着密切联系的家人和事物。在繁忙的夏收夏种时节，诗人惦念父母，一句“我客未还诸弟弱”，如泣如诉，催人泪下。

波罗江[1]上昨乘舟，宵梦随波向北流。
获稻在场供啄雀，分秧[2]凭券借耕牛。
愁因火热非关暑，病怯风凉又到秋。
我客未还诸弟弱，难言家远不登楼。

注释

［1］波罗江：指珠江。珠江入南海处在广州黄埔，原有波罗镇，现仍存波罗神庙。本地人泛称珠江在广州的流段为波罗江。　［2］分秧：

把稻种播在秧田中，成苗后，分而插之。宋陆游《春夏雨旸调适，颇有丰岁之望，喜而有作》：“陂塘处处分秧遍，村落家家煮茧忙。”

延伸阅读

唐李商隐《滞雨》：“滞雨长安夜，残灯独客愁。故乡云水地，归梦不宜秋。”

沙面（四首选一）

题解

沙面，地名，位于今广州市珠江北岸，面对白鹅潭，风景殊佳，繁华热闹。

亭台楼阁，通宵灯火，碧波荡漾，风花雪月，就像繁华的扬州。诗人概览沙面的全景后，即细看人物活动：有的在房里绕床弄果，抛来掷去，嘻嘻哈哈；有的围坐江畔，用佛头作赌注，神情专注。如同樗树的无用之人，暗自哀怜那绝色美人，正轻歌曼舞，仪态万千，是多管闲事，还是自作多情？飘飘洒洒的杨花，懒得理会渡江人的愁苦。太平盛世的日子没有多少，特别令人难忘的是南唐中主李璟的词《摊破浣溪沙·手卷真珠上玉钩》。是要及时行乐，醉生梦死，还是应未雨绸缪，有所作为呢？

全诗结构严整，先总后分，描写动静结合，由眼前景到低头思，步步紧接，浑然天成。

月榭风亭俯碧流，通宵灯火拟扬州。
绕床弄果抛人面，促坐[1]摊钱赌佛头[2]。
樗树私怜倾国态[3]，杨花闲管渡江愁[4]。
承平旧事[5]无多子[6]，最在珠帘上玉钩[7]。

注释

［1］促坐：靠近坐。促，靠近。　［2］赌佛头：以佛头作赌注来赌博。这里的佛头，疑指人们极为珍惜，多用于收藏的汉白玉小佛头。　［3］樗（chū）树私怜倾国态：被人认为无用而不被砍伐的樗树，暗自哀怜仪态万千的倾国美人。典出《庄子·内篇·人间世》。惠子说樗树质地不好，是无用之材。庄子反驳他："今子有大树，患其无用，何不树之于无何有之乡，广莫之野，彷徨乎无为其侧，逍遥乎寝卧其下，不夭斤斧，物无害者，无所可用，安所困苦哉？"樗树，臭椿。　［4］渡江愁：为渡江而愁苦。唐郑谷《淮上与友人别》："扬子江头杨柳春，杨花愁杀渡江人。"　［5］承平旧事：太平时代的故事。　［6］无多子：无多少的意思，即为数不多。　［7］珠帘上玉钩：这里应是指南唐李璟的词《摊破浣溪沙·手卷真珠上玉钩》。

延伸阅读

南唐李璟《摊破浣溪沙·手卷真珠上玉钩》："手卷真珠上玉钩，依前春恨锁重楼。风里落花谁是主，思悠悠。　青鸟不传云外信，丁香空结雨中愁。回首绿波三峡暮，接天流。"

刘学锴评述："南唐冯延巳和中主、后主的词，纯粹抒情色彩显著，而且所抒之情往往比较虚含概括，不局限于具体情事。他们一些抒写传统的离别相思、春恨秋悲的词作，由于抒情的概括性和浓郁的悲凉伤感色彩，往往容易唤起读者更广泛的联想。像本篇的"风里落花谁是主"的感慨，就有可能融入对南唐风雨飘摇国运的忧虑与感伤，而结拍两句所展示的境界也隐然含有无限江山都笼罩在苍茫暮色中的意蕴。"①

① 唐圭璋、缪钺、叶嘉莹等：《唐宋词鉴赏辞典》，上海辞书出版社，1988年版，第118页。

初冬昙绣先生招看菊花

题解

昙绣，吴俊（1744—1815），字昙绣、蠡涛，号云秀居士，江苏吴县人，乾隆三十七年（1772）进士，著有《荣性堂集》《庄子解》等。李黼平门生刘熊《南归集序》中说："先生尝言'生平为诗示人，多不喜。惟故友叶石亭解元及方伯吴蠡涛先生知之'。"可见，昙绣是李黼平的诗文知己。

这是一首记叙诗，先写重阳时节菊花半开，被荒草所没，文人墨客登高未能如愿赏花，而诗人更是卧病在床，形容枯槁。以此为铺垫，带出在"蟋蟀入我床下"的初冬十月，夜奏青词，祈求天气转暖让菊花盛开。深夜寒雨停止了，只留存在翠绿的叶子上。早上的旭日直照色彩缤纷的花朵，花朵分外妖娆。园林中的小路并不荒凉，朋友们都愿意来吧，这个时候若不喝上一杯酒来赏冬菊的话，那菊花就会不高兴了。昙绣先生特地为冬菊举办宴会，邀请文人雅士前来观赏。他首先盛赞冬菊，拍案叫绝，令人倾倒。想当年韩昌黎被贬谪到阳山县，对花不饮酒，忧心如焚，嗟叹被贬到蛮荒之地，还不如做个无用之人。万物的生长有时未能应节啊！但也还是会有天公作美的时候。"此种晚香良可嘉，吾侪末路当相保"，诗人由此生出美好的期望。结句与首句相呼应，把重阳、赏菊、登高、会友串联在一起，结构甚为紧密。

今年重阳不可道，黄花半开没深草。骚客登高还怅望，诗人卧病伤枯槁。绿章[1]夜奏蟋蟀悲[2]，要遣秋花媚冬昊[3]。翠叶宵含冻雨[4]净，丹英[5]晓射寒曦杲[6]。三径未荒[7]人肯来，一觞不持花欲恼。为汝开筵召豪杰，使君拍案先倾倒[8]。昌黎[9]南迁处阳山，对之不饮忧如捣。蛮烟瘴雨嗟弃置，托咏直云无用好[10]。讵识物生有迟暮，也知天使开怀抱。此种晚香良可嘉，吾侪末路当相保。华轩沉沉酒未阑[11]，马驹凤雏[12]劝客干。风前便为落帽[13]舞，露下烂[14]作倾囊餐。东樵[15]西樵花影寒，愿托后车[16]同一欢。诸公强健自挥手，不须更把茱萸[17]看。

注释

[1] 绿章：即青词，道士祈天祭神时用青纸朱书所写的奏文。宋陆游《花时遍游诸家园》："绿章夜奏通明殿，乞借春阴护海棠。" [2] 蟋蟀悲：蟋蟀怕冷，躲入床下悲鸣，指时在初冬。典出《诗经·七月》："七月在野，八月在宇，九月在户，十月蟋蟀入我床下。" [3] 昊：天。宋苏轼《再和潜师》："且撼长条餐落英，忍饥未拟穷呼昊。" [4] 冻雨：寒雨。宋苏轼《游三游洞》："冻雨霏霏半成雪，游人屐冷苍崖滑。" [5] 丹英：红花。这里泛指花朵。 [6] 杲（gǎo）：光明。南朝梁简文帝《南郊颂》："如海之深，如日之杲。" [7] 三径未荒：化用陶渊明《归去来兮辞》"三径就荒"句。三径，指园林中的小路。 [8] 倾倒：这里指欣赏感慨，畅怀诉说。南朝宋鲍照《答休上人菊诗》："酒出野田稻，菊生高冈草。味貌复何奇，能令君倾倒。" [9] 昌黎：即韩愈。他被贬阳山，时在唐贞

元十八至二十一年（802—805）。有诗《晚菊》：“少年饮酒时，踊跃见菊花。今来不复饮，每见恒咨嗟。伫立摘满手，行行把归家。此时无与语，弃置奈悲何。” ［10］无用好：典出《庄子·逍遥游》。庄子对惠施说：“今子有大树，患其无用，何不树之于无何有之乡，广莫之野，彷徨乎无为其侧，逍遥乎寝卧其下，不夭斤斧，物无害者，无所可用，安所困苦哉！” ［11］阑：这里是“尽”的意思。 ［12］马驹凤雏：指吴俊之子吴巢松。马驹，年幼的良马，喻英俊少年，如称“千里驹”。凤雏，幼小的凤凰。 ［13］落帽：用重阳登高，孟嘉的帽子被风吹落而不觉的典故，见《晋书·孟嘉传》。唐李白《九日》：“落帽醉山月，空歌怀友生。” ［14］烂：烂漫，灿烂。 ［15］樵：这里通“谯”，楼的别称。唐唐彦谦《叙别》：“谯楼夜促莲花漏，树阴摇月蛟螭走。” ［16］后车：副车，侍从之车。亦可指后继之车，借指后来人，后辈。汉班固《汉书·贾谊传》：“前车覆，后车诫。” ［17］茱萸：植物名，有浓烈香味。古代风俗，重阳节佩戴茱萸，可袪邪避灾。唐王维《九月九日忆山东兄弟》：“遥知兄弟登高处，遍插茱萸少一人。”

延伸阅读

明区大相《雪中见庭菊一株冒寒独秀，负隐者之高标，有烈士之素概，聊为赋之云尔》：“庭菊有佳色，逾秋迥自芳。为言兼傲雪，何止独凌霜。密叶全封翠，繁英稍露黄。停杯问群卉，寒意正苍茫。”

听林明斋征士弹琴

题解

林明斋，生平不详，从诗中“乡语”一词推测，应是李黼平的同乡。征士，不接受朝廷征聘的士人。

本诗赞颂林明斋征士高超的琴艺，从宾客静坐无声、洗耳恭听落笔，形象地描写琴声表现的种种境界：有松涛流泉，桃李芬芳；也有孤鹤悲鸣，孤鸿哀咽。再探究其琴音精妙的奥秘，在于“修身理性四十载，不向俗耳求知音。借渠蛇纹三尺木，写此凤仪千古心”。其高雅脱俗令人敬佩。最后以“更奏思归引”结束全诗，把知遇难求、相见恨晚的感情向前推进一步。

高堂宴客张初筵，四座无言思悄然。林君敛袂拂朱弦，山鸣松风涧走泉。黄钟[1]暖律[2]生桃李，万木刁调[3]商角[4]起。独鹤悲零九皋[5]露，孤鸿哀咽三湘水。问君横木[6]何能然，此事非弦亦非指。风雅道消[7]直至今，正声[8]微茫苦追寻。修身理性四十载，不向俗耳求知音。借渠蛇纹三尺木[9]，写此凤仪千古心。林夫子，我初不识君，今日逢君抚徽轸[10]，酒阑乡语一神伤，知君更奏思归引[11]。

注释

［1］黄钟：古乐十二律之一，声调最为洪亮。《周礼·春官大司乐》："乃奏黄钟，歌大吕，舞云门，以祀天神。" ［2］暖律：温暖的节候。古代以时令合乐律。唐罗隐《岁除夜》："厌寒思暖律，畏老惜残更。" ［3］刁调：草木动摇的样子。语出《庄子·齐物论》："厉风济，则众窍为虚。而独不见调调之刁刁乎？" ［4］商角：中国古乐的基本音阶，古人的"五音"是宫、商、角、徵、羽。 ［5］九皋：深远的水泽淤地。《诗经·小雅·鹤鸣》："鹤鸣于九皋，声闻于野。" ［6］横木：横置木板，这里指弹琴。 ［7］风雅道消：指《诗经》的优良传统消失。《诗经》的内容有风、雅、颂三大部分，人们常用"风雅"指代《诗经》。 ［8］正声：本指纯正的乐声，这里指和平中正的经典作品。唐李白《古风五十九首·其一》："正声何微茫，哀怨起骚人。" ［9］蛇纹三尺木：指琴。 ［10］抚徽轸：弹奏琴曲。徽，系弦的绳。轸，通"纱"，指弦乐器上转动弦线的轴。 ［11］思归引：琴曲名，又称《离物操》。据传，春秋时邵王聘卫侯女，未至而王死。太子留之，不听。卫侯女被拘于深宫，思归不得归，遂援琴而歌："涓涓流水，流返而淇兮，有怀于卫，靡日不思。执节不移兮，行不诡随。坎坷何辜兮，离厥灾。"曲终，自缢而死。

延伸阅读

唐孟浩然《夏日南亭怀辛大》："山光忽西落，池月渐东上。散发乘夕凉，开轩卧闲敞。荷风送香气，竹露滴清响。欲取鸣琴弹，恨无知音赏。感此怀故人，中宵劳梦想。"

河东君初谒半野堂小影四首

题解

河东君，即明末清初著名才女歌伎柳如是（1618—1664）。本名柳爱，因读辛弃疾词《贺新郎》“我见青山多妩媚，料青山见我应如是”，遂改名如是，号河东君，又号蘼芜君。喜欢儒服男装和与文人雅士交往，心系天下大事。24岁嫁给年近花甲的东林党领袖、名士钱谦益。老夫少妻，吟风咏月，甚为相得。明亡，柳如是劝曾任明朝礼部侍郎的钱谦益一同投水殉节，钱以“水太冷”而推托，如是则“奋身投水未遂”。其后，她始终尽力资助抗清志士。钱谦益降清，柳如是颇感失落。钱谦益死后两个月，柳如是自缢身亡。

初谒半野堂，柳如是第一次去半野堂拜见钱谦益。谒，拜见。半野堂，钱谦益住所。这是柳如是与钱谦益的第二次见面，其时柳如是儒服男装。

绛云楼[1]阁草离离，半野犹传见面时。
杨柳藏乌[2]生小惯，风前谁辨汝雄雌[3]。

琼枝玉树出风尘，迥[4]映尚书[5]白发新。
可信卸衣先一笑，叩门红拂[6]是天人。

当时起陆斗龙蛇[7]，一舸鸱夷[8]念小差。
记得有人依贵筑[9]，镜台双剑锁莲花[10]。

茂陵遗箧[11]最凄凉，生为诸孤死为郎。
到底不惭真女士，木兰村里[12]斗新妆。

注释

[1]绛云楼：钱谦益与柳如是婚后所建的住所。 [2]杨柳藏乌：典出唐罗虬《比红儿诗》："藏鸦门外诸年少，不识红儿未见狂。" [3]辨汝雄雌：典出《木兰诗》："雄兔脚扑朔，雌兔眼迷离。双兔傍地走，安能辨我是雄雌？" [4]迥：形容差别很大，如迥异、迥然不同。 [5]尚书：这里指钱谦益。 [6]红拂：借指柳如是。传说红拂本是杨素家伎，原姓张，以执红拂而得名。因见李靖和虬髯客气度不凡，求嫁李靖，并拜虬髯客为兄，助李靖成就辅唐大业。 [7]起陆斗龙蛇：蛰伏的龙蛇出现在陆地，进行搏斗。常喻指争权夺利、改朝换代的权力斗争，这里指明清鼎革时期。 [8]鸱夷：指鸱夷子皮，即范蠡。传说春秋时期范蠡辅佐越王勾践灭吴后，知其不可共安乐，便与西施乘槎浮海。 [9]贵筑：乐器。筑，古代的弦乐器。贵州贵阳盛产竹子，用贵阳的竹子制作的筑，称为贵筑。 [10]镜台双剑锁莲花：疑喻指柳如是劝钱谦益与她一起殉国。 [11]茂陵遗箧：茂陵，汉武帝刘彻的陵墓。武帝晚年曾下《轮台罪己诏》，进行反思，检讨自己的错误。这里疑指钱谦益悔恨晚节不保。 [12]木兰村里：女中豪杰聚集之地。木兰，指花木兰。

春日赠讱斯民部

题解

春日，这里指立春这一天。

讱斯，人名，李黼平在京城的朋友。

民部，户部的旧称。唐朝避李世民讳，遂改民部为户部。这里指讱斯时在户部任职。

诗人回到京城，只见许多新贵趾高气扬，而故交却见不到几个，不免有失落之感。自称“迂儒”，潜心治学。在这春暖花开的立春时节，饮酒陶情，对景弹琴，老朋友讱斯过访，有如忠诚的信天鸟。深情厚谊，令人感动莫名，真不知该如何表达。

对朋友的真心，对新贵的蔑视，对比鲜明，从中亦可见李黼平的人品和追求。

引疾[1]去京国，假满当来旋[2]。
友朋尚余几？所遇多盛年[3]。
高情蔑三古[4]，雄辨驰八埏[5]。
平明[6]青绮[7]开，裘马耀路鲜。
俱过金张宅[8]，杂沓[9]争后先。
迂儒[10]独何为，闭门方草玄[11]。
春风被广除[12]，嘉卉发韶妍。
陶情即命觞，抚景闲挥弦。

有鸟从西来，其名为信天[13]**。**

嘤鸣[14]**相求切，感谢曷能宣。**

注释

[1] 引疾：原指托病辞官，这里指李黼平因病停职。 [2] 旋：这里是返回、还、归来之意。唐李白《寄东鲁二稚子》：“桃今与楼齐，我行尚未旋。” [3] 盛年：指青壮年。古人认为男子二十一至二十九岁为盛年。 [4] 三古：指伏羲、文王、孔子代表的三个时代。 [5] 八埏：八方的边际。汉司马迁《史记·司马相如列传》：“上畅九垓，下沂八埏。” [6] 平明：黎明，天刚亮。 [7] 青绮：青色的细绫。古代的青年才俊以之为常服，亦借指英年之士。 [8] 金张宅：贵族之家。金张，借指权贵。汉宣帝时，金日磾、张安士并为显宦。后来，人们谈到贵族，往往金张并举。 [9] 杂沓：杂乱繁多。 [10] 迂儒：迂腐的儒生，不通事理的读书人。 [11] 草玄：喻淡于势利，潜心著述。典出汉班固《汉书·扬雄传》：“哀帝时，丁傅董贤用事，诸附离之者或起家至二千石。时扬雄方草太玄，有以自守，泊如也。” [12] 广除：宽阔的台阶。 [13] 信天：指信天翁，人们认为这种鸟是忠诚的象征。 [14] 嘤鸣：鸟儿鸣叫求友。喻指朋友同声相应，同气相求。

卢沟桥

题解

卢沟桥，位于今北京市丰台区，因横跨卢沟河（永定河）而得名。其前身为金大定年间的石造联拱桥。

嘉庆十三年（1808）李黼平回到京城后，六月二十九日，翰林院散馆，“以知县即用，今签掣江苏苏州府昭文县知县缺”。在《出都，留别讱斯民部》中，诗人表示“此邦特宜我”，即前往江苏昭文县赴任。

从卢沟桥出发，要去当县官了，顾不上多看京城的美景，急急忙忙赶路，路途遥远，无暇滞留。虽然不是高官，但责任在身，岂能像当儒生时那样，随意游逛。当县官，“墨绶未云薄”。此时，诗人情绪高涨，自比“云中雁”，赋诗抒怀。

离亭[1]白酒尽，首路[2]浑河[3]流。
埃壒[4]有余暑，川原无限秋。
横桥度营室[5]，停策[6]眺崑丘。
五城[7]丽景照，千门佳气浮。
及关[8]信[9]浩荡[10]，远道遑[11]淹留。
虽非使车[12]出，讵类儒冠[13]游。
墨绶[14]未云薄，丹砂[15]行可求。
君看云中雁，相趁向南州。

注释

［1］离亭：古时的驿亭，建于城外稍远的道路旁，供人歇息，人们往往在此送别。［2］首路：同“首途”，出发上路。［3］浑河：即卢沟河，今永定河，又称桑干河。因流浊易淤，故又称浑河。［4］壒（ài）：灰尘。唐韩愈《秋雨联句》：“白日悬大野，幽泥化轻壒。”［5］营室：指营造宫室，建筑营房。［6］停策：停下马。策，本指马鞭，亦可指策杖。［7］五城：这里指京城。清朝的京城分东西南北中五个地区，设有“巡视五城御史”。［8］及关：到达关口、隘门。这里特指到达目的地昭文县。［9］信：的确，确实。［10］浩荡：指广大旷远。［11］遑：闲暇。《诗经·商颂·殷武》：“不僭不滥，不敢怠遑。”［12］使车：使者所乘之车，古代高官奉使之车。唐岑参《青门歌，送东台张判官》：“青门金锁平旦开，城头日出使车回。”［13］儒冠：本指儒生所戴的帽子，这里借指儒生。［14］墨绶：本是结在印纽上的黑色丝带，后作为县官及其职权的象征。［15］丹砂：即朱砂，可作印泥。这里指代官印。

楼桑店

题解

楼桑，刘备的故里。今属河北涿州市。晋陈寿《三国志·蜀志·先主传》载，刘备少时，宅东南有桑树，高五丈余，遥望如车盖。刘备与小伙伴在树下嬉戏，说“吾定当乘此羽葆盖车”。宋文天祥《楼桑》：“我过梁门城，楼桑在其北。玄德已千年，青烟绕故宅。道傍为挥泪，徘徊秋风客。天下卧龙人，多少空抱膝。”

诗人途经刘备的家乡，住在乡村的旅舍，想起刘备的功业，赋诗抒发景仰之情：刘备乘东汉末年混乱的时势而起，惨淡经营，艰苦备尝，精心谋划，建立了蜀汉政权，复用汉武帝时铸造的五铢钱。但蜀汉政权前行的道路坎坷，刘备为给关羽报仇，“乃以万乘之重，崎岖山谷间，持敌逾半年，卒为晚生新进所困”，最终病逝于白帝城。

在无限感叹惋惜中，诗人表示：若是当年的桑树还在，定要前往参拜。

野店[1]秋风里，楼桑定有无。
乘时方惨淡[2]，下辇[3]竟崎岖。
圣纬[4]开三建[5]，民谣[6]复五铢[7]。
但令乔木在，瞻拜并丰榆。

注释

［1］野店：指乡村的旅舍、饭店、茶馆。 ［2］惨淡：凄惨暗淡，苦心尽力。唐杜甫《送从弟亚赴河西判官》："踊跃常人情，惨淡苦士志。" ［3］辇：本义是两人并行拉车或推车向前，后来特指君王后妃的车乘。 ［4］圣纬：指刘备的经纬、谋划。 ［5］开三建：指刘备在成都称帝，建立了蜀汉政权，汉王朝由汉高祖刘邦开国、经汉光武刘秀的中兴后，汉室再一次得以继承。 ［6］民谣：指汉光武帝时期沿用王莽时的货币"货泉"，百姓不满，遂有民谣"黄牛白腹，五铢当复"。后来，光武帝改用五铢钱。 ［7］五铢：五铢钱，古代货币，以其钱重五铢（今约3.25克）而得名。西汉初袭用秦制钱，又允许民间私铸，导致钱制混乱。汉武帝时，禁止私铸，在元狩五年（前118），由中央政府统一铸造五铢钱。

延伸阅读

唐刘禹锡《蜀先主庙》："天地英雄气，千秋尚凛然。势分三足鼎，业复五铢钱。得相能开国，生儿不象贤。凄凉蜀故伎，来舞魏宫前。"

吴汝煜评曰："颔联紧接'英雄气'三字，引出刘备的英雄业绩：'势分三足鼎，业复五铢钱。'刘备起自微细，在汉末乱世之中，转战南北，几经颠扑，才形成与曹操、孙权三分天下之势，实在是很不容易的。建立蜀国以后，他又力图进取中原，这更显示了英雄之志。'五铢钱'……这是借钱币为说，暗喻刘备振兴汉室的勃勃雄心。这一联的对仗难度比较大。'势分三足鼎'化用孙楚《为石仲容与孙皓书》在语：'自谓三分鼎足之势，可与泰山相终始。''业复五铢钱'纯用民谣中语。两句典出殊门，互不相关，可是对应自成巧思，浑成自然。"①

① 萧涤非等：《唐诗鉴赏辞典》，上海辞书出版社，1983年版，第818页。

白沟河晓发至雄县

题解

白沟河，发源于太行山，流经山西、河北，注入白洋淀。历史上曾经是宋朝与辽国的界河。雄县，在今河北中部。宋辽对峙时，宋朝名将杨延昭在此把守边关十六年。

这首诗记录诗人李黼平艰险的行程，表明“行路难”。在中国文学史上，“行路难”是常见的主题。南朝鲍照的《拟行路难十八首》、唐李白的《行路难》和《蜀道难》最为著名，除《蜀道难》实写“蜀道之难，难于上青天”外，多数是以“行路难”比喻人生道路坎坷不平，歌咏忧患，寄寓悲愤。鲍李之诗意味最为深长，发人深思，堪称杰作。而李黼平的这首诗则类似李白的《蜀道难》，采用写实的手法。

清晨从白沟河出发，洪水浩瀚。到了独漉，水深泥浊。在迷茫中小心翼翼，仔细辨认前行的方向。人们早就告诫水深不宜过河，可是环顾四周，哪里有桥梁呢？走陆路吧，狂风扑面，帘车盖也会被吹飞。到了夜晚，仿佛山精水怪，各路妖魔都跑了出来，魑魅魍魉，周遭伺立，凶神恶煞；鼋鼍蛇龙，浮出水面，兴风作浪。直使忧伤之人青丝成白发，瘦马的黑色皮毛也变得枯黄。长长的水路，浩浩荡荡。好不容易，艰难的行程结束了，终于看到郁郁苍苍、生气勃勃的雄县城池。这时，撩起帷幕，稀稀疏疏飘过几点小雨，可以看到树木后面初升的朝阳，旅途的艰辛令人难以忘怀。喝酒吟诗，自我庆幸吧，大杯大杯的酒，我喝了一杯一杯又一杯！

李黼平的这首诗从现实生活出发，具体、生动地展现了“行路难”的真实图景，其“难”令人惊心动魄。

白沟凌晨发，淫潦[1]一何长。
阅水知独漉[2]，遵途[3]辨微茫。
兴言[4]戒深涉，环顾嗟无梁[5]。
惊飚迎面起，轸[6]盖皆飞扬。
罔阆[7]相伺立，鼋鼍[8]不复藏。
劳人[9]鬒[10]成素[11]，瘦马玄为黄。
川途莽浩浩，城阙郁苍苍。
褰帷[12]过疏雨，隔树晞[13]初阳。
每怀恐靡及，旅况未敢忘。
作歌用自慰，三举易京觞[14]。

注释

[1]淫潦：久雨积水成灾。淫，过多，过甚。潦（lào），同“涝”，雨水过多而淹没。 [2]独漉：古地名，在今河北省。古辞《独漉篇》：“独漉独漉，水深泥浊。泥浊尚可，水深杀我。” [3]遵途：沿着道路前行。 [4]兴言：告喻。 [5]梁：指桥，桥梁，津梁。 [6]轸（líng）：古代车厢前面和左右两面的木栏。 [7]罔阆：与魍魉同。西汉司马迁《史记·孔子世家》：“木石之怪，夔、罔阆；水之怪，龙、罔象。” [8]鼋鼍（yuán tuó）：传说中的大鳖和猪婆龙。 [9]劳人：劳苦忧伤之人。《诗经·小雅·巷伯》：“骄人好好，劳人草草。苍天苍天！视彼骄人，衿此劳人。” [10]鬒（zhěn）：发黑。《诗经·鄘风·君子偕老》：“鬒发如云，不屑髢也。” [11]素：白色。 [12]褰帷：撩起帷幕。 [13]晞：指天亮，破晓。宋叶梦得《鹧鸪天》：“晓日初

开露未晞。”　［14］京觞：大的饮酒器，大酒杯。京，大。觞，古代的盛酒器。

延伸阅读

南朝鲍照《拟行路难十八首·其四》：“泻水置平地，各自东西南北流。人生亦有命，安能行叹复坐愁？酌酒以自宽，举杯断绝歌路难。心非木石岂无感？吞声踯躅不敢言。”

余冠英评曰：“本篇原列第四首，言人生有命，愁闷须自己宽解。但人心易感，宽解毕竟很难，而且所愁所感有时是难言和不敢言的。”[①]

① 余冠英：《汉魏六朝诗选》，人民文学出版社，1979年版，第227页。

赵北口秋柳词（九首选一）

题解

赵北口，今属河北安新县，北接雄县。古代燕赵交界处，为战略要地，是座久经战火的戍城。清代诗人以“赵北口”为题的怀古之作颇多。如潘德舆《赵北口》：“划断燕云十六州，可怜中国小金瓯。幽州岂是水穷处，宋使直疑天尽头。今日郊垌无战马，凉宵灯火有渔舟。居民犹忆宸襟畅，画鹢回环绕翠斿。”

李黼平这首诗起句即点明赵北口毗邻易水的地理位置，直接将读者带进“风萧萧兮易水寒，壮士一去兮不复还”的意境，联想起荆轲的壮举。历史已经翻篇，现在是太平时节，眼前的大道高楼足以自慰。只要有真才实学，哪怕年纪大了，也必定会像枚乘那样，受到汉武帝的重用。诗中透露出诗人对自己前途的信心。

家邻易水[1]渐生寒，大道高楼强自宽。
老去尚留青眼[2]在，送他枚叔[3]入长安。

注释

［1］易水：在今河北西部，源自易县。战国时期，荆轲入秦行刺秦王，燕太子丹饯别于此。《战国策·燕策三》：“高渐离击筑，荆轲和而歌，为变徵之声，士皆垂泪涕泣。又前而为歌曰：‘风萧萧兮易水寒，壮士一去兮不复还。’复为慷慨羽声，士皆瞋目，发尽上指冠。于是荆轲遂

就车而去，终已不顾。”　［2］青眼：对人表示喜爱或器重。典故出自《晋书·阮籍传》，阮籍能为青白眼，以青眼对自己看重的人，以白眼对人则表鄙视。　［3］枚叔：枚乘，字叔，汉代辞赋家，淮阴人。先后为吴王、梁孝王文学侍从，著有文学名篇《七发》。汉景帝召任为弘农都尉，后以病去官。武帝即位，以“安车蒲轮”征聘。汉班固《汉书·枚乘传》：“武帝自为太子闻乘名，及即位，乘年老，乃以安车蒲轮征乘。”

延伸阅读

清汪学金《过赵北口》：“赵北燕南地，苍茫旅客过。西风吹易水，落日下滹沱。大泽龙蛇动，荒原雁鹜多。市中屠狗散，无复有悲歌。”

行经河间诗经村（四首选一）

题解

河间，今河北河间，古称河涧、瀛洲。战国时属赵。历史上，河间人才辈出，汉有毛亨、毛苌、张衡，唐有刘长卿，清有纪昀（晓岚）等。

诗经村，在今河间市城北，俗称西村乡，因汉博士毛苌曾在此传授《诗经》而得名。中国第一部诗歌总集得以广泛流传，毛苌功不可没。

李黼平途经诗经村，时值秋收，见一家老少都在劳作，各尽其能。吃饭穿衣，行为举止，保留着纯真素朴的民情风俗，认为这都源于《诗经》的教化！他赞叹诗经村如同名儒郑玄、荀爽的家乡，令人钦羡，不忍离去。结句与陆游诗《游山西村》“从今若许闲乘月，拄杖无时夜叩门”的意境有异曲同工之妙。

大雅[1]久不复，观风冀其存。
宁知乡里间，诗教夙[2]所敦[3]。
匪[4]言谙[5]经术，但觉厚人伦。
方秋事田收，尽室皆在原。
壮男刈禾黍，稚子馌[6]壶飧[7]。
老翁何所为，扶杖牧鸡豚。
图绘见豳[8]谷，衣履即唐民[9]。

惟能得矜式[10]，是以还朴淳。
高阳荀爽里[11]，通德[12]郑元[13]门。
兹地一揽古，踯躅[14]到斜曛。

注释

［1］大雅：这里指代《诗经》。《诗经》有风、雅、颂三部分。雅又分为大雅、小雅。唐李白《古风五十九首·其一》："大雅久不作，吾衰竟谁陈？" ［2］夙：平素，素来。 ［3］敦：厚，厚道，厚重。这里指重视。 ［4］匪：通"非"。《诗经·卫风·木瓜》："投我以木瓜，报之以琼琚。匪报也，永以为好也。" ［5］谙：熟悉。本诗解作精通，似更合诗意。 ［6］馌（yè）：给在田野耕作的人送饭。《诗经·豳风·七月》："同我妇子，馌彼南亩。" ［7］飧（sūn）：简单的饭食。 ［8］豳（bīn）：古地名，今陕西省彬州市一带。传说周人的祖先公刘立国于豳之谷。《诗经·国风》中有"豳风"七篇，传说是周公旦及其后人所作，用于教化。 ［9］唐民：指周代的诸侯国唐的百姓。唐，本是帝尧的旧都，其民众有唐尧之遗风。《诗经·国风》中有"唐风"十二篇。 ［10］矜式：尊重，效法，示范，模范。明归有光《祭周孺亨文》："唯先生之孝友温良，真乡里矜式。" ［11］高阳荀爽里：高阳，历史上曾属河间郡。荀爽（128—190），字慈明，祖籍颍川，东汉大臣，著名经学家，对易学研究尤为深入，影响深远。 ［12］通德：郑氏的堂号。郑姓的楹联有"尚书世禄，通德名门"。 ［13］郑元：即郑玄（127—200），字康成，高密人。东汉名儒，著名经学大家。他遍注群经，是汉代经学集大成者，其经学成就及学术影响已形成流派，被称为"郑学"。 ［14］踯躅：徘徊不前。

潘村是入山第一程

题解

潘村，地名。从李黼平行程看，应是在山东境内，泰山附近。

“岱宗夫如何，齐鲁青未了”，给人以雄浑壮阔的美感。唐杜甫《望岳》的起句即突出泰山之高远。而李黼平这首诗为了表现潘村山势之高，则是娓娓道来：

潘村，峰峦起伏，郁郁苍苍，这才只是入山第一程，但已经“渐觉地形高”。感叹长途跋山之苦，瘦弱的童仆也因害怕攀登而使前行艰难，进而衬托出山之高。转而，舍车步行，拄杖借力，又显现出诗人的果敢。顶着狂风扑面，飞瀑溅身，迎来清新无尘的妙境。自诩有神马的轻松快捷，不像跛脚羊那样困顿。循坡攀登，除萝去蔓，到达山顶。回顾来路，只见山下的人身长还不满一寸！进一步凸显山之高。回顾往昔，以前希望寻根溯源，好像遥遥无期，如今终于如愿以偿！夜晚住宿山顶，明朝在石门巷里吃饭，还有仙女会下凡来劝酒，这是多么美妙啊！

李诗曲折生动，虽比不上杜诗的气魄，但一波三折，读者的思绪亦随之起伏，对潘村山之高有种极为真切的感受，这是另一种美。

云峰东南起，松黛西北献。
渐觉地形高，实与山势远。
修途[1]苦跋涉，瘦仆厌登顿。

舍车步犹蹉，支策[2]筋忽健。
严飔[3]截道出，悬溜[4]向客喷。
耳目生烟霏，裙帽谢尘坌[5]。
但诧神马[6]逸，不比跛羊困。
终日循坡陀，攀天阻萝蔓。
焉知林下眺，顶踵[7]不盈寸。
寻源杳前期，即事谐夙愿。
暝投崮[8]山宿，明从石闾[9]饭。
玉女下九垓[10]，笑把流霞[11]劝。

注释

[1] 修途：长途。修，长。 [2] 策：杖，拐杖。 [3] 严飔：寒风。南朝王融《清楚引》："转叶度沙海，别羽自冰辽。四面通寒色，左右竟严飔。" [4] 悬溜：倾泻的小股水流，小瀑布。 [5] 坌（bèn）：尘埃。 [6] 神马：意指不同寻常的良马，奔跑神速。 [7] 顶踵：这里指全身，即从头顶到脚踵。 [8] 崮（gù）：四处陡峭而顶端较平的山。 [9] 闾（lǘ）：里巷的大门，亦泛指乡里。 [10] 九垓：指九重天。 [11] 流霞：这里指神仙喝的美酒。

老马行·沂州道中作

题解

老马行，诗题。古诗中同题的佳作颇多，如宋代的陆游，托老马言志："一闻战鼓意气生，犹能为国平燕赵。"元代的方回，对老马慨叹："谨营刍豆尚努力，永伴残年田子方。"明代的杨慎，借老马抒怀："金式如堪铸伏波，彩毫还拟图韩干。"

沂州，因沂河而得名，今山东临沂。清雍正年间曾设立沂州府。

诗人在沂州道中见老马遭凌辱、被蹄啮，对老马给予深深的同情。想象自己祈求上天，得到天助，让老马到天庭休养生息，重振雄风。"回看百马群，势作果下卑"，表示有意要帮助老马也成为"神骏"，造福苍生。

老马有如风云失所，英雄失路，李黼平的悲悯和祈望，表现出其对人才的珍惜。

玄黄[1]谁家马？终日卧路歧。刻削天骨[2]露，焉能相毛皮？五花[3]尽脱落，汗血[4]流瘢耆[5]。虻蟹[6]四翔集，掉尾能一嬉？岂伊筋力尽，主者弃如遗。宁闻出孤竹[7]，纵老犹可师[8]。何来幽州客[9]，赤手[10]驱䯄骊[11]。沿途逐水草，各各矜雄姿。中有玉面骍[12]，跐踧[13]尤权奇[14]。垂梢[15]植两耳，望路鬣[16]长驰。彼马不及避，蹄啮[17]公然施。可怜尘埃间，低首甘受欺。风云久失所，踢蹭[18]理亦宜。我行[19]

发易书[20]，似得神马辞。东来欻[21]见此，恨恨[22]使心悲。轩辕振枫鼓[23]，教使熊虎罴。飞黄[24]入天闲[25]，营卫[26]正相资。璇台[27]野阴暮，绛节[28]朝神祇。盘旋九马舞，呈艺翩何迟。游畋[29]古有戒，恭己[30]方在斯。扬鸾鸣五钟[31]，驭路有常仪。汝驾日千里，前行独安之。彼马若感悟，翻然起中馗[32]。骧首一长鸣，天飙搅林吹。昂藏七八尺，精气龙骊为。回看百马群，势作果下卑[33]。我愿百金赎，祟疾[34]招巫医。勿嫌穞麦[35]躁，取足起羸疲。天全谢翦剔，神骏惊一时。良无白玉珂，岂屑黄金羁。蒲梢嗜苜蓿，放汝还西陲。遥闻余吾水[36]，正对鲜海[37]湄。高秋浴浩荡，变化安可知？腾云作霖雨，免使苍生咨[38]。

注释

[1]玄黄：本义是黑色和黄色。这里暗含“天地玄黄”之意，指天地之间。 [2]天骨：自然生成的骨骼，暗指此马天生神物，非比寻常。 [3]五花：指良马的皮毛。 [4]汗血：骏马名。 [5]瘢耆：马脊疮瘢。 [6]虻蠪（wèi）：牛虻类的昆虫。 [7]孤竹：殷商时期的诸侯国。出有贤人伯夷、叔齐，他们兄弟让国，扣马谏伐，耻食周粟，饿死首阳，为历代仁人志士所推崇。汉司马迁《史记·周记》：“伯夷、叔齐在孤竹。” [8]师：这里作动词，当老师，为师表。 [9]幽州客：来自西北边的幽州人。 [10]赤手：空手，徒手。 [11]䯄骊（guā lí）：黄黑色的马。䯄，身黄嘴黑的马。骊，黑色马。 [12]玉面骍（xīng）：赤色名马。在唐代著名画家曹霸所画《九马图》中，与名马“照夜白”

相媲美。［13］趍跋（bì bá）：奔马蹄踏的声音。［14］权奇：形容良马善于行走。唐高适《画马篇》："马行不动势若来，权奇蹴踏无尘埃。"［15］垂梢：指马尾长垂。［16］鬗（mán）：长貌，指毛发长。汉班固《汉书·礼乐志·郊祀歌》："掩回辕，鬗长驰。"［17］蹄啮：马蹄踢，马嘴咬，极其恶劣。［18］跼蹐（jú jí）：曲身小步，畏缩不安。跼，同"局"，曲身，弯腰。蹐，轻步，小步行走。［19］行：正，方，将要。［20］易书：指《易经》。［21］欻：忽然，迅速。［22］悢（liàng）悢：惆怅，悲伤。［23］轩辕振棡（gāng）鼓：传说轩辕黄帝作棡鼓之曲十章。棡，两人相对举物，横墙木。［24］飞黄：传说中的神马。［25］天闲：皇帝养马的地方。宋陆游《感秋》："古来真龙驹，未必置天闲。"［26］营卫：中医学名词。中医学认为：营主血，有充盈体内的营养作用；卫主气，有捍卫于外的保卫功能。［27］璇台：玉饰之台。这里指仙人居所。晋郭璞《游仙诗》："璇台冠昆岭，西海滨招摇。"［28］绛节：古代使者所持的红色符节。唐李商隐《中元作》："绛节飘飖宫国来，中元朝拜上清回。"［29］游畋（tián）：出游打猎。畋，打猎。［30］恭己：恭谨律己，对自己严格要求。［31］五钟：古代乐器，即黄钟、青钟、赤钟、景钟、黑钟。［32］馗（kuí）：同"逵"，四通八达的大道。［33］果下卑：像果下马那样卑下。果下马因身材矮小，人可以骑着它在果树下行走而得名。［34］崇疾：重视疾病，认真对待疾病。［35］穱（zhuō）麦：早熟的麦子。［36］余吾水：古水名。即今蒙古境内的土拉河。［37］鲜海：青海湖的别称。［38］咨：叹息，感叹。宋苏辙《东坡先生墓志铭》："讣闻西方，无贤愚皆咨嗟出涕。"

延伸阅读

唐杜甫《瘦马行》："东郊瘦马使我伤，骨骼硉兀如堵墙。绊之欲动转欹侧，此岂有意仍腾骧。细看六印带官字，众道三军遗路旁。皮干剥落杂泥滓，毛暗萧条连雪霜。去岁奔波逐余寇，骅骝不惯不得将。士卒多骑内厩马，惆怅恐是病乘黄。当时历块误一蹶，委弃非汝能周防。见人惨淡若哀诉，失主错莫无晶光。天寒远放雁为伴，日暮不收乌啄疮。谁家且养愿终惠，更试明年春草长。"

渡河

题解

静夜渡河，清晨观景。水天一色，风平浪静，蒹白蓼赤，心旷神怡。赞黄河，歌圣德。中流转帆，遥望郁洲山道观的美景，想到道士的邀请，深表遗憾，婉言谢绝："官程严逗留，民事切恫瘝。"若不在其位，定将造访，不会食言。

这首诗表现了李鼐平急于赴任，想要造福一方的美好愿望。

河声搅客梦，静夜永潺湲[1]。
侵晨[2]波不兴，天水相与闲。
霜蒹[3]隔岸白，风蓼[4]近人殷[5]。
黄流此焉会，直下千里关。
岂为河伯[6]仁，圣德弥区寰。
中川布帆转，遥望郁洲山[7]。
横空自妩媚，晓玉开烟鬟。
羽人[8]昨致书，问我何日还。
褰[9]裳率尔[10]到，非为舟梁艰。
官程严逗留，民事切恫瘝[11]。
敢云听方籍[12]，秩满[13]当梯扳。
食言有如水，浩歌寄云鹇。

注释

［1］潺湲（chán yuán）：水慢慢流动的样子。战国楚屈原《九歌·湘夫人》："荒忽兮远望，观流水兮潺湲。" ［2］侵晨：破晓，天刚亮。 ［3］蒹：没有长穗的芦苇。《诗经·秦风·蒹葭》："蒹葭苍苍，白露为霜。所谓伊人，在水一方。" ［4］蓼（liǎo）：植物名，生长在水田或湿地。 ［5］殷（yān）：赤黑色。 ［6］河伯：传说中的河神。 ［7］郁洲山：即今江苏连云港境内的云台山。它本是黄海中的岛屿，18世纪始与陆地相连。明嘉靖年间，那里道士云集。 ［8］羽人：道士。本指仙人有羽能飞。因道士学仙，故亦称羽人。 ［9］褰（qiān）：揭起。《诗经·郑风·褰裳》："子惠思我，褰裳涉溱。" ［10］率尔：急遽，随意。 ［11］恫瘝（tōng guān）：病痛。恫，痛。瘝，病。古代帝王常用"恫瘝在抱"表示对民间疾苦的关怀。 ［12］方籍：正当在任。 ［13］秩满：官员任期届满。

淮上作

题解

淮，指淮河。淮上，即在淮河之上。

淮流清，圆月明，白鱼腾浪，珍珠晶莹，托出本诗主题："畴云皎易污，所贵在真贞。"眼前景引发诗人情思，感慨人生，极重操守，即使身在官场，也要"洁白无暇""出淤泥而不染"，用现代的话来说就是"清清白白做人，认认真真做事"。这是李黼平赴任时对自己的要求。

黄河西北来，势与长淮并。
河水日夕灌，淮流自分明。
迢迢千里间，迥[1]映圆魄[2]澄。
中有银色鱼，凌风时上腾。
魮[3]珠含夜光，符采焕晶莹。
畴[4]云皎易污，所贵在真贞。
掘泥[5]扬其波，凝滞[6]非达情。
临流发遥慨，因之念平生。

注释

[1] 迥：远。三国魏曹植《杂诗七首·其一》："之子在万里，

江湖迥且深。” ［2］圆魄：指月亮。 ［3］魮（pí）：又称文魮，鱼名。晋郭璞《江赋》：“文魮磬鸣以孕璆。” ［4］畴：这里指谁。《尚书·舜典》：“帝曰：‘畴若予工？’佥曰：‘垂哉！’” ［5］掘泥：应为“淈泥”。淈，搅浑。《说文解字》：“淈，浊也。” ［6］凝滞：拘泥，不灵活。

延伸阅读

战国楚屈原《楚辞·渔父》：“渔父曰：‘圣人不凝滞于物，而能与世推移。世人皆浊，何不淈泥而扬其波？众人皆醉，何不餔其糟而歠其醨？何故深思高举，自令放为？’屈原曰：‘吾闻之，新沐者必弹冠，新浴者必振衣；安能以身之察察，受物之汶汶者乎？宁赴湘流，葬于江鱼之腹中；安能以皓皓之白，而蒙世俗之尘埃乎？’”

淮阴侯钓台歌

题解

淮阴侯，韩信，秦末淮阴人。初从项羽，后归刘邦，因萧何力荐，被拜为大将，伐魏、举赵、下燕、破楚、定齐。汉高祖五年（前202），会汉师各部合围项羽于垓下，羽走自杀，韩信由齐王改封为楚王。韩信是西汉王朝战功最为卓著的军事家，与萧何、张良并称为“汉兴三杰”。汉高祖六年（前201），被告谋反，汉高祖刘邦用陈平计，伪游云梦，执之，降为淮阴侯。韩信以和绛侯周勃、颍阴侯灌婴同列为耻。汉高祖十一年（前196），吕后用萧何计，将韩信诱入长乐宫钟室杀害。

“自从离钓台，连战信灵武。”两千年后的李黼平到钓台，心绪难平：韩信为汉王朝的建立作出巨大贡献。然而，一心匡扶汉王、重情重义的韩信，却落得被汉王擒、被吕后杀的下场。“狡兔死，走狗烹；飞鸟尽，良弓藏。”这是何等的不公啊！李黼平歌咏韩信的业绩，同情韩信的遭遇，表明公道自在人心。

蓬瀛[1]渌[2]水飞晴空，罾[3]鱼大泽欺儿童。一夫发难六王起[4]，秦人网漏奔群雄。新昌亭长妇逐客[5]，王孙[6]蓑笠谁曾逢。淮流本与泗水合，巨缗[7]直下惊赤龙。赤龙[8]拏云出芒砀，相见为君决东向[9]。意气原难绛灌[10]侪，勋名迥[11]出英卢[12]上。自从离钓台，连战信灵武。诸侯奉威声，违者立擒虏。燕城昼遣辩士驰[13]，楚帐宵惊美人舞。天教发迹同玉璜[14]，表海[15]俄看胙[16]茅土[17]。此时举足有重轻，一心自许扶炎精[18]。真王既立伪游出[19]，可叹忌克开良平[20]。一饭酬恩[21]况推食[22]，不知私语何从得。钟室霜飞夜有棱[23]，石矶烟溟秋无色。千年故迹荒苍苔，白鸥自点云涛堆。巨野渔人[24]在何处，藏弓[25]不但王孙哀。帝乡屠酤皆俊才[26]，尚为猛士登高台[27]。君不闻三侯[28]泠泠唱遗曲，大风吹入淮阴来。

注释

[1] 蓬瀛：蓬莱和瀛洲，传说中的神仙居所。 [2] 渌（lù）：清澈。三国魏曹植《洛神赋》："远而望之，皎若太阳升朝霞；迫而察之，灼若芙蕖出渌波。" [3] 罾（zēng）：用竹竿或木棍做支架的方形渔网。 [4] 一夫发难六王起：指秦末陈胜吴广发动农民起义，占领陈县后，自立为王，号为"张楚"。刘邦、项羽等纷纷响应，反抗秦王暴政。六王，指起义军中的旧贵族想恢复六国：张耳、陈余怂恿武臣自立为赵王，魏咎自立为魏王，燕韩广、齐田儋、楚景驹也都自立为王。 [5] 新昌亭长妇逐客：韩信年轻时落魄，遭人歧视。在新昌亭长家就食时，曾被亭长之妇所逐。 [6] 王孙：这里特指韩信。据西汉司马迁《史记·淮阴侯列传》：韩信饥无食，漂母给他饭吃。韩信感恩，"谓漂母曰：'吾必有以重报母。'母怒曰：'大丈夫不能自食，吾哀王孙而进食，岂望报乎？'" [7] 缗（mín）：钓丝。"巨缗直下"，这里暗用姜太公（吕望）垂钓遇文王的典故。 [8] 赤龙：指汉高祖刘邦。传说刘邦是斩白蛇的"赤帝子"。 [9] 相见为君决东向：指韩信建议刘邦向东进发，攻打项羽。 [10] 绛灌：绛侯周勃、颍阴侯灌婴。皆为汉初著

名将领。［11］迥：远。［12］英卢：英布、卢绾。英布，汉初名将，封淮南王；卢绾，刘邦同乡好友，封燕王。［13］燕城昼遣辩士驰：指韩信大破赵军，擒赵王后，又用广武君之计，遣辩士奉书往燕，“燕从风而靡”。［14］玉璜：半圆之玉璧。此处引用姜太公垂钓得玉璜的故事。［15］表海：滨海，临海。特指齐国。传说姜太公分封至齐，把齐国治理得很好。《左传·襄公二十九年》：“为之歌《齐》，（季札）曰：‘美哉！泱泱乎！大风也哉！表东海者，其太公乎！国不可量也。’”［16］胙（zuó）：祭祀用肉。祭祀后分给众人，亦指赏赐。［17］茅土：茅草包着的泥土。古时帝王的祭坛由赤、青、白、黑、黄五色土建成，分封诸侯时，将一种颜色的泥土用茅草包好，授予分得土地的人，作为得地的象征。故称分封诸侯为“授茅土”。［18］炎精：火德，指汉朝。因汉朝自称应火德之运，故用炎精、炎灵、炎刘等代指汉朝。［19］真王既立伪游出：汉高祖四年（前203），韩信破齐后，派使者去见刘邦，认为“齐边楚，权轻，不为假王，恐不能安齐”。刘邦怒火中烧，原本想处罚韩信，听了张良、陈平耳语后，采纳张良“不如因而立之，使自为守”的建议，便对韩信的使者说：“大丈夫定诸侯，即为真王耳，何以假为！”即派遣张良操印绶立韩信为齐王。破楚后又徙封楚王。汉高祖六年（前201）十二月，有人告韩信谋反，刘邦用陈平计，伪游云梦，在韩信迎接时，将韩信拿下，押至洛阳，贬为淮阴侯。［20］良平：张良、陈平。张良，汉初著名谋士，封留侯；陈平，汉初谋士，官至丞相，死谥献侯。张良提出姑且封韩信为齐王的计谋；陈平则建议刘邦伪游云梦，逮捕韩信。［21］一饭酬恩：指韩信不忘漂母一饭之恩，功成后，千金酬谢。［22］推食：把自己的食物推让给人。西汉司马迁《史记·淮阴侯列传》：“汉王授我上将军印，予我数万众，解衣衣我，推食食我，言听计用，故吾得以至于此。”［23］钟室霜飞夜有棱：指韩信被害。《史记·淮阴侯列传》：“相国（萧何）绐信曰‘虽疾，彊入贺’。信入，吕后使武士缚信，斩之长乐钟室。” ［24］巨野渔人：彭越，出身山东巨野的渔夫，汉初名将，封为梁王。后被刘邦以谋反罪处死。 ［25］藏弓：典出《史记·越王勾践世家》：“范蠡遂去，自齐遗大夫种书曰：‘飞鸟尽，良弓藏；狡兔死，走狗烹。’”这里指汉高祖刘邦和吕后杀害兴汉功臣。《史记·淮阴侯列传》：“上令武士缚信，载后车。信曰：‘果若人言：“狡兔死，走狗烹；高鸟尽，良弓藏；敌国破，谋臣亡。”天下已定，我固当烹！’上曰：‘人告公反。’遂械系信。至洛阳，赦信罪，以为淮阴侯。” ［26］帝乡屠酤皆俊才：在汉高祖刘邦看来，自己家乡的屠夫、买酒的人全都是雄才。 ［27］尚为猛士登高台：典出《史记·高祖本纪》：“高祖还归，……酒酣，高祖击筑，自为歌诗曰：‘大风起兮云飞扬，威加海内兮归故乡，安得猛士兮守四方！’” ［28］三侯：指汉初如彭越等多位被杀害的功臣。

延伸阅读

唐刘禹锡《韩信庙》：“将略兵机命世雄，苍黄钟室叹良弓。遂令后代登坛者，每一寻思怕立功。”

清江浦迟所亲不至

题解

清江浦，今属江苏淮安，自明永乐十三年（1415）开埠至清代一直是著名的运河都市。

迟所，等待的处所。南朝宋范晔《后汉书·章帝纪》：“朕思迟直士，侧席异闻。其先至者，各以发愤吐懑，略闻子大夫之志矣，皆欲置于左右，顾问省纳。”

滞留迟所，亲人不至。只见长河落日，暮色苍茫。耳听雁落沙滩将夜宿，眼盼飞鹜横空来，诗人惦记着辗转赶路来探望自己的亲人，发出“关山共行役，念子留中路”的慨叹。回想自己坐船颠簸，升舻翘望，在凉风送爽的夜晚，赶到了淮阴，却因被河水阻隔而不能与亲人相聚，倍感失落与无奈，从心底发出呼喊：“何当采菱实，岁晏相与度！”从苦于“行役”到产生回家乡农作的想法，这并不奇怪，因为岁末可以一家团圆啊！

全诗情景交融，情从肺腑中流出，真切感人。

落日澹[1]长河，苍然四野暮。
斑轮[2]扬素尘，隔水不得渡。
宿沙聆落雁，横空盼飞鹜。
关山共行役，念子留中路[3]。
檥[4]楫[5]久夷犹[6]，升舻[7]迭沿溯。
凉飔扇今夕，先感淮阴树。

嘉月[8]寝以驰，流波浩难驻。
何当采菱实[9]，岁晏相与度。

注释

[1]澹（dàn）：安静的样子。 [2]斑轮：指有斑点污渍的车轮。 [3]中路：路中，半途，半路。三国魏阮籍《咏怀》：“宁与燕雀翔，不随黄鹄飞。黄鹄游四海，中路将安归。” [4]檥（yǐ）：停船靠岸。西汉司马迁《史记·项羽本纪》：“乌江亭长檥船待，谓项王曰：‘江东虽小，地方千里，众数十万人，亦足王也。愿大王急渡。’” [5]楫（jí）：划船的短桨。 [6]夷犹：迟疑不前。战国楚屈原《九歌·湘君》：“君不行兮夷犹，蹇谁留兮中洲。” [7]舻：船头。 [8]嘉月：指明媚的月亮，美好的时光。 [9]采菱实：在古人诗词中，采菱实多是欢乐的劳作。明李时行《江南乐》：“五月荔子红，香味甜如蜜。有时泛小舟，雪藕采菱实。”

延伸阅读

唐贺朝《孤兴》：“晴日暖珠箔，夭桃色正新。红粉青镜中，娟娟可怜嚬。君子在遐险，蕙心谁见珍？罗幕空掩昼，玉颜静移春。江瑟语幽独，再三情未申。黄鹄千里翅，芳音迟所因。”

瓜洲待渡二首

题解

瓜洲，今属江苏扬州，在京杭大运河与长江的交汇处，是许多文人学士吟咏过的“瓜洲古渡头”。如宋王安石《泊船瓜洲》：“京口瓜洲一水间，钟山只隔数重山。春风又绿江南岸，明月何时照我还？”

景色秀美，万家秋色，人声鼎沸。艨艟壮观，小舟轻泛，晓风拂面。洛水、沫水由西涌来，金、焦二山紧控海门，多景楼台就在眼前，真是气象万千，赏心悦目。可是诗人却无意观赏美景，只是扣舷凝望，“兰草正芳人不远”道出了诗人极为急切的心情。

两首律诗，一气呵成，衔接紧密，主旨鲜明。

连宵梦绕绮城闉[1]，一觉吴船悄向晨。
坐看图经[2]询驿吏，行闻箫鼓赛江神[3]。
万家秋色丹杨郡[4]，八月涛声赤岸[5]人。
谁识扣舷吟望苦，风烟扬子[6]欲迷津。

高樯大楫唤艨艟[7]，缆带轻舠[8]泛晓风，
洛沫[9]西来天堑[10]尽，金焦[11]北控海门雄。
劳生鞍马抛身外，多景楼[12]台落眼中。

兰草正芳人不远，渡江今日悔匆匆。

注释

［1］闉（yīn）：古代城门外层的曲城。［2］图经：又称图志、图记，指有图画、地图的书籍或地理志。常以图为主，或图文并茂。早在东汉时期，就已有《巴郡图经》。隋唐时期许多地方都有图经。唐韩愈《将至韶州先寄张端公使君借图经》："曲江山水闻来久，恐不知名访倍难。愿借图经将入界，每逢佳处便开看。"［3］赛江神：祭祀江神的活动。赛，指行祭礼以酬神。［4］丹杨郡：今扬州市。丹杨郡，即丹阳郡，始建于汉武帝元狩二年（前121），唐武德三年（620）改为扬州。［5］赤岸：地名。应是指今江苏南京六合区的赤岸山，因山岩与江岸数里土色皆为赤色而得名。晋郭璞《江赋》："鼓洪涛于赤岸，沦余波乎柴桑。"［6］扬子：本是扬州城南的小镇，地临长江北岸，又名扬子津。古时由扬子津到京口（今镇江），江面宽阔，烟波浩渺，便把扬子津临近的那段大江称为扬子江。长江从南京开始到入海口这一段后来都通称扬子江，流往江苏和上海等地。扬子江亦常常指代长江。［7］艨艟（méng chōng）：战船，又写作蒙冲。这里指大船。［8］舠（dāo）：刀形小船。［9］洛沫：指洛水、沫水。［10］天堑：天然的壕沟，比喻地形险要，多指长江。［11］金焦：金山、焦山，在今镇江市。［12］多景楼：位于镇江北固山甘露寺后，古代为长江三大名楼之一，与黄鹤楼、岳阳楼齐名。

北固山

题解

北固山，在今江苏镇江东北部江滨。古时三面环水，因山壁陡峭、形势险固而得名。如今只一面朝江，其余三面皆为闹市。

面对壮丽山川，有人欣赏其美景怡人，陶醉其中；有人则触景生情，感慨万端。歌咏北固山的名诗丽词，不胜枚举，如："远岩映兰薄，白日丽江皋。"（南朝谢灵运《从游京口北固山应诏诗》）"客路青山外，行舟绿水前。潮平两岸阔，风正一帆悬。"（唐王湾《次北固山下》）"北固山前三面水，碧琼疏拥青螺髻。"（宋苏轼《蝶恋花·雨后春容清更丽》）。在李鼐平看来，最有价值的当推"迁客"辛弃疾的"秦声"，其词名播千古，使后人激动难抑。对辛词的赞誉，体现了诗人的审美取向。

别岭[1]临江类削成，澄流三面写峥嵘[2]。
落帆正向松寥[3]转，倚杖高窥玉宇清。
当日从臣推谢监[4]，只今迁客[5]有秦声[6]。
何当云影天光里，早学高人筑净名。

注释

[1] 别岭：非同寻常、别具一格的山岭。 [2] 峥嵘：原义指山峰高峻，这里指气势不凡。 [3] 松寥：指位于长江边的松寥山。

唐李白《焦山望松寥山》："石壁望松寥，宛然在碧霄。安得五彩虹，驾天作长桥。仙人如爱我，举手来相招。" ［4］谢监：指谢灵运（385—433），晋谢玄之孙，著名的山水派诗人，南朝宋文帝时曾任秘书监。 ［5］迁客：指南宋爱国词人辛弃疾。其任镇江知府时，写有慷慨激昂的词篇，如《永遇乐·京口北固亭怀古》《南乡子·登京口北固亭有怀》等。 ［6］秦声：秦腔，古代我国西北地区（今甘肃和陕西一带）的音乐，其腔调高昂激越。

延伸阅读

南宋辛弃疾《永遇乐·京口北固亭怀古》："千古江山，英雄无觅孙仲谋处。舞榭歌台，风流总被雨打风吹去。斜阳草树，寻常巷陌，人道寄奴曾住。想当年，金戈铁马，气吞万里如虎。 元嘉草草，封狼居胥，赢得仓皇北顾。四十三年，望中犹记，烽火扬州路。可堪回首，佛狸祠下，一片神鸦社鼓。凭谁问，廉颇老矣，尚能饭否？"

初到昭文作

题解

李鼎平在翰林院散馆时，实授昭文县令。嘉庆十三年（1808）秋冬间赴任。他很满意自己的这份差使，未到昭文县城，便迫不及待地夜看图经，想象县衙风貌，郊外江潮，从心底涌出“但近蓬莱亦是仙”的快感。

银烛光辉晓漏传，图经看罢思悠然。大贤[1]遗俗谁无耻，（荀子云[2]：无廉耻，嗜饮食，子游氏之儒也。朱子[3]常熟学宫碑引之，以警厉邑士。）常熟分疆[4]定有年。风涌江潮喧郭外，日移山翠落衙前。海门更上高楼望，但近蓬莱亦是仙。（元稹[5]诗：“我是玉皇香案吏，谪官犹得近蓬莱。”）

注释

［1］大贤：指子游。［2］“荀子云”句：荀子，即荀况，又名荀卿、孙卿，战国时期赵国人。儒家思想的集大成者，著有《荀子》一书。引语原文见《荀子·非十二子》：“偷儒惮事，无廉耻而嗜饮食，必曰‘君子固不用力’，是子游氏之贱儒也。”［3］朱子：指南宋大儒朱熹。［4］常熟分疆：雍正二年（1724），因常熟县人多而析出其东部为昭文县，1912年复并入常熟县，今属江苏常熟。［5］元稹：字微

之，唐代著名诗人，有《元氏长庆集》，与好友白居易（字乐天）共同提倡新乐府，二人齐名，世称“元白”。其诗《以州宅夸于乐天》：“我是玉皇香案吏，谪居犹得住蓬莱。”本诗所引诗句与之略有差异。

漕运行

题解

漕运，水道运输。唐宋以来，东南各地通过水路运送粮食往京师或公仓。在清代，江苏、浙江的漕粮负担最重。

早在翰林院时，李黼平就曾上书，认为东南各地水道运输漕粮，负担很重，应改为海运，但不被采纳。到了昭文，躬亲漕事，直接感受到昭文不堪此重负，面对七八万石的粮食，既要箕簸斗量，开廒献纳，又要守卫、运输。遇到天旱水涸，更是辛苦莫名，屯丁劳碌，里正嗟叹，苦苦要求津贴补助。

在万般无奈中，诗人只有自我劝慰：不必担心，河道会开通，津贴钱刀会付给，漕运会顺利，“黍谷桃渠眼中见”，盼望主管的官员能大力发展农业，在京城附近开拓农田，种粮丰收，彻底解决漕运问题，做到“云帆永罢东吴转”。

这首诗的前半段是写实，后半段是抒发理想。现代人常说“理想很丰满，现实很骨感”，李黼平当时内心的痛苦可想而知，这也预示着诗人后来的悲惨命运。

书生一食恒三日，忍饥诵经门不出。仙家撒米[1]狡狯多，饭甑空看梦中溢。一麾作宰居海滨，职有漕事当躬亲。手收七万八千石，但丐糠覈[2]能肥人。连廒[3]四开临水曲，负戴[4]遥来趁初旭。南箕扇簸北斗量[5]，原是天公具餐玉[6]。岂惟献纳人争先，鸟雀未敢窥檐前。仓储近烦白虎[7]卫，水餫[8]远叱黄龙牵。颇闻荷花塘欲涸，碧波粼粼石凿凿。屯丁辛苦里正[9]嗟，津贴钱刀苦求索。汝辈何知为杞忧，连云畚锸通邗沟[10]。高低正依均海法，升斗不贷监河侯[11]。舳舻万里趋芳甸[12]，黍谷桃渠眼中见。滹沱[13]可涸涞[14]可陂，只在司农[15]斥[16]坟衍[17]。拓地平移委粟山，治田尽表宜禾县[18]。丰岁香秔[19]满近畿，云帆永罢东吴转。

注释

[1] 仙家撒米：典出自晋葛洪《神仙传·王远》，仙人王远邀麻姑到其弟子蔡经家，时经弟妇新产。麻姑求得少许米后，将掷之堕地，谓以米祛其秽也。视其米皆成丹砂。王远笑曰："姑故少年也，吾老矣，不喜复作此曹辈狡狯变化也。" [2] 糠覈（hé）：麦糠中的粗屑，指粗劣的食物。西汉司马迁《史记·陈丞相世家》："平为人长美色。人或谓陈平曰：'贫何食而肥若是？'其嫂嫉平之不视家生产，曰：'亦食糠覈耳。有叔如此，不如无有。'" [3] 廒（áo）：储存粮食的仓库。 [4] 负戴：指劳作，以背负物，以头顶物。 [5] 南箕扇簸北斗量：忙着储运漕粮。南箕、北斗，本是二十八宿星中的星名。《诗经·小雅·大东》："维南有箕，不可以簸扬。维北有斗，不可以挹酒浆。"这里反用其意。 [6] 餐玉：本义是指仙人以服食玉屑为餐，以延年益寿，这里喻指很好的食粮。 [7] 白虎：古代神话中，与青龙、朱雀、玄武、黄龙，并称为"天官五兽"。后来，人们把白虎看作威武和军队的象征。 [8] 餫（yùn）：运送粮食。《左传·成公五年》："晋荀首如齐逆女，故宣伯餫诸谷。" [9] 里正：里长，古时乡官。 [10] 邗沟：即邗江，江苏境内自扬州西北至怀安县北入淮的

运河。 [11] 升斗不贷监河侯：用《庄子·外物》中典故，庄周向监河侯借粮，监河侯不借，却说等到他得到封地的租金时，借给庄周三百金。庄周用“涸辙之鲋”的寓言，讽刺升斗不贷的监河侯。 [12] 芳甸：芳草茂盛的原野。南朝谢朓《晚登三山还望京邑》：“喧鸟覆春洲，杂英满芳甸。” [13] 滹（hū）沱：指滹沱河，发源于山西，向东流经河北，下游河道宽阔，水流缓慢，泥沙淤积较多。 [14] 涞：指涞水，今称拒马河，在河北，邻近京城。 [15] 司农：古代的农官，主管农事的官员。《吕氏春秋·季冬纪》：“命司农计耦耕事，修耒耜，具田器。” [16] 斥：开拓，拓展。 [17] 坟衍：肥沃平旷的土地。 [18] 治田尽表宜禾县：早在西汉时期，敦煌郡设有宜禾都尉，东汉时主管伊吾庐屯田。 [19] 秔（jīng）：同“粳”，粳稻，蒸煮的米饭较黏。

私马行

题解

李黼平景仰杜甫，喜爱杜诗，研究杜诗，著有《读杜韩笔记》。他写诗也深受杜诗的影响，这首诗便是一例。若将它与杜甫的《房兵曹胡马》《瘦马行》《病马》等诗同读，会认为此诗是杜甫马诗的姐妹篇。

此诗起句即以“天驷夜落”突出此马来历不凡。次叙其骨相昂藏，听芦竖耳。它嚼昆仑禾，喝渥洼水，从流沙西来。可惜已无伯乐能识良马，只能空想追擒匈奴王的壮举。再叙在竞马赌钱时，它正要飞奔，却突然跌倒，一蹶不振，眼巴巴地看着万马奔腾，飞驰而去，各奔前程，有的直上鼓钟山，为帝台所用。慨叹神骏成了私马，只能在半夜唏嘘，盼望有黄金袅蹄，唯恐被当作劣马遭抛弃。接着，诗人笔锋一转，听说镇江府新作马厩，催送黑豆，祈望汝这备受摧残的良马，能抓住机会，显现本领，当风云突变，有需要之时，能一跃而出，超群绝伦。升平时节汝则不必浪费精力，因为黄河中的龙马早已将“河图”献给伏羲了。

写马，意有所托，实质是写人。此诗可见诗人对神骏变为私马的同情和祈望，体现诗人对人才的珍惜。

天驷[1]夜落韬光芒，眼中突兀惊飞黄[2]。
忆从金马门[3]外见，似较骨相尤昂藏[4]。
流沙西来历万里，每听吹芦[5]植双耳[6]。
迴身香散昆仑禾[7]，喷沫寒生渥洼[8]水。

秦牙管青[9]已尘埃，仓卒[10]无人知轶才[11]。
坐思六骡遁绝漠[12]，飞电可掣名王来。
时清不用遮光禄[13]，爱赌千金竞相逐。
四蹄探趹[14]作徐行，万骑喧阗蹶[15]平陆[16]。
乐野雌雄杳然[17]去，桃林乘匹[18]知何处。
鼓钟山上迎帝台[19]，直蹑烟霄奉秋御[20]。
却充私马亦可怜，中夜龁[21]草常嘘天。
超骧[22]自待袅蹄铸[23]，跼蹐[24]恐与驽疴[25]捐。
吾闻镇江将军新作厩，府檄连翩催黑豆。（各县黑豆，岁由镇江府催解。）
华骝端为刻烙[26]瘦，望汝龙媒[27]舞蚕候[28]。
长楸[29]一踏嗟出群，壮心暂弭看风云。
昇平筋力慎莫分，濯波早吐河图[30]文。

注释

［1］天驷：古星名，又称驷、天龙，这里指天马。 ［2］飞黄：传说中的瑞兽，神马。《山海经·海外西经》：“有乘黄，其状如狐，其背上有角，乘之寿二千岁。”郭璞注：“即飞黄也。” ［3］金马门：汉代官门名。学士待诏的地方，门旁有铜马。 ［4］昂藏：仪表雄伟，气宇不凡。唐白居易《病中对病鹤》：“但作悲吟和嘹唳，难将俗貌对昂藏。” ［5］吹芦：吹芦管。芦管，古代的乐器。 ［6］植双耳：竖起双耳。 ［7］昆仑禾：生长在昆仑山一带的早熟禾，是牲畜喜欢的食料。 ［8］渥洼：水名，在今甘肃境内，传说渥洼一带产神马。

西汉司马迁《史记·乐书》有“尝得神马渥洼水中”之说，后人常把渥洼和神马联系在一起，亦以之代指神马。［9］秦牙管青：古代善于相马的名人。据汉刘安《淮南子·齐俗训》，善相马者有伯乐、韩风、秦牙、管青。［10］仓卒：同仓促，指匆忙。［11］轶才：未被发现的良才。［12］六骡遁绝漠：指匈奴单于乘六匹骡马遁逃去漠北。《史记·卫将军骠骑列传》：“单于视汉兵多，而士马尚彊，战而匈奴不利。薄莫，单于遂乘六赢，壮骑可数百，直冒汉围西北驰去。”［13］光禄：这里指名声、财富。［14］趹（jué）：形容马走得快。［15］蹶：跌倒。［16］平陆：平原、陆地。［17］杳然：邈远。［18］桃林乘匹：指桃林的名马。《史记·赵世家》：“造父取骥之乘匹，与桃林盗骊、骅骝、绿耳，献之缪王。缪王使造父御，西巡狩，见西王母，乐之忘归。”［19］鼓钟山上迎帝台：鼓钟山，传说中的地名；帝台，神仙名。典出《山海经·五藏山经·中山经》：“东三百里，曰钟鼓之山，帝台之所以觞百神也。”［20］秋御：秋驾，帝王的车马。［21］龁（hé）：咬。［22］超骧：不同寻常的良马。骧（xiāng），本是马首昂举，这里指代马。［23］裛蹄铸：即铸裛蹄，汉武帝时将黄金铸成马蹄形，以表祥瑞。［24］跼蹐（jú jí）：拘束，局促，徘徊不前。［25］驽疴：病马，劣马。［26］刻烙：刀刻火烙。［27］龙媒：指天马，骏马。东汉班固《汉书·礼乐志·郊祀歌》：“天马徕，龙之媒。游阊阖，观玉台。”［28］蚕候：蚕事方兴的征候。［29］长楸：高大的楸树，古时常种植在道旁。楸，落叶乔木，亦称大樟。三国魏曹植《名都篇》：“名都多妖女，京洛出少年。宝剑值千金，被服丽且鲜。斗鸡东郊道，走马长楸间。”［30］河图：我国古代文明的神秘图案。传说在远古时期，黄河中有龙马背负“河图”，浮出水面，献给伏羲。伏羲据此演成八卦，成为后来《周易》的基础。

早经虞山下作

题解

虞山，在今江苏常熟市内。虞山城本是常熟的治所，昭文从常熟析出后，其治所仍设在虞山城。

诗人每天都要经过虞山去晋谒观察，面对虞山的美景却无暇欣赏，联想到陶渊明“不愿为五斗米折腰”的故事，心绪难平。他多么向往陶渊明的洒脱，想立马挂组归隐，“结庐在人境，而无车马喧”，可以纵情山水，返归自然。然而，现实却是自己要靠微薄的俸禄赡养父母，不得不屈从人威，不仅遭人耻笑，更深自惭愧，这是多么的无奈！诗人热切期望有一天能像王维那样，在林泉啸傲吟咏。

此诗语言明白晓畅，把为官和退隐的矛盾心情和盘托出，坦诚得如诗人在眼前。

虞山入城市，未改云龙姿。
晓日烟雾散，巉[1]天擎秀奇。
而我在人境，胡为苦喧卑[2]。
朝朝此山下，听鼓行威迟。（由署谒观察[3]，必经山下。）
高堂[4]待微禄，珪[5]组[6]难即辞。
林泉不落手，时俗方共嗤[7]。
仰惭凌霄翮，俯愧曳涂龟[8]。
维摩[9]啸咏处，暇日聊相期。

注释

［1］巉（chán）：山势险峻，有如凿削。 ［2］喧卑：地位低下。 ［3］观察：官名，清朝对道员的尊称。清朝分守道管辖一省内若干府、县，巡视、考察官员，地位类似唐朝的观察使，故称为观察。 ［4］高堂：本义是房屋的正室厅堂，引申为对父母的敬称。 ［5］珪：长形的玉版。本为君王诸侯朝会时所执信符，后来亦指为官的信符。 ［6］组：宽丝带。古代佩官印用组，遂引申为官印，指代当官。 ［7］嗤：讥笑，耻笑。 ［8］曳途龟：拖着尾巴在污泥中爬行的乌龟。喻指不愿在庙堂之上显身扬名，宁可在恶劣的环境中全身远害。典出《庄子·秋水》："吾闻楚有神龟，死已三千岁矣，王巾笥而藏之庙堂之上。此龟者，宁其死为留骨而贵乎？宁其生而曳尾于涂中乎？" ［9］维摩：本是佛教名词，即维摩诘居士。这里特指唐代诗人王维。王维，字摩诘，山水田园诗的杰出代表。

延伸阅读

南朝梁沈约《宋书·陶潜传》："陶潜，字渊明，或云渊明，字元亮，寻阳柴桑人也。曾祖侃，晋大司马。……亲老家贫，起为州祭酒，不堪吏职，少日，自解归。州召主簿，不就。躬耕自资，遂抱羸疾，复为镇军、建威参军。谓亲朋曰：'聊欲弦歌，以为三径之资，可乎？'执事者闻之，以为彭泽令。……郡遣督邮至，县吏白应束带见之。潜叹曰：'我不能为五斗米折腰向乡里小人。'即日解印绶去职，赋《归去来》。"

京口候潮

题解

京口，古城名，今为江苏镇江的京口区，古代称为京口、丹徒、润州、丹阳等。诗人因公事，不得不急于候潮待渡。

这首七律的首联和颔联是铺垫，交代待渡氛围和诗人心境：江畔的初夜，月亮未升，江水苍茫，天气十分寒冷，直到夜深，诗人仍在灯下沉吟，不能入睡。颈联是这首诗的关键，“陡觉”和“便催”写出要冒险前行的急迫，它为尾联的“轻行役”作具体的描述，从而突出“简书可畏”的无奈，进而结句所表达的思隐心情也就不难理解了。

京口苍茫月未升，春江罗袷[1]冷如冰。
人同水鸟梦残夜，我与海龙[2]吟一灯。
陡[3]觉怒潮冲铁瓮[4]，便催孤艇入金陵[5]。
简书[6]可畏轻行役，惭愧栖霞[7]白足僧[8]。

注释

［1］袷（jiá）：袷衣，复衣，夹衣。　［2］海龙：指传说中的海龙王，亦指钱镠。据说海龙王的宫殿里财宝极多。《宣和书谱·五代》载：五代吴越国王钱镠，“浙人俚语目之曰‘海龙君’，言富盛若

彼也”。［3］陡：突然，顿时。［4］铁瓮：铁瓮城，镇江子城。相传为三国时孙权所建，内外皆用砖修筑而成，坚固如金城，故称铁瓮城。［5］金陵：今江苏南京的古称。［6］简书：古代官府文书，用于告诫、策命、盟誓、征召等。［7］栖霞：指栖霞山，位于南京，被誉为“金陵第一明秀山”，在南朝时建有“栖霞精舍”，是佛门圣地。［8］白足僧：指白足和尚。典出南朝慧皎《高僧传·释昙始》：“义熙初，复还关中，开导三辅。始足白于面，虽跣涉泥水，未尝沾湿，天下皆称白足和尚。”后人亦称僧为白足。

城南闲眺

题解

从诗意判断，“城南”应是指镇江城南。

“三山敞胜迹”的“三山”，是指镇江的名胜北固山、金山和焦山。在春夏之交，诗人夜宿石城，晨发查浦，在镇江上岸。沿途有许多美景，上岸后，眼前更是一片繁荣景象：繁英似锦，啼莺长鸣；车马喧闹，叠鼓撼天；垂杨芳草，路径交错；游船歌舞，酒色怡人。理应欢快舒畅，但是，“独游易寂寞”，诗人思乡念亲，心事重重，悲苦难言。广东也很美丽，花地也很繁华，可是自己如今却远离故乡，骑驽马，苦行役，连做梦都感到愧对亲友。

外景越是热闹，内心越是凄凉。通过对比，把“闲眺”时的“悲辛”真切地表现出来。

舍舟淮水[1]畔，流瞩宝门闉。
绵羽[2]已迎夏，杂英尚留春。
三山敞胜迹，八族[3]罗豪宾。
流苏[4]汗白马，叠鼓响斑轮。
芳草斜侵路，垂杨直夹津。
俱随上画鹢[5]，促坐铺文茵。
歌邀旧院伎，酒饯新林人[6]。

石城[7]宿薄暮，查浦[8]戏清晨。
风景良可玩，欢娱难毕陈。
独游易寂寞，即事含悲辛。
珠江多秀色，花埭[9]尽香尘。
平生款段[10]出，乡梦惭交亲[11]。

注释

[1] 淮水：今称淮河。源出河南桐柏山，经安徽、江苏入洪泽湖。宋代，自洪泽湖以下，主流合于运河，经高邮湖、江都入长江。 [2] 绵羽：黄鸟的叫声。典出《诗经·小雅·绵蛮》：“绵蛮黄鸟，止于丘阿。” [3] 八族：三国时期吴地有八大家族：陈、桓、吕、窦、公孙、司马、徐、傅。这里泛指豪门望族。 [4] 流苏：以五彩羽毛或丝线织成的穗子，作为车马或帷帐的垂饰。 [5] 画鹢：船头画有鹢鸟的船。 [6] 林人：林下之人，指退隐之人。旧时称辞官为退归林下。 [7] 石城：石头城，即金陵，今南京市。 [8] 查浦：地名。原属江苏江宁县，现属南京市江宁区。 [9] 花埭：指广州的花地。 [10] 款段：本是指马行迟缓，后来亦借指驽马。唐李白《江夏赠韦南陵冰》：“昔骑天子大宛马，今乘款段诸侯门。” [11] 交亲：知交、亲朋。

莫愁湖杂诗（十四首选八）

题解

莫愁湖，在江苏南京市内，位于秦淮河西侧，是历史悠久的风景区。古称横塘，因依石头城，又称石城湖。相传，南北朝时期，石城有女名莫愁，贤惠端庄，乐于助人，后人为纪念她，遂将石城湖改为莫愁湖，并在她的故居郁金堂为她建造了塑像。

《莫愁湖杂诗》以清新明快的笔调描写莫愁湖的景色、风土民情、传说故事。诗人还对莫愁其人姓卢，出生于洛阳一说提出异议，诗人的见解虽确实有理，但这与当今的景点背景介绍相左，可供主事者参考。

海样莺花[1]送酒杯，六朝[2]非复旧池台。
客游无处不惆怅，闲步莫愁湖上来。

万缕垂杨蘸[3]绿波，好风吹上画栏多。
游人爱唱莫愁曲，不许春禽唤奈何。

天然珠髻辟尘簪，绝世犹嫌淡墨临。
水佩风裳谁不见，正留艇子着湖心。
（楼上有莫愁小照一轴。《莫愁曲》：“艇子打两桨，催送莫愁来。”）

莫愁从小石城[4]生，楚地吴天总有情。
想得江流无断理，扬州东下伴欢行。

（《莫愁曲》：“闻欢下扬州，相送楚山头。探手抱腰看，江水断不流。”莫愁，楚石城人也。此湖因石头城亦名石城，遂谓莫愁居此湖。然就原曲观之，安知不随欢东下乎？）

闻道卢家住洛阳，双栖海燕郁金堂。
将湖去比河中水，爱把青荷作镜光。

（梁武帝《河中之水歌》：“洛阳女儿名莫愁”，此别一是人。而《南畿志》乃谓莫愁姓卢，牵合附会，不足据也。）

石头晴日对红窗，湖里鸳鸯惯作双。
不解桃根诸姐妹，风波没命渡春江。

（湖楼正面石头城。《桃叶歌》[5]：“风波了无常，没命江南渡。”）

一水桃花夹广津，黄牛细犊上湖滨。
横堤不放秦淮入，粉暗香销触拨人。

（沿秦淮河出水西门，上岸里许，始到湖上。）

江山满目酒炉存，云水青帘别有村。
吴女犹夸官酿好，一天飞絮劝开尊。

（沿湖一带，多齐梁间官酒库地。）

注释

［1］莺花：莺啼花开，泛指春天景物。唐卢仝《楼上女儿曲》："莺花烂熳君不来，及至君来花已老。" ［2］六朝：指三国至隋朝间，中国南方经历了六个朝代——东吴、东晋、南朝宋、南朝齐、南朝梁、南朝陈。 ［3］蘸：本义是将物浸没至水中，引申为用物体沾染液体，沾一下便出来了。 ［4］石城：地名。这里疑指今湖北襄阳的石城。 ［5］桃叶歌：据传王献之在秦淮河畔，以歌送其妾桃叶，写有《桃叶歌》三首。其一，"桃叶映红花，无风自婀娜。春花映何限，感郎独采我。"；其二，"桃叶复桃叶，桃树连桃根。相怜两乐事，独使我殷勤。"；其三，"桃叶复桃叶，渡江不用楫。但渡无所苦，我自迎接汝。"

延伸阅读

唐张祜《莫愁曲》："侬居石城下，郎到石城游。自郎石城出，长在石城头。"

龙潭登舟

题解

龙潭，地名，这里应是指位于南京栖霞山东边的龙潭港。

这次的公事终于完结，没有差错。但诗人总觉还有违心之处，未能称意，于是在傍晚时乘船回家，吟咏诗赋，放松一下心情。天空中云霞广漠无边，水边初生芦荻随风轻摇。船随山转，人看鹭飞。梁园虽好，不是久恋之家，诗人感到疲倦了，也懒得作笺注做学问，要写信给弟弟们，告知他们农事劳作才是真正的淡泊清静，与世无争。

或是出差行役，或是案牍劳形，李黼平常常想要归隐林下，吟诗是他宣泄这种矛盾苦恼情绪的一种方式。

祇[1]役幸无咎，抚心良有违。江沱乘薄晚[2]，川路咏将归。
云霞淡漠漠[3]，葭菼[4]莽依依[5]。帆随万山转，人看双鹭飞。
梁园游且倦，元城[6]笺欲稀。付书与诸弟，治圃真忘机[7]。

注释

[1] 祇（zhī）：原义恭敬，在这里通“是”，此。 [2] 薄晚：傍晚。 [3] 漠漠：广阔的样子。唐王维《积雨辋川庄作》：“漠漠水田飞白鹭，阴阴夏木啭黄鹂。” [4] 葭（jiā）菼（tǎn）：葭、菼都是水草。葭，初生之芦苇；菼，初生之荻。《诗经·卫风·硕人》：“鳣

鲔发发，葭菼揭揭。” ［5］依依：轻柔披拂的样子。《诗经·小雅·采薇》：“昔我往矣，杨柳依依。今我来思，雨雪霏霏。” ［6］元城：指北宋的刘安世。刘安世，字器之，号元城。以直谏闻名，人称“殿上虎”“铁汉”。章惇掌权时，刘安世曾被贬至英州、梅州安置。他师从司马光，门生有吕本中、孙伟、李光等，形成元城学派。 ［7］忘机：没有机巧之心，淡泊清静，与世无争。典出《庄子·外篇·天地》：“为圃者忿然作色而笑曰‘吾闻之吾师，有机械者必有机事，有机事者必有机心。机心存于胸中则纯白不备。纯白不备则神生不定，神生不定者，道之所不载也。吾非不知，羞而不为也。’”

中泠泉

题解

中泠泉，原在江苏镇江市西北的长江中，盘涡深险，至冬季长江枯水期，可以用汲竿取泉水。清代咸丰、同治之后，河道变迁，泉口处逐渐变成陆地。

清嘉庆年间，李黼平有幸看到中泠泉，并咏诗述怀。这首诗的前半段实写，描绘大江心的中泠泉，他猜测中泠泉是与江水同出“一脉”。后半段则对“山僧诩家珍”不以为然。结尾更是直截了当，表示自己“宁饮建业水”。

山下自出泉，地中本有水。
中泠大江心，正出乃其理。
泉无资于江，江亦不侵泉。
转疑一脉发，漾[1]作江侵天。
山僧诩[2]家珍，烹茗饷远客。
自非桑苎翁[3]，真伪亦难择。
我欲求一瓢[4]，浮玉[5]倚江空。
掉头宁饮建业水[6]，造次[7]不狎[8]蛟龙宫。

注释

[1]漾：水面上起波纹，水在摇动，引申为浮动、漂动。 [2]诩：夸耀，说大话。 [3]桑苎翁：陆羽（733—804），竟陵（今湖北天门）人，字鸿渐，号竟陵子、桑苎翁等，唐代著名的茶学家、诗人。精于茶道，被誉为“茶圣”，尊为“茶仙”，祀为“茶神”，所撰《茶经》三卷，是世界上第一部茶学专著。 [4]求一瓢：此处双关，明指求得一瓢水，暗用孔子称赞颜回的典故。《论语·雍也》：“子曰：‘一箪食，一瓢饮，在陋巷，人不堪其忧，回也不改其乐。贤哉回也！’” [5]浮玉：浮玉山的省称，山在水中，宛如一块浮玉，传说是仙人居住的地方，又特指金山、焦山。 [6]宁饮建业水：典出魏晋时期佚名《吴孙皓初童谣》，“宁饮建业水，不食武昌鱼。宁还建业死，不止武昌居”。表明建业的百姓不愿追随残暴的君王孙皓迁都武昌。 [7]造次：轻易、轻率。 [8]狎：亲近。

延伸阅读

《中国名胜词典·天下第一泉》：“即中泠泉。在金山之西。唐陆羽评天下饮水时，中泠泉评为全国第七。稍后刘伯刍把宜于煮茶的水分为七等，中泠泉被评为第一，从此中泠泉为‘天下第一泉’。泉南有亭，泉北有楼，泉四周围以石栏，清代书法家王仁堪写了‘天下第一泉’五字刻在石栏上，是金山名胜之一。”①

---

① 国家文物事业管理局：《中国名胜词典》，上海辞书出版社，1981年版，第340页。

送舍弟升甫携梅还里

题解

升甫，李黼平胞弟李黼章的家名。李黼章，嘉庆十三年（1808）举人，广东仁化教谕。

这首诗以欢快的笔触，描绘了父子、兄弟、亲交喜爱梅花的情景。诗人以家乡是“梅花国”而骄傲；老父爱梅，哪怕“野市溪桥远”，也要把梅移植至家园；胞弟在江苏的邓尉山发现了盛放的梅花，不远千里，将小心翼翼地带回家；亲朋好友纷纷前来观赏，争相称赞。

爱梅为此诗的线索，贯穿全诗。全诗围绕“爱梅”这一中心，层层展开，主题突出，给人以鲜明的印象。

吾州[1]亦是梅花国，八口家依北枝北。
老人爱花尤爱梅，野市溪桥远移植。
一冬篱落初未花，思见江乡嫩寒色。
君看邓尉[2]花正肥，便和根拨携将归。
悬知老人倚门待，紫蒂细英照衣采。
亲交[3]竞讶一枝春，小屋中涵香雪海。

注释

[1] 吾州：指李黼平的家乡程乡（嘉应州，今梅州），以广植梅花

而著名。杨万里任广东常平茶盐使、提点刑狱时，路经程乡，写有《自彭田铺至汤田道旁梅花十余里》："一路谁栽十里梅，下临溪水恰齐开。此行便是无官事，只为梅花也合来。" ［2］邓尉：即邓尉山，在今江苏吴中区西部，盛产梅花。 ［3］亲交：亲朋、知交。

延伸阅读

宋辛弃疾《临江仙·探梅》："老去惜花心已懒，爱梅犹绕江村。一枝先破玉溪春。更无花态度，全是雪精神。 剩向空山餐秀色，为渠著句清新。竹根流水带溪云。醉中浑不记，归路月黄昏。"

春日怀东村草堂寄元甫、和甫

题解

东村草堂，李黼平幼年在家乡读书的私塾。元甫，李黼平堂兄李汝辰的家名，李汝辰是嘉庆十二年（1807）丁卯科举人。和甫，李黼平堂兄李汝谦的家名，李汝谦是嘉庆三年（1798）戊午科解元。

立春时的苏州景色宜人。春风杨柳，莺鸣草长，碧波荡漾，游人似鲫。良辰美景，本应赏心乐事，诗人却无心欣赏，反倒被勾起了乡愁，想起青少年时期和兄弟们在东村草堂读书的情景，寄寓怀归深情，感慨“浪迹”生涯，希冀“归去来”能梦想成真。

本诗对“安乐窝”的纪实颇细：三间老屋、小隐三四公、二月下雪、静室闻钟、帐里传杯、科场报捷等。回忆越具体，感情越真切，也就越能直达人心，引起共鸣。

金阊[1]杨柳摇通波，初莺唤起游人多。
山亭池馆随处好，却忆吾家安乐窝[2]。
三间老屋从谁借，横倚平冈荫桑柘。
卷帘坐看苏姑山[3]，浮岚返照浓如泻。
比邻小隐[4]三四公，策蹇相过乌帽[5]风。
村歌共听采茶候，农书细校分秧功。
往年二月下凝雨[6]，目所未睹词先穷。

但闻静室[7]钟鼓闹，曼陀[8]殊利[9]弥虚空。
梨花万株翻不见，飞香入座开缸面[10]。
借问山阴倚棹行[11]，何如帐里传杯宴。
是节诸罗初罢战[12]，天教净洗腥刀箭。
捷书[13]连夜过梅州，恩泽如春下枫殿[14]。
升平文酒少壮时，艳阳佳雪气淋漓。
一生奇事兼韵事，对床早与诸昆[15]期。
三载吴门成浪迹，故乡浩渺江湖隔。
夜航可附归去来[16]，莫绘林泉作行宅[17]。

注释

[1] 金阊：江苏苏州别名。因城西阊门外旧有金阊亭而得名。[2] 安乐窝：安静舒适的住所。典出《宋史·邵雍传》："初至洛，蓬荜环堵，不芘风雨。躬樵爨以事父母，虽平居屡空，而怡然有所甚乐。人莫能窥也。及执亲丧，哀毁尽礼。富弼、司马光、吕公著诸贤退居洛中，雅敬雍，恒相从游，为市园宅。雍岁时耕稼，仅给衣食。名其居曰'安乐窝'，因自号安乐先生。" [3] 苏姑山：东村草堂附近的小山丘。 [4] 小隐：指层次较低的隐居生活。唐白居易《中隐》："大隐住朝市，小隐入丘樊。丘樊太冷落，朝市太嚣喧，不如作中隐，隐在留司官。" [5] 乌帽：黑帽子。隋唐时期用黑纱制作的乌纱帽，只为贵族所用。后来，无论贵贱上下皆可用，成为人们闲居的常用物品。 [6] 凝雨：雪。 [7] 静室：清静的房屋，亦特指寺院的住房或居士、隐士静修的住所。 [8] 曼陀：佛家语。梵语的音译，指曼陀罗花，意译是

悦意花。［9］殊利：佛家语。指文殊师利菩萨，佛教的四大菩萨之一。［10］缸面：指缸面酒，好酒。［11］山阴倚棹行：指乘兴清游，用东晋王徽之典。《晋书·王徽之传》："尝居山阴，夜雪初霁，月色清朗，四望皓然，独酌酒咏左思《招隐诗》，忽忆戴逵。逵时在剡，便夜乘小船诣之，经宿方至，造门，不前而返。人问其故，徽之曰：'本乘兴而行，兴尽而返，何必见安道耶？'"［12］是节诸罗初罢战：疑指嘉庆初年，四川、湖北、陕西农民起义风起云涌，直到嘉庆十年（1805）才平定战乱。诸罗，古时对西南地区少数民族的总称。［13］捷书：疑指李黼平兄弟中举，他自己则中进士出宰昭文。［14］枫殿：指朝廷。汉宫殿中多种植枫树，后人常用枫陛、枫宸指代朝廷。［15］诸昆：指李黼平的堂兄李汝辰、李汝谦等。昆，指兄长。［16］归去来：指回家隐居。［17］行宅：南朝齐竟陵郡王萧子良的居所。萧子良（460—494），南朝齐武帝之子，居鸡笼山西邸，有《行宅诗》："访宇北山阿，卜居西野外。幼赏悦禽鱼，早性羡蓬艾。"

延伸阅读

唐杜甫《立春》："春日春盘细生菜，忽忆两京梅发时。盘出高门行白玉，菜传纤手送青丝。巫峡寒江那对眼，杜陵远客不胜悲。此身未知归定处，呼儿觅纸一题诗。"

古月词二首

题解

在古代的诗词中，歌咏月亮的篇章层出不穷，代有佳作。有不少把月喻为眉、喻为镜、喻为珠、喻为盘，用以表现不同主题的先例。

李黼平的这两首诗，则是以月颂扬纯洁、坚贞的爱情。既明白晓畅，清新可读，又意蕴深长，耐人寻味。

郎道月如眉，侬[1]道月如镜。
将眉来对镜，可怜[2]极端正。

郎道月如珠，侬道月如盘。
将珠来走盘，可怜共团圆。

注释

[1] 侬（nóng）：吴方言“我”。 [2] 可怜：可爱的意思。《孔雀东南飞古诗为焦仲卿妻作》：“东家有贤女，自名秦罗敷。可怜体无比，阿母为汝求。”

书院西轩大石同云伯

题解

古人诗题中的“同”，多指依照别人的题材、体裁或用韵而作诗，往往表达同声相应、同气相求的情感。如唐杜甫《同元使君舂陵行》：“粲粲元道州，前圣畏后生。观乎舂陵作，欻见俊哲情。”

云伯，陈文述（1771—1843），字隽甫，号云伯，浙江钱塘（今杭州）人。嘉庆举人，深受阮元赏识，曾任昭文、江都等地知县。

李黼平与云伯相交甚厚，有《赠陈云伯明府文述》《和云伯月夜携客泛舟烧香浜》《和云伯七夕之作》等诗。在《送别云伯》中，诗人深情诉说“一城两县官，忌别辛与咸”“自我得良朋，宛佐史立鉴”“追惟数月来，事事相扶挽”。这首诗，是诗人与云伯共同欣赏书院大石的和作，不仅描绘了大石之奇，更是两人惺惺相惜的真实写照。

虞山倦行膡？幽想到佳石。
石亦不常有，太湖或灵璧[1]。
何意书院中，突兀藏数尺。
身擎一卷秀，势学千仞碧。
森森风出棱，默默[2]云泄液。
人惊拜不起，我恨攫无力。

莫夸平泉[3]奇，已与拂水敌。（虞山拂水岩石最奇。）

偕君看虎踞，课士[4]乘驹隙[5]。

奇文斗奔放，快事宜镌勒。

摩挲欲忘归，重过恐难得。

注释

[1] 灵璧：安徽灵璧县，中国观赏石之乡，被称为“石都”。灵璧石与太湖石齐名，因其形状奇特，常用于装点假山。 [2] 黕（dǎn）：黑。晋潘岳《籍田赋》：“青坛蔚其岳立兮，翠幕黕以云布。” [3] 平泉：指平泉庄，唐朝宰相李德裕在洛阳的别墅，宋张洎《贾氏谈录》载：“天下奇花异草，珍松怪石，靡不毕具。” [4] 课士：考核士子的学业，也是封建时期地方官的一项重要事务。 [5] 驹隙：源自“白驹过隙”，形容时光易逝。宋陆游《适闻》：“未恨光阴疾驹隙，但惊世界等河沙。”

舟寓

题解

因昭文县未缴纳完嘉庆十四年（1809）漕银，李黼平受到“降职一级，戴罪征收”处罚，次年又因“接征未完”而被罢官，不得不以小舟为居所，即舟寓。

诗的首句就直奔主题，道出罢官后的窘境：以船为家，兄弟远隔，无人援助，彻夜难眠。接着写良辰放船行，只见妆林盖地，百花争艳，青骢垂柳，紫玉高楼，莺花添闰，春意醉人。好一派美景，与诗人苦恼的心境形成强烈的反差，从而引出要有丈夫之志，不计得失的自我宽慰。船到朱方路，眺望北固山，想到三国鼎立时孙权的业绩，如今安在？隐士卧岩，渔夫烹鲜，日子也悠悠然，就在这海门以舟为寓吧！随着舟行，诗人思绪起起伏伏，真实、自然，诗人虽十分无奈，但尽力自我开解。

罢官僦[1]屋囊无钱，以船为家私自怜。
前拥琴书后鸡犬，容膝置我中央边。
风波[2]辛勤事款曲[3]，兄弟远隔难投笺。
宫分牛斗[4]照今夜，地切云霄思昔年。
藏壑[5]从来藉大力，岸傍高轩[6]肯来前。
篷窗无事此静坐，我与我久相周旋。
奚奴[7]怪著一榻穿[8]，良辰劝放蒲鞋船[9]。

妆林盖地算何处，山塘百卉争人妍。
青骢垂柳落明镜，紫玉高楼悲远天。
莺花添闰荷造物，举国醉趁春风颠。
丈夫登览贵壮观，那为粉艳胸怀牵。
寒江注目[10]得失了，要从此语参真诠[11]。
扬帆直出朱方[12]路，天末楼台登北固[13]。
空中雉堞藏烟雾[14]，尚忆英雄画江戍[15]。
烟消雾散不见人，滚雪如山浩东注。
隐士犹闻卧岩石，渔人不用量津渡。
纤鳞[16]上竿一千八，手脍红鲜骋金错[17]。
酒阑更吹朝夕池，一叶吾依海门住。

注释

[1]僦（jiù）：租赁。 [2]风波：指因漕运亏空而被罢官一事。 [3]款曲：原指诉说衷情，这里指事情复杂，一言难尽，无可奈何。 [4]宫分牛斗：我国古代天文学家为观察日、月、五星的运行，划分了二十八个星区，其中有斗宿、牛宿。宋苏轼《赤壁赋》：“月出于东山之上，徘徊于斗牛之间。” [5]藏壑：用《庄子·大宗师》典：“夫藏舟于壑，藏山于泽，谓之固矣。然而夜半有力者负之而走，昧者不知也。” [6]高轩：指代权贵。 [7]奚奴：本指女奴，后为男女奴隶、仆役通称。 [8]榻穿：指卧榻已经破损穿洞。 [9]蒲鞋船：像蒲鞋一样的小船。蒲鞋，用蒲草编织的鞋子，有鞋帮，比一般的草鞋结实一些。 [10]寒江注目：凝视寒冷的江水，面无表情，实际上

颇为无奈。［11］真诠：真谛，真实的意义，正确的道理。［12］朱方：古地名。春秋时期吴国的邑名，秦代改为丹徒县。今为江苏镇江的丹徒区。［13］北固：指北固亭。［14］空中雉堞（zhì dié）藏烟雾：这里暗指孙权和刘备联军火烧赤壁，大破曹军的故事。雉堞在城墙上修建锯齿状的矮短的垛墙，又称战墙、齿墙。［15］英雄画江戍：指孙权在江南建立东吴政权，与魏、蜀并峙，形成三国鼎立的局面。宋辛弃疾《南乡子·登京口北固亭有怀》："年少万兜鍪，坐断东南战未休。天下英雄谁敌手，曹刘，生子当如孙仲谋。"［16］纤鳞：指鱼。宋辛弃疾《浣溪沙·常山道中即事》："北陇田高踏水频，西溪禾早已尝新。隔墙沽酒煮纤鳞。"［17］金错：指金错刀，有金丝或金片镶嵌的贵重宝刀。这里泛指锋利的刀具。

送春

题解

在古诗词中，以“送春”为题的作品不胜枚举。李黼平的这首诗，别具一格。

别人是明知春归而送春，幽人则是“却凭莺语”之“报”，始知春归。“却凭莺语报”道出了幽人的无奈：对春天已无感觉，既不知春曾来，也不觉春归去，直至听到“莺语”他才惊醒，从而万分惆怅，送别春光。但是，幽人并未消沉，他把希望寄于东风，坚信只要东风吹来，就又是春天！

这里的“幽人”，是指诗人李黼平自己。

李黼平被罢官，并被要求填补漕运的亏空。但为官清廉的李黼平自己没有钱，也没有与当地的豪绅相交，钱从哪里来？在困境中，他哪里会有春天的感觉啊？无迎春，无赏春，也就无所谓惜春、送春了。但他仍指望能有达官贵人相助，弄清“亏空”的来龙去脉，平反冤案，摆脱重负，让“熏风”吹来春天。

这首诗是诗人的心灵独白。

怅望春光过此辰，却凭莺语报幽人[1]。
万年枝[2]上熏风[3]转，吹落瀛寰[4]又是春。

注释

[1] 幽人：幽居之人，幽闲之人。这里是诗人自指，李黼平被罢官

后，无奈成了幽人。［2］万年枝：指冬青树，常绿乔木。亦指年深日久的大树。［3］熏风：和风，东南风。典出秦吕不韦《吕氏春秋·有始览》："何谓八风？东北曰炎风，东方曰滔风，东南曰熏风，南方曰巨风，西南曰凄风，西方曰飂风，西北曰厉风，北方曰寒风。"［4］瀛寰：海洋和陆地的总称，指全世界、人间。

延伸阅读

宋王令《送春》："三月残花落更开，小檐日日燕飞来。子规夜半犹啼血，不信东风唤不回。"

书怀

题解

书怀，就是把自己的情怀直接写下来。唐杜牧的《书怀》“满眼青山未得过，镜中无那鬓丝何。只言旋老转无事，欲到中年事更多。”书写的是个人对烦忧的感叹。南宋的爱国诗人陆游，其题为“书怀”和题中有“书怀”的诗歌多达几十首，记录了他在各个时期的种种心境，最令人感动的是《病起书怀》，表达了他“位卑未敢忘忧国”的家国情怀。

书怀，贵在写“真”。李黼平的这首诗，是他情感的真实写照。寄寓扁舟，在吴地来来往往，无缘无故结了善缘，出现了像雅量黄叔度、侠士绣君宾那样的人，似乎要来帮自己。忽而又觉树影依旧，门外无人，原来，善缘只是一场梦，这是多么让人失落！幸好，还可以向燕子诉说自己的悲辛聊以慰藉，而这又是何等的凄凉！情景悲凄感人，毫无造作之态。

扁舟吴下[1]往来频，香火无端[2]结胜因[3]。
雅量牛医黄叔度[4]，英姿马领绣君宾[5]。
庭前树影犹如旧，门外车声不见人。
一枕梦醒春昼永，幸凭梁燕话悲辛。

注释

［1］吴下：即吴地。下，多义词，这里指所在之处。 ［2］无端：没有来由，无缘无故。 ［3］胜因：佛家语，指善因，与恶业相对。《佛说无常经》："胜因生善道，恶业堕泥犁。" ［4］黄叔度：东汉贤士。原名黄宪，字叔度，汝南慎阳（今河南正阳）人。父为牛医。家世贫贱而有雅量，满腹经纶，一生未仕。人称"叔度汪汪若千顷陂，澄之不清，淆之不浊，不可量也。"事见《后汉书·黄宪传》。 ［5］绣君宾：西汉侠士。事见《汉书·游侠传》："自哀、平间，郡国处处有豪桀，然莫足数。其名闻州郡者，霸陵杜君敖，池阳韩幼孺，马领绣君宾，西河漕中叔，皆有谦退之风。"

短歌

题解

这首诗的前八句状物，形象鲜明，寓有深意。

后两句是诗人的点题议论。借紫花虽春艳秋谢，却有过芳香，表明人生若无美名，则属实虚度时光，以此展现出自己的理想。

阳和煦[1]万汇[2]，寸草亦自私[3]。
含气入阶闼[4]，雨露岂长滋？
紫华[5]何妩媚，绿叶正葳蕤[6]。
秋至有凋谢，芳馨终在斯。
修名[7]苟不立，安用年光[8]为？

注释

[1] 煦：温暖。南朝宋颜延之《陶征士诔》：“晨烟暮蔼，春煦秋阴。” [2] 万汇：万物、万类。 [3] 自私：这里指自爱，自我珍惜。 [4] 闼（tà）：寝室左右的小屋，亦指宫中的小门。 [5] 紫华：紫花，紫色的花。 [6] 葳蕤（wēi ruí）：草木茂盛，枝叶纷披。 [7] 修名：美好的名声，声誉。战国楚屈原《离骚》：“老冉冉其将至兮，恐修名之不立。” [8] 年光：时光，春光。唐王绩《春桂问答》：“问春桂，桃李正芬华。年光随处满，何事独无花？”

即事二首

题解

即事，指李黼平获罪一事。因昭文县未缴纳完嘉庆十四年（1809）漕银，李黼平受到“降职一级，戴罪征收”的处罚，嘉庆十六年（1811）因“接征未完”被罢官，嘉庆十七年（1812）仍无法填补“亏空”，被议罪，遂下狱。

李黼平悲愤莫名，写下这两首对仗工整的七律。

前一首言后悔当官，遭此厄难。蚕室桑尽，燕巢被夺，星移贯索，风掣银铛，悲惨境遇历历在目，令人同情。后一首写在阴暗寒冷的氛围中，诗人本想自证清白，却无法实现。远招翁伯，近学王阳，以求取赎金，亦是妄念。诗人只能继续在狱中受“八寒阴”之苦了，其怅惘失落真切分明，催人泪下。

三年飞挽[1]备辛勤，为负官缗[2]拟[3]赴军[4]。
蚕室漫嗟桑叶尽，燕巢已被艾香薰[5]。
星移贯索[6]愁中没，风掣银铛[7]梦里闻。
一个错成难再悔，故人曾动北山文[8]。

西窗月暗雨淋淋，酒冷灯残感旧吟。
对簿[9]吾宁从牍背[10]，挥弦人自辨琴音。
远招翁伯[11]来耕玉[12]，近向王阳学铸金[13]。
妄念未消钟撼起，依然身在八寒阴[14]。

注释

[1] 三年飞挽：嘉庆十四年至十六年，诗人任昭文县令，负责漕运。飞挽，原指急速运送粮食。 [2] 为负官缗：指诗人任昭文县令，无法缴清该县漕银，被问罪。官缗，这里指漕银。 [3] 拟：本义为揣度、猜测，这里指拟定。 [4] 赴军：去坐牢。军，这里指牢狱。 [5] 燕巢已被艾香薰：喻指无家可归。典出唐白居易《禽虫十二章》："豆苗鹿嚼解乌毒，艾叶雀衔夺燕巢。鸟兽不曾看本草，谙知药性是谁教？" [6] 贯索：本为星座名，喻指牢狱。清吴敬梓《儒林外史》："王冕左手持杯，右手指着天上的星，向秦老道：'你看贯索犯文昌，一代文人有厄。'" [7] 银铛：指锁链。 [8] 北山文：此语双关。明指南朝齐孔稚珪的《北山移文》，讽刺老朋友周颙去当官。同时，暗指《诗经·小雅·北山》一诗，"王事靡盬""王事傍傍"，而"尽瘁事国""惨惨劬劳"的士子却受尽委屈。 [9] 对簿：受审。簿，指状纸，相当于现在的起诉书。审问时，根据状纸核对事实，谓之对簿，即成语"对簿公堂"。 [10] 牍背：文书的背面。 [11] 翁伯：汉朝人，富商。汉班固《汉书·货殖传》："故秦扬以田农而甲一州，翁伯以贩脂而倾县邑。" [12] 耕玉：即治玉。 [13] 王阳学铸金：传说儒生王阳能制作黄金，此乃不实之词，源于汉班固《汉书》。汉应劭在《风俗通义·正失》中对此予以批评："汉书曰'王阳虽儒生，自寒贱，然好车马衣服，极为鲜好，而无金银文绣之物。及迁徙去处，所载不过囊衣，不蓄积余财。去位家居，亦布衣疏食。天下服其廉而怪其奢，故俗传王阳能作黄金'……夫物之变化固自有极，王阳何人，独能乎哉？语曰'金不可作，世不可度。'王阳居官食禄，虽为鲜明，车马衣服，亦能几所，何足怪之。乃传俗说，班固之论陋于是矣！" [14] 八寒阴：佛家语，指八寒地狱。罪人在那里受八种极为寒冷痛苦的折磨。

晨起诵经赠存吾

题解

存吾，即陈存吾，字玉篇，福建同安人。举人出身，任江苏荆溪县知县，与李黼平为患难之交，同样“作县拙奔走”。

诗人因漕银未缴纳完而入狱，渴望通过诵经寻求解脱。

晨兴盥漱罢，澄心[1]证兰那[2]。坐诵一卷经，宏愿非由他。昔年贺六浑[3]，译此书贝[4]多。灵文[5]梦授受，罪业阴消磨。我生三十六，始举进士科。逐队秘院[6]门，雍容振鸣珂。所叹居不易，出入骖尪骡[7]。一麾乃出宰，惘惘[8]辞銮坡[9]。昭文海之角，三年迭丰和。时当漕事[10]兴，井邑[11]纳粟禾。一百十四艘，云帆行潞河[12]。厥费良不赀[13]，逋负[14]将如何？刊章[15]下犴狱[16]，北寺[17]南冠[18]峨。岂关人排挤，直係运坎坷。微诚默祷祝，采云腾普陀[19]。潮音转祥飚，盖海万柄荷。四生[20]尽欢喜，望拜闻思过。天风璎珞摇，恍惚语不讹。余已请于帝，恩纶拔修罗[21]。汝惟至诚感，焉用出涕沱。与君持此经，视日花阴矬[22]。傍人[23]譬二士，文殊[24]共维摩[25]。平生矢忠信，鬼物犹护呵。未离世俗业，赞佛因长歌。

注释

［1］澄心：清心，静心。晋陆机《文赋》："罄澄心以凝思，眇众虑而为言。" ［2］兰那：即阿兰若，兰若，佛教名词。梵语原义指森林，引申为寂静处，无苦恼烦乱处，可供修道者居住静修。 ［3］贺六浑：北齐武帝高欢的鲜卑名。 ［4］书贝：指贝叶经，这里泛指佛经。 ［5］灵文：宗教经文。明袁宏道《万寿寺观文皇旧钟》："光如寒涧腻如肌，贝叶灵文满胸腹。" ［6］秘院：指翰林院。 ［7］骖（cān）尪（wāng）骡：乘坐行走不正的骡马车。骖，乘，驾驭。尪，行走不正，瘦弱。 ［8］惘惘：迷迷糊糊。 ［9］銮坡：指代翰林院。唐德宗时，将学士院移到金銮殿旁的金銮坡上，后来，銮坡便成为翰林院的别称。 ［10］漕事：漕运粮食到京城。 ［11］井邑：城镇、乡村。《周礼·地官》"九夫为井，四井为邑。" ［12］潞河：又称白河、北运河，与南北大运河相通，可达江浙。明清时期北京所需南方物资，无论河运、海运，都须经过潞河。 ［13］不赀（zī）：不可计量。赀，计量。 ［14］逋负：拖欠赋税。 ［15］刊章：删去告发人姓名的捕人文书。刊，削。典出《后汉书·党锢传·张俭》："乡人朱并，素性佞邪，为俭所弃。并怀怨恚，遂上书告俭与同郡二十四人为党，于是刊章讨捕。"李贤注："刊，削。不欲宣露并名，故削除之而直捕俭等。" ［16］犴（àn）狱：牢狱。 ［17］北寺：即北寺狱，原是东汉的监狱名，主管监禁、审讯将相大臣，后泛指监狱。 ［18］南冠：本指楚人之冠。后来成为囚犯的代称。唐骆宾王《在狱咏蝉》："西陆蝉声唱，南冠客思深。" ［19］普陀：普陀山，浙江舟山群岛中的一座岛屿。与五台山、峨眉山、九华山并称为中国佛教四大名山，是观音菩萨的道场，被称为"海天佛国"。 ［20］四生：佛家用语，指世界众生。佛教分世界众生为四大类：胎生、卵生、湿生、化生。 ［21］修罗：即阿修罗。梵语，意译为非天。印度神话中的恶神，"不能忍善，不

能下意谛听，种种教化，其心不动”。［22］矬（cuō）：斜坠。此处指夕阳西下。［23］傍人：在旁之人。［24］文殊：指文殊师利菩萨，佛教四大菩萨之一，有大智慧。［25］维摩：维摩诘居士，在家菩萨。

延伸阅读

孙昌武：“把佛教当做意识形态看，它是人类认识活动的历史长河的一个组成部分，而且是很重要的一部分。人类中的相当多的一部分人在相当长的历史时期内，是用宗教的观点认识世界的。……知识阶层中许多相信或倾心佛教的人，较少对于地狱天堂、六道轮回之类的迷信，而主要是从学理上研讨、赞赏和相信佛家学说。后来的居士思想和居士佛教就是这种倾向的发展。

…………

“《维摩经》全称《维摩诘所说经》，亦称《维摩诘经》。它对中国文人与文学影响十分深远。……佛派弟子中‘智解第一’的文殊师利前来问疾。维摩显示神通，与之论辩。维摩示疾说法，论证了真空妙有、空有不二的诸法实相。在讨论到‘不二法门’时，随行的三十一个菩萨各自谈了自己的见解，都举出了‘不二’的具体事相；文殊则说‘不二’是无念无相的绝对境界，非常识的语言所可表达；而维摩却只是‘默默无言’。菩萨们是以相对的语言解释相对的事项；文殊乃以相对解释绝对；只有维摩是以绝对对待绝对。维摩展示的是无言无说的绝对境界，对后来形成的禅宗有很大的启示。”①

① 孙昌武：《佛教与中国文学》，上海人民出版社，1988年版，第1页、第25页。

至日（四首选二）

题解

夏至日、冬至日均称至日，从诗意看，这里应是指夏至。至日一典出自《易经·复》：“雷在地中，复，先王以至日闭关，商旅不行。”唐孔颖达疏曰：“以二至之日闭塞其关也，商旅不行于道路也。”

这两首诗在至日抒发了愁苦之情。诗人出宰吴地的昭文，勤效得谷，粮食丰收。但漕运上交，遇河流水浅，舟楫难行，不得不“私烛燃山郭，官钱给水村”，从而造成漕银亏空，被议罪下狱。有口莫辩，只能指望圣上开恩了；百般无奈，还是看风景，喝酒解愁吧！

漕事连吴会[1]，惊心过小除[2]。军船行转粟，府帖下催租。效谷[3]宜名县，归禾[4]更作书。挽郎[5]忧棹楫，使者问河渠。水落朱方[6]浅，云横紫澥[7]虚。当时参末议，海运重唏嘘。（十四年，海运议兴，曾上胶莱转运之策。）

百里才[8]非易，三长[9]法尚存。兰台[10]持橐罢，竹使[11]剖符尊。私烛燃山郭，官钱给水村。直将弓玉[12]比，宁止酎金论[13]。口舌凭时议，冰渊[14]托圣恩。开窗望云物，且自倒芳樽。

注释

［1］吴会：地名，这里泛指古时吴地。唐王勃《滕王阁序》："望长安于日下，目吴会于云间。" ［2］小除：除夕的前一天，也称小除夕。 ［3］效谷：古县名。今属甘肃瓜州县。元封六年（前105），崔不意在渔泽为尉，教民力田，以勤效得谷，因而立为县名。 ［4］归禾：馈赠嘉禾。周成王时，唐叔虞曾献嘉禾，"王命唐叔归禾于周文公"（《竹书纪年》）。据说《尚书》有《归禾》篇，已失传。 ［5］挽郎：这里指牵引船只的人。 ［6］朱方：地名。春秋时期属吴，今属江苏镇江丹徒区。 ［7］紫澥（xiè）：疑指紫泥海，古代传说中的海名。唐李白《古风》："朝弄紫泥海，夕披丹霞裳。"澥，伸入陆地的海湾。 ［8］百里才：管治一邑的才能。唐骆宾王《饯郑安阳入蜀》："地是三巴俗，人非百里材。" ［9］三长：北魏时期基层的行政官吏。《魏书·高祖纪》："初立党、里、邻三长，定民户籍。" ［10］兰台：古代掌管文字、文化的机关。这里指翰林院。 ［11］竹使：指竹使符。汉朝分给郡国守相的信符。后来亦借此指代州郡的长官。唐张九龄《登荆州城楼》："自罢金门籍，来参竹使符。" ［12］弓玉：玉弓，借指弯月。在这首诗里，诗人是以月亮的清明自喻。 ［13］酎金论：指酎金夺爵。汉朝祭祀宗庙时，诸侯王要向朝廷进贡酎金助祭。元鼎五年（前112），汉武帝以诸侯王所献的酎金的成色不好或斤两不足为借口，废列侯106人，亦称酎金失侯。 ［14］冰渊：喻指处境危险。语出自《诗经·小雅·小旻》："如临深渊，如履薄冰。"

寒夜贻升甫，时欲往湖州未果

题解

湖州，今为浙江的地级市，地处太湖南岸，以滨太湖而得名，与江苏的无锡、苏州隔湖相望。

诗人和胞弟升甫手足情深，被人喻为“眉山二苏”（苏轼、苏辙）。诗人在凄冷的寒夜，用长诗向胞弟尽情倾诉心中的郁闷和祈望，从自己青少年时期钻研典籍，参加科考，立志师法先贤，说到出宰昭文三年，因漕银亏空而遭弹劾、罢官，最终被关进阴暗、潮湿、已成为鸟兽巢穴的牢房。受尽煎熬，无人相助。落难时幸有弟弟的安慰。弟弟落第烦愁，却到狱中看诗人，打算“共居”，这使诗人心中十分悲苦。诗人劝诫弟弟，弟弟比诗人有才，比诗人沉稳，好比纪甗、郜鼎等国宝，要珍惜自己，弟弟是大有前途的，必定会大放光彩，绝不能在此间消磨了雄心壮志！弟弟想让诗人穿暖吃好，去湖州找朋友，但天寒日短，并非易事。诗人回想自己在昭文因爱民而遭罪，但只要“上官肯飞章，立变寒谷燠”。于是安慰弟弟“此狱应可解，愿君且毋躁”，劝弟弟先回家乡，照顾父母。痛心、真心、爱心，尽显于字里行间。

全诗语言“如怨如慕，如泣如诉”，感人至深。

东村梅花林，汲古寻典诰[1]。尚[2]希莘渭[3]俦，次慕夷惠[4]操。制科[5]求闻达，标榜立名号。平生常相轻，岂意躬自蹈。牵丝[6]江南宰，投赠乏纻缟[7]。敬恭谒上官，手版[8]或至倒。微闻作吴语，谆切戒转漕[9]。仁风普物扇，阴雨及时膏。地从一县分[10]，政待三载报。樵苏爨几绝，乃有债家告。弹文[11]既罢斥，厚意犹慰劳。依稀旧巢痕，毛羽视所好。物惟有用全，人以有技媢[12]。勿言吏刻木[13]，相对殊自傲。入门听锒铛，踏限[14]脱铜冒。苔纹上坏榭，松叶铺破灶。举头望曦月，光不射宧奥。阴房鼪鼬[15]窜，岁久迭乳菢[16]。谋钱鬼犹揶，送酒人肯到？君从京师返，落第方毷氉[17]。各惊颜面非，拭目嗟已眊[18]。因询近状泣，非为往事懊。苦言来共居，使我中心悼。君才十倍我，深稳出雄骜[19]。如甗[20]尚藏纪[21]，若鼎方在部[22]。棣开下国球[23]，缫荐[24]上公瑁[25]。会当发英华，灵宝辉四隩[26]。岂宜居此间，坐致壮心耗。高冈有梧桐，摧折霜露暴。凤凰寒且饥，鸾族向而噪。衣我狐貉裘，覆我貂骚帽。白饭授我餐，又复进羹芼[27]。故人官湖州，缓急君欲造。艰难四方食，恳切一诚祷。天寒冰正坚，日短路谁导。吴中繁雄地，少旱亦无涝。财赋天下甲，输将走童髦[28]。特逢恶少年，票米包纳糙[29]。屯丁良亦苦，兑运焉敢噪？汤汤河流干，雒雒舟行櫜[30]。缠腰万贯给，开头百牢犒。军民俱赤子，总在天复焘。要同牛羊牧，大异雀鼠盗。淮渎咋有信，风声起牙纛。上官肯飞章，立变寒谷燠。此狱应可解，愿君且毋躁。故山田庐没，未得议耕凿。高堂诸孙戏，慰眼看舞翿[31]。宁知望江南，老泪急如瀑。挑灯细思量，子舍先洒扫。

注释

［1］典诰：《尚书》中《尧典》《汤诰》等篇的并称，泛指经典书籍。［2］尚：通“上”。［3］莘渭：借指伊尹和吕尚。商汤时相国伊尹曾耕于莘野；周文王时相国吕尚（姜子牙）曾钓于渭川。宋陆游《初冬杂咏》：“书生本欲辈莘渭，蹭蹬乃去为诗人。”［4］夷惠：伯夷、惠施，皆为古代品行高洁的贤人。汉扬雄《法言·渊骞》：“是夷惠之徒与？”［5］制科：又称制举，原指我国封建社会选拔“非常之才”而举行的不定期考试。汉代有举贤良文学、孝廉方正的制度。在唐代的科举取士制度中，除地方贡举外，由皇帝亲自在殿廷诏试的称制科举，简称制科、制举。《新唐书·选举志》：“其天子自诏者曰制举，所以待非常之才焉。”这里统指科举考试。［6］牵丝：初仕执引印绶，指初出任官。谢灵运《初去郡》：“牵丝及元兴，解龟在景平。”［7］纻缟：纻衣和缟带，指代朋友之谊。典出《左传·襄公二十九年》：“（吴季札）聘于郑，见子产，如旧相识，与之缟带，子产献纻衣焉。”［8］手版：即手板、笏。古代官员上朝或谒见上司时所执，可备记事。［9］转漕：运粮。古代运粮，用车运曰转，水运曰漕。［10］地从一县分：指李黼平任职的昭文县是从常熟县析出。［11］弹文：弹劾的文书。［12］娼（mào）：嫉妒。［13］刻木：指狱吏严酷苛刻。［14］限：这里指门槛。［15］鼪鼬（shēng yòu）：黄鼠狼。［16］乳菢（bào）：鸟兽繁殖哺育后代。乳，指兽以乳汁喂养；菢，指鸟孵卵。［17］毷氉（mào sào）：烦恼。［18］眊（mào）：目不明。［19］骜（ào）：骏马，千里马。［20］甗（yǎn）：古代的一种炊器。［21］纪：纪国。商朝时的东方诸侯国，后被齐国吞并。纪国的镇国之宝甗，被齐国掠去。［22］郜：郜国。周武王封庶弟于郜，是为郜国。后被宋国所灭，国宝“郜史硕父鼎”亦被掠

去。［23］下国球：诸侯小国的美玉。下国，指相对于天子的上国，诸侯国称下国；相对中原大国，别的地方国家亦称下国。［24］缫荐：以帛荐玉。［25］瑁（mào）：天子所执玉器。用于合诸侯所执之圭，覆于圭上。［26］四隩（ào）：指四方可居土地。隩，同“墺”，可定居的地方。《尚书·禹贡》：“九州攸同，四隩既宅。”［27］芼（máo）：指可供食用的野菜或水草。［28］童髦：原义指儿童时期，这里指少年。［29］包纳糙：用糙米作为替代缴纳漕粮。［30］奡（ào）：矫健。［31］翿（dào）：古代用羽毛做的旗。古代乐舞者执之以舞。

延伸阅读

宋苏轼《和子由渑池怀旧》：“人生到处知何似，应是飞鸿踏雪泥。泥上偶然留指爪，鸿飞那复计东西。老僧已死成新塔，坏壁无由见旧题。往日崎岖还记否，路长人困蹇驴嘶。”

对雪三首

题解

面对飞雪这一意象，古往今来有许多华章佳句。或是“白雪纷纷何所似？撒盐空中差可拟”“未若柳絮因风起”的形象比喻，或是“飞入芦花都不见”的直接白描，这些都令人印象深刻。然而，最能动人心扉的，还是咏物抒情。

李黼平这三首诗，便是咏物抒情的佳作。第一首赞天降飞雪的情景，“代月临夜”“令春到门”，视飞雪为知己。第二首赞瑞雪兆丰年，万众欢呼；对己而言，既可洗怨愤，鼓志气，还能煮好茶，慰乡思。第三首回忆故乡难得的飞雪美景，写自己再次感受到飞雪带来的雅兴，看飞雪“寒空任飘瞥”。

三首诗以飞雪为线，前后连贯，一气呵成，抒写了诗人在苦难中短暂的欢快。

侵晓欲成雪，檐牙饥雀喧。起观阊阖[1]中，冻云亦已繁。
穷阴百俱凋，憔悴物所怨。霏霏落霙[2]下，淅淅随风翻。
浩然纵才思，飞花满乾坤。能代月临夜，又令春到门。
披帷淡相对，可与素心[3]论。

抚景欲如何，连天洒甘泽。亮为丰年瑞，比户[4]欢啧啧。
宁知啮毡人[5]，百倍见珍惜。一洗腔内血，兼浇腹中籍[6]。

况于瀹新芽[7]，远胜剑池[8]碧。拥炉坐无事，煎水为此役。
庭空晚更寒，人静虚生白。麻衣动归税[9]，永念怀畴昔。

少卧故山下，读书慕高洁。东村二月时，异事惊飞雪。
风筱[10]低更舞，烟松冻欲折。万树梨花开，繁英媚香屑。
寻春青箬[11]盖，沽酒玉壶挈。半醉袒复陶[12]，风流映清绝。
回头二十载，雅兴凭谁说。拥被一微吟，寒空任飘瞥[13]。

注释

[1]阊阖（chāng hé）：神话中的天门。战国楚屈原《离骚》："吾令帝阍开关兮，倚阊阖而望予。"　[2]霙（yīng）：雪花的书面语。　[3]素心：本心，纯洁的心。　[4]比户：紧挨着的人家，家家户户。　[5]龁毡人：咬毡以充饥的人，指穷困潦倒的人。常用于比喻在困境中坚贞不屈的人，这里是自指。典出《汉书·苏武传》："单于愈益欲降之，乃幽武置大窖中，绝不饮食。天雨雪，武卧，啮雪与旃毛并咽之，数日不死。匈奴以为神。"　[6]腹中籍：肚子里的书籍，喻指学问知识。唐严武《寄题杜拾遗锦江野亭》："腹中书籍幽时晒，肘后医方静处看。"　[7]瀹（yuè）新芽：煮新茶。　[8]剑池：苏州虎丘山的名胜。深约二丈，终年不干，清澈见底，可以汲饮。茶圣陆羽评虎丘山泉为"天下第五泉"。　[9]麻衣动归税：意指像麻衣一样的雪花，使自己动了思乡的念头。典出《诗经·曹风·蜉蝣》："蜉蝣掘阅，麻衣如雪。心之忧矣，于我归说。""说"与"税"通，这里指止息、居住。归税，指回到自己居住的故乡。　[10]筱（xiǎo）：小竹子。　[11]箬（ruò）：箬竹。茎中空细长，叶阔大，可编织箬帽、箬席。　[12]半

醉袒复陶：在饮酒半醉中自由自在，自我陶醉。疑暗用王羲之故事，典出《世说新语·雅量》："王家诸郎，亦皆可嘉，闻来觅婿，咸自矜持。唯有一郎，在东床上坦腹卧，如不闻。" ［13］飘瞥（piē）：迅速飘过。

延伸阅读

宋苏轼《雪夜独宿柏仙庵》："晚雨纤纤变玉霙，小庵高卧有余清。梦惊忽有穿窗片，夜静惟闻泻竹声。稍压冬温聊得健，未濡秋旱若为耕。天公用意真难会，又作春风烂漫晴。"

送升甫之浙江

题解

李黼章陪伴服刑的兄长，长达五年。送饮送粥，一日三至。诗人感激弟弟独自承受穷苦，却对自己细心照顾，也为弟弟参加“府辟”而高兴。当弟弟提出要去浙江拜见巡抚颜检时，诗人深信弟弟会得到关照。因为颜检是卓有政绩的贤臣，又是重情爱才的高官。诗人叮嘱弟弟过镜湖上苗山，拜大禹陵，为己申冤，还己清白。祈望弟弟接受恩赐，顺利归来，共饮同欢。

这首诗抒情深挚，叙事明晰，用典贴切。

嗟君随难已五年，箭筒送饮橐纳饘[1]。若庐[2]起居日三至，绝口不道囊无钱。贫穷虽遭俗眼白，文采尚动高人怜。昨者府辟[3]共校士，沧溟手掣鲸[4]摩天。今晨忽问余杭[5]路，不假将书投季布[6]。英英邦伯颜中丞[7]，一见悬知托情素。夜火堆钱看筑塘，晓霞攒锦教缠树。腰间赐剑值百金，佩上西兴[8]古时渡。诸侯迎面识姓名，况复同年俱有情。脱骖会救越石父[9]，刺豕仍庸辕固生[10]。舶趠风凉登鹢首，嗟君此行意良厚。天涯游迹过镜湖[11]，杖底苗山[12]似岣嵝，猿猱昼啼鼪鼬走。庙开巫言朝夏后[13]，再拜为予洗瑕垢。瑞光发地惊户牖，锡君圭璧君应受。一月归船泊垂柳，与君长歌将进酒。

注释

［1］饘（zhān）：稠粥。 ［2］若庐：汉代掌管刑法、牢狱的衙门，这里借指囚牢。 ［3］府辟：指公府辟士制度。汉代开始，丞相以下至九卿等高官任用属员可以自己辟召。试用后，经主官推荐，可进入仕途。 ［4］掣鲸：力能制鲸，比喻才大气雄，超群绝伦。此典出自《庄子·外物》："任公子为大钩巨缁，五十犗以为饵，蹲乎会稽，投竿东海，旦旦而钓，期年不得鱼。已而大鱼食之，牵巨钩，錎没而下，骛扬而奋鬐，白波如山，海水震荡，声侔鬼神，惮赫千里。任公子得若鱼，离而腊之。自制河以东，苍梧已北，莫不厌若鱼者。" ［5］余杭：今属浙江杭州的余杭区。 ［6］季布：秦末汉初时期楚人，重然诺，以任侠闻名于世。楚人有"得黄金百斤，不如得季布一诺"的谚语。 ［7］颜中丞：颜检（1757—1832），字惺甫，广东连平人。拔贡生出身，宦海浮沉，曾被谪戍新疆，作有《巴里坤》等诗。嘉庆十九年（1814）七月，出任浙江巡抚。在任期间，兴办水利，开浚西湖，政声远播。 ［8］西兴：位于浙江钱塘江南岸的古镇。春秋时期越国大夫范蠡在此筑城拒吴。 ［9］脱骖会救越石父：春秋时期，齐大夫晏子在中牟县见到穷困的朋友越石父，当即解下自己的左骖，为其赎身。 ［10］刺豕仍庸辕固生：汉景帝时，经学博士辕固生对窦太后喜好《老子》不以为然，说"此家人言耳"。窦太后勃然大怒，命令辕固生入猪圈与抓来的野猪格斗。汉景帝给了辕固生一柄上等利剑，辕固生"刺豕"成功，幸免于难。后来他被汉景帝委任为清河王太傅。事见《史记》《汉书》。庸，用，任用。 ［11］镜湖：这里指的是浙江绍兴的镜湖，又称鉴湖，唐代诗人贺知章的家乡，其《回乡偶书》："离别家乡岁月多，近来人事半消磨。惟有门前镜湖水，春风不改旧时波。" ［12］苗山：指浙江绍兴的会稽山。会稽山，亦称茅山，上有大禹陵。 ［13］夏后：夏禹。

玉山雅集图

题解

元代江南名士顾德辉（顾瑛）是苏州富豪，至正八年（1348）二月，组织文人墨客在其别墅玉山草堂雅集，参加者达140人之多，可与晋王羲之的“兰亭雅集”相媲美。其时，张渥绘画《玉山雅集图》记录盛况，著名文人杨维桢为《玉山雅集图》书写题记。

李黼平的这首诗，是对《玉山雅集图》的评说，高度赞美图画的人物栩栩如生，形象生动，雅集盛况，直追兰亭；感叹风云突变，名流四散，名园不再，不及王羲之的“兰亭雅集”影响深远。

玉山至正[1]之雅集，其图乃是张李作（张渥[2]、李立）。此卷规模能乱真，人物风流宛如昨。茜泾[3]二月最和暖，名流并入蓬莱阁。金粟[4]才情夸倚马，铁崖[5]意气能驱鳄。双鬟砚北绝代姝，揎袖春衫翦[6]云薄。诗罢华筵竞珠翠，酒行妙技调笙籥[7]。清扬争秀梧竹间，一曲风回万花落。缓歌慢舞期尽欢，眼底焉知燕巢幕。闻道妖星堕吴越，五千日中光未歇。沿江兵起战鼓动，岂但花山贼[8]猖獗。愚夫无事爱忧天，新妇初来解移突。书生不与人国事，忍视烟尘蔽城阙。转瞬张王[9]驰锦帆，儒衣僧帽何仓卒。三径紫台[10]豪客散，一湾绿水名园没，雨窗读画神惘然，风景尚记山阴年。右军[11]觞咏偏多

慨，曾为江淮数上笺。

注释

［1］至正：元惠宗年号，1341—1368年。［2］张渥：字淑厚，号贞期生、江海客，元代著名画家。代表作有《雪夜访戴图》。［3］茜泾：地名，今属江苏太仓。［4］金粟：即金粟山人，隐士。［5］铁崖：杨维桢，号铁崖。元末明初诗人，其所作古乐府在当时有极大影响，仿效者甚多，形成流派，世称“铁崖体”。［6］翦：同“剪”。［7］籥（yuè）：古代管乐器。［8］花山贼：指元朝时期的反政府武装。参见元陶宗仪《南村辍耕录》卷二八：“中原红寇未起时，花山贼毕四等仅三十六人，内一妇女尤勇捷，聚集茅山一道宫，纵横出没，略无忌惮，始终三月余。三省拨兵，不能收捕，杀伤官军无数。”［9］张王：张士诚，元末起义军领袖。他率盐丁起兵，在高邮称王，率军渡江，攻取了常熟、湖州、松江等地。后来，败于朱元璋。［10］紫台：神仙居所，帝王居所。这里借指顾德辉（顾瑛）的玉山别墅。［11］右军：指晋王羲之（303—361），会稽山阴人。曾任会稽内史、领右将军。书法大家，其《兰亭集序》记述兰亭雅集盛事，感慨人生，流传千古。

李少府虞山烟雨图歌

题解

少府，官名，唐朝以后成为县尉的习称。因县令又称明府，县尉作为县令的佐官，故称为少府。

这首诗赞美图画的逼真。通过对《虞山烟雨图》的形象描绘，诗中展现虞山的奇崛秀丽，仿如仙境。“一岁两入山”，活画出诗人对虞山的挚爱之情。

昔为琴河[1]宰，一岁两入山。横空标奇秀，幽处龙所寰。春秋秩祀[2]不辞远，停策多在云霄间。高崖萧瑟树拥肿，侵晓无人心自恐。日驭[3]翔空海水立，雪山卷地江波涌。采旌绛节朝玉台[4]，四面烟霏灵雨来。鸿蒙[5]一气泼空翠，但听巨壑松声哀。尔时拂衣踏泥滓，自爱缘山摘苍耳。旁人看我笠屐归，至今写上屏风里。少府新来自山麓，曾倚篮舆[6]上乌目[7]。青猿叫啸玄熊[8]啼，不见山人昔骑鹿[9]。偶逢妙手图此幅，逝将慧车同结屋。旧游指点忽大笑，峭壁无梯路犹熟。欹[10]岸侧出拂水岩[11]，百道淋漓练拖瀑。回坳左翳破山寺，万个阴森风折竹。杳然[12]如坐烟雨中，昨夜夸蛾[13]徙吾谷。崑之邱，陟[14]西极；蓬之岛，下东溟。此山不同大荒经[15]，已并五岳留真形。元和塘[16]上寻粉本[17]，秋霁三峰天外青。

注释

［1］琴河：即琴川，常熟的别称。李黼平任职的昭文县由常熟析出，故李黼平称自己为琴河宰。［2］秩祀：依照古礼规定，按等级举行的祭祀活动。典出《孔丛子·论书》：“孔子曰：‘高山五岳定其差，秩祀所视焉。’”［3］日驭：指太阳。用羲和驭日典，神话传说中，日神乘车，驾以六龙，羲和为御者。［4］玉台：传说天帝住的地方。《汉书·礼乐志》：“天马徕，龙之媒，游阊阖，朝玉台。”［5］鸿蒙：宇宙形成前的混沌状态。［6］篮舆：竹轿子。［7］乌目：即虞山。古称乌目山，因纪念吴文化始祖虞仲（仲雍）而改名为虞山。［8］玄熊：黑熊。［9］骑鹿：这里指修仙之人骑鹿。［10］攲（qī）：倾侧不平。［11］拂水岩：虞山名胜。［12］杳然：幽深不见影。［13］夸蛾：传说中的大力神。《列子·汤问》：“帝感其诚，命夸娥氏二子负二山，一厝朔东，一厝雍南。”［14］陟（zhì）：升，登。《诗经·周南·卷耳》：“陟彼高冈，我马玄黄。”［15］大荒经：先秦古籍《山海经》中的一部分，它包括《大荒东经》《大荒西经》《大荒南经》《大荒北经》，记述了许多古代地理、动植物和神话故事。［16］元和塘：即常熟塘，又称州塘，是历史古河道，自苏州齐门至常熟南门。［17］粉本：即画稿。古人作画，先施粉上样，然后再依样落笔，因而称画稿为粉本。

颜鲁舆吉士伯焘过访即别

题解

颜鲁舆即颜伯焘（1788—1853），字鲁舆，广东连平人，颜检之子。嘉庆十九年（1814）进士，选庶吉士，授翰林院编修。后来，官至闽浙总督。

吉士，即庶吉士。进士在殿试唱名后再试，选其优者为庶吉士，通称庶常。在翰林院庶常馆学习三年，期满后授予实职，或留馆为翰林、检讨，或外补知县。

患难见真情。身在“马足间”，创痛深刻、凄楚悲凉的李黼平，突然有故友前来狱中探访，怎能不分外感动？颜鲁舆对李黼平无微不至的关怀和切切实实的帮助，犹如春阳之暖、林木之荫。字里行间洋溢着诗人深挚的谢意。

翩翩南来鸟，创痛思故林。投人马足间，凄楚有遗音。
羁限[1]于此地，非亲孰来临。忽枉君子顾，悾款[2]何独深。
既询橐[3]中饭，复视床上衾。探怀出素书[4]，为我谋兼金[5]。
春阳布余晖，高木流远阴。情话间理语，俯闻泪淫淋。
须臾又当别，执手送以心。燕吴各千里，瞻望但哀吟。

注释

[1] 羁限：指拘押限制。　[2] 悾（kōng）款：诚恳。见《晋

书·傅玄传》："得意忘言，言未易尽，苟明公有以察其悾款，言岂在多。"［3］橐（tuó）：一种两头开口的袋子。用时以绳子扎紧。［4］素书：指书信。古人书信写在白绢上，称为素书。古诗《饮马长城窟行》："呼儿烹鲤鱼，中有尺素书。长跪读素书，书中意何如？"［5］兼金：精金，其价值倍于普通金。古代金银铜通称金，这里是泛指金钱。

和升甫登吴山

题解

吴山，指浙江杭州西湖东南的名胜，山势绵延起伏，山体伸入市区，山高不过百米。在吴山上可远眺钱塘江及两岸平畴，江、山、湖、城的美景可尽收眼底。

李黼平这首诗，从自己在昭文任上经常登拂水岩，入狱后却成为奢望，说到胞弟李黼章的《登吴山诗》文采飞扬，格调高昂。吴山虽难比华岱之险，亦无会稽之高，而它的奇胜美景、它的历史文化以及神话传说却令人惊叹。诗人浮想联翩，回忆青少年时期，兄弟在东村故园登山游目，豪情满怀，转而感叹自己仕途坎坷，令高堂忧心挂念，直抒不如归家侍奉父母的真情。

全诗以登山为线，由灵岩、吴山，至故园之山，把自己人生的曲折道路和喜怒哀乐融为一体，内容极为丰富，无散乱之感。一一道来，无斧凿之痕。

自我居吴中，未尝废跻攀。灵岩[1]天下秀，持作砚右[2]山。栖迟[3]北寺门，何处诛茅菅。胸次千仞峻，腰脚百种顽[4]。令弟[5]浙江[6]归，文采换璘瑞[7]。示我吴山诗，法矩复应圜。笔飞字轩耸，足于起懦孱。首言登华岱，小者不足扳。次言会稽[8]高，禹会群瑞班。吴山颇言卑，湫隘落市阛。尘埃生飞鞚，已闪骏骥瞷[9]。及观上绝顶，云烟览人寰。陡然壮思腾，兴寄湖海湾。团圆泻天镜，画手嗤完颜[10]。建炎此偷安，若保一掬[11]悭。万民卫石塘[12]，负土奔孤鳏。潮从龛赭[13]来，风撼声漩澴。天吴[14]驾穹龟[15]，万弩借一弯。耳目忽易态，潮归天水闲。乃知揽奇胜，端在兹山间。而我诵君诗，掩卷泪暗潸。曳裾[16]东诸侯，辛苦为赎锾[17]。兄弟岂异人，相濡切恫瘝[18]。升高偶游目，血溃衣裙殷[19]。故园东村下，群峰森四环。山堂近社学，琐细丰蒲蕳[20]。芳藜亘冈白，丛菊绕岩斑。林开云洞见，冒雨擢翠鬟。诸昆求点[21]俦，山水志各娴。春秋天气佳，来放双飞鹇。醉卧磐石上，风泉听淙潺。幽栖信云乐，未解入世艰。一登孝秀[22]科，禄利绾青纶。庭帏[23]念游子，屈指多忧患。传闻封钱库，浩荡许放还。瑶草正翕艳[24]，及我发未斑。方诸[25]七万里，八岳[26]三在蛮。宇宙穷气跷[27]，不如问乡关。因君咏横翠[28]，归梦摇铜环[29]。北山及陟屺[30]，风雅谁能删？

注释

［1］灵岩：指昭文县的拂水岩。 ［2］砚右：对同学、朋辈的尊称。旧称同学为同砚，古人以右为尊。 ［3］栖迟：本义是指休憩游息之地，这里指失意居停之处。唐李贺《致酒行》："零落栖迟一杯酒，主人奉觞客长寿。" ［4］顽：这里指顽强、坚强、顽健。 ［5］令弟：对自己弟辈的尊称。 ［6］浙江：即浙江。渐江水包括今安徽、浙江境内的新安江及其下游钱塘江。 ［7］换璘瑞：换，应为焕，光亮之意。璘瑞，美玉纹理光洁，色彩缤纷。汉扬雄《甘泉赋》："翠玉树之青葱兮，璧马犀之璘瑞。" ［8］会稽：指浙江绍兴的会稽山，

是大禹娶妻、封禅之地，上有大禹陵。［9］瞯（xián）：英武貌。晋潘岳《马汧督诔》："瞯然马生，傲若有余。"［10］完颜：指金国第四个皇帝完颜亮。据说他读了柳永的《望海潮》一词后，非常向往"有三秋桂子、十里荷花"的"三吴都会"，妄想以武力占领美丽的江南，供他享受。其诗"万里车书尽混同，江南岂有别疆封？提兵百万西湖上，立马吴山第一峰"亦可为佐证。绍兴三十一年（1161），完颜亮由燕京（中都）迁都开封后，即率六十万大军南侵，以失败告终。［11］一掬：两手所捧（的东西），表示量小而不定的数量。唐韩愈《题炭谷湫祠堂》："巨灵高其捧，保此一掬悭。"［12］万民卫石塘：南宋守将虞允文与完颜亮曾在采石矶激战，民众群集江岸助威，南宋军民誓以死战，终于大败金兵，完颜亮被逼退至扬州。［13］龛赭（kān zhě）：今浙江杭州市萧山区的龛山与海宁市的赭山，古时两山夹钱塘江相对，后来龛赭之间水道干涸。［14］天吴：古代神话中的水神。《山海经·海外东经》："朝阳之谷，神曰天吴，是为水伯。"［15］穹龟：大龟。唐韩愈《南海神庙碑》："穹龟长鱼，踊跃后先。"［16］曳裾：裙裾拖在地上，这里是成语"曳裾王门"的省称，指在权贵门下当食客，依附权贵。裾，是长袍的下摆。典出汉邹阳《上吴王书》："饰固陋之心，则何王之门不可曳长裾乎？"［17］锾（huán）：一种货币单位。《尚书·周书·吕刑》："墨辟疑赦，其罚百锾。"［18］恫瘝（guān）：指病痛，疾苦。恫，痛；瘝，病。［19］殷（yān）：赤黑色。血色久则殷。［20］蕑（jiān）：兰草。［21］求点：指冉求（冉有）和曾点（曾皙），他们都是孔子的高足。在《论语·先进》中，有《子路、曾皙、冉有、公西华侍坐》一节，孔子和弟子"言志"，冉求谦虚表示："方六七十，如五六十，求也为之，比及三年，可使足民。如其礼乐，以俟君子"，曾点则生动地描绘了自己的政治理想："莫春者，春服既成，冠者五六人，童子六七人，浴乎沂，风乎舞雩，咏而归。”　［22］孝秀：指孝廉、秀才，是科举的两种名目。汉唐期间，州举秀才，郡举孝廉。　［23］庭闱：内舍，父母的住所，常用于指代父母。唐杜甫《送韩十四江东觐省》：“我已无家寻弟妹，君今何处访庭闱。”　［24］翕艴（xī xì）：光色繁盛。南朝宋江淹《从冠军建平王登香炉峰》：“瑶草正翕艴，玉树信葱青。”　［25］方诸：古代神话中的方诸山，传说离会稽山七万里。　［26］八岳：指华夏大地的名山，即三山五岳：五岳指泰山、华山、恒山、嵩山、衡山；三山指黄山、庐山、雁荡山。　［27］跷（qiāo）：举足。　［28］咏横翠：指李翿章《登吴山诗》。横翠，呈现翠绿色。　［29］铜环：铜制的门环。宋苏轼《武昌西山》：“江边晓梦忽惊断，铜环玉锁鸣春雷。”　［30］北山及陟屺：《诗经》中的《小雅·北山》有“王事靡盬，忧我父母”，《魏风·陟岵》有“陟彼岵兮，瞻望父兮”“陟彼屺兮，瞻望母兮”。这两首诗都表达了儿子对父母的深情。

延伸阅读

南朝谢灵运《酬从弟惠连·其一》：“寝瘵谢人徒，灭迹入云峰。岩壑寓耳目，欢爱隔音容。永绝赏心望，长怀莫与同。末路值令弟，开颜披心胸。”

雪忆诸弟

题解

诸弟，不仅指诗人的胞弟李黼章、李黼文，也包含其他与李黼平同祖父的兄弟，他们同在东村草堂就读，感情甚笃。除堂兄李汝谦、李汝辰之外，他还有多位堂弟，如李晋叟、李贲叟、李亨叟、李鼎叟等。大雪纷飞，思绪远扬。诗人想起故乡寒梅报春的美景，想起当年兄弟饮酒赋诗的欢乐，想象“诸弟夜来思共被，定怜孤客卧天涯”的情谊。

这首诗即景抒情，明白如话。手足之情，感人至深。

松枝风折竹横斜，又见龙公戏玉沙[1]。
隔牖何心问檐卜，故园令节[2]正梅花。
溪桥春浅诗初就，山阁寒深酒未赊[3]。
诸弟夜来思共被[4]，定怜[5]孤客[6]卧天涯。

注释

[1] 玉沙：白沙，喻指雪花。宋范成大《次韵陈仲思经属西峰观雪》：“起望天南陲，玉沙满长风。越人来省识，把酒酹层空。” [2] 令节：美好的时节，最佳的时节。令，善，美好。 [3] 未赊：没有赊欠。这里指有酒可饮。 [4] 共被：兄弟情深，同被共寝。唐杜甫《与李

十二白同寻范十隐居》："醉眠秋共被，携手日同行。" ［5］怜：同情、怜悯。 ［6］孤客：诗人自指。

延伸阅读

唐王维《九月九日忆山东兄弟》："独在异乡为异客，每逢佳节倍思亲。遥知兄弟登高处，遍插茱萸少一人。"

草庵僧送沧浪小志

题解

草庵，一名结草庵。至正年间所建，位于苏州沧浪亭遗址东侧。

沧浪，指位于江苏苏州的园林沧浪亭，今为世界文化遗产。沧浪亭原为一花园，花园最初为五代时期吴越广陵王钱元璙近戚的池馆，曾荒废。北宋时苏舜钦以四万贯购得废园重建，因有感于"沧浪之水清兮，可以濯吾缨；沧浪之水浊兮，可以濯吾足"，遂在园内建沧浪亭，撰写《沧浪亭记》，并邀欧阳修作长诗《沧浪亭》。后以亭名园，南宋时期该园属蕲王韩世忠所有，俗称韩王园。元明时期成为僧房。

草庵与沧浪亭连通，草庵僧与李黼平结缘，把镇庵之宝《沧浪小志》送给了他。其原因在李黼平看来，是僧人景仰先贤，同情自己与先贤一样遭逢不幸的命运。李黼平诵读佳篇，发思古之幽情，遥想当年苏舜钦"建沧浪""约梅老""邀醉翁"的情景，感慨名园主人屡易，以"人生困厄当安命"宽慰自己。

招提[1]竹树翠扫空，台池复与沧浪通。
诗人来往结香火，未要瓶钵[2]矜家风。
集贤校理[3]才卓越，偶坐[4]公钱当去阙[5]。
尘寰何处可置身，独向吴中买风月。
比邻近约梅老[6]过，异境难邀醉翁[7]谒。

兴来辄复携高僧，一叶江天任飘兀[8]。
园林北碕[9]人屡易，章相[10]韩王[11]有遗迹。
洞山豁閜[12]大阁飞，瑶华淡荡寒光射。
千载荒丘围一水，游人尽怜苏子美。
龙蛇蟠屈霹雳轰，群小当时忍相毁。
绵津好事为此编，掇拾记咏皆佳篇。
山门留镇忽送似[13]，似道获咎同前贤。
人生困厄当安命，何况遭逢过天圣[14]。
照壁红星动死灰，映窗白日开仁镜。
褰裳待余来濯足，休把松牌[15]乞诗续。
茫然望古生百忧，余将击汏[16]寻麟洲[17]。

注释

[1]招提：本是梵语，词义为四方。四方之僧称为招提僧，其住所为招提僧房。北魏后，招提则成为寺院的别称。到了唐代，亦以招提直名寺僧。唐杜甫《游龙门奉先寺》："已从招提游，更宿招提境。" [2]瓶钵：僧人所用器物。唐代僧人贯休入蜀，有诗《陈情献蜀皇帝》："一瓶一钵垂垂老，万水万山得得来。" [3]集贤校理：指苏舜钦（1008—1048），字子美，北宋诗人，曾任集贤殿校理。因支持范仲淹的庆历革新，在监进奏院任职时被守旧派弹劾，罢官后居苏州。 [4]坐：这里指获罪，定罪。 [5]去阙：离开京都。阙，指宫殿门，城门。宋欧阳修《病中代书奉寄圣俞二十五兄》："忆君去年来自越，值我传车催去阙。是时新秋蟹正肥，恨不一醉与君别。" [6]梅老：北宋诗人梅尧臣（1002—1060），字圣俞，世称宛陵先生，被誉为宋诗的"开山祖师"，是苏舜钦

和欧阳修的至交。［7］醉翁：指北宋文学家欧阳修（1007—1072）。他在滁州作《醉翁亭记》并在其中自称“醉翁”，以之为号。［8］兀：飘摇、不安。唐皮日休《太湖诗·孤园寺》：“艇子小且兀，缘湖荡白芷。”［9］北碕（qí）：北边曲折的河岸。苏舜钦《沧浪亭记》：“予爱而徘徊，遂以钱四万得之。构亭北碕，号‘沧浪’焉。”［10］章相：指北宋时期的章惇（1035—1105），曾居沧浪亭。［11］韩王：南宋抗金名将韩世忠（1089—1151），宋孝宗时被追封为蕲王。［12］豁閜（xiǎ）：犹虚空。［13］似：这里是“与”“给”之意。唐贾岛《剑客》：“今日把示君，谁有不平事？”［14］天圣：宋仁宗年号。天圣年间为1023—1032年，苏舜钦在此期间被罢官。［15］松牌：松木牌。［16］击汰：汰，水波。击汰即击水。战国楚屈原《九章·涉江》：“乘舲船余上沅兮，齐吴榜以击汰。”［17］麟洲：即凤麟洲，古代传说中神仙居住的地方，为“十洲”之一。

延伸阅读

宋欧阳修《沧浪亭》：“子美寄我沧浪吟，邀我共作沧浪篇。沧浪有景不可到，使我东望心悠然。荒湾野水气象古，高林翠阜相回环。新篁抽笋添夏影，老蘖乱发争春妍。水禽闲暇事高格，山鸟日夕相啾喧。不知此地几兴废，仰视乔木皆苍烟。堪嗟人迹到不远，虽有来路曾无缘。穷奇极怪谁似子，搜索幽隐探神仙。初寻一径入蒙密，豁目异境无穷边。风高月白最宜夜，一片莹净铺琼田。清光不辨水与月，但见空碧涵漪涟。清风明月本无价，可惜只卖四万钱。又疑此境天乞与，壮士憔悴天应怜。鸱夷古亦有独往，江湖波涛渺翻天。崎岖世路欲脱去，反以身试蛟龙渊。岂如扁舟任飘兀，红蕖渌浪摇醉眠。丈夫身在岂长弃，新诗美酒聊穷年。虽然不许俗客到，莫惜佳句人间传。”

出狱

题解

嘉庆二十一年（1816）岁末，李黼平终于出狱，激动之情可想而知。

这首诗是诗人情绪的宣泄：首谢胞弟六年来的悉心照顾，次谢亲朋好友的诚挚关心；回忆坐牢时凄冷孤苦的日子，欢庆出狱后灯明花艳的良宵；思念远在故乡的高堂。时而感动，时而悲伤，时而快乐，时而怅惘，种种情绪，汇聚到一起，撼动读者的心灵，引发读者强烈的共鸣。

起句的茫然和结尾的怅然相呼应，感情起伏跌宕，表达转折回环，结构紧密，一气呵成。

茫然返旅舍，有若久客归。握手见吾弟，欲言泪先挥。怀锦兼奉壶[1]，六年靡不为。非君笃[2]天显[3]，孰脱死丧威？招魂墙角根，蝴蝶同翻飞。传呼急丐沐[4]，一洗埃与灰。不知何处闻，戚友叩门来。邻叟亦迭至，杂坐团栾围。往居高城[5]里，寒雨雪霏微。庭空悄无人，独处心暗摧。今夕定何夕，四壁明灯辉。岁晏为予华，水仙红玉梅。梅以兴[6]君子，清高冠瑶台。如仙寿命长，游戏穷九垓[7]。随声各善祷，语软春风吹。反思良会艰，既是复恐非。为欢荷[8]侪友，且愿停角杯[9]。故山邈以遐，曷月瞻庭闱[10]？

注释

［1］怀锦兼奉壶：典出《左传·昭公十三年》："司铎射怀锦，奉壶饮冰，以蒲伏焉。"鲁昭公时，司铎射为解救被晋国逮捕的季孙意如，怀里藏着锦，捧着装了冰水的壶，悄悄地爬行前去，把锦送给看守，救出季孙。喻指诗人胞弟李黼章为救兄长竭尽全力。 ［2］笃：忠诚、厚道、深厚。《论语·泰伯》"君子笃于亲，则民兴于仁。" ［3］天显：上天显示的道理，尊卑显然之序。在兄弟关系中，则要求兄友弟恭。《尚书·康诰》："于弟不念天显，乃弗克恭厥兄。" ［4］丐沐：原义是求取沐具为弟弟洗沐，体现对弱小的关爱。典出《史记·外戚世家·窦太后》："姊去我西时，与我决于传舍中，丐沐沐我，请食饭我，乃去。"这里指沐浴，客家地区至今仍有此习俗：从监狱出来的人必定要先去沐浴，清除秽气。 ［5］高城：这里指牢狱。 ［6］兴：《诗经》的"六义"（赋、比、兴、风、雅、颂）之一，是诗的一种表现手法，触景生情，因事寄兴。"取譬引类，起发已心"，以一事物引出另一有关联的事物或情感。 ［7］九垓：天空极高极远处，即俗话说的"九重天"。晋郭璞《游仙诗》："升降随长烟，飘飖戏九垓。" ［8］荷（hè）：表示感激。 ［9］角杯：古代酒器，前后尾形。 ［10］庭闱：本是指父母居住的地方，后多用于借指父母。唐杜甫《送韩十四江东觐省》："我已无家寻弟妹，君今何处访庭闱？"

次韵巢松太史见赠（二首选一）

题解

巢松，即吴慈鹤（1778—1826），字韵皋，号巢松。嘉庆十四年（1809）进士，翰林院庶吉士。其父吴俊，字昙绣，号蠡涛，是李黼平的前辈知己。

太史，官名。西周、春秋时期为朝廷重臣，后来职位渐低，主管编史、天文、历法等。明清时期，修史归翰林院，翰林亦被称为“太史”。

李黼平用这首诗向知心朋友倾诉衷肠，小时候读过些书，尽管坐牢受苦，亦不废写作，钻研典籍，但为独学难精而苦恼。敬佩友人“力溯生民初”的努力，以“惟惧行业疏”相勉励，期望读到掷地有声的佳作。

少小绝饮博，微尚窥群书。昨居牢户间，铅椠[1]未尝虚。急难藉弱弟，闻道希大儒。暇即为诗歌，幽怀寓虫鱼[2]。独学易孤陋，胆怯径转迂。素心[3]一谭[4]艺，仙界撑方诸[5]。卓绝见益亲，掖[6]余欻[7]升墟[8]。方今抱珠玉，作者踔[9]路衢。雕肾[10]出危苦，披肝写欢愉。嚆矢[11]始何人，横流泻无余。根本失探索，所得终犷粗。子偕六七公，力溯生民初。勿言穷奇骨[12]，吾党无达夫[13]。功名亦何常，惟惧行业疏。春风吹江郭，百卉欣以舒。铿锵蓄钧韶[14]，留眼桐枝枯[15]。

注释

［1］铅椠（qiàn）：铅，铅粉笔；椠，木板。古代书写的文具，泛指创作诗文、校勘文字等工作。［2］虫鱼：本是泛指微小的动物。因《论语·阳货》中，孔子认为学诗还可以“多识于鸟兽草木之名”，后代的儒家学者中，有好些人对《诗经》及其他经典中的鸟兽草木虫鱼作注释，这种对名物以及典章制度的训释考据，被称为“虫鱼之学”，亦简称“虫鱼”。这里则是泛指儒家典籍。［3］素心：本心、素愿。［4］谭：通“谈”。［5］方诸：指方诸山，传说中仙人居住的地方。南朝梁陶弘景《真诰·协昌期一》：“方诸正四方，故谓之方诸。一面长一千三百里，四面合五千二百里，上高九千丈。……方诸东西面又各有小方诸，去大方诸三千里，亦各别有青君宫室，又特多中仙人及灵鸟灵兽辈。”［6］掖：扶持，提拔。［7］欻：忽然。［8］升墟：提高到新境界。［9］踔（chuō）：踢跳，腾跃。唐韩愈《陆浑山火和皇甫湜用其韵》：“天跳地踔颠乾坤，赫赫上照穷崖垠。”［10］雕肾：即雕肝琢肾，代指为推敲文辞而苦苦思索。宋欧阳修《答圣俞莫饮酒》：“朝吟摇头暮蹙眉，雕肝琢肾闻退之。”［11］嚆矢：响箭，鸣镝，先声。发射时，其声音比箭先到。常用于比喻最先出现的事物，或事物的开端。［12］奇骨：不同于常人的形体相貌。汉王充《论衡·讲瑞》：“以相奇言之，圣人有奇骨体，贤者亦有奇骨。”［13］达夫：见识特别高超的人，不同寻常的人。［14］钧韶：指美妙的乐调，犹如天上的音乐、钧天之乐。这里借指高雅的诗作。［15］桐枝枯：疑指表现不怕艰难困苦的精神、慷慨激昂、高格调的诗歌作品。

舟中望玉山

题解

玉山，又称玉峰。在江苏昆山，因山中产石洁白如玉而得名。

诗人在娄江的小船上凝望玉山的美景，憧憬像金粟山人那样告老还家的生活："远嚣滓"，无"羁役"，自由自在，与山水为伴。为自己仕途坎坷，颠沛流离，有违当年的初衷而深感惭愧。

午挂娄江[1]帆，暮指昆山[2]郭。虚舟[3]无滞淫，永路[4]疑寂寞。金花[5]川上散，青黛空中落。澄波写窣堵[6]，轻霭萦丛薄。憬[7]彼林下人[8]，高情罢游洛（谓金粟山人[9]），既脍季鹰鲈[10]，复闻士龙鹤[11]。如何遭颠沛，茜水[12]难久托。平生远嚣滓，羁役违丘壑。庶守息壤盟[13]，始果真形诺。徘徊过县圃[14]，看云有余怍[15]。

注释

[1] 娄江：从江苏太湖胥口出，穿苏州娄门而东，到太仓注入长江，约一百多里。 [2] 昆山：江苏昆山县（今昆山市）。 [3] 虚舟：这里指轻捷之舟。 [4] 永路：路途遥远，长途，长路。三国魏阮籍《咏怀·十七》："独坐空堂上，谁可与欢者？出门临永路，不见行车

马。” ［5］金花：这里特指金黄艳丽的阳光。 ［6］窣（sū）堵：佛塔。梵语“窣堵波”的省称。宋王安石《北山三咏·宝公塔》：“道林真骨葬青霄，窣堵千秋未寂寥。” ［7］憬：憧憬，向往。 ［8］林下人：指退隐之人。 ［9］金粟山人：这里疑指清初的彭孙遹（1631—1700），字骏孙，号金粟山人。进士出身，官至吏部右侍郎兼翰林院掌院学士，《明史》总裁。康熙三十六年（1697）告老还乡。彭孙遹是清初最为著名的诗人，有《松桂堂集》《南淮集》《延露词》《金粟词话》等。 ［10］季鹰鲈：晋朝的张翰，字季鹰，吴郡人。本在齐王处为官，因见政事混乱，为了避祸，急欲南归，托词说，见秋风起，思故乡菰菜、莼羹、鲈鱼脍，遂辞官归吴。宋辛弃疾《水龙吟·登建康赏心亭》：“休说鲈鱼堪脍，尽西风，季鹰归未？” ［11］士龙鹤：陆士龙听见的鹤声，用晋朝陆机、陆云兄弟典。陆云，字士龙，与兄陆机齐名。兄弟常游于华亭别墅，后来同时为司马颖所杀。临刑前感叹：“华亭鹤唳，岂可复闻乎？” ［12］茜水：地名。宋顾逢《茜水道中》：“半世客孤篷，惊心景不同。路危人自恐，港涩橹无功。折树龙眠水，长桥虹跨空。潮来通海道，争趁一帆风。”用茜水途中的险境表示世路艰难。 ［13］息壤盟：信誓。典出《战国策·秦策》。秦武王与甘茂在息壤盟誓，决定兵伐宜阳。后来武王想改变主意，甘茂说：“息壤在彼。”武王听了遂践约，最终取得胜利。 ［14］县圃：悬圃，传说中神仙居住的地方。战国楚屈原《离骚》：“朝发轫于苍梧兮，夕余至乎县圃。” ［15］怍（zuò）：惭愧。

太白酒楼歌

题解

太白，唐代大诗人李白的字。李白钟情于酒，自说“百年三万六千日，一日须倾三百杯”。许多酒店都取名“太白酒楼”以招揽顾客。这里指的是溧阳的太白酒楼。

溧阳三月，诗人独倚高楼，观景赋诗。思绪悠悠，“开天几人在？”诗中列举屈原、张良、韩信等历史名人的遭遇，慨叹“丈夫或失志，十步九太行。古人且如此，今人益堪伤”，还是追随“酒中仙”李白，也去喝酒吧！

溧阳[1]三月杨花飞，舲窗雪落一尺围。山明水媚吟兴剧，高楼独倚惊驰晖[2]。驰晖一往不相待，叹息开天几人在？昭阳[3]谣诼妒蛾眉[4]，终遣累臣[5]走江海。羯胡鼙鼓动咸秦[6]，两河飒飒吹烟尘。张良未逢下邳叟[7]，韩信见鄙新昌人[8]。当时掣铃入官府，夜光骤握惊田父[9]。主人流目看飞鸿，坐客摧肝唱猛虎。却来此际一延眺，江介壶浆感漂女[10]。共羡金陵汗漫[11]游，谁怜青海婆娑[12]舞？丈夫或失志，十步九太行。古人且如此，今人益堪伤。青绫赤管华省[13]郎，葛屦寒凉同履霜。鹤病[14]何心唳蓬岛，凤饥[15]尚欲凌崑冈。瑶笺不来延伫久，旁人劝持一尊酒。地瀵天膏[16]到处

多，瓮头缸面寻常有。仙会胥门[17]早放槎，油囊五斗[18]送流霞。云端太白亦应去，脱剑醉宿专诸[19]家。

注释

[1]溧阳：即今溧阳市，在江苏省，为常州市管辖的县级市。 [2]驰晖：亦作驰辉，飞驰的日光。 [3]昭阳：本是汉代的宫殿名，汉成帝时赵飞燕居住地。后来，常指皇后之宫。唐白居易《长恨歌》："昭阳殿里恩爱绝，蓬莱宫中日月长。"这里疑指代权势者。 [4]谣诼妒蛾眉：典出战国楚屈原《离骚》："众女嫉余之蛾眉兮，谣诼谓余以善淫。" [5]累臣：原指被囚之臣，这里疑指屈原。 [6]羯（jié）胡鼙（pí）鼓动咸秦：疑指唐朝安史之乱。唐杜甫《咏怀古迹》："羯胡事主终无赖，词客哀时且未还。"羯，为古族名，源于小月支，曾附属于匈奴。魏晋时期，散居于上党郡一带（今属山西），与汉人杂处，从事农业生产，又被称为羯胡。鼙鼓，古代的军用小鼓。 [7]张良未逢下邳（pī）叟：指张良未得机遇时。典出《史记·留侯世家》：张良在下邳圯上为老叟拾履，后得老叟传授兵书，"读此书则为王者师矣"！张良后来果然成为汉朝著名的军事家、政治家，被汉高祖刘邦封为留侯。 [8]韩信见鄙新昌人：指韩信被辱一事。《史记·淮阴侯列传》记载，西汉大将军韩信年少时不得志，曾寄食于新昌亭长家，被亭长妻子鄙视，不予早餐，韩信怒去。 [9]夜光骤握惊田父：指田父得玉的故事。典出《尹文子·大道上》："魏田父有耕于野者，得宝玉径尺，弗知其玉也。……犹录以归，置于庑下。其夜玉明，光照一室。田父称家大怖。" [10]江介壶浆感漂女：传说伍子胥被楚军追杀，在逃难时曾受惠于浣纱女，在江边乞得一饭。过了十年，伍子胥重到江边寻觅，得知浣纱女已沉江，遂将千金投入

水中，以表感恩。［11］汗漫：不着边际，随意，广泛。［12］婆娑：本指舞貌，姿态优美，引申为散乱、蓬松、衰老、劳碌等。这里应是指凌乱之意。［13］华省：高贵显要者的官署。［14］鹤病：指病鹤，借指贫寒才子。唐雍陶《病鹤》："忆得当时病未遭，身为仙驭雪为毛。今来沙上飞无力，羞见樯乌立处高。"［15］凤饥：借指贫寒的才子。清代著名诗人黄仲则，被人称为"病鹤""饥凤"。［16］地瀵（fèn）天膏：借指美酒多如泉涌。瀵，由地底喷出的泉水；膏，甘露。［17］胥门：城门名。即今江苏苏州城西门。［18］油囊五斗：油囊装有神仙赐的五斗美酒。典出《太平广记·神仙七·王远》："与千钱与余杭姥，乞酤酒。须臾信还，得一油囊酒，五斗许。"［19］专诸：春秋时期吴国人。吴公子光（阖闾）欲谋杀吴王僚而自立，伍子胥向吴公子光推荐专诸。当吴公子光具酒请僚时，专诸将匕首藏在鱼腹中，乘进献之机刺死吴王僚，专诸亦当场被杀。吴公子光遂自立为王。

延伸阅读

唐杜甫《饮中八仙歌》："李白一斗诗百篇，长安市上酒家眠。天子呼来不上船，自称臣是酒中仙。"

闻笛

题解

在扬州时，李黼平到双梧书室任教，勉强糊口。教书虽非诗人平生所愿，但在困境中，有“华馆幸依投”（《扬州田若谷明府钧馆予双梧书室》），亦可暂渡难关。

这首诗的首联写凄清之境，颔联书繁华之景。对比衬托，由闻笛而起思乡怀归之情，真切自然。

高馆[1]夜凉生，天风笛数声。
烟花三面水，灯火两层城[2]。
客有怀归者，闻之无限情。
王门书未上，何处曳裾行[3]？

注释

［1］高馆：这里指双梧书室教馆。　［2］两层城：这里指内城和外城。　［3］曳裾行：指曳裾王门，在王侯之家当食客。曳裾，长裙拖地。唐李白《行路难》：“弹剑作歌奏苦声，曳裾王门不称情。”

中秋次升甫韵示二儿

题解

二儿，指李鼒平之子李衍棣、李衍榛。中秋之夜，家人同赏明月，赋诗抒情。诗人依照胞弟李鼒章的诗韵，写下这首诗，勉励两个儿子年少立志，珍惜光阴，刻苦攻读，学业有成，如周行、终军那样，能早为国家作贡献。

“夜夜对清景，诵书吾卧闻。”期望之切，如现眼前，如闻其声。

八月十五夜，盏洗朱提银[1]。把酒问明月，何时吐行云？团栾大圆镜，照我一座欣。令弟偕两儿，清词韵匏埙[2]。有如杜陵叟[3]，喜侄能缀文[4]。文章经国事[5]，立志当追群[6]。侍中羡辟疆[7]，对策夸终军[8]。汝今年几何，无负阴一分[9]。夜夜对清景，诵书吾卧闻。

注释

[1] 朱提银：云南昭通朱提山出产的银。因质量好，朱提遂成为银的代称。 [2] 匏埙（páo xūn）：古代吹奏乐器。汉应劭《风俗通议·声音》：“音者，土曰埙，匏曰笙。” [3] 杜陵叟：这里是指杜甫。杜甫祖籍杜陵，他常自称杜陵野老、杜陵野客、杜陵布衣。

其有“从侄勤落第归，作此以别之”的诗作《醉歌行》：“陆机二十作文赋，汝更小年能缀文。总角草书又神速，世上儿子徒纷纷。骅骝作驹已汗血，鸷鸟举翮连青云。词源倒流三峡水，笔阵独扫千人军。只今年才十六七，射策君门期第一。旧穿杨叶真自知，暂蹶霜蹄未为失。” [4]缀文：指作文，写作。 [5]文章经国事：文章是关系到治理国家的大事。典出曹丕的《典论·论文》：“盖文章，经国之大业，不朽之盛事。年寿有时而尽，荣乐止乎其身，二者必至之常期，未若文章之无穷。” [6]迨群：从词义看，这里应该是逸群。可能是笔误，误“逸”为“迨”。 [7]侍中羡辟疆：这里的意思是，当君主的侍从官，要敢于直言，更要知识渊博。要像周朝时期的周行那样，知道辟疆这名号不能乱用。典出汉贾谊《新书·审微》：“昔者卫侯朝于周，周行人问其名，曰：‘卫侯辟疆。’周行人还之，曰：‘启疆、辟疆，天子之号也。诸侯弗得用。’”他的话使卫侯改用他名。 [8]对策夸终军：应对君王的策问，要像汉朝的终军那样，深受夸奖。终军是汉武帝时期年轻的政治家、外交家。十八岁即被封博士弟子，应对出众。他胆识过人，为国请缨，曾北出匈奴，南使越南。 [9]无负阴一分：爱惜光阴之意。

延伸阅读

宋谢枋得《示儿》：“门户兴衰不自由，乐天知命我无忧。大儿安得孔文举，生子何如孙仲谋。天上麒麟元有数，人间豚犬不须愁。养男不教父之过，莫视诗书如寇仇。”

渔翁

题解

吴江，是著名的江南水乡，不少人以打鱼为生。诗人对渔翁的生活进行了生动、形象的描写，赞美之余，也流露出向往之情。此诗可与辛弃疾的《清平乐·村居》比美。

渔翁生长吴江[1]曲，老大偏谙[2]渔具录。
左堆扠罩[3]右纶竿，手洗雕菰[4]饭炊玉。
蘋[5]洲风信[6]送鱼来，同伴催船及早开。
中男小男荡两桨，大男前头学张网。
忽听空江跋刺声，文鳐朱鳖翻波上。
卖鱼沽酒闲趁墟，醉乘凉月宿芙蕖。
不知何事唱歌去，莫是江头渡伍胥[7]。

注释

[1] 吴江：今为江苏苏州下属的吴江区，河湖水系发达，河道纵横交错，湖泊星罗棋布。 [2] 谙：精通。 [3] 扠罩：捕鱼工具。扠，通叉，用于刺鱼鳖；罩，捕鱼笼。 [4] 雕菰（gū）：又名雕胡，其颖果狭圆柱形，称“菰米”，菰米可煮食。 [5] 蘋：水草。叶柄长，顶端

集生四片小叶，呈田字形，故又称“田字草”。夏秋开小白花。［6］风信：随着季节的变化，应时吹来的风，带来信息。唐张继《江上送客游庐山》：“晚来风信好，并发上江船。”［7］莫是江头渡伍胥：难道是要到江边送伍胥渡河吗？伍胥即春秋末期吴国的大夫伍子胥，名员。《史记·伍子胥列传》载，楚王杀害了伍子胥的父兄，又追杀伍子胥。伍子胥辗转出逃，经宋、郑、陈等国，出昭关，几不得脱。“追者在后。至江，江上有一渔父乘船，知伍胥之急，乃渡伍胥。伍胥既渡，解其剑曰：‘此剑直百金，以与父。’父曰：‘楚国之法，得伍胥者赐粟五万石，爵执珪，岂徒百金剑邪？’不受。”

送升甫还里（五首选二）

题解

李黼平出狱后，照顾兄长前后长达六年的胞弟李升甫将回家乡。这组诗表达了诗人对弟弟的深情。永存的感激、周到的关切、真诚的叮咛、热切的期望，全都凝聚在一起，洋溢于字里行间。

频岁皆随难，今朝始请归。
已无饘[1]在橐，犹有血沾衣。
城晚孤帆出，江寒一雁飞。
全家生计赖，行道莫迟违。

今日炎洲客[2]，多依士府君。
新年人度岭[3]，采笔气干云。
铜弩[4]谈兵略，锋旗破海氛。
动关桑梓事[5]，慎勿断知闻。

注释

[1] 饘（zhān）：稠粥。稠曰饘，稀曰粥。　[2] 炎洲客：诗人自

指。 ［3］人度岭：指李黼章越过南岭回广东老家。 ［4］铜弩：铜质弩机，比普通弓箭射程更远，战斗力强。弩具有远距离的杀伤力，发射弩的弩机质地至关重要。这里的铜弩泛指武器装备。 ［5］动关桑梓事：涉及家乡的事情。当时英国侵略者对广东虎视眈眈。桑梓，故乡的代称。典出《诗经·小雅·小弁》：“维桑与梓，必恭敬止。”桑、梓是古代住宅旁常栽树木，以遗子孙给蚕食，具器用。

送门人刘湘华北上二首

题解

刘湘华，即刘熊，广东番禺人。李黼平掌教越华书院时的得意门生。后来，李黼平的《南归集》付梓，刘熊为之作序。师生情笃。

在这首诗中，诗人对刘熊在自己患难时的探望深怀感激，魂梦萦绕，永铭于心；对刘熊北上应试，则寄予殷切的期望。结句“五湖萧瑟暂浮家”，透露出诗人出狱、滞留江浙后，回到广东时的复杂心态。

离心重叠岭云围，梦里交亲觉后非。
烟景浓春人握手，风波前度话沾衣[1]。
鲁诗[2]晚为王臧[3]荐，楚些[4]思从宋玉[5]归。
无那[6]临流还惜别，荇青蒲白去帆飞。

衔杯重与说京华，广路三条[7]上计车[8]。
名士南来先对日，春风北胜[9]又看花[10]。
狂留金马[11]歌声在，醉忆银貂舞态斜。
君到若逢相识问，五湖萧瑟暂浮家。

注释

［1］风波前度话沾衣：指李黼平被罢官入狱后，刘熊曾去昭文的狱中探望。［2］鲁诗：特指研究诗经的“鲁诗学派”。创立人为西汉鲁地的申公培，弟子“自远方至”，受业者百余人。其中王臧、孔安国、赵绾最为著名。［3］王臧：兰陵（西汉时属鲁地）人，申公弟子。汉景帝时官拜郎中令，与御史大夫赵绾一起向皇帝推荐老师，景帝“使使束帛加璧，安车驷马迎申公”，其时申公已八十余岁。事见《史记·儒林列传》。［4］楚些：“些”为楚人常用的语气词。后泛指楚人的乐调或楚辞。［5］宋玉：字子渊，楚国著名的辞赋大家，有人说他是屈原的弟子，楚顷襄王大夫。其代表作《九辩》开始了文人悲秋思乡的文学书写。其“悲哉！秋之为气也，萧瑟兮，草木摇落而变衰。憭栗兮若远行，登山临水兮送将归”，为千古流传的名句。［6］无那：无奈。唐王昌龄《从军行七首·其一》：“烽火城西百尺楼，黄昏独上海风秋。更吹羌笛关山月，无那金闺万里愁。”［7］广路三条：指京城繁华景象。典出汉班固《西都赋》：“披三条之广路，立十二之通门。”［8］上计车：公车。原指郡守下属的上计吏所用的公车。秦汉时期，地方官派下属向上呈报政绩，直至朝廷，以供考核，称为上计。参见《汉书·朱买臣传》：“买臣随上计吏为卒，将重车至长安，诣阙上书，书久不报。”［9］北胜：这里指北方的胜地，即京城。［10］看花：唐代，举子参加会试，进士及第后，新进士骑马看花以庆祝。唐孟郊《登科后》：“春风得意马蹄疾，一日看尽长安花。”［11］金马：指京城的金马门。汉武帝时，铸铜马立于鲁班门外，该门遂更名为金马门。东方朔、主父偃等曾在这里待诏，金马门便成为官署的代称。唐李白《古风五十九首·其三十》：“但识金马门，谁知蓬莱山。”

寒山积雪图

题解

这是一首咏画诗。

以“寒山积雪”为题材的画作不少，明代沈周、蓝瑛等著名画家都有精品。李黼平这首诗所吟咏的《寒山积雪图》，可能是沈周的作品。体味诗意，前两句是对画作景物的描写：有山有水，有深深的积雪，有微风茅屋，有偃卧寒林。这两句渲染凄清氛围，给人以强烈感受。后两句道出画作的魅力，引起诗人的创作冲动。

岩壑泓峥[1]积素[2]深，微风茅屋偃寒林。
此中妙不关文字，未要骑驴客更吟[3]。

注释

[1] 泓峥：水深山高。 [2] 积素：积雪。 [3] 未要骑驴客更吟：不必骑驴也要作诗。在中国诗歌里，有“诗思在驴上”（郑綮）之说，如贾岛骑驴赋诗。

延伸阅读

宋陆游《剑门道中遇微雨》：“衣上征尘杂酒痕，远游无处不消魂。此身合是诗人未？细雨骑驴入剑门。”

归思

题解

李黼平出狱后，苦于生计，滞留江苏，先在陈芗谷中丞处任事，后受扬州府田若谷之聘，任教于双梧书室。盼望早日回乡与家人团聚的诗人，直到嘉庆二十五年（1820）秋初，才决定离吴返乡。动身前，诗人却接到妻子谢宜人辞世的消息，顿时天崩地裂，六神无主，在极其悲伤的情况下，写下这首诗。这悲情的哭诉，如见其人，如闻其声。

三载言归今始归，谁知未发涕先挥[1]。
弦超[2]无计留神女，正则[3]何心访伏妃[4]。
满壁秋风残凤锦，一宵寒雨故牛衣[5]。
此生已是长离别，膝下[6]惟依阿母机。

注释

[1] 涕先挥：指启程前，痛悼妻子谢氏。 [2] 弦超：三国时期魏国洛阳的官员，传说他曾与神女相交，后因秘密泄露，神女离去了，弦超极其无奈。 [3] 正则：屈原的家名。在《离骚》开篇，屈原自言："帝高阳之苗裔兮，朕皇考曰伯庸。摄提贞于孟陬兮，惟庚寅吾以降。皇览揆余初度兮，肇锡余以嘉名：名余曰正则兮，字余曰灵均。" [4] 伏

妃：传说是伏羲的女儿，在洛水为神。曹植有《洛神赋》，极颂神女之美。 ［5］牛衣：给牛御寒的编织物，亦称牛被，由麻或草编成，类似蓑衣。人以牛衣御寒，可见家境贫困。典出《汉书·王章传》：“初，章为诸生，学长安，独与妻居。章疾病，无被，卧牛衣中，与妻决，涕泣，其妻呵怒之……后章仕宦历位，及为京兆，欲上封事，妻又止之，曰：人当知足，独不念牛衣中涕泣时耶？” ［6］膝下：指年幼的儿女。年幼的儿女常常依偎在父母的膝前。

延伸阅读

晋潘岳《悼亡诗》：“荏苒冬春谢，寒暑忽流易。之子归穷泉，重壤永幽隔。私怀谁克从？淹留亦何益。黾俛恭朝命，回心反初役。望庐思其人，入室想所历。帏屏无仿佛，翰墨有余迹。流芳未及歇，遗挂犹在壁。怅恍如或存，回遑忡惊惕。如彼翰林鸟，双栖一朝只。如彼游川鱼，比目中路析。春风缘隙来，晨霤承檐滴。寝息何时忘，沈忧日盈积。庶几有时衰，庄缶犹可击。”

富阳

题解

富阳，今浙江富阳。在天目山余脉和仙霞岭余脉之间，富春江穿境而过，山水优美。

诗人南归，途经富阳，盛赞其美若仙境。然而，诗人归心似箭，“倦羽恋故林”“进棹无淹泊”。此诗以富阳之美妙，反衬思归之急切，给人以强烈的印象。

人语趁墟喧，风声送潮落。
夜醉余杭[1]酒，朝吟富春[2]郭[3]。
水木漾[4]明瑟，风烟迥披薄。
列岫[5]张画图，群仙此焉托。
青霄荫旌节[6]，白昼闻鸾鹤。
恭承松子[7]召，遂荷[8]桐君[9]约。
婵媛[10]渺何底？欲往未敢诺。
倦羽恋故林，归云依旧壑。
一采北山薇[11]，进棹无淹泊[12]。

注释

[1] 余杭：属今浙江杭州。 [2] 富春：在秦汉时期，富阳称富

春。东晋时更名为富阳。［3］郭：在城的外围，又加筑的一道城墙，即外城。泛指城市。［4］漾：水摇动，泛，荡。南朝宋谢惠连《泛南湖至石帆诗》："涟漪繁波漾，参差层峰峙。"［5］列岫：连绵起伏的山峰。唐张乔《登慈恩寺塔》："列岫横秦断，长河极塞空。"［6］旌节：本是指古代使者所持的竹节，以牦牛尾为装饰，作为信守的象征。这里指旌旗。［7］松子：赤松子。传说中的神仙，神农时的雨师。另一说是晋代得道成仙的黄初平。［8］荷：这里指承蒙的意思，表示感激、感谢。［9］桐君：上古时期的药师，在隋唐时期已被神仙化。传说他采药求道，止于桐庐东隗的桐树下，人问其名，则指桐树示之，于是被称为桐君。［10］婵媛：姿态美好，亦指美女。屈原《九歌·湘君》："女婵媛兮为余太息。"［11］北山薇：这里用的是伯夷叔齐采薇遁居首阳山的典故。［12］淹泊：滞留，停留。

桐庐

题解

桐庐，浙江桐庐县，今属杭州市管辖。该地风景令人沉醉，范仲淹曾热情颂扬：“潇洒桐庐郡，乌龙山霭中。使君无一事，心共白云空。”“潇洒桐庐郡，家家竹隐泉。令人思杜牧，无处不潺湲。”用人们的向往以证其美。

李黼平则将美妙可人的桐庐山水景物进行具体描绘，一一道来。“触境皆有获，委心相与闲。”如此江山胜景，能让人感觉能触能摸，古人陶醉其中，也就毫不足怪了。结句说只有“古男子”才配在这里生活，更是凸显了桐庐高雅的环境。

桐江[1]何处来，乃自天目山[2]。
紫溪[3]将赤濑[4]，屈曲赴人间。
汇为新安江[5]，风漪[6]清且涟。
游鳞仰瀺灂[7]，修竹俯檀[8]栾[9]。
空中放烟棹，水际求云峦。
触境皆有获，委心相与闲。
沿流牵弱荇，遵渚撷芳兰。
忍以缨上尘，污此寒玉湾。
惟应古男子[10]，终日来垂竿。

注释

［1］桐江：富春江流经桐庐县前后的河段。［2］天目山：地处浙江省西北部，离杭州80多公里。地质古老，植被完整，今为著名的自然保护区。［3］紫溪：在桐庐县内。又称桐溪、天目溪、分水江。［4］濑：水激石间为濑。［5］新安江：源自安徽，流入浙江后，与紫溪汇合，称为富春江。［6］漪：水的微波。［7］游鳞仰瀺（chán）灂（zhuó）：鱼儿忽上忽下，浮沉吸水。晋潘岳《闲居赋》："爰定我居，筑室穿池，长杨映沼，芳枳树檎，游鳞瀺灂，菡萏敷披，竹木蓊蔼，灵果参差。"瀺，水流注入隙空洞声音。灂，小水声。［8］檀：香木。［9］栾：落叶乔木，高可达10米，又称"栾华""灯笼树"。［10］古男子：这里特指东汉时期的高士严光，他曾与汉光武帝刘秀一起游学。刘秀称帝后，严光不去攀龙附凤，而是隐姓埋名，在富春江垂钓。宋范仲淹《严先生祠堂记》："云山苍苍，江水泱泱，先生之风，山高水长。"高度评价了严光不慕权贵的高风亮节。

延伸阅读

宋范仲淹《萧洒桐庐郡十绝·其十》："萧洒桐庐郡，严陵旧钓台。江山如不胜，光武肯教来。"

常山客舍抒怀

题解

常山，常山县，位于浙江西部。

诗人归家的路途不顺，滞留常山客舍。天旱水浅，舟楫难行；亲人生病，常须服药。诗人为了消解愁苦而登楼观景，眼前炉焰漫天，心里向往“清英四时浮”的北极。徘徊不前，该将何往？诗人不能去北极，而是要朝南归家啊。但愿早一点夏去秋来，大雨降临。结句“依杖听林鸠”，抒写甘霖过后，将回到家乡，过上悠然生活的情景，诗人以此宽慰自己，总算找到了一点安慰。

宛[1]彼玉溪水，人言尚挖[2]舟。
常山逆旅客，恶作贾胡[3]留。
蒸炊坐釜甑[4]，出入常苦愁。
弟病儿未痊，药饵不时投。
何以抒菀结[5]，步登城上楼。
雨声断三吴[6]，旱气连五州。（今岁江西、江苏、浙江、福建、广东俱旱。）
洪钧[7]煽炉焰，析木[8]干津流。
元天北极下[9]，清英四时浮。
含冻化骄阳，当暑不可游。

相羊[10]余何之，总辔览炎州[11]。
埃𡏖[12]困远道，江湖生早秋。
大泽[13]会将至，依杖听林鸠。

注释

[1]宛：弯弯曲曲。　[2]拕：拖的本字，牵引之意。　[3]贾胡：本义指经商的胡人，这里泛指居无定所的商人。　[4]蒸炊坐釜甑：形容处境艰难，日子难熬。这里化用宋陆游《苦热》诗句："万瓦鳞鳞若火龙，日车不动汗珠融。无因羽翮氛埃外，坐觉蒸炊釜甑中。"　[5]菀结：郁结。《诗经·小雅·都人士》："彼君子女，谓之尹吉。我不见兮，我心菀结。"　[6]三吴：北魏郦道元《水经注》以吴兴、吴郡、会稽为三吴。　[7]洪钧：指天，老天爷。洪，大也；钧，制作陶器的转轮。天就像大转轮，化育万物，故称天为洪钧。　[8]析木：十二星次之一，这里泛指时日。　[9]元天北极下：神话中的北极玄天上帝降临。元天，即玄天，北方之天，亦泛指天。　[10]相羊：即徜徉，漫游、徘徊之意。《离骚》："折若木以拂日兮，聊逍遥以相羊。"　[11]炎州：泛指南方之地。　[12]𡏖（ài）：尘埃。　[13]泽：雨露、雨水。

滕王阁

题解

滕王阁，位于江西南昌，与黄鹤楼、岳阳楼并称江南三大名楼。其为唐代李渊之子李元婴任洪州都督时所建，因李元婴曾被封滕王，故称滕王阁。

诗人到了这一人文胜地，自然会想起王勃和他写的诗文。王勃的才情和遭遇，其辞章的精警感人，使诗人产生强烈的情感共鸣。

首联以提问起句，表达诗人对王勃的景仰、追慕之情，又以杜甫的诗意作答，突出王勃的深远影响。颔联和颈联借用王勃《滕王阁序》中的千古名句“落霞与孤鹜齐飞，秋水共长天一色”的意象，同地方，同季节，同风物，注入自己与王勃“同寄慨”的情怀。结句吊古伤今，为自己的命途多舛而感伤。

词客[1]今安在？江河万古流。
关山同寄慨，风物又当秋。
水落鱼龙啸，霜寒雁鹜愁。
余生生计杳[2]，所得是归舟。

注释

[1] 词客：指因撰写《滕王阁序》而声名鹊起的王勃。王勃，字子

安，唐绛州龙门（今山西河津）人，六岁善文辞，为“初唐四杰”之首。杜甫在《戏为六绝句》中称赞“四杰”的作品为“不废江河万古流”。王勃在唐上元二年（675）赴交趾省父，途经洪州，在阎都督的宴席上，写下了千古名作《滕王阁序》。［2］杳（yǎo）：昏暗，渺茫。

金花潭

题解

金花潭，在江西丰城市龙头山下。传说南宋建炎三年（1129），隆裕太后为避元兵，仓促登舟南逃。在龙头山附近遇大风，她将头上佩戴的金花投于龙潭，祈保平安。后人遂称该潭为金花潭。

关注风土民情、人文典故的诗人，往往每到一地，辄有吟咏。这首诗写了金花潭的风物传说、金花潭得名的故事，通过丰富的想象，展现了美丽的图景、动人的故事。身在逆旅，信宿不安的诗人，从中深受鼓舞，仿佛已回到家中与亲人团聚，获得了“尘梦当达观”的自我宽慰。

枫林微脱叶，川途初戒寒。
旅程畏濡滞[1]，信宿[2]不遑[3]安。
澄潭写圆镜，苦竹[4]媚崇峦。
瑶华[5]有遗佩，龙驾排云端。
光辉皎在目，岂惮风与湍。
握椒欲谁遗[6]？中夜衣服冠。
下女[7]自修饰，骄矜久难干。
沼鳞望海游，笼翼向霄抟。
曰归及良会，骨肉相追欢。
生平行已矣，尘梦[8]当达观。

注释

［1］濡（rú）滞：停留，迟滞。 ［2］信宿：连宿两夜。《诗经·豳风·九罭》：“鸿飞遵陆，公归不复，于女信宿。” ［3］不遑：未能，不能，来不及，没有时间。 ［4］苦竹：竹的一种。杆矮节长，四月中生笋，味苦。 ［5］瑶华：本义指玉白色的花，亦指美玉、仙花。这里借指将金花投于龙潭的隆裕太后。 ［6］握椒欲谁遗：一手把的椒是那么芬芳，想送给谁呢？典出《诗经·陈风·东门之枌》：“视尔如荍，贻我握椒。”一手把，称为一握。 ［7］下女：相对天女而言，指世间之女。战国楚屈原《离骚》：“及荣华之未落兮，相下女之可诒。” ［8］尘梦：尘世的梦幻。

听秋图

题解

“悲哉！秋之为气也，萧瑟兮，草木摇落而变衰”（宋玉），是一种感觉；“秋色正萧洒”（杜甫），又是另一种感觉。对同一事物，人们受各自的生活经历、不同时期的情绪等许多主观因素的影响，往往有不一样的感受。同是“听秋”，李黼平从图中感受到的是“冥心观物化”“逸兴随领取”，这应与图画中的“幽人”相去不远吧？

湖天烟镜澄，幽人卧衡宇[1]。
露砌松子落，风檽[2]竹孙[3]舞。
万籁[4]成笙竽，元[5]音自太古。
人言秋气悲，触景多危苦。
暮蝉与落叶，万感一时聚。
冥心[6]观物化，微吟学虫语。
凭轩有清商[7]，逸兴随领取。
欲洗闻尘净[8]，空阶飒寒雨。

注释

[1] 衡宇：衡木为门的房子，指简陋的房屋。晋陶渊明《归去来兮

辞》："乃瞻衡宇，载欣载奔。" ［2］棂（líng）：栏杆或旧式窗户上的格子。 ［3］竹孙：竹枝根末端所生的新枝。 ［4］万籁：各种声音。唐杜甫《玉华宫》："万籁真笙竽，秋色正萧洒。" ［5］元：开始、本来、原本。 ［6］冥心：宁静的心境。 ［7］清商：指清商乐。我国古代起源于民间的歌曲，有别于雅乐与胡乐。 ［8］欲洗闻尘净：这里化用许由洗耳的典故，表示厌闻尘世间琐事俗务。晋皇甫谧《高士传·许由》："尧又召为九州长，由不欲闻之，洗耳于颍水滨。时其友巢父牵犊欲饮之，见由洗耳，问其故。对曰：尧欲召我为九州长，恶闻其声，是故洗耳。"

赠江郑堂藩二首

题解

江藩，字郑堂，江苏甘泉（今扬州）人，著作等身的学者，清代扬州学派的代表人物，代表作有《尔雅小笺》《周易述补》《隶经文》《汉学师承记》《宋学渊源记》等。

李黼平非常敬重江藩，把江藩比于汉代的大儒郑玄、伏生。

这两首诗表达诗人对江藩的敬仰之情。前一首记述知名学者江藩虚心问俗，平易近人，侃侃而谈。两人惺惺相惜，是难得的君子之交，故诗人为离别而伤感。后一首颂扬江藩潜心治学，赞叹其著作是应该放进石渠阁的经典。江藩为编撰《广东通志》，不辞辛劳，冒瘴疠，顶风涛，察看风土民情，广搜人物。诗人为自己能经常到客舍向江藩领教而高兴。

杖藜犹记访田生[1]，高馆西风亚字城。
一客座中看绝俗，卅年江左最知名。
饮添香海卮无当[2]，谈落银河树有声。
衰暮别离殊不易，此间重会若[3]为情。

闭门经训[4]替耕畬，大雅[5]端应置石渠[6]。
瘴疠不嫌驱病马，风涛贪看舞神鱼[7]。
广搜人物添新志，私喜帘垂共别庐[8]。

荔子阴中诃子[9]雨，得闲来听诵亡书[10]。

注释

［1］杖藜犹记访田生：可能是指江藩向田生虚心采访问俗之事。江藩晚年，被阮元聘为《广东通志》的纂修官。杖藜，指江藩老人。田生，这里指代在农村的年轻人。［2］卮（zhī）无当：这里指无底的酒器。唐元稹《玉卮无当》："共惜连城宝，翻为无当卮。"卮，酒器。［3］若：这里指汝。［4］经训：对经籍的解说。《后汉书·郑玄传》"王父豫章君（范宁）每考先儒经训，而长于玄，常以为仲尼之门不能过也。"［5］大雅：本是《诗经》的一部分，常用于指代可以传世的经典。这里借指江藩的著作。［6］石渠：石渠阁。在未央宫内，是汉朝皇家图书典藏与编校机构。由汉初丞相萧何主持建造，用于收藏刘邦军进咸阳后收集的秦朝图籍档案。是西汉文化活动的中心，汉宣帝曾在石渠阁召集大儒进行学术讨论，影响深远。［7］舞神鱼：指祥瑞的征兆。《册府元龟》载，群臣上表请唐宪宗加尊号，文称"瑞舞神鱼，祥升鸣凤"。［8］别庐：即别馆。这里指客舍。［9］诃（hē）子：亦称藏青果，使君子科植物，乔木，其果实形如橄榄，可入药，云南、广东均有出产。［10］亡书：指逸佚之书。

延伸阅读

清李黼平《送郑堂旋里》："我看先生留粤久，终日著书不停手。褐中怀玉结里珠，谦让未尝夸所有。勿言鼎瓠易迷目，学海有人尊郑伏。正应吾党十数公，奴供白饭驯供蓿。朝来短衣忽言旋，掉头不计囊无钱。强将溪石压箱笼，免使河伯窥船舷。……"

荔枝词（十首选二）

题解

古往今来，吟咏荔枝的诗词不胜枚举。如杜牧的“一骑红尘妃子笑，无人知是荔枝来”、苏轼的“日啖荔支三百颗，不辞长作岭南人”，都是家喻户晓、耳熟能详的佳作。李黼平的《荔枝词》则着重从风土民情的角度落笔。

前一首介绍增城挂绿乃荔枝中的上品；后一首赞颂荔枝的“佳实”给平民百姓的生计带来好处。明白晓畅，通俗易懂。

万紫千红态各殊，园林初夏绛云铺。
锦帆载上三江口[1]，风韵天然见绿珠。

（广州荔支，以增城挂绿[2]为上。）

海乡诃子[3]间频婆[4]，连理[5]人家活计多。
不及姚黄[6]真富贵，生来花样奈渠何？

（欧阳公[7]有“牡丹有名花而无佳实，荔支有佳实而无名花”之叹。）

注释

［1］三江口：西江、北江、东江三条河流汇合处，指广州。　［2］增城挂绿：广州特产的著名荔枝品种，以果身中间有一道绿痕而得名。清

初的屈大均在《广东新语》中称赞挂绿："爽脆如梨，浆液不见，去壳怀之，三日不变。"清代为宫廷贡品，乾隆、嘉庆年间，更是声名远播。现仍存活于增城挂绿园中的老树，有400多年的树龄。 ［3］诃子：亦称藏青果。属使君子科，乔木。果形如橄榄，可入药。云南、广东均有出产。 ［4］频婆：即凤眼果。属梧桐科，果可生食，果壳可入药。 ［5］连理：异根草木，枝干连生。 ［6］姚黄：名贵牡丹花的代称。典出宋欧阳修《绿竹堂独饮》："姚黄魏紫开次第，不觉成恨俱零凋"，将宋朝姚姓人家培育的千叶黄花，与五代时魏仁溥家培育的千叶肉红花，并称为"姚黄魏紫"，后来便成为牡丹花佳品的通称。宋范成大《再赋简养正》："一年春色摧残尽，更觅姚黄魏紫看。" ［7］欧阳公：指欧阳修，其论荔枝出处待查。

延伸阅读

清屈大均《沁园春·荔枝》："夏至初丹，喜有蝉催，向遍桂州。正丁香大小，争衔红翠，明珠的皪，半擘浮丘。膏滑难濡，绡轻尚汗，一一先教双掌留。妃唇啮，笑玉浆四注，甘入心流。 擎来蚤已蠲愁，更挂绿离离堆满篝。爱肉芝成水，无劳草汁，露华可醉，不用花篘。留齿何曾，含消绝似，解渴须从焦核求。醉还好，自清明过后，餐到深秋。"

家根五石圃读书图

题解

家根五，即诗人的本家李根五，讳中培，根五为号。嘉应州人，李黼平的同宗，其画作《石圃读书图》全称为《阴那石园读书图》。

石圃：即粲花馆，又称石园，在嘉应州（今梅州市）阴那山。清初李焜所建，为李氏家族的私塾，培育出许多人才，如李焜的后裔李闳中、李阆中等。

据刘奕宏先生称，该图上有李黼平等人的题诗。

这首题画诗前四句，用“觌面”的相亲、“今不见”的惆怅、“缅风流”的深情，道出诗人和画家之间的亲密关系，他们不仅是宗亲，更是知交。“往迹”既指粲花馆读书情景，也指李根五风流倜傥的文人行状。后四句则以画里的粲花馆为线，由彼及己，勾起诗人客居广州的乡愁，又以“禺山桂树”可消愁，反衬粲花馆之令人难忘。全诗亲切自然，结构紧密。

觌[1]面三泷水[2]，吹衣一叶舟[3]。
吾宗今不见，往迹缅风流。
有子穗城客[4]，离心花馆秋。
（石圃又名粲花馆。）
禺山[5]桂之树，采采足销忧。

注释

［1］觌（dí）：相见的书面语。 ［2］三泷水：武江的古称，又称武溪、武水、西河等，在韶关与浈江汇合为北江。 ［3］吹衣一叶舟：这里暗用典故。宋范仲淹《江上渔者》：“江上往来人，但爱鲈鱼美。君看一叶舟，出没风波里。” ［4］有子穗城客：有子，李黼平自指，时客居广州。 ［5］禺山：在今广州市区内。

与蓉查别十五载矣，辛巳九日，会于羊城，述怀赋赠

题解

蓉查，李蓉查，广东嘉应州（今梅州市）人。

嘉庆十一年（1806），李黼平曾在越华书院任教，时李蓉查与之别离。十五年后，即道光元年（1821），李黼平应阮元之聘在学海堂课艺。九月九日，两人再次相会于羊城广州，诗人感慨万千，赋诗赠李蓉查。

起句写实。第三、四句“零雨十年如一昔，秋风两鬓共重阳”最为精警，工整的对句，把岁月无情人有情的意蕴表达得淋漓尽致。第五、六句明写景物，暗喻命运。结句借六祖慧能的故事，宽慰对方。

越华楼[1]下记分张[2]，南北怀人道阻[3]长。
零雨[4]十年如一昔，秋风两鬓共重阳。
天高俊鹘摩空起，日暮寒鸦绕树翔。
暂借诃林[5]小招隐[6]，扫除文字卧春房。

注释

[1] 越华楼：疑指广州的越华书院。它建于乾隆二十二年（1757），位近当时布政司后街（今广州市越华路），有大堂、讲堂、厅室、书楼

及先贤祠。 ［2］分张：这里指离别。 ［3］阻：路难走，艰险。汉蔡琰《悲愤诗》："长驱西入关，迥路险且阻。还顾邈冥冥，肝胆为烂腐。" ［4］零雨：原指零零落落之雨、断断续续之雨，这里暗喻二人分散，犹如零雨。 ［5］诃林：指广州诃林寺。六祖慧能曾在此从事舂米等杂务劳作。 ［6］招隐：招人归隐。唐骆宾王《同辛簿简仰酬思玄上人林泉四首·其一》："闻君招隐地，仿佛武陵春。"

灯词（八首选四）

题解

灯词，原指用于彩灯上供人欣赏品味的诗词。元宵节张灯结彩时，往往少不了灯词，灯词逐渐成为文人墨客喜欢的一种诗歌形式。宋姜夔《灯词》："灯已阑珊月色寒，舞儿往往夜深还。只因不尽婆娑意，更向街心弄影看。"

诗人以通俗易懂的语言，描绘了广州元宵节的繁华热闹的景象。

今年春较去年多，百廿风光[1]尽踏歌。
才入上元[2]花尚早，灯王[3]教放曼陀罗[4]。

箫鼓喧阗闹海乡，六街[5]游戏各逢场。
若非蜑户输明月[6]，定是鲛人卖夜光[7]。

谁家小女爱光辉，相约通宵不许归。
才祀紫姑[8]应有喜，出门真见凤凰飞。

鱼藻门[9]前倚采舟，河南[10]烟火混星毬。
云端合有仙人驻，不看凉州[11]看广州。

注释

［1］百廿风光：春季三个月为九十天，这里说一百二十天风光，表明该年春季有闰月。［2］上元：农历正月十五为上元节。正月十五夜，称上元夜，又称元宵。［3］灯王：佛的名号。《维摩经》："东方度三十六度恒沙国，有世界名须弥相，其佛号须弥灯王。"［4］曼陀罗：花名，梵语的音译，意译是悦意之花，又称洋金花、大喇叭花、小白团花等。［5］六街：原指唐代长安城中的六条大街，后来泛指都城闹市。［6］蜑户输明月：疍民出售的珍珠像明月一样耀眼。蜑户，指南方以船为家的水上居民，亦称疍户、疍民。输，这里引申为出售。［7］鲛人卖夜光：海底之人在卖夜光珠。鲛人，神话传说中居住在海底的人鱼。［8］紫姑：传说中的紫姑，是厕神，俗称坑三姑娘，亦称篮饭姑、菜篮姑、菜篮神。传说唐朝刺史李景的小妾何媚，被李妻嫉恨，元宵夜含恨死于厕中，后被天帝封为厕神。古时民间盛行请紫姑占卜，以求问吉凶祸福的活动。［9］鱼藻门：南汉时广州"新南城"南面有门，称为鱼藻门。为今大南路、文明路一线。［10］河南：这里指珠江南岸，广州人俗称河南。［11］凉州：古称雍州，是位于西北边陲的州府，今属甘肃武威。

延伸阅读

清王士祯《广州竹枝词·其一》："潮来濠畔接江波，鱼藻门边净绮罗。两岸画栏红照水，蜑船争唱木鱼歌。"

放生行贻门人阮受卿祜

题解

阮受卿，阮元之子，字祜。李黼平被阮元聘为家庭教师时，阮祜等受教。后来，阮祜中道光二十三年（1843）癸卯科举人，官刑部郎中、四川潼州知府。

诗人从自己出身穷苦，平日里饮食不讲究说起，提及如今老了，颇想尝尝江鲜的滋味。心想何时能乘轻舟，泛襄汉，吃吃那美味可口的查头鳊呢？可是，又好像听到枯鱼在哭泣，希望求得升斗之水以活命。这时，阮祜正好来找诗人，要将水族放生，让它们回归水中，跟随龙王，免遭渔人捕获。春浪桃花雨，欢愉庆重生，这是何等的美好！阮祜这样富有爱心，就如同春秋时期的里革，必定是廊庙之器，会为国家和百姓作出贡献。

师生间的交流，如此坦诚友善，娓娓道来，倍感亲切。

我生藜藿[1]常随缘，老来颇复思江鲜。
安得轻舟泝襄汉[2]，金错[3]试脍查头鳊[4]。
枯鱼闻道过河泣[5]，宛转泥沙濡沫湿[6]。
近水号呼孰肯听，丐人升斗[7]何嗟及。
门下朝来议鳝蟹，不如放入扶胥海[8]。
教随龙伯作常从，免使渔人歌欸乃[9]。
春浪桃花红雨肥，泼刺看逐雷公飞。
如君水族解怜惜，他日庙堂藏里革[10]。

注释

［1］藜藿：穷人用于充饥的野菜。藜，草的一种，又名莱，初生可食用。藿，豆叶，嫩时可食用。 ［2］襄汉：指长江流域的襄水和汉水。 ［3］金错：指金错刀，以黄金镀过其刀环或刀柄的佩刀。汉张衡《四愁诗》：“美人赠我金错刀，何以报之英琼瑶。” ［4］查头鳊：即鳊鱼。美味可口，以汉水出产者最为著名。 ［5］枯鱼闻道过河泣：枯鱼，即干鱼，多喻处境困窘者。汉无名氏有《枯鱼过河泣》：“枯鱼过河泣，何时悔复及！作书与鲂鱮，相教慎出入。” ［6］濡沫湿：指鱼相呴相濡，以保持湿润。典出《庄子·大宗师》：“泉涸，鱼相与处于陆，相呴以湿，相濡以沫。” ［7］丐人升斗：典出《庄子·外物》：“吾得斗升之水然活耳，君乃言此，曾不如早索我于枯鱼之肆。” ［8］扶胥海：泛指南海。参见唐韩愈《南海神庙碑》：“因其故庙，易而新之，在今广州治之东南，海道八十里，扶胥之口，黄水之湾”，特指珠江出口处扶胥镇一带的海面。 ［9］欸（ǎi）乃：棹歌，划船时悠扬的歌唱声。 ［10］里革：春秋时期鲁国名人。《国语·鲁语》载，鲁宣公不顾时令，在夏天下网捕鱼，里革当即割破渔网。鲁宣公说：“吾过而里革匡我，不亦善乎！”

曾勉士秀才钊贻宋高宗孝经石刻

题解

曾勉士，即曾钊，南海人。两广总督阮元开学海堂，曾勉士被举为学长。著有《二十一部古韵》等。

宋高宗曾多次书写《孝经》，颁赐臣下，后又颁赐各地州学，以宣扬孝道，加强统治。于是，各地州学纷纷石刻御书《孝经》。清朱彝尊《曝书亭集》中，就有“宋高宗御书石经，绍兴十三年，知临安府张徵摹石”的记载。

曾钊赠予诗人的拓本来自广州学宫的石碑，诗人得到拓本后，就宋高宗的孝经石刻发表议论，颂扬孝道，为自己未能在寒食节去父母坟前祭祀而内疚，感情深挚。

宋孝经石世已稀，广州学左碑高巍。曾君考证初向拓[1]，隶稿[2]剥落千珠玑。建炎[3]几暇游翰墨，妙处直入钟王[4]扉。五经立罢复书此，要令孝治光同圻[5]。鸲之鹆[6]之谣出辱，尘沙北狩[7]蒙青衣[8]。诸将洸洸[9]复疆土，一人恻恻思庭闱[10]。金缯岁遣祈请使[11]，为亲而屈涕暗挥。枕戈尝胆或一道，重瞳弃蹝[12]宁当讥。冰天恸哭弓剑堕，两宫安车终见归[13]。小儒读史眼如豆，出口便议和戎非。闲窗盥诵到终卷，我为人子增嗟欷。二亲宅兆[14]虽已卜，春秋祭祀一再违。海山又逢寒食节[15]，细雨泼火烟霏微。摩挲古碣足凄断，只鸡上冢神魂飞。

注释

[1] 拓（tà）：把石碑或器物上的文字图画印在纸上。 [2] 隶稿：指察看拓本。隶，这里指察看、审阅。《史记·酷吏列传》：“岁余，关东吏隶郡国出入关者，号曰：‘宁见乳虎，无直宁成之怒。’” [3] 建炎：宋高宗年号。 [4] 钟王：钟繇、王羲之的并称。钟繇（151—230），字元常，东汉末至三国曹魏时期政治家，更是著名的书法家，被称为“楷书鼻祖”。王羲之（303—361），中国古代著名的书法家，有“书圣”之称，其代表作《兰亭集序》被誉为“天下第一行书”。 [5] 圻（qí）：畿，皇城周围千里之地。 [6] 鸲鹆（qú yù）：俗称八哥。 [7] 尘沙北狩：指北宋靖康二年，金兵南下，宋徽宗、宋钦宗父子被俘虏至北方的金国。 [8] 蒙青衣：指宋徽宗、宋钦宗被金人囚禁。青衣，本为古代帝王、后妃的礼服，汉代以后为卑贱者所穿，亦将奴婢称为青衣。汉蔡邕《青衣赋》：“宜作夫人，为众女师。伊何尔命，在此贱微。” [9] 洸洸（guāng guāng）：勇敢威武。《诗经·大雅·江汉》：“江汉汤汤，武夫洸洸。” [10] 庭闱：父母亲的居所，常用于借指父母。 [11] 金缯岁遣祈请使：指宋高宗对金人屈辱求和，派遣祈请使每年交纳贡银二十五万两、绢二十五万匹。 [12] 重瞳弃蹝：舜帝把天下看作一件器物，该放弃时就放弃，如同用过的草鞋一样。典出《孟子·尽心上》：“舜视弃天下，犹弃敝屣也。”传说舜帝是重瞳子。蹝（xǐ），草鞋。 [13] 两宫安车终见归：指宋金和议后，宋徽宗的棺椁及韦贤妃（宋高宗生母）在南宋绍兴十二年，由漠北归宋。古代的车为立乘，安车则是可以坐乘的马拉车。 [14] 兆（zhào）：葬地。 [15] 寒食节：在清明节前一天（或两天），传统节日。古代本来有禁火习俗。传说春秋

时期晋国介之推辅佐流亡在外的重耳（晋文公）回到了国内，晋文公欲以高官厚禄作为报答，介之推却隐于山中。晋文公放火烧山，想逼介子推出山，介之推抱树而死。晋文公敬佩介之推的忠诚和高洁，为他修祠立庙，还下令在介之推忌日禁止生火煮食，只吃冷食。后来，寒食禁火便成为习俗，人们在寒食节吃冷食，祭祀。

石华邀同江铁君明经沅曾勉士荔枝湾避暑（四首选一）

题解

石华，吴兰修，字石华，嘉应州人。嘉庆十三年（1808）举人，官信宜训导。著名学者、诗人、藏书家，著有《荔村吟稿》《桐花阁词》《南汉纪》等。

江铁君，江沅，字子兰，号铁君，江苏元和人。著有《说文释例》《诗录》《染香庵文集》《词钞》等。

明经，明清时期贡生的别称。

荔枝湾，风景名胜，今属广州荔湾区。

酷暑时节，友朋相邀，到荔湾乘凉，诚为人生乐事。诗人以欢快的语言，生动记述当时的情景，酒足饭饱，无忧无虑，何其逍遥！

头风渐成热，肺病久宜凉。
脱身离尘垢，濯足思沧浪。
胜侣备三箧，佳人期一方。（谢里甫庶常别舟同往。）
船放水晶域，簟铺天玉床。
冷饭淘槐叶[1]，清尊酌柘浆[2]。
筵罢属舟子，任达亡何乡[3]。

注释

[1] 冷饭淘槐叶：化用唐杜甫诗《槐叶冷淘》："青青高槐叶，采掇付中厨。新面来近市，汁滓宛相俱。入鼎资过熟，加餐愁欲无。碧鲜俱照箸，香饭兼苞芦。经齿冷于雪，劝人投此珠。" [2] 柘（zhè）浆：甘蔗汁。《汉书·郊祀歌》："百末旨酒布兰生，泰尊柘浆析朝酲。" [3] 亡何乡：无何乡，无何有之乡，什么也不过问的地方。典出《庄子·内篇·逍遥游》："今子有大树，患其无用，何不树之于无何有之乡，广莫之野，彷徨乎无为其侧，逍遥乎寝卧其下。不夭斤斧，物无害者，无所可用，安所困苦哉！"唐李端《杂歌呈郑锡司空文明》："昨宵梦到亡何乡，忽见一人山之阳。高冠长剑立石堂，鬓眉飒爽瞳子方。胡麻作饭琼作浆，素书一帙在柏床。"

怨歌行

题解

怨歌行，乐府楚调曲名。传说为春秋时期楚国的卞和献玉遭刑而作。后世拟作甚多，三国魏曹植的《怨歌行》以悲催著名。

李黼平的这首诗，应与曹植的《怨歌行》对照阅读。可以说，二者同出一辙，都是悲叹正直忠诚的君子遭谗言，被诬陷。黑白颠倒，是非混淆，天理何在？荀子的遭遇、周公的处境，引发诗人强烈的共鸣。两诗结句也颇相近，只不过曹植的暂求快乐，透露出内心的悲凉；而李黼平的心愿，则是欢乐无尽。

煌煌八桂林[1]，孔翠[2]共翔栖。
有何山鹎鵊[3]，巧舌尽情啼。
稷下[4]论学士，荀卿[5]最老师。
一被齐人谗，再遭楚客讥。
飘然拂衣去，珪组[6]焉能縻。
瓦砾混隋和[7]，菅蒯[8]误絺丝[9]。
闾娵[10]弃旷野，嫫母[11]充房帏。
自古良已然，去去中心摧。
诒[12]书指天帝，肝胆披向谁？
水流不顾返，云散何时归。

我欲竟此曲，曲竟断人肠[13]。
心坚贯金石，道合无参商[14]。
愿为鹈鹕[15]鸟，敛翮上君堂。
三万六千日，和鸣欢未央[16]。

注释

［1］八桂林：八棵桂树形成一片林子，形容桂树极大。源自《山海经·海内南经》："桂林八树，在番隅东。" ［2］孔翠：指孔雀和翠鸟。晋左思《三都赋》："孔翠群翔，犀象竞驰。" ［3］鹎鵊（bēi jiá）：俗称催明鸟，春分始见，凌晨先鸡而啼。宋欧阳修《鹎鵊词》："红纱蜡烛愁夜短，绿窗鹎鵊催天明。" ［4］稷下：春秋战国时期齐国都城临淄的稷门。齐国在此设立稷下学宫，招揽人才。据说，其兴盛时汇集天下贤士多达千人。切磋学问，百家争鸣，是声名远播的学术中心。 ［5］荀卿：荀子（约前313—前238），战国末期著名的思想家。齐襄王时"最为老师"，在稷下学官被公推为德高望重的祭酒。因被谗言中伤，离齐适楚。春申君任他为兰陵令，但又因谗言而离任。 ［6］珪组：古代官员的标识。珪，同圭，上尖下方的玉制礼器，古代帝王、诸侯的信物。组，丝带，古代佩印用组，后引申为官印或当官。 ［7］隋和：指隋侯珠与和氏璧，都是极为珍贵的宝贝。 ［8］菅蒯（jiān kuǎi）：本指可以用来编绳的茅草这类植物，喻指微贱之物。《左传·成公九年》："虽有丝麻，无弃菅蒯；虽有姬姜，无弃蕉萃。" ［9］绨（chī）丝：高级布料。绨，细葛布。 ［10］间娵（jū）：又称间姝，古代美女。 ［11］嫫母：丑女，常与美女西施相对。唐白居易《杏园中枣树》："枣亦在期间，如嫫对西子。" ［12］诒：送给。 ［13］我欲竟此曲，曲竟断人肠：

这里的感叹，化用三国魏曹植《怨歌行》："吾欲竟此曲，此曲悲且长。" [14] 无参商：无间隔，无距离。参、商，本是星名，参星在西，商星在东，此出彼没，双方隔绝。唐杜甫《赠卫八处士》："人生不相见，动如参与商。" [15] 鹣鹣（jiān）：鹣，传说中的比翼鸟，雌雄并翼飞翔。古人常以鹣比喻夫妻恩爱、朋友情笃。清龚自珍在《己亥杂诗》中，也用"如鹣"表达对同年吴虹生的深情："事事相同古所难，如鹣如鲽在长安。从今两戒河山外，各逮而孙盟不寒。" [16] 未央：未尽，未已。

延伸阅读

三国魏曹植《怨歌行》："为君既不易，为臣良独难。忠信事不显，乃有见疑患。周公佐成王，金滕功不刊。推心辅王室，二叔反流言。待罪居东国，泣涕常流连。皇灵大动变，震雷风且寒。拔树偃秋稼，天威不可干。素服开金滕，感悟求其端。公旦事既显，成王乃哀叹。吾欲竟此曲，此曲悲且长。今日乐相乐，别后莫相忘。"

初春，张馨泉孝廉杓、段纫秋秀才佩蘭招同里甫郑堂、铁君、黄习园、方牧之、萧梅生、陈仲卿、郑萱坪集云泉山馆

题解

云泉山馆，位于广州北郊白云山麓，今称云泉仙馆。

参与此次聚会的人中，张馨泉、段纫秋、黄习园、方牧之、萧梅生、陈仲卿、郑萱坪的生平皆不详。被称为同里甫的郑堂，即生于甘泉（今江苏扬州）的名士江藩。铁君，指江沅。同里甫，指同乡长者，由此推知聚会的主人张、段应该是江浙人。

这首诗描写了聚会地点云泉山馆的优雅环境。其风景美不胜收，令人目不暇接。文人雅士，济济一堂，贤主嘉宾，其乐融融。

北山[1]高以长，佳处未易择。
不闻开士[2]住，似待幽人辟。
天然林麓间，架构依岩石。
良朋陶[3]嘉月，广榭驻轻策[4]。
烟林锦镜张，风壑球镛[5]击。
形胜竞相赴，耳目初不役[6]。
主人妩[7]高尚，偶此寄行迹。
晨兴泉可觞，夜宿云共宅。
蒲花开紫茸，美人定来摘。

注释

［1］北山：指广州北郊的白云山。［2］开士：菩萨的别称。菩萨能自开觉悟，又可开启他人，故称开士。后来，常用作对僧侣、道士的敬称。唐李白《登巴陵开元寺西阁赠衡岳僧方外》："衡岳有开士，五峰秀贞骨。"［3］陶：这里指快乐、陶醉。南朝谢灵运《酬从弟惠连·其四》："傥若果归言，共陶暮春时。"［4］策：多义词。这里指拄杖。晋陶渊明《归去来兮辞》："策扶老以流憩，时矫首而遐观。"［5］镛：大钟。［6］不役：不够驱使。［7］媅（dān）：乐也。

蒲涧同用东坡韵

题解

蒲涧，在今广州市白云山。

东坡韵，指苏轼的诗韵。宋苏轼的《广州蒲涧寺》用“先”韵：前、泉、天、禅、仙。

此诗吟咏云山胜景，歌颂先贤业绩，从中可窥见李黼平对苏轼的景仰。

但觉山光落眼前，不知何处觅飞泉？
青林杳杳云如海，白日霏霏雨满天。
潨[1]壑有声妨入定，解池[2]无垢可安禅。
凭谁导水通军府[3]，好事今无玉局仙[4]。

注释

[1]潨（cóng）：小水流入大水，其声淙淙。　[2]解池：盐池名，在山西运城。这里借指蒲涧。　[3]导水通军府：军府，本指将帅的府署，这里指广州府官衙。北宋绍圣年间，苏轼向广州太守王敏仲建议，用竹筒引蒲涧水入广州城，为广州百姓造福。　[4]玉局仙：指苏轼。苏轼曾任玉局观提举。

延伸阅读

宋苏轼《广州蒲涧寺》：“不用山僧导我前，自寻云外出山泉。千章古木临无地，百尺飞涛泻漏天。昔日菖蒲方士宅，后来薝卜祖师禅。而今只有花含笑，笑道秦皇欲学仙。”

南园诗社行

题解

南园诗社，元末明初，以孙蕡、王佐为首的广东诗人，在广州南园（抗风轩）组织的诗社。孙、王和黄哲、李德、赵介诗歌唱和，成绩斐然，被称为“南园五子”，亦称“南园五先生”。到了明嘉靖年间，又有欧大任、梁有誉、黎民表、吴旦、李时行等五人，仍在南园聚会作诗，世称“南园后五子”。明末，陈文忠在抗风轩，集黎忠愍、彭文学等名流十二人，再组南园诗社。

李黼平的这首诗，从岭南元末诗坛荒凉落笔，突出孙蕡、王佐首建“南园诗社”的功绩，次叙“南园后五子”的继承与发展，再述明末陈文忠等抗清志士在南园的慷慨悲歌，“文章忠孝两臻绝，词人到此开生面”。以昔日的辉煌对照今天的萧条，诗人的家国情怀寄托在对前贤的热情赞颂中。

大雅久亡风委草，后生望古伤怀抱。朝阳未放节足音[1]，蝉蟋嘶吟元末造[2]。孙王[3]欻[4]起五管[5]中，力挽隤[6]纲无限功。一时声律谐九奏[7]，象箾胥鼓追姬宗[8]。百余年间孰继轨？欧梁黎李[9]连翩起。琼琚玉佩放厥词，籍甚[10]才名仍五子。有如邶鄘[11]续周召[12]，不比永嘉闻正始[13]。文宴翰林兼子墨[14]，丹青偶为丛祠[15]饰。国殇山鬼[16]送迎神，岂料铜驼徙荆棘[17]。崖山波浪[18]犹未灭，黄屋[19]南来如一辙。取日难回壮士心，垂虹迥喷孤臣血。一代兴亡何处见？抗风轩[20]里诗三变[21]。蒿薤[22]吟成气慨慷，松桐谣[23]起声凄恋。文章忠孝两臻绝，词人到此开生面。星移物换速奔蛇，春入南园千树花。罥[24]户游丝穿乳燕，拂檐垂柳噪栖鸦。此地谁还盟玉敦[25]，此时谁更飞银槎[26]？惟余火齐天香曲，翻作夷歌唱晚霞。（《西庵集[27]·广州歌》云："丹荔枇杷火齐山，素馨茉莉天香国"，市舶夷人皆能诵之。）

注释

[1] 节足音：凤凰的鸣叫声。南朝梁沈约《宋书·符瑞志中》"凤凰者，仁鸟也。……其鸣，雄曰'节节'，雌曰'足足'。" [2] 末造：末世，近于衰亡时期。 [3] 孙王：指孙蕡、王佐。 [4] 欻（xū）：忽然，迅速。唐李白《望庐山瀑布》："欻如飞电来，隐若白虹起。" [5] 五管：即岭南之地。此说源于唐代，其时将广、桂、荣、邕、安南府统归广府都督管辖，置五府节度使，称为岭南五管。 [6] 隤（tuí）：通"颓"，倒塌，衰败。 [7] 九奏：奏乐九曲。音乐奏完一曲叫一成。九奏，即九成。《尚书·益稷》："《箫韶》九成，凤凰来仪。"《孔传》："备乐九奏而致凤凰。" [8] 象箾（shuò）胥鼓追姬宗：通译官舞南曲，乐师鼓南方之乐，盛况可追姬周时期。象，古代南方的通译；箾，执竿舞具。胥鼓：胥，乐官名；胥鼓，即乐官击鼓。《礼记·文王世子》："胥鼓南（注：南，南夷之乐也）。" [9] 欧梁黎李：指欧大任、梁有誉、黎民表、李时行等。 [10] 籍甚：盛大之意。《汉书·陆贾传》："贾以此游汉廷公卿间，名声籍甚。" [11] 邶鄘：指《诗经》中的《邶风》《鄘风》。 [12] 周召：指《诗经》中

的《周南》《召南》。《毛诗序》："《周南》《召南》，正始之道，王化之基。" ［13］永嘉闻正始：典出《晋书·卫玠传》："昔王辅嗣吐金声于中朝，此子复玉振于江表，微言之绪，绝而复续。不意永嘉之末，复闻正始之音。"永嘉，西晋怀帝年号，307—313年。永嘉五年，匈奴入侵，晋室灭亡，汉人纷纷南渡，史称"永嘉之乱"。正始，三国时期魏齐王曹芳的年号，240—249年。其时何晏等谈玄之风气甚盛，被称为"正始之音"。在文学史上，符合儒家传统的雅乐，亦称为"正始之音"，而南朝刘勰在《文心雕龙·明诗》中，则将曹魏统治下的正始年间阮籍、嵇康的诗歌视为"正始之音"的代表，"乃（及）正始明道，诗杂仙心，何晏之徒，率多浮浅。唯嵇志清峻，阮旨遥深，故能标焉"。 ［14］翰林兼子墨：汉扬雄的《长杨赋》，假借子墨客卿与翰林主人的对话为文。后来，子墨成为文士的代称。 ［15］丛祠：乡野林间的神祠。 ［16］国殇山鬼：《国殇》《山鬼》均为屈原的诗作。《国殇》歌颂为国捐躯的将士，《山鬼》赞美山林女神。 ［17］铜驼徙荆棘：指亡国，宫殿的铜驼埋没在荆棘丛中。典出《晋书·索靖传》："靖有先识远量，知天下将乱，指洛阳宫门铜驼，叹曰：'会见汝在荆棘中耳。'" ［18］崖山波浪：指南宋抗元名臣陆秀夫在广东新会崖山海战失败后，背负小皇帝赵昺投海。 ［19］黄屋：原指古代帝王专用之黄缯车盖，后来成了皇帝的代称。唐杜甫《将适吴楚，留别章使君留后，兼幕府诸公，得柳字》："中原消息断，黄屋今安否？" ［20］抗风轩：南园诗社的社址。 ［21］三变：指南园诗社前五子、后五子和陈文忠等人的三次变迁和传承。 ［22］蒿薤：指《蒿里行》和《薤露行》。晋崔豹《古今注·音乐》："《薤露》《蒿里》，并丧歌也。"蒿里，死人的葬地，也指送士大夫和庶人的挽歌。薤露，原为送王公贵人的挽歌。 ［23］松桐谣：指在墓地的歌谣。古人有在墓地种植松柏梧桐的习俗，汉仲长统《昌言》："古之葬，植松柏梧桐，以识其坟也。" ［24］罥（juàn）：挂，缠绕。 ［25］玉敦：古代结盟歃血时的器皿，类盘，玉饰。 ［26］银槎：即银船，指酒杯。 ［27］西庵集：明“南园五子”之首孙蕡所著。

延伸阅读

明孙蕡《广州歌》：“广南富庶天下闻，四时风气长如春。长城百雉白云里，城下一带春江水。少年行乐随处佳，城南南畔更繁华。朱楼十里映杨柳，帘栊上下开户牖。闽姬越女颜如花，蛮歌野曲声咿哑。苛峨大舶映云日，贾客千家万家室。春风列屋艳神仙，夜月满江闻管弦。良辰吉日天气好，翡翠明珠照烟岛。乱鸣鼍鼓竞龙舟，争赌金钗斗百草。游冶留连望所归，千门灯火烂相辉。游人过处锦成阵，公子醉时花满堤。扶留叶青蚬灰白，盘饤槟榔邀上客。丹荔枇杷火齐山，素馨茉莉天香国。别来风物不堪论，寥落秋花对酒樽。回首旧游歌舞地，西风斜日淡黄昏。”

张穆之画马

题解

张穆之，字尔启，号铁桥，广东东莞人。著名书画家，画马尤为精湛，有诗为证。清沈德潜《张铁桥画马》："高士写神骏，生龙在眼前。壮心驰塞上，绝足占鹰先。战斗神俱出，调良性亦传。何时真买得，便与蹑云烟。"今广东省博物馆藏《古木名驹图》是其代表作。

李黼平这首颂扬张穆之画马的诗作，先写良马的卓尔不凡，"众工舔笔貌不似，铁桥山人心独摹"，凸显张穆之画技高超；再介绍张穆之画马的成功，不仅有"肥须见骨瘦须肉"的理论，更在于他爱马成癖，性情相得；最后从张穆之笔下的"神骏"，联想到要让"龙驹"发挥其作用。全诗以画开头，又以画作结，跌宕起伏，饶有趣味。

晴川一道残阳铺，川上山豁开平芜。骅骝[1]脱羁此游牧，得意水草鸣相呼。昂头卓耳顾盼殊，踢[2]跳肯望虞坂[3]趋。西风萧萧壮心起，立筞[4]云雾超天衢。华山桃林[5]地膏腴，是生蒲拔[6]及駒駼[7]。众工舔笔貌不似，铁桥山人心独摹。山人爱马[8]本成癖，论画数言尤破的。肥须见骨瘦须肉，李赵[9]复起何能易。奇姿狞状鸡冠赤（山人畜二马，一铜龙，一鸡冠赤），岁久性情妙相得。忽看掣电过小幅，便可追风横大碛[10]。

褭蹄麟趾[11]知何如，桂馆飞廉[12]已无式。岁取骛[13]痌编皁栈[14]，坐嗟神骏埋山泽。昨者卑禾羌海头[15]，野番插帐烦扞掫[16]。虽然役不汗一马，承平武备犹当修[17]。谁持此画责真骨，我知岛王不敢留。龙驹万匹出水献，付与大帅防河州。

注释

[1]骅骝：良马名，传说是周穆王的“八骏”之一。这里泛指骏马。　[2]跼：曲，屈。　[3]虞坂：古地名，在今山西平陆县。传说商朝的傅说在此地隐居。　[4]茶（niè）：通“蹑”，踏。意指（天马）上踏浮云，在暗淡的日光中奔驰。　[5]华山桃林：指周武王克商后“刀枪入库，马放南山”之地。典出《尚书·武成》：“王来自商，至于丰，乃偃武修文，归马于华山之阳，放牛于桃林之野，示天下弗服。”　[6]蒲拔：疑为蒲稍。蒲稍，骏马名。《史记·乐书》：“后伐大宛得千里马，马名‘蒲稍’。”　[7]騊駼（táo tú）：良马名。产于北方的野马，毛色以青为主。《山海经·海外北经》：“北海内有兽，其状如马，名曰騊駼，色青。”　[8]山人爱马：指张穆之爱马。清屈大均《广东新语·艺语》：“穆之尤善画马，尝畜名马曰铜龙，曰鸡冠赤，与之久习，得其饮食喜怒之精神与夫筋骨所在，故每下笔如生。”　[9]李赵：指李公麟、赵孟頫。北宋著名画家李公麟（1049—1106），其代表作《五马图》为传世珍品。宋末元初书画家赵孟頫（1254—1322），画马师法李公麟，有《双马图卷》《古木散马图》《秋郊饮马图》等。　[10]碛（qì）：本指浅水中的沙石，引申为沙漠。唐杜甫《送人从军》：“今君渡沙碛，累月断人烟。”　[11]褭蹄麟趾：本指黄金之名。典出《汉书·武帝纪·太始二年诏》：“有司议曰，往者

朕郊见上帝，西登陇首，获白麟以馈宗庙，渥洼水出天马，泰山见黄金，宜改故名。今更黄金为麟趾、裹蹄以协瑞焉”。裹，这里指天马白麟的故事。［12］桂馆飞廉：汉武帝的宫馆。《汉书·郊祀志》：“于是令长安则作飞廉、桂馆。”［13］驽（nú）：劣等马。［14］皁栈：皁，通“皂”。指喂马的槽及马脚下防湿的板，泛称马厩。［15］卑禾羌海头：青海湖边。因青海湖一带是属于卑禾族的牧地，故别称卑禾羌海。［16］扞掫（hàn zōu）：守卫，保卫。［17］承平武备犹当修：此诗作于道光四年，时西北边境有隐忧，次年即有张格尔在新疆叛乱，声势浩大。“承平武备犹当修”，体现了诗人的远见卓识。

延伸阅读

清屈大均《赠张穆之画马》：“今代推曹霸，纷纷绢素来。真龙谁解好，天马自无媒。万里从军梦，三秋伏枥哀。何当将汗血，沾洒拂云堆。”

海运（节录）

题解

海运，这里特指漕粮经由海上运输到京城。早在嘉庆十五年（1810），李黼平在翰林院时，就提出漕粮海运的建议，但未被采纳。道光六年（1826）春，清廷的第一批海运漕粮到达天津。从此，漕粮海运才得以实施。

这里节选诗的前半部分，回顾当年漕粮海运提议被搁置的失误造成的巨大损失，表达李黼平对民众深切的同情。

于戏[1]嘉庆中，至计[2]筹海运。
纤儿[3]惮艰巨，风波塞清问[4]。
唱声[5]主会通，故道循泗汶[6]。
一语牢莫破，千言散谁捃[7]？
苦思前岁冬，异涨决淮坋[8]。
连云畚锸集，手足嗟瘃皲[9]。
黄流浩奔冲，平地涌魁濆[10]。
飞沫卷林木，余波没檐櫺[11]。
是时南粮来，候风[12]占月晕[13]。
迩犹隔邳宿[14]，遐岂臻兖郓[15]衮郓[16]。
诚知沿泝艰，不在囊橐幢[17]。

一歌丁都护[18]，泪落不可拉[19]。

注释

［1］于戏（wū hū）：感叹词，古人读作呜呼。 ［2］至计：上策。汉刘向《战国策·楚一》：“故为王至计，莫如从亲以孤秦。” ［3］纤儿：指不懂事的小孩子，含鄙视之意。纤，细小，微细。《晋书·陆纳传》：“时会稽王道子以少年专政，委任群小，纳望阙而叹曰：‘好家居，纤儿欲撞坏之邪？’” ［4］清问：指嘉庆帝的提问。 ［5］唱声：附和的声音。 ［6］泗汶：泗水、汶水。 ［7］捃（jùn）：拾取，采取。李黼平在翰林院任职时，曾上疏千言，陈述由海道经胶莱转运之策，却不被采纳。 ［8］决淮坋（fèn）：淮河决堤。坋，这里指河堤。 ［9］瘃皲（zhú jūn）：生冻疮，皮肤冻裂。 ［10］瀵（fèn）：从地底涌出的大水。 ［11］檼（yǐn）：原义是屋栋，脊檩。也指檼括，一种矫正竹木弯曲的工具。这里与橹连用，是指房屋、船舶的最高处。 ［12］候风：观测风向。 ［13］月晕：又称风圈，指围绕着月亮周围的光圈。它是自然界的一种光学现象，和天气的变化有着密切的联系，民谚有“日晕三更雨，月晕午时风”的说法。 ［14］邳宿：邳县、宿县，今已改为邳州市、宿州市，皆在江苏省境。 ［15］臻：到达。 ［16］兖郓：古地名兖州、郓州，皆在今山东省境。 ［17］囊橐幩（fèn）：粮袋子胀裂。囊橐，袋子。《诗经·大雅·公刘》：“乃裹餱粮，于橐于囊。”幩，《说文解字》：“以囊盛谷，大满而裂也，从巾，奋声。” ［18］丁都护：指唐李白《丁都护歌》：“云阳上征去，两岸饶商贾。吴牛喘月时，拖船一何苦！水浊不可饮，壶浆半成土。一唱都护歌，心摧泪如雨。万人凿磐石，无由达江浒。君看石芒砀，掩泪悲千

古。”　［19］抆（wěn）：擦拭。

延伸阅读

清梁廷枏《奉政大夫翰林院庶吉士绣子李夫子墓志铭》：“……铭曰：昔嘉庆中，漕议海通。佥言不便，畏涛且风，师甫受事，怀经画意。谓牵挽难，莫航海易。请于上官，俾达至尊。志虽未遂，伟伦则存。淮流近决，粮舠行拙。诏驶云帆，获申前说。懿铄吾师，斯文在兹。岂惟粤士，海内宗之。川源不竟，溉沾已盛。五纬在天，寒芒色正。胡厌红尘，遽此迁神。如瞽失相，如岁无春。公言谁剖，惟千秋口。骥尾附焉，铭亦可久。”

咏古示诸生

题解

通过咏古，诗人将自己的人生经验、体会，授予门生。此诗是含义隽永的劝勉诗。

孟子作为儒家公认的“亚圣”，都会遭到非议，更何况普通的士子呢？伊尹和孔子同是高尚的人，不论是进是退，都自有其尊严，自有其品格。桃李有盛时，幽兰本含馨，物有时会，人有机遇，不必踮脚翘首，急于求人赏识，勿躁勿竞，常葆本心。若是没有赤松子那样的仙人，有谁会知晓紫芝歌这样的仙曲呢？

全诗以形象说理，明白如话，语重心长。

齐赘[1]善荀卿，而不喜孟轲。
大贤犹见讥，荐士[2]知若何[3]。
天民[4]本难识，伊孔[5]同一科[6]。
进非荣廊庙[7]，退不羞岩阿。
桃李扬光辉，盛时玩者多。
幽兰生空谷，含馨自猗那[8]。
宁以不采故，跂[9]彼美人过。
物生有时会，躁竞世所诃。
世无赤松子[10]，孰识紫芝歌[11]？

注释

［1］齐赘：指战国时期思想家淳于髡。《史记·滑稽列传》："淳于髡者，齐之赘婿也。"孟子拘泥于"礼法"，淳于髡则不以为然，曾与孟子辩论。但是，淳于髡却能善待比自己年轻的学者荀子。　［2］荐士：推荐士人。　［3］若何：怎么样？　［4］天民：明乎天理，适乎天性之人，指先知先觉的圣贤。《孟子·尽心上》："有天民者，达可行于天下而后行之者也。"　［5］伊孔：指古代圣贤伊尹和孔子。　［6］同一科：同一品类。　［7］廊庙：指代朝廷。　［8］猗那（yī nà）：美盛之貌。《诗经·商颂·那》："猗与那与，置我鞉鼓。"　［9］跂（qǐ）：踮脚，提起脚后跟。《诗经·卫风·河广》："谁谓河广？一苇杭之。谁谓宋远，跂予望之。"　［10］赤松子：仙人。传说晋朝的牧羊人黄初平，被道士带至金华山石室，服食松脂茯苓成仙，改名赤松子。　［11］紫芝歌：仙曲，即紫芝曲。传说为秦末商山四皓因世乱退隐而作，有"晔晔紫芝，可以疗饥"之句。

延伸阅读

唐张九龄《感遇》："兰叶春葳蕤，桂华秋皎洁。欣欣此生意，自尔为佳节。谁知林栖者，闻风坐相悦。草木有本心，何求美人折？"

送芸台尚书移节云贵（四首选一）

题解

芸台，阮元（1764—1849），字伯元，号芸台，江苏仪征人。进士出身，曾任翰林院编修、少詹事、兵部侍郎、户部侍郎、浙江巡抚、内阁学士兼礼部侍郎、漕运总督、两广总督、云贵总督等。既是嘉道名臣，又是一代文宗，集著作家、刊刻家、思想家于一身。在经史、数学、天算、舆地、编纂、金石、校勘等方面都有很深的造诣，做出过卓越的贡献，被学者视为泰山北斗。嘉庆二十二年（1817），阮元调任两广总督。到广东后，他建议禁鸦片，于是上书嘉庆帝，认为对英商“不可尽以德绥”。在嘉庆二十五年（1820）三月，阮元在广州又创办学海堂，个人捐资四千两白银作为办学经费，聘请李黼平为学海堂课艺，还请其入督署教授诸子。两人关系之密切，非比寻常。

移节云贵，指道光六年（1826）阮元由两广总督调任云贵总督。

此诗是送别诗。诗人由衷歌颂阮元在两广总督任上的政绩，热切期望阮元在云贵再建功勋。

炎州[1]负岭控沧瀛，五管[2]绥怀政已成。
路尽金豀[3]无弩射，家环铜柱[4]有刀耕。
旧传鼓吹征蛮曲[5]，新化中和乐职声。
奕奕文昌匡戴[6]近，真看冨爽[7]耀光明。
（两粤科名，自先生至，得鼎甲[8]四人、魁南宫[9]者一人。）

注释

［1］炎州：泛指岭南。宋黄庭坚《次韵子由绩溪病起被召寄王定国》：“王子窜炎州，万死保躯命。” ［2］五管：唐代将广、桂、荣、邕、安南府统归广府都督管辖。置五府节度使，称岭南五管。 ［3］金谿：即金溪，宋设金溪县，明清时期属江西的抚州府（今抚州市）管辖，邻近岭南。 ［4］铜柱：汉朝伏波将军马援在交趾（今越南）立铜柱为疆界。唐宋之问《早发韶州》：“炎徼行应尽，回瞻乡路遥。珠厓天外郡，铜柱海南标。” ［5］征蛮曲：疑指唐高适《李云南征蛮诗》：“鼓行天海外，转战蛮夷中。” ［6］匡戴：即戴筐，星座名，属文昌宫。《汉书·天文志》：“斗魁戴筐六星曰文昌宫。”在神话传说中，文昌帝君主文运，是文人学士虔诚祀奉的神灵。求取功名的士子，在科考前往往会到文昌宫去祈求保佑。 ［7］曶（hū）爽：黎明，天色未明之时。《汉书·司马相如传》：“曶爽暗昧，得耀乎光明。” ［8］鼎甲：状元、榜眼、探花的统称。在科举考试中，会试分一甲、二甲、三甲录取，其中一甲三名，因鼎有三足，故称鼎甲。 ［9］魁南宫：指在会试中取得第一名。按照科举制度，中榜进士还要进行廷试（殿试），由皇帝钦点，因此，会试第一名不一定就是状元。

送阮赐卿省觐云南（四首选一）

题解

阮赐卿，原两广总督阮元之子阮福，李黼平的门生，时在广州。省觐，指探望父母或尊长。其时，阮元已调任云南，出任云贵总督。

这是送别诗的第二首。

第一首是诗人感念阮元的关照，景仰阮元才识学问。这首则赞许弟子阮福作《唐荔园记》，证明今荔枝湾为唐咸通诗人游宴之所。诗人高度评价阮福的考证，犹如李花遗曲、岭南之柑，以“从此存陈大义明”作结。起句“博辩家风”，则说明阮福的学识才干其来有自，紧接前一首。

诗人为自己的弟子有所成就而高兴，对学生由衷地赞扬，不是炫耀教师的能耐，而是归于“博辩家风”，由此亦可窥见诗人的人品。

博辩家风亦性情，荔枝湾[1]外偶延清。却寻地自唐人宴，（唐诗人曹松[2]，有《南海陪郑司空游荔园[3]》诗，赐卿据此证：今荔枝湾为唐咸通[4]诗人游宴之所。作《唐荔园记》，镌石虬珠亭上。）须识名由汉主更。河北李花遗曲在[5]，岭南柑子御园生。（罗浮有唐御园柑子。）红云[6]证是咸通树，从此存陈大义明。

注释

［1］荔枝湾：广州名胜古迹。传说为汉高祖刘邦派陆贾劝说南越王赵佗投降时，由陆贾所辟。唐代此处建有荔园。　［2］曹松：舒州（今安徽潜山县）人。唐昭宗光化四年（901），年逾七十始中进士。《全唐诗》录其诗140首。　［3］南海陪郑司空游荔园：曹松诗的题目。其诗为："荔枝时节出旌斿，南国名园尽兴游。乱结罗纹照襟袖，别含琼露爽咽喉。叶中新火欺寒食，树上丹砂胜锦州。他日为霖不将去，也须图画取风流。"　［4］咸通：唐懿宗年号（860—874年）。　［5］河北李花遗曲在：韩愈吟咏的李花诗千古传唱。"河北"是韩愈的代称，他常常自称"河北昌黎韩愈"，以河北韩姓的郡望而自豪。"李花遗曲"指韩愈诗《李花赠张十一署》："江陵城西二月尾，花不见桃惟见李。风揉雨练雪羞比，波涛翻空杳无涘。君知此处花何似？白花倒烛天夜明，群鸡惊鸣官吏起。金乌海底初飞来，朱辉散射青霞开。迷魂乱眼看不得，照耀万树繁如堆。念昔少年著游燕，对花岂省曾辞杯。自从流落忧感集，欲去未到先思回。只今四十已如此，后日更老谁论哉？力携一尊独就醉，不忍虚掷委黄埃。"李黼平在《读杜韩笔记》中对此诗评价极高，认是"以情造文"的佳作。　［6］红云：指代荔枝，为荔枝的别名。

自羊城放舟归泊墩头

题解

羊城，广州；墩头，地名，疑指今广州市黄埔区的墩头涌。

李黼平自道光四年（1824）到宝安书院任教后，不时往来于东莞、顺德、广州之间，与友朋相聚，有恩公阮元，有同年邹海澜，有门生梁廷枏、张奉喈以及同宗乡亲等，一次又一次，心情非常愉悦。这首诗便是这种生活的写照。

朋友相邀，盛情难却。淹留浃辰，真是快乐不知日子过啊。上船离开广州时，风和日丽，景色宜人。“黄木若迎客，白云如送人”，顺风顺水，不知不觉就越过波罗海，到墩头泊岸了。时近佳节，碧波粼粼。捡花蛤，观游鱼，何其乐也！还有人吟咏《沧浪歌》，可诗人用不着濯缨、濯足！

良辰美景，赏心乐事，尽现眼前。

人事[1]未能谢[2]，我行谁谓辛？
道里仅三舍[3]，淹留遂浃辰[4]。
朋旧相招要，久疏获暂亲。
朝旦风日美，扬帆下通津。
黄木[5]若迎客，白云如送人。
开窗问所届，已越波罗[6]滨。
江天近秋节，沙水碧粼粼。

上岸拾文蛤[7]，临渊观锦鳞。
时闻沧浪咏[8]，缨上幸无尘。

注释

[1]人事：这里指人情事理，交际应酬。 [2]谢：这里指委婉地推却、拒绝。 [3]三舍：九十里。古时行军三十里为一舍。 [4]浃（jiā）辰：十二日。浃，周匝，古代以干支记日，自子至亥一周十二天。 [5]黄木：指黄栌。落叶乔木，叶圆形，有光泽。木黄，可制黄色染料。 [6]波罗：波罗海，指南海。 [7]文蛤：又称蛤蜊、花蛤、黄蛤等，壳面有多种色彩和花纹，肉质鲜美。 [8]沧浪咏：指先秦的《沧浪歌》："沧浪之水清兮，可以濯我缨；沧浪之水浊兮，可以濯我足。"

寄广州故人

题解

李黼平重情重义，和朋友离别仅半月，就思念不已。秋风萧瑟，关河阻隔。诗人无心诗酒，百无聊赖。“日倚楼头看钵山”，寥寥七字，刻画出了诗人失落、寂寞的形象。

华馆分襟[1]半月间，秋风飒飒动河关。
酒怀冷落吟情减，日倚楼头看钵山[2]。

注释

［1］分襟：分离，分别。　［2］钵山：指东莞的钵盂山。

广州晤厚民，出示芸台尚书在兴安过陡河诗，次韵二首，一寄尚书，一贻厚民

题解

厚民，指严厚民，李黼平的挚友，曾在阮元总督府共事。在《严四香冠秋林觅句图厚民嘱赋》中，李黼平说："济济征蛮府，厚民与我厚。博雅足师资，欲取逢左右。"李黼平被收入阮元刻的《皇清经解》的《毛诗紬义》，即由严厚民校对。

兴安，指兴安县，位于广西东北部湘桂走廊，是湘江和漓江的主要发源地，著名的运河灵渠也在兴安。

芸台尚书，即阮元。此时他已由两广总督调任云贵总督，路经兴安，写下《舟过广西陡河谒分水神庙》一诗，李黼平据此次韵。这两首诗叙述阮元过陡河，旱后得雨，"商霖随憓车，为彼农民祐""相逢话远人，额手庆天祐"，表达了诗人对阮元诚挚的敬仰、感激和祝福，也道出了他与阮元、严厚民三人之间的亲厚和睦。

湘漓[1]出阳朔，分派各县溜。凿石使其通，亦藉大融凑。闸洞虽间设，波涛苦常漏。舍舟陆是遵，铃驮相先后。黄序[2]应龙[3]起，雷霆夹舷走。鸣雨涨灵渠，轻帆绕穹岫。天平一日过，地泽三尺透。海市现楼台，衡云[4]开岩窦。二公于造物，获报各云厚。先生格[5]皇天，迥出韩苏右。粤峤已言别，滇山

方载骒。商霖[6]随幰车[7]，为彼农民祐。

拜井井华涌[8]，刺山山泉溜[9]。精与冥漠通，理可单微凑[10]。欲知陡河陡，实似漏江漏。府公度越城，况值阳旱后。雷雨忽交作，帆樯竞驰走。想象舲窗开，点笔看楚岫。虫虫毒热退，翦翦新凉透。徐稚[11]旧依陈，班生[12]曾事窦。至今府中客，谁实思德厚？君留此校书（先生刻《皇清经解》[13]未成，留厚民在粤选校），铅椠[14]分左右。我衰未舍讲，坐送隙驹骤。相逢话远人，额手庆天祐。

注释

[1] 湘漓：指湘江与漓江。湘江在兴安北去，漓江则南流。 [2] 黄序：虞舜的别称。一说是黄帝。 [3] 应龙：古代神话中有翼的龙。传说在虞舜时期，大禹治水，有应龙以尾划地，成了江河，水得以流入大海。 [4] 衡云：即横云。衡，通横。 [5] 格：感通，到。《尚书》："格于皇天。" [6] 商霖：赞词，赞扬大吏是及时雨。典出《尚书·说命上》，商王武丁称赞宰相傅说："若岁大旱，用汝作霖雨。"三日之雨为霖。 [7] 幰（xiǎn）车：设有帷幔的车子，原为高官所乘。《隋书·礼仪志》："今犊车通幰，自王公已下，至五品已上，并给乘之。""六品已下不给，任自乘犊车，弗许施幰。" [8] 拜井井华涌：传说东汉的耿恭被匈奴所困，水源断绝，向涸井拜祷，泉涌而出。《后汉书·耿恭传》："恭于城中穿井十五丈，不得水，吏士渴乏，笮马粪汁而饮之。恭仰叹曰：'闻昔贰师将军拔佩刀刺山，飞泉涌出，今汉德神明，岂有穷哉？'乃整衣服，向井再拜，为吏士祷。有顷，水泉奔

出。”［9］刺山山泉溜：传说汉武帝时贰师将军李广利，在军士饥渴万分的情况下，拔佩刀刺山，山中涌出泉水。［10］理可单微凑：其理可比“群臣幅凑”，听命于君。典出《韩非子·有度》：“朝廷群下，直凑单微，不敢相逾越。”［11］徐稚：字孺子，东汉豫章（今江西南昌）人，家贫，躬耕而食，恭俭义让，所居服其德，征聘不仕。受太守陈蕃敬重，《后汉书》：“蕃在郡不接宾客，惟稚来特设一榻，去则悬之。”其礼遇之高，成为千古佳话。唐王勃《滕王阁序》：“物华天宝，龙光射斗牛之墟；人杰地灵，徐孺下陈蕃之榻。”［12］班生：指撰写《汉书》的班固，他曾随从窦宪北征匈奴。［13］《皇清经解》：即《清经解》，又名《学海堂经解》，著名的经学丛书，由两广总督阮元主编。阮元督粤，即创立学海堂课士，聘请通儒任教，组织学者编书。道光五年（1825）八月开始刻印《皇清经解》，至道光九年（1829）九月，全部辑刻完成。收74家180余种著作，共1400余卷。是儒家经学经解的集大成。［14］铅椠（qiàn）：指著作和校勘。铅，铅粉笔；椠，用木削成版片，以备书写。二者皆为书写的工具。唐韩愈《送无本师归范阳》：“老懒无关心，久不事铅椠。”

延伸阅读

清阮元《舟过广西陡河谒分水神庙》：“峨峨海阳山，一源分两溜。南与南海通，北与湘湖凑。陡河三十六，设闸不使漏。我来欲溯之，涸逢庚伏后。安能陆荡舟，来朝马将走。俄看风转帆，油然云出岫。凉雨漫天来，入夜远且透。涨发大榕江，津吏启河窦。压水舟尺许，水今二尺厚。若到天平间，势易转河右。山灵更示奇，巧待入陡候。乌云天际垂，复令秋雨逗。又闻四月旱，祷雨得神救。古祠林樾清，平野稻花秀。我今逾岭脊，顺流行更骤。回首谢山灵，岂非得显佑。”

新塘曲

题解

新塘，今属广州市。

这是一首清新明快而又含义隽永的竹枝词。“画舸沿流目送郎”的难舍难分，与“一江凉月睡鸳鸯”的幽静亲密，形成了鲜明的对比，而从别情洲畔过，联想那凄美的爱情故事，使人更感到“别情”的浓郁。

中塘[1]北出是新塘，画舸沿流目送郎。
却向别情洲[2]畔过，一江凉月睡鸳鸯。

注释

[1] 中塘：地名，与新塘都在珠江水沿岸。 [2] 别情洲：在今广州增城。相传明代有一对青年男女相爱，因女方父亲贪财而被拆散，双双殉情于此而得名。

延伸阅读

清管一清《访别情洲》：“何处别情长，烟波正渺茫。可能多杜若，应是少鸳鸯。”

平定回部凯歌（十二首选八）

题解

回部，清朝对新疆天山南路的通称，又称为回疆。那里是维吾尔族和乌孜别克族的聚居地。

张格尔，清朝新疆伊斯兰教白山派首领。道光六年（1826），集众叛乱，先后攻占喀什噶尔、英吉沙尔、叶尔羌、和阗等城。清朝政府派伊犁将军长龄、陕甘总督杨遇春等领兵平叛。清军奋勇杀敌，大败叛军，收复喀什噶尔等地，张格尔狼狈逃进深山。道光七年（1827）冬，张格尔又再次纠集人马，卷土重来，妄图攻占喀什噶尔。清军早有准备，在道光七年底将其擒获。道光八年（1828），张格尔被槛送京师处死。

李黼平以强烈的爱国情怀，赞颂清廷元老长龄率兵平定张格尔叛乱，维护国家统一，让边疆民众能安居乐业的历史功绩。

回部张格尔反，陷喀什噶尔、沙格沙尔、叶尔羌、和阗四城，进扰阿克苏。命大学士伊犁将军长龄佩扬威将军印讨之。张格尔败走，收复四城。

皇家声教[1]被四方，葱岭[2]于阗道路长。

六十年来披版籍[3]，西门何止到高昌。

（高昌，汉车师前王地。唐太宗平高昌，设西州，治交河县，唐西境尽此。今为吐鲁番地，属镇西府管辖。）

当日天戈庆削平，那知苞孽[4]久乃生。
楼兰[5]纵有前王子[6]，不合公然盗故城。

丽江羽檄似星流，元老[7]南来有壮猷。
特赋礼魂[8]伸握节[9]，辕门先斩郅支[10]头。

武帐文谟[11]制胜先，征兵万里过祁连[12]。
铃铃牛铎[13]登三陇[14]，腊腊蜂旗[15]向五船[16]。

河外传来尽贼壕，祃牙[17]初出阵云高。
玉堂金匮胸兵足[18]，格斗休矜大食[19]刀。
（回部，在唐为大食国。）

潜从丹徼[20]煽[21]黄图[22]，匿影思逃斧钺诛。
不见郁成[23]西走日，康居[24]惶恐献亡逋。

四城先后望风奔，三捷威稜属国尊。
碎叶铭功何足数（碎叶，唐安西四镇之一。裴行俭抚大食，刻石纪功于此），
要扶铜柱[25]立昆仑（于阗河出仇摩，置汉武，名曰昆仑。今叶尔羌南山是也）。

诸回释甲竞投戈，捞玉仍居塔里河。
（于阗河，今名塔里母河。）

见说莎车[26]田地美，耕耘有意学宜禾。

（莎车，在于阗河西北，汉武屯田于此，去轮台千余里，今喀什噶尔。地宜禾，汉车师后王地。汉置宜禾都尉，晋立宜禾郡，今为镇西府属县。）

注释

［1］声教：声威教化。《尚书·禹贡》："东渐于海，西被于流沙，朔南暨声教讫于四海。" ［2］葱岭：帕米尔高原的东部在中国新疆，山地海拔高五千多米，古代被称为葱岭、不周山。 ［3］版籍：亦称板籍，古义户口册，也指疆域，版图，书籍。这里是版图之义，即绘标疆域的图书。如《辽史·太祖纪上》："于是尽有奚、霫之地。东际海，……北抵潢水，凡五部，咸入版籍。" ［4］苞孽（niè）：孽同蘖，指树木经砍伐后旁生的枝条，这里喻指残余的邪恶势力。 ［5］楼兰：汉代西域的小国，在今新疆鄯善地区。楼兰在西汉和匈奴之间"不两属，无以自安"。先归属匈奴，后属西汉，更改国名为鄯善。 ［6］前王子：借指张格尔。张格尔是南疆伊斯兰教领袖大和卓波罗尼都之孙。乾隆年间，大和卓与其弟小和卓发动叛乱，清王朝发兵平叛。大、小和卓兵败西逃，被当地首领擒杀。 ［7］元老：指伊犁将军长龄。长龄，字懋亭，萨尔图克氏，蒙古正白旗人。清朝大臣，乾隆年间，由军机章京、理藩院主事，累擢内阁学士，兼副都统。道光年间，历任协办大学士、文华殿大学士、军机大臣、云贵总督。道光六年转任伊犁将军，主持平定张格尔叛乱。加封威勇公，拜太傅。去世后，入祀贤良祠。 ［8］礼魂：祭祀神灵。屈原《九歌·礼魂》："成礼兮会鼓，传芭兮代舞，姱女倡兮容与。春兰兮秋菊，长无绝兮终古。" ［9］握节：持守符节，不辱君命。 ［10］郅支：本名郅支单于，西汉时期北匈奴的第一代单于。曾击败大宛、乌孙等国，强迫他族进贡，"为西域患"。汉元帝建昭三年（前

36），汉将陈汤矫诏率远征军攻杀郅支，将其斩首。陈汤上疏辩词中“明犯强汉者，虽远必诛”成为名句，而郅支则成为外寇的代称。［11］谟（mó）：谋，计谋，策略，规划。［12］祁连：指祁连山，在今青海东北部与甘肃西部边境。匈奴人把天称为祁连，有天山之意。［13］牛铎：牛铃声。［14］三陇：陇东、陇南、陇西。陇，指陇山，又名陇坻、陇坂。在今甘肃省境内。［15］蜂旗：古代画有蜂形图案的军旗，上有太一、招摇、天蜂三星，用以祈求进军讨伐取得胜利。［16］五船：古代地名。新疆的丝绸之路上，有一地方名为五船北。［17］祃（mà）牙：古代军队出师前举行祭祀牙旗的礼仪。祃，古代行军时，在所止之处祭神。牙，指牙旗，军队的大旗。［18］玉堂金匮胸兵足：熟读兵书，胸中自有雄兵百万。玉堂金匮，意同金匮石室，本指保藏书契之处，《汉书·高帝纪下》：“（帝）又与功臣剖符作誓，丹书铁契，金匮石室，藏之宗庙。”颜师古注：“以金为匮，以石为室，重缄封之，保慎之义。”这里借以比喻博览群书，极富谋略。［19］大食：中古时期的阿拉伯帝国（632—1258），由伊斯兰教的创立者穆罕默德所建，历经600多年，是地跨亚欧非的大帝国。我国史书据波斯语称之为大食。［20］丹徼：古代以南方色赤，将南方边疆称之为丹徼。徼，边界。唐骆宾王《从军中行路难》：“苍江绿水东流驶，炎洲丹徼南中地。”［21］煽：煽动、蛊惑人去做坏事。［22］黄图：指帝都。南朝江总《云堂赋》：“览黄图之栋宇，规紫宸于太清。”［23］郁成：郁成城，位于西汉时期西域大宛国东境。［24］康居：指康居国，西汉时期西域古国之一，与乌孙、大宛为邻。［25］铜柱：铜制之柱，作为边界标志的界桩。东汉著名军事家伏波将军马援“到交趾，立铜柱为汉之极界也”。典出《后汉书·马援传》，“峤南悉平”，李贤注引《广州记》。［26］莎车：西汉时期西域的三十六国之一，突厥语为叶尔羌。位于新疆西南部，昆仑山北麓。

回部后凯歌（十二首选八）

时张格尔就擒

题解

道光七年（1827）冬，张格尔再次叛乱，清军早有准备，在年底顺利将其擒获，随后槛送京师处死。民心大快。李鏻平得悉，赋诗庆祝。

诗歌记述清军在边民支持下，生擒张格尔并将其处决的过程，颂扬了军威、国威，描绘出国家统一、“于阗气象一番新”的美好景象。字里行间，洋溢着欢乐的激情。

归师前度过渠犁[1]，怪鸟徘徊少定栖。
白草[2]黄沙天一角，蚩尤旗[3]罩大荒西[4]。

风雪凌兢逼岁除，喀城东下伺空虚。
（张格尔闻喀什噶尔城官兵已撤，于七年十二月潜入塞内，勾结回民，不从而出。）
边民五尺知忠义，肯为亡人[5]更出车。

七千精甲夜衔枚，山下刚逢敌户开。
生捕昆弥[6]归幕府，将军真箇自天来。
（扬威将军长公龄、固原提督杨公芳，十二月二十七日得报，轻骑速发，除夕追及，一战擒之。新正初三日槛送京师。）

俘献长安喜告成，两阶干舞[7]八风[8]清。
天威直訾[9]无雷国[10]，四季长闻霹雳声。

于阗气象一番新，阃[11]寄由来荷[12]重臣。
从此军中无女子，采花犹见似花人。

（先是，回民怨，各城士卒役，留其妻女，故听从张格尔勾结。太白集《于阗采花》乐府云："于阗采花人，自言花相似。"）

禹甸[13]舆图[14]尺寸收，昆仑诸部尽怀柔。
漫夸戊校中央立，张幕河源最上头。

（命参赞武公隆镇守阿喀什噶尔，其地在海多河、塔里母河两河源之上。）

行人借问洗兵[15]时，往昔今来未及期[16]。

（七年二月初六祃牙，十二月除夕张格尔就擒。）

谁识皇仁深不杀，春风已觉劳归迟。

注释

［1］渠犁：疑指伊犁。　［2］白草：牧草，干熟时呈白色。《汉书·西域传·鄯善》："国出玉，多葭苇、柽柳、胡桐、白草。"　［3］蚩尤旗：此处借指张格尔的叛军。蚩尤，上古时期九黎族部落联盟首领。传说他曾与黄帝为首的部落联盟在涿鹿大战，最后被黄帝

打败。［4］大荒西：极为偏远荒凉的西方，这里借指回部地区。据古籍《山海经·大荒西经》，大荒比海内、海外更为遥远。［5］亡人：指逃亡的张格尔。［6］昆弥：又作昆莫，西汉时期乌孙国王的名号，参见《汉书·西域传·乌孙国》。这里借指张格尔。［7］干舞：古代武舞的一种，手执干（盾）而舞。古时的舞乐有文武之分，文舞执羽旄，武舞执干戚。［8］八风：八方之风。秦吕不韦《吕氏春秋》中解释：东北方之风为炎风，东方为滔风，东南为熏风，南为巨风，西南为凄风，西为飂风，西北为厉风，北为寒风。［9］詟（zhé）：恐惧。《汉书·陈胜项籍传》："诸将詟服，莫敢枝梧。"［10］无雷国：汉朝时期西域古国之一。［11］阃（kǔn）：本义为门槛。亦特指城门、国门。引申为统兵在外的将帅，从而把将帅的帐幕称为阃幄，把将帅在战地指挥调度称为阃外之寄。［12］荷（hè）：肩扛，背负。［13］禹甸：原指大禹所垦辟的土地，后用以称中国之地。［14］舆图：地图。古人以天为盖，地为舆，故称表示地方、疆域的地图为舆图。宋陆游《书事》："闻道舆图次第还，黄河依旧抱潼关。"［15］洗兵：指停止战争。意同洗甲兵，洗净盔甲、兵器，收藏起来。唐杜甫《洗兵马》："安得壮士挽天河，净洗甲兵长不用。"［16］期（jī）：这里指期年，一周年。

师子岭宋宗姬墓下作

题解

师子岭，即狮子岭，在今广东东莞。

宋宗姬，宋高宗之女，因靖康之变南逃至东莞。后与当地人结婚生子，死后葬于东莞的狮子岭。

李黼平在东莞宝安书院任教时，到狮子岭，见宋宗姬墓，以浓重的笔墨，写出了靖康之变带来的灾难，连宫廷也不能幸免。宋宗姬颠沛流离的遭遇，远苦于被金人掳去的“钦慈族妇魏王孙”，感叹“犹胜玉貌摧风沙”。

在李黼平眼中，宋高宗是中兴之主，将其比作夏朝的少康，忙于国事，顾不上自己的亲女儿，对其充满敬仰之情。

结句与开头相呼应，突出宋宗姬作为赵家女儿的命运与归宿。

宋高宗女也，南渡散失，莞人邓姓得之，以配其子。
光宗时留手书，遣其子上闻。帝为恻然，赐田十顷。
今墓犹存。

靖康丧乱[1]如崩波，泥马[2]苍黄初渡河。中兴若拟少康[3]起，二姚[4]不娶余过戈[5]。乘舆到处开行殿[6]，寇警遥闻色皆变。江上瑶华[7]戴月奔，天边秾李冲风散。飘宕[8]偏依珠水滨，东官[9]小家曾结邻。窥来玉叶金枝色，羞死浓蛾盛鬅[10]人。其时黄屋[11]尚东巡，临安[12]作都信未真。贵主还宫定何日，山重水复多烟尘。蹇修[13]劝作民间妇，裙布荆钗信[14]嘉耦[15]。光阴倏忽历三朝[16]，留书遣子闻朝右[17]。光宗览之为恻然，诏赐十顷妆奁田。却因南海合欢日，转忆东京[18]罹祸年。平顺驿[19]前徽圣[20]宿，云鬓送酒吹横竹[21]。钦慈族妇魏王孙[22]，自叙流离泪千斛。落花飞絮云中府[23]，有客相逢似相熟。瞥见宣和[24]旧日妆，愁闻按出新翻曲。（金国语，谓金为“按出虎”。）一种璇宫[25]帝子家，谁令沦落俱天涯。彩凤飞随白颈鸦[26]，犹胜玉貌摧风沙。师岭云连松柏暮，千秋人识埋香处。赵家块肉葬神山[27]，五夜[28]凌波赴朝去。

注释

[1] 靖康丧乱：史称靖康之变。北宋宣和七年（1125），金兵南侵，直指汴京（今河南开封）。在危急情势下，宋徽宗赵佶禅位给太子赵桓。宋钦宗赵桓即位后，改年号为靖康。北宋靖康元年（1126）正月，金人兵临汴京城下，逼宋议和，勒索500万两黄金、5000万两白银，要求北宋割让中山、河间、太原三镇后才撤军。八月，金兵又卷土重来。靖康元年闰十一月（1127年1月），金兵攻占汴京，将宋徽宗、宋钦宗及赵氏皇族其余人、后宫妃嫔、贵卿朝臣共3000多人，掳掠到北地，把汴京城洗劫一空，北宋王朝就此灭亡。 [2] 泥马：指民间传说中渡康王（即后来的宋高宗）过河的泥马。南宋辛弃疾《南渡录》记载，宋徽宗第九子康王赵构在金当人质时，乘机从偏僻小路逃归，倦息于崔府君庙。见旁

有白马，即跃马南驰，马不停蹄，一日千里。最后，白马载着康王渡过了大河。康王下马后一看，才发现所骑原来是匹泥马。 [3] 少康：夏禹的七世孙，夏王相的遗腹子。相被寒浞之子浇所杀，正在怀孕的相妻后缗逃到有仍，生下少康。少康长大后，和旧臣一起，合力灭了寒浞，恢复了夏王朝，史称“少康中兴”。 [4] 二姚：指有虞氏的两个女儿。因有虞氏姓姚，故称二姚。《左传·哀公元年》载，少康逃奔有虞，有虞妻以二女。 [5] 过戈：过、戈，本是夏朝的小国。寒浞杀相后，将过、戈分封给儿子寒浇、寒豷。后被少康所灭。 [6] 行殿：指帝王出行时所居住的行宫。 [7] 瑶华：本指玉白色的花，仙花，也喻作美玉、美文。这里借指宋宗姬。 [8] 飘宕（dàng）：漂泊、流浪、漂流。 [9] 东官：东莞的古称。 [10] 鬋（jiǎn）：下垂的鬓发。 [11] 黄屋：这里借指宋高宗。帝王的车盖用黄缯作盖里，故称之为黄屋，常用于指代帝王。 [12] 临安：临安府，今浙江杭州。南宋建炎三年，宋高宗赵构在此设行宫，南宋绍兴八年将临安定为都城。 [13] 蹇修：古代贤人。相传是伏羲氏之臣，掌媒妁之事。后常指代媒人。 [14] 信：诚，诚实，确实。 [15] 嘉耦（ǒu）：好配偶。耦，原指两人并肩而耕。同偶，常指配偶。《左传·桓公二年》：“嘉耦曰妃，怨耦曰仇。”妃，古同配，婚配。 [16] 三朝：指南宋时期宋高宗、宋孝宗、宋光宗的三个朝代，历时60多年。 [17] 朝右：位列朝班之右，指封建朝廷的大官。 [18] 东京：指北宋时期的汴京。五代时期的后梁以汴州为开封府，建为东都。后晋天福三年（938）改称东京。后汉、后周、北宋皆以此为都城。 [19] 平顺驿：疑在今山西平顺县境。 [20] 徽圣：指宋徽宗。 [21] 横竹：横笛。用以横吹的竹制笛子。唐李贺《龙夜吟》：“卷发胡儿眼睛绿，高楼夜静吹横竹。” [22] 钦慈族妇魏王孙：统指宋室宗亲、妃嫔贵妇。北宋王朝的宗室，有宋太祖支派、宋太宗支派及魏王支派。宋太祖赵匡胤的四弟赵廷美，在宋徽宗即位后，被追封为魏王。

［23］云中府：宋代的云中府，为今山西大同。［24］宣和：宋徽宗年号，1119—1125年。［25］璇宫：饰玉之官，这里指帝王之官。［26］白除颈鸦：颈背和胸前有一白圈外，其余体羽全黑的乌鸦。据说，其智商和情商较高，通人性。［27］神山：在今广东东莞。［28］五夜：即五更。古人认为，一夜可分为甲、乙、丙、丁、戊五段。

大渔山歌

题解

大渔山，在今广东东莞。

李黼平的家国情怀在这首诗中体现得淋漓尽致，他以南宋爱国将领虞允文痛打金国侵略者完颜亮的故事起头，先写完颜亮野心勃勃，趾高气扬，再叙其被虞允文率领军民英勇还击，遗臭万年，以此警告“捧心效颦态更丑”的“鬼戎”。紧接着歌咏大渔山的壮丽，强调大渔山是泱泱中华的门户，允许外藩通商，但不容他族觊觎。对维护国家领土完整，打败“鬼戎”入侵充满信心。可惜，诗人对日益衰败的清政府缺乏清醒的认识，从而作出了过于乐观的判断。

一骑吴山山顶立[1]，画图开处军声急。何知乃有虞参军[2]，坐扼长江不能入。中华名胜未易攀，到今吴越说完颜[3]。捧心效颦[4]态更丑，鬼戎[5]又欲居渔山。渔山秀插溟海洋，镜里常摇青黛光。寒涛万顷接蓬岛[6]，飞云一气连昆冈[7]。祝融祠[8]前蹲二虎（大虎山、小虎山，俗谓之“虎头门”），正赖渔山塞门户。浮查[9]特许外藩来，筑室奚容他族处。如何左右求龙断[10]，狂词屡上征蛮府。府公玉帐临河魁[11]，不惮堂堂先谕汝。朝廷垂衣[12]干舞[13]阶，天方[14]大食[15]俱威怀。将尽尧封[16]瞰乌戈[17]，肯从禹奠[18]捐朱厓[19]。汝如

跳踉[20]求必得，楼船十万渔山侧。黄龙一跃[21]沧波飞，请看书生亲破贼。

注释

［1］一骑吴山山顶立：一骑，这里指完颜亮。其诗《南征至维扬望江左》："万里车书一混同，江南岂有别疆封？提兵百万西湖上，立马吴山第一峰。"相传完颜亮读了柳永《望海潮》后，极其向往"东南形胜，三吴都会"的繁华，从而举兵南侵。［2］虞参军：虞允文（1110—1174），南宋绍兴二十四年进士。绍兴三十一年（1161），即金正隆六年，完颜亮大兵南侵，虞允文以中书舍人参谋军事到采石矶犒师。当时，采石矶危在旦夕，主将王权逃遁，新的主将又未到任，军心涣散。在险恶形势下，虞允文挺身而出，指挥宋军，在民众的支援下，集合南宋兵力，誓以死战，击沉敌船300多艘，大胜金兵。完颜亮不得不撤退。采石矶之战是南宋朝廷转危为安的关键一战。［3］完颜：完颜亮（1122—1161），字元功，女真名迪古乃，金太祖完颜阿骨打之庶孙。金皇统九年（1149），杀熙宗自立，迁都燕京，改元天德。金正隆六年（1161），大举进攻南宋。在采石矶被宋军打败后，退到瓜洲，为部将所杀。［4］捧心效颦：形容丑女学美女捧心皱眉，极为难看。又称"捧心效西子""东施效颦"，典出《庄子·天运》："西施病心而颦其里，其里之丑人见而美之，归亦捧心而颦其里。其里之富人见之，坚闭门而不出；贫人见之，挈妻子而去之走。"颦，皱眉头。［5］鬼戎：指当时以英国为首的西方殖民者。［6］蓬岛：指蓬莱仙岛。［7］昆冈：指昆仑山。［8］祝融祠：祀奉祝融神的祠庙。祝融，名重黎，传说中的火神。秦吕不韦《吕氏春秋·四月·注》："祝融，颛顼氏后，老童之子吴回也，为高辛氏火正，死为火官之神。"一说祝融是三皇五帝中的三皇之一，以火施化，号

为赤帝。另有一说，认为祝融是南方之神、南海之神。 ［9］浮查：浮槎。查，本义为木筏。古作楂，通槎。晋王嘉《拾遗记》：“有巨查浮于西海。” ［10］龙断：皇帝的决断。这里以龙比喻皇帝。 ［11］河魁：古代主将设置军帐的方位。唐李白《司马将军歌》：“身居玉帐临河魁，紫髯若戟冠崔嵬。” ［12］垂衣：这里是垂衣拱手的略称，赞颂帝王无为而治。典出《尚书·武成》：“惇信明义，崇德报功，垂拱而天下治。” ［13］干舞：兵舞，周朝时期乐舞的一种，舞者执盾而舞。干，盾也，古代作战时用于卫身抵御兵刃的武器。 ［14］天方：阿拉伯半岛，伊斯兰教的发源地，古称为天方、天房。张廷玉等编撰的《明史》有《天方国传》。 ［15］大食：大食国，中古时期的阿拉伯帝国（632—1258），由伊斯兰教的创立者穆罕默德所建，历经600多年，是地跨亚欧非的大帝国。我国史书据波斯语称之为大食。 ［16］尧封：指中国的疆域。传说帝尧命舜巡视天下，将天下划分为十二州。舜受尧禅位后，“每州表封一山”，其地仍是尧时旧地，事见《尚书·舜典》：“肇十有二州，封十有二山。”后来遂以尧封表示中国的疆域。 ［17］乌戈：乌戈山离的简称，古代西域国名。《汉书·扬雄传》：“乃萃然登南山，瞰乌戈。”其注：“服虔曰：三十六国，乌戈最在其西。” ［18］禹奠：夏禹开辟的土地。 ［19］朱厓：即珠崖，因位于大海崖岸边，出产珍珠而得名。西汉时置珠崖郡，治所在瞫州（今海南海口）。 ［20］跳踉（liáng）：跳跃。踉，跃起。 ［21］黄龙一跃：此处为双关语，喻指清王朝出兵。典出晋陈寿《三国志·吴》：“黄武八年夏，黄龙见夏口。于是权称尊号，因瑞改元。又作黄龙大牙，常在中军，诸军进退，视其所向。”此后，黄龙成为帝王的象征。清朝皇帝出行，皆用二面黄龙大纛。

防海四首

题解

清朝政府长期忽视海防建设。在清道光年间鸦片战争前，一些有识之士向朝廷呼吁，加强海防意识，提防从海上来的侵略者。李黼平就是其中之一，但他把船坚炮利的“英夷”，看作“蕞尔”小国，而认为有“西平韬略”的清朝政府气可吞洋，必胜无疑。

这组诗以自居“天朝上国”的心态谈海防，这种思想，实际上是战略误判。然而，李黼平意识到“惟应驱逐尽”侵略者，其爱国的热忱还是值得充分肯定的。

宛宛龙编户[1]，眈眈虎守门。地开轩后[2]远，神镇祝融尊。五管声相应，重洋气可吞。西平[3]韬略在，谭笑[4]制游魂。

日月无私照，怀柔偏九垓[5]。但令通杂货，不许眩奇瑰。出地三帆转，（西人来粤，海中忽见南北极俱在平地，盖所到之处，已在地球之昼夜平线间。更转而南过大浪山，则见南极出地三十五度。可知其地正与中国上下相对也。）粘天一叶来。艰难荼荈[6]得，慎勿负恩培。

蠔镜[7]前朝[8]假[9]，当时计本疏。天街曾越限，海岛自争居。梁彴[10]鼋[11]身驾，楼台蜃[12]气嘘。先人军志有，艜艔布扶胥。

蕞尔英夷国，纵横网利多。蜗居常战斗，蚕食莫谁何。麾扇中军出，衔刀壮士歌。惟应驱逐尽，万里看铜磨。

注释

[1]编户：原稿为偏户，应是编户之误。编户，指古代户籍。 [2]轩后：指黄帝。轩，为轩辕简称。据古史，轩辕黄帝胜炎帝于阪泉，胜蚩尤于涿鹿，被诸侯尊为天子，后被认为是汉民族的祖先。后，古代天子和列国诸侯皆称后。 [3]西平：指唐朝西平王李晟（727—793），唐中叶名将。初为守边裨将，后讨藩镇田悦之乱、平朱泚之叛，收复京师，累建奇功，官至太尉兼中书令。 [4]谭笑：谈笑。谭，同谈。 [5]九垓：原指"九州之极数"，喻指全国。晋葛洪《抱朴子·外篇·审举》："今普天一统，九垓同风。王制政令，诚宜齐一。" [6]荈（chuǎn）：茶的老叶，粗茶。 [7]蠔镜：本义是像蠔的外壳平滑如镜面一样，这里是澳门的别称，又称为濠镜。澳门本是个小渔村，其海湾形状像蠔镜，因而被称为蠔镜、蠔镜澳，后来蠔镜演变成濠镜，《明史》中称为濠镜澳。明嘉靖三十二年（1553），葡萄牙人初至该地，借口晒货，贿赂官员，强行租借。明万历十年（1582），中葡曾订立澳门租地协约，葡萄牙人向中方缴纳地租。 [8]前朝：指明朝。 [9]假：借。 [10]梁彴（zhuó）：桥梁。彴，独木桥。 [11]鼋（yuán）：大鳖。背青黑色，头有疙瘩，俗称癞头鼋。[12]蜃：大蛤蜊。《周礼·天官·鳖人》："春献鳖蜃。"

廉泉二首

题解

廉泉，古人以“贪泉”“廉泉”为题的诗不少，主题相类。最为著名的首推晋吴隐之的《酌贪泉诗》。

吴隐之出任广州太守时，见到名为“贪泉”的泉水。当地人说饮了贪泉水，就会贪婪成性。他不信此言，照饮不误，并写下《酌贪泉诗》，以此明志。在广州任上，他力矫贪渎时弊，严格自律，以清廉著称，后官至光禄大夫。

本诗同是秉持“洁清贵自好，非水能使然”的观点，写来却更为具体生动，视野广阔，别开生面。前一首赞美清泉“功罪两不居”，后一首期望清泉为民造福。

洁清贵自好，非水能使然。此泉以廉呼，众口胡为传？小民无愚智，皆愿长官贤。望之不可得，遂以责斯泉。斯泉有神灵，重任恐难肩。不廉讵吾罪，廉亦何功焉？功罪两不居，庶几[1]能周全[2]。君看黄岭[3]下，日夕常淙潺。

居贫饮咸苦，习惯成自然。何从得甘洌[4]，此水人争传。坎盈随地势，井收经邑贤[5]。至今山下人，结庐爱邻泉。炎蒸救道暍[6]，用息劳者肩。我来试茶具，若有余憾焉。飞流灌城野，利敷功斯全。安得邓道士[7]，驾笕[8]流潺潺。

注释

［1］庶几：差不多，也许可以。 ［2］周全：这里是齐全的意思。［3］黄岭：在今广东东莞。莞人黄濂有《黄岭诗》：“罗列群山若拱辰，黄旗高举望中新。有情面面俱能到，始信多情是贵人。” ［4］冽（liè）：寒冷，清凉，清醇。同洌。《诗经·小雅·大东》：“有冽氿泉，无浸获薪。” ［5］井收经邑贤：本邑的贤人经营收泉水为井。 ［6］暍（yē）：中暑。 ［7］邓道士：指宋苏轼敬重的罗浮山的道士邓守安，字道立，“山野拙讷，然道行过人，广、惠间敬爱之，好为勤身济物之事”。曾向苏轼建言，可用五管大竹引蒲涧水入广州城，解决平民百姓饮咸苦水的问题。苏轼转而向广州知府王敏仲建议实行。于是，广州人喝上了清甜的自来水。 ［8］笕（jiǎn）：引水的竹管。

延伸阅读

晋吴隐之《酌贪泉诗》：“古人云此水，一歃怀千金。试使夷齐饮，终当不易心。”

镇口竹枝词四首

题解

镇口，地名，今东莞市虎门镇镇口村。

这四首竹枝词均反映了东莞镇口的民情风俗。第一首是渔民生活的剪影；第二首介绍元宵节前的风光景物；第三首写立春时男女迎春的情景；第四首则说道历史典故，系之感慨。

阇西山[1]上夕阳斜，无数渔舟缆树椏。
一阵潮来齐起汕[2]，小鬟[3]分艇卖梭花。

一碧师洋[4]镜面澄[5]，夜航遥唤小船膺[6]。
风光欲近元宵节，归客都擎九子灯[7]。

无边春满水云隈，杏靥樱唇[8]次第开。
打节不曾逢鬼宿（莞谚云：“一鬼打节有一飓。”打节者，如立春日值鬼宿，即有飓风。），郎船安稳看花来。

双虎崔嵬插汉间，寒潮呜咽打城还。
遗民岂复知朝代，爱说官家[9]驻跸[10]山。
（大虎、小虎山在阇西山之西，即秀山也。宋张世杰[11]奉端宗驻此。）

注释

［1］闸西山：在东莞。清代之前是海上的岛屿，现在已成为东莞市沙田镇的城市公园。 ［2］汕：鱼游动的样子。《诗经·小雅·南有嘉鱼》："南有嘉鱼，烝然汕汕。" ［3］小鬟：小发髻。旧时代称小婢，这里指小女孩。 ［4］师洋：即狮子洋，珠江口内水域，以虎门为界，与珠江口外水域的零丁洋相邻。 ［5］澄（chéng）：水清而净。 ［6］譍（yìng）：同应。宋苏轼《九月二十日微雪，怀子由弟》："遥知读易东窗下，车马敲门定不应。" ［7］九子灯：指九子登科灯。元宵节时，有孩子上学的人家都喜欢用该灯图个好兆头。 ［8］杏靥（yè）樱唇（chún）：借指美女。靥，面颊上的微涡。曹植《洛神赋》："明眸善睐，靥辅承权。"唇，唇的古称。 ［9］官家：指皇帝、朝廷。唐白居易《喜罢郡》："自此光阴为已有，从前日月属官家。" ［10］驻跸（bì）：帝王出行途中暂时停留。跸，帝王车驾出行，禁止行人以清道。 ［11］张世杰：抗元名将，与陆秀夫、文天祥并称"宋末三杰"。南宋德祐二年（1276），元军逼近临安，张世杰等奉益王（赵昰，宋端宗）、卫王（赵昺，宋少帝）南逃，组织小朝廷抗元，转战东南沿海。南宋景炎二年（1277）宋端宗赵昰因台风落水染病，不久便驾崩了，由赵昺继位。崖山战败，陆秀夫背着年仅8岁的赵昺投海自尽，南宋灭亡。张世杰见大势已去，无力挽天，遂以身殉国。

延伸阅读

南宋文天祥《过零丁洋》："辛苦遭逢起一经，干戈寥落四周星。山河破碎风飘絮，身世浮沉雨打萍。惶恐滩头说惶恐，零丁洋里叹零丁。人生自古谁无死，留取丹心照汗青。"

佛山归舟作

题解

佛山，今广东佛山，据说因唐朝时有人在此处挖到佛像而得名，又称为禅山，简称禅。

李黼平任教于宝安书院期间，因朋友相邀，不时在珠江边的顺德、佛山、广州等地往来，常见“鬼舶”横行，从而发出“远人诚当柔，他族毋乃逼”的呼喊。然而，盲目乐观，把希望寄寓于“元老”的“奇策”，乃是不切实际的幻想。

就诗论诗，首尾呼应，诗人归途快乐的心情可感可触，可窥见当时乐观派的真实心态。

是身如浮云，来去初无迹。朋好或牵挽，到处皆可宅。
禅山[1]二日留，况为风水隔。侵晨趁潮下，船旂向东掷。
沙水既练练[2]，凫雁复拍拍。登舻发微吟，清景慰行役。
帆回石角转，纵横屯鬼舶。候风岁一至，今兹倍于昔。
此辈多横行，拄杖飞霹雳。中酒[3]杀心起，不知汉三尺[4]。
远人诚当柔，他族毋乃逼。迂儒恒过虑，元老有奇策。
遥瞻黄木湾[5]，林际升皓魄。晚饭竹林下，渔歌远天碧。

晦日遣兴五首

题解

晦日，农历每月的最后一天。

道光十二年（1832）正月的晦日，李黼平为消解烦闷的情绪，接连写下这五首诗。前两首对“连旬阴雨”误了春光，酿成严寒，深感无奈；第三首寄希望于明朝，想象次日清晨，鸟雀呼晴，好像在问：有空去织女湖边喝酒，去麻姑峰下踏青吗？愉悦心情，呼之若出。第四首紧接上首，“心情还似少年时”，然而，人不似鸟，恩爱夫妻不能在一起。心情又不免低落。最后一首赞颂“中和改节”，描绘二月晴的美好景象，欢快祥和。跌宕起伏，却又转换自然。把“正月欲尽二月来”“正月盼到二月晴”的心路历程展现得极为生动、具体。

正月欲尽二月来，连旬阴雨不曾开。
纵饶烂漫桃花发，已误差池[1]燕子回。

二月未到正月阑[2]，连旬阴雨酿严寒。
未能絮被蒙头睡，且要槎杯[3]到手干。

朝来竹窗语绵蛮[4]，臆[5]问晴时君得闲。
织女湖湄[6]浮白[7]去，麻姑[8]峰下踏青还。

莫道衰颜鬓又丝，心情还似少年时。
如今却逊白头鸟[9]，冒雨犹棲红树枝。

中和改节[10]亦人情，正月盼到二月晴。
宛宛游龙过镜水，翩翩飞燕出蓉城。

注释

[1]差池（cī chí）：不齐貌。《诗经·邶风·燕燕》："燕燕于飞，差池其羽。" [2]阑：晚，残，尽。 [3]槎杯：原义指槎形的酒杯，疑这里是笔误，应为搓杯，即用手把酒杯来回揉动。 [4]绵蛮：小鸟叫声。《诗经·小雅·绵蛮》："绵蛮黄鸟，止于丘阿。" [5]臆：主观的想法。 [6]漘（chún）：水边。《诗经·魏风·伐檀》："置之河之漘兮。" [7]浮白：原指罚饮一满杯酒，这里指满饮。 [8]麻姑：传说中美丽的女仙人，其手指纤细如鸟爪，自称曾见东海三为桑田。 [9]白头鸟：民间以白头鸟比喻夫妻恩爱。 [10]中和改节：唐德宗贞元五年（789），皇帝李适下诏废止正月晦日为节的旧例，改以二月初一为中和节。

延伸阅读

宋韩琦《中和节后园》："半销残雪在庭柯，寂寞园林试强过。正病寒威连月困，不知春色一朝多。小桃楼角香心动，百舌枝头语意和。促理新声加酿酒，只忧韶景去如梭。"

双桐轩赠月

题解

双桐轩，李黼平在宝安书院任教时的居所。

古人咏月的诗歌可谓不可胜数，如李白有“举杯邀明月，对影成三人”，苏轼有“明月几时有，把酒问青天”。李黼平的这首赠月诗，也写得有滋有味，亲切感人。

起句直奔主题，平生最爱月。紧接着写爱月的情状：一见皎月当至，急忙“下床曳芒鞋”。或拄杖东阶待月，或衔杯西斋望月，或在十五、十六夜翘首仰视中天。为什么？因为“月亮知道我的心”。笔锋一转，借人有亲朋，贵在相聚，一经离别，则相思无尽作对比，道出月与己则永在一起，“随我客燕齐，共我官江淮”，“怜我落深室”，无论是天涯海角，“行坐必我偕”。然后以嫦娥“报以霓裳曲”作结。诗人爱月，月爱诗人，两情相悦，表现得淋漓尽致。

生平无所嗜，花月都关怀。将花与月较，未若月尤佳。花秾三春[1]发，月皎四序[2]皆。所以每遇月，下床曳芒鞋。阙值哉生明，扶藜立东阶。及乎下弦[3]后，衔杯坐西斋。三五二八夜，昂首天中街。问月有何好？与君心独谐。人生有亲宾，贵在无睽乖[4]。一离未遽合，相思杳天涯。惟有云际月，心迹无参差。随我客燕齐，共我官江淮。怜我落深室，清光露松钗。穿房更入户，病眼为一揩。或处碧海角，或居苍山崖。依依不能舍，行坐必我偕。自非风雨宵，未尝或藏埋。世间有情物，孰能与之侪[5]？常娥[6]聆此言，含笑门半闟[7]，报以霓裳曲，铿锵无限龤[8]。

注释

[1] 三春：农历正月为孟春，二月为仲春，三月为季春，合称三春。有时也单指春季的第三个月，唐岑参《临洮龙兴寺玄上人院，同咏青木香丛》："六月花新吐，三春叶已长。" [2] 四序：指春、夏、秋、冬四季。唐王勃《守岁序》："岁月易尽，光阴难驻。春秋冬夏，错四序之凉炎；甲乙丙丁，纪三朝之历数。" [3] 下弦：指下弦月，下弦月出现在下半月的下半夜的东面天空，月面朝东，日出黎明前才出现。 [4] 睽（kuí）乖：分离。睽，违背。 [5] 侪（chái）：同辈，同类。 [6] 常娥：嫦娥。 [7] 闟（kuǐ）：开。 [8] 龤（xié）：和谐。

延伸阅读

唐孟浩然《宿建德江》："移舟泊烟渚，日暮客愁新。野旷天低树，江清月近人。"

寄蓉查

题解

蓉查，李黼平的同宗好友。

岁月不居，青丝白发。老友无几，倍加珍惜。这首五律的首联先说两人的关系非比寻常。颔联坦述人生劳碌奔波，各有苦衷。颈联表达对建功立业的向往，尾联用唐代骆宾王的故事，表达对老友的殷切期望。诗如面晤，促膝谈心，真诚亲切。

老友今余几？相看我共君。
行纵[1]如坠雨，心事各停云[2]。
汉将彤牙[3]出，秦关[4]画角闻。
平生驰檄手[5]，知否欲从军。

注释

[1]纵（zòng）：指车辙。 [2]停云：乌云聚集不散，指乌云浓厚。 [3]彤牙：汉将指挥所在的位置。牙，古代将军之旗。汉军转化为行政，其官署亦谓牙。后以“牙”与“衙”同音，而通用“衙”。 [4]秦关：指秦地的关塞。 [5]驰檄手：善于写檄文的人。骆宾王，曾因草拟讨伐武则天的檄文而名满天下，传扬千古。

和祁琼娘诗四首

题解

祁琼娘，东莞才女，生平待考。从诗中透露的信息看，应是东莞梨川人。道光六年（1826），东莞名士简士良读书于盂山，冬十一月的一天早晨在山里得一古砖，上有“祁琼娘题”的两首诗歌，感人至深，遂与友朋同视，并和其诗。

李黼平的这四首和诗写得凄清悲婉，字里行间，都是同情。其一以“盂山草露”起兴，写才女的聪敏与闺怨；其二道才女之诗令人“断肠”；其三极赞“两首新词”的意义；其四抒写景仰才女的情怀。

步上盂山[1]草露盈，衍波笺[2]赋晓寒成。
无端拾得秋闺怨，玉冷画凄望月明。

采笔[3]梨川[4]一现花，西风谁问美人家。
断肠只合诗招起，莫遣悲吟和夕笳[5]。

未论好好[6]与盈盈[7]，两首新词血染成。
传到人间吟不得，弓弯一曲太分明。

痴情同咏折枝花，知在芜城第几家？
环佩月明魂欲返，山楼凭仗莫吹笳。

注释

［1］盂山：在东莞。［2］衍波笺：诗笺名。明杨慎《丹铅总录》载："唐世有蠲纸，一名衍波笺，盖纸文如水文也。"［3］采笔：指五彩笔，喻文才极好。典出自"江郎才尽"的故事。南朝梁钟嵘《诗品》："初，淹罢宣城郡，遂宿冶亭，梦一美丈夫，自称郭璞，谓淹曰：'我有笔在卿处多年矣，可以见还。'淹探怀中，得五色笔以授之。尔后为诗，不复成语，故世传江淹才尽。"［4］梨川：位于东莞城郊，明清时期出过许多举人、进士。［5］笳（jiā）：古代管乐器，类似笛，汉朝时流行于西域一带的少数民族间。传入中原，被称为胡笳。［6］好好：唐代著名乐伎。杜牧《张好好诗》："君为豫章姝，十三才有余。翠茁凤生尾，丹脸莲含跗。……洛城重相见，绰绰为当垆。"［7］盈盈：疑指明末清初的绝色美人陈圆圆。"其人淡而韵，盈盈冉冉"（冒辟疆《影梅庵忆语》），天生丽质，能歌善舞。

延伸阅读

古砖书祁琼娘二绝句："几株山树露盈盈，总是愁人泪滴成。试把愁心问明月，今宵明月为谁明？""对妆鸾镜舞山花，墓倚长松树作家。风伯不知愁思苦，山头夜夜起悲笳。"

东湖钓矶次东洲仁弟韵（四首选三）

题解

简东洲，即简士良，莞城北郊人，贡生，著有《秦瓦砚斋诗钞》，“嗜古若饥渴，爱诗如性命”，是李黼平在东莞宝安书院任教时的好朋友。其八世祖简颀庵作为明末遗民，隐居不出。

李黼平的次韵诗，颂扬简颀庵如同先贤谢翱、元好问那样高风亮节，不忘故国。著书立说，以诗文寄意。同时也道出了对东湖钓矶的神往。

简颀庵戎部，名知遇，字伯葵，东洲八世祖。前明万历戊午举人，宰四川铜梁县。崇祯中，以贤才荐官兵部主事。鼎革[1]后，隐东湖[2]不出。钓矶，湖上别业[3]也。

水榭阴森竹树青，纶竿收后诵骚经。
里人莫作渔庄看，直是遗山[4]野史亭。

风沙苍莽足凋颜，归卧东湖碧玉湾。
不似羊裘离大泽[5]，客星重向富春还。

深树鹃啼[6]拜几回，每同诸老望燕台[7]。

而今汐社[8]空流水，惟有村童照蟹来。

注释

［1］鼎革：改朝换代。《周易·杂卦》：“革，去故也；鼎，取新也。” ［2］东湖：这里指东莞的东湖。 ［3］别业：在原住宅外另建的园林游憩处所，也称别馆、别墅。 ［4］遗山：元好问（1190—1257），字裕之，号遗山，太原秀容人，金元时期著名的文学家。金兴定五年进士，官至尚书省左司员外郎。金亡不仕，著述存史。 ［5］羊裘离大泽：这里借指东汉初年汉光武帝刘秀和高士严光的故事。刘秀和严光在小时候是好朋友。刘秀称帝后，要严光出来做官，严光不愿意，逃到富春江当隐士。刘秀派人四处寻找，后来发现一位披着羊裘的人在江上垂钓，那人正是严光，遂用安车把他接到京城。但严光不改初衷，坚持归隐于富春江畔。 ［6］鹃啼：杜鹃啼血的略称，杜鹃，又称子规鸟。传说古代蜀国灭亡后，君主望帝悲痛不已，死后化为杜鹃，日夜悲啼，直至口中流血。唐李白《宣城见杜鹃花》：“蜀国曾闻子规鸟，宣城还见杜鹃花。一叫一回肠一断，三春三月忆三巴。” ［7］燕台：战国时期燕昭王所筑的黄金台。这里借指已被敌人占领的北国。金元好问《即事呈邦瑞》：“明日燕台传盛事，坐中宾客尽名流。” ［8］汐社：南宋遗民谢翱文社名。明程敏政《宋遗民录》载，方凤《谢君翱行状》：“后避地浙水东，留永嘉、括苍四年，往来鄞、越复五年，……而独求故老与同志，以证其所得。会友之所名汐社，期晚而信，盖取诸潮汐。”谢翱（1249—1295），字皋羽，曾为文天祥咨议参军。南宋灭亡，文天祥被俘不屈而死，谢翱悲恸不已，在严子陵钓台设文天祥神主以祭。谢翱死后亦葬于钓台。

附录

对李黼平诗歌的评论

史书评价

《清史稿·儒林传·李黼平》：

“其论诗谓心声所发，含宫嚼羽，期与象箾胥鼓相应，故所为诗，专讲音韵，能得古人不传之秘。”

名家评述

李清华：

“先生诗兼总众有，不名一长。大率兴寄深微，而未尝稍邻于辟涩；魄力雄大，而未尝稍涉于嚣张。任举一篇，皆与其性情声气而传之楮墨之上。故能翘然特出，不为风气之所局。以较渊明之在晋，子瞻之在宋，一而已矣。即谓复古自先生始焉，可也。”（《绣子先生集·序一》）

刘熊：

“先生诗，情以为根，文以为华，礼义以为实，皆有识者所共见。尤其声韵之微，有未易骤而得之者。”（《绣子先生集·序二》）

梁廷枏：

“先生绮岁惊驹，稚龄修凤，龙文扛其百斛，虎仆揭其一枝。经孔抱释，送而来作岭峤海滨之特，用能戛然独造，矫尔不群。过小雅之丛而揀材，入骚客之庐而树栋。樊川之情生乎韵，义山之实佩以华。消息微通，灵响自远，可谓会沧浪之旨趣，契表圣之心源者矣。”

…………

“大吏待以文星，多士沾其霏雪。座满束脩之贽，门忙问字之车。比之于鹿洞鹅湖，望者若泰山北斗，而后徐飞词帜，狎主骚坛。忻戚寄乎湘纨，性情传乎烟墨。一篇甫出，万手争抄。尊杜老曰诗王，奉白公为教主。公评具在，毋烦缕述焉。”（《绣子先生集·跋》）

黄遵宪：

“嘉应一州，占籍者十之九为客人”，“客人者，中原之旧族，三代之遗民”。“里人张榕轩观察，少读书，喜为诗，钞存先辈诗甚富。近出其稿，托仙根明经广为搜集，重加编订”，“余受而读之，中如芷湾、绣子两太史，固卓然名家，其他亦驯雅可观。嘉、道之间，文物最盛，几于人人能诗，置之吴、越、齐、鲁之间实无愧色”。（《梅水诗传序》）

“百人同队试青衫，记得同歌宵雅三。上溯乾嘉数毛郑，瓣香应继著花庵。”（《岁暮怀人诗》）

丘逢甲：

“岭南论流派，独得古雄直。混茫接元气，造化入馋刻。百年古梅州，生才况雄特。宋公（芷湾先生）执牛耳，光焰不可逼。堂堂黄（香铁先生）与李（绣子先生），亦各具神力。我欲往从之，自愧僵籍湜。耆旧今凋零，思之每心恻。”（《题王晓沧广文鹧鸪村人诗稿　其三》）

黄培芳：

“古体擅胜，有大家风味。近体亦出笔老重。”（《香石诗话》）

符葆森：

“即一脔可知鼎味。”（《国朝正雅集》）

徐世昌：

“所为诗，谐畅稳秀，有一唱三叹之致。”（《晚晴簃诗话》）

汪辟疆：

“尝谓岭南近人诗，自以黄公度、康长素、邱仙根为有名。公度最能卓然自立，康则故为雄奇，邱亦泥沙并下，皆不及稍前之李绣子、朱九江二家。”（《光宣以来诗坛旁记》）

古直：

“三先生（李黼平、宋湘、黄遵宪）诗，光焰万丈，江河不废。”（《客人三先生诗选·序》）

汪憬吾（兆镛）：

“绣子先生诗雄深闳厚，深入杜韩阃奥。以粤人论，惟钦州冯鱼山差可伯仲。洪稚存云‘独得乾坤雄直气，岭南犹似胜江南’者，是也。”（中山大学《文学杂志》第十二期）

陈协之（融）：

“近人以绣子、宋芷湾、黄公度合为三客人诗选者。客问三子诗何若？予谓芷湾哀乐无端，飞行绝迹。公度光怪陆离，悉入囊橐。绣子所让也。而绣子之光色精奇，皆事磨琢，则又二子所不如，盖根柢朴学也。”（《融园诗话》）

江霞公：

“集（指《绣子先生集》）中古体题较多，五言直逼汉魏，七言柏梁长庆诸体，格老气苍，声情并茂，纯是唐音。近体绝律，格律谨严，气息深稳，托思绵邈而不晦涩，运笔雄浑而不叫嚣，置之宛陵集中殆无以辨。有清一代，盛乡人才辈出，远而芷湾前辈之诗笔排戛才气纵横，近而公度之超陈出新，仙根之矜才使气，皆不可一世，而不出才人之诗。以言平矜释躁，酌古准今，合学人诗人才人而兼之，断推斯集。梁节庵前辈生时每谓粤人不究作律，以此方之大江南北，岂复多让？循诵一过，不禁五体投地。”（中山大学《文学杂志》第十二期）

杨果庵（寿昌）：

“绣子先生为我岭东耆硕，久深佩仰。”（中山大学《文学杂志》第十二期）

闵孝同：

“岭南大宗，光焰万丈。”（中山大学《文学杂志》第十二期）

陈天倪：

“绣子先生既穷治毛诗、杜韩，故有风人之托物，雅人之哀思，出入杜韩而不为格局所滞。”（中山大学《文学杂志》第十二期）

刘奇峰：

“《绣子先生集》及《读杜韩笔记》，词采精拔，多前人所未发。洵数百年来谨见之作。”（中山大学《文学杂志》第十二期）

丁仲祜（福保）：

“殊佩绣子先生之用力专深，学识渊博，虽沉锢百年，宝光之发，终不可掩。”（中山大学《文学杂志》第十二期）

戴亮吉：

“《读杜韩笔记》展诵一过，参之诗集，愈佩其学有本源。”（中山大学《文学杂志》第十二期）

梁寒操：

“绣子先生遗诗，清新冲逸；笔记考据渊审。诚为后学

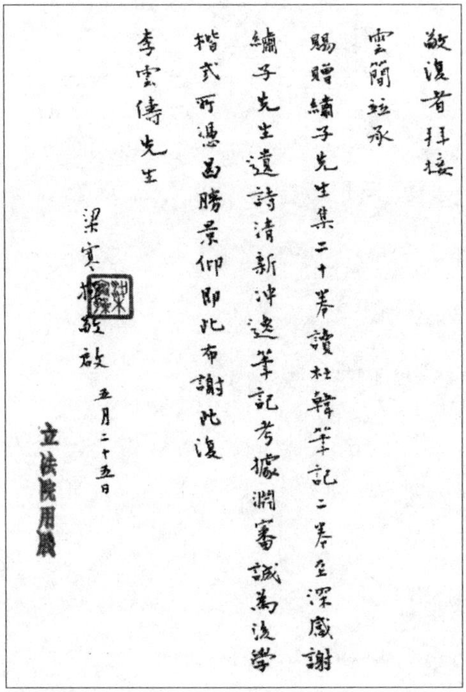
敬復者 拜接
雲簡 並承
賜贈繡子先生集二十卷讀杜韓筆記二卷 至深感謝
繡子先生遺詩清新沖逸筆記考據淵審誠為後學
楷式所憑益勝景仰即此布謝此復
李雲儔先生
梁寒操敬啟 五月二十五日
立法院用箋

梁寒操评李绣子（黼平）诗“清新冲逸”

楷式所凭。”（梁寒操信，原件现存李氏后人处。）

杨云史（圻）：

“绣子公诗集四册，展诵之下，如亲先正矩矱，欣忭无已。”（给李云俦信，原件存李氏后人处）

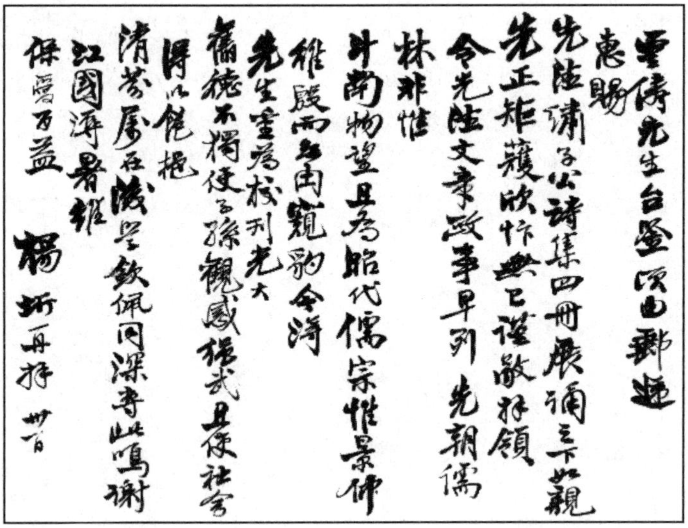

云俦先生台鉴：顷由邮递惠赐先德绣子公诗集四册，展诵之下，如亲先正矩矱，欣忭无已，谨敬拜领。令先德文章政事，早列先朝儒林，非惟斗南物望，且为昭代儒宗，惟景仰维殷，而乡闻窥豹。今得先生重为校刊光大旧德，不独使子孙观感楷式，且使社会得以饱挹清芬，厚意殷拳，钦佩同深。专此鸣谢，江国溽暑，维保啬万益。杨圻再拜 卅日

杨云史（圻）读李绣子（黼平）诗“如亲先正矩矱，欣忭无已”

王巨川（铨济）

“诗集高情远响，格健思深。在有清一代，独能树立一帜。盥诵之余，谨识佩忱。”（中山大学《文学杂志》第十二期）

唐蔚芝（文治）：

“先后雒诵，山崖屋壁，历久弥光。”（中山大学《文学杂志》第十二期）

“绣子先生集，古诗奇警横肆，独辟町畦，较之梅州诗人，有红杏山房之超脱，而无其率意，有人境庐之新异，而无其粗疏。挈揽众长，剥肤存液，诚盛世之元音也。尤爱其五言中幽秀澹荡诸作，殆湘乡相国所谓得闲适之趣者。”（中山大学《文学杂志》第十三期）

王伯沆：

“绣子先生诗不特粤中之冠，直有清二百年风雅宗主也。”（中山大学《文学杂志》第八期）

金松岑：

“惊才绝艳，颉颃翁山二樵。”（中山大学《文学杂志》第十一期）

高吹万：

“曩读《毛诗紬义》，叹为精博，以未获其所著他书为憾。今得先生集，快慰宁有既极？”（中山大学《文学杂志》第十三期）

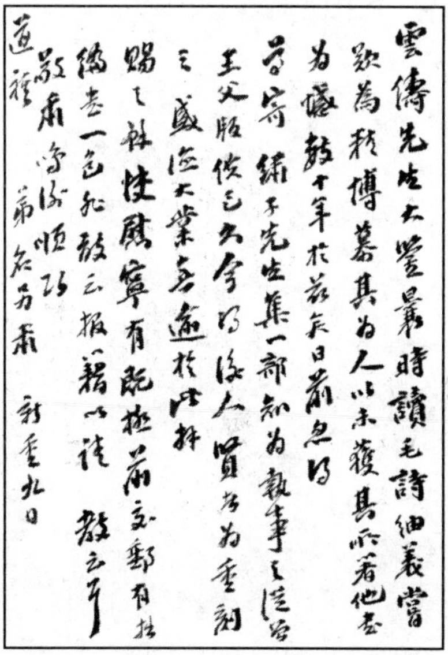

高吹万盛赞李云俦重刻《绣子先生集》“盛德大业，无逾于此”

吴敬轩（康）：

“前诵绣公古近体诗，温醇尔雅，潜气内藏，知其文字渊源必有所自。今得公《读杜韩笔记》，论词绎事，必曲必尽，其善者，虽起杜韩于九原，亦将无以易。可谓读书得闲，瓣香所在，信为不诬。”（中山大学《文学杂志》第十二期）

朱民表（念慈）：

“绣子先生道德文章，久为士林宗仰。诗才之大，早已超越众流。”（中山大学《文学杂志》第十二期）

温丹铭：

“自昔论诗有所谓才人之诗、学人之诗、诗人之诗。是集固能兼有才人、学人、诗人之长者也。以梅州二大诗人论，芷湾为太白，绣子则少陵矣。”（中山大学《文学杂志》第十二期）

马小进：

“承寄赠令从曾王父《绣子先生集》四册、《读杜韩笔记》一本，进正如王伯穀所云：贫里儿乍得明月大珠，比屋皆惊，中夜彷徨，枕不敢高，计唯有剖腹耳。”（中山大学《文学杂志》第十二期）

黄任寰、曾举直：

“先生诗集温厚和平，纯以道德发为文章，味其余言绪论，可想见其为人。此编之传，固不惟有功于文献已矣。”（中山大学《文学杂志》第十一期）

麦伯庄：

《题绣子先生集》：“李子遗我绣子集，展读纯是经生诗。经生下字尚严紧，斟酌轻重铢黍宜。苍然渊然烨光色，如缴如绎谐埙篪。洗伐工深到毛髓，瘦硬时复腾丰姿。句奇语重音均节，当时已叹知者希。嗟余好古生又晚，开卷但觉心神驰。尤工论史具卓识，心如发细眼似箕。经营惨淡乃下笔，笔下擒伏无遁词。以文为诗始韩子，横空硬语盘撑支。先生炉冶铸经训，笔势夭矫方驾之。光芒照世当不灭，一官落魄非人为。五岭以南多作者，梁陈王屈张鼓旗。山川郁盘气雄直，咄咄压倒江南师。岂知百年有后劲，异军突起千熊罴。是真一读一击节，头风可愈拙可医。但恐难字读不过，时费探讨愁攒眉。南州自足冠多士，昔贤论定非阿私。传之后学作模楷，愿写万本同韩碑。”（中山大学《文学杂志》第十一期）

侯过：

“梅州文艺溯乾嘉，书画诗名三鼎足。芷湾行草出平原，旁及东坡与山谷。竹航山水如耕烟，难得与可胸中竹。绣子诗格追盛唐，出入杜陵与杜曲。平分三杰宋王李，百年物聚惊凡目。”（《侯过诗选》）

李黼平诗事年表

李黼平的诗事活动，根据其从曾孙李云俦重刻的《绣子先生集》和集外诗、序、墓志铭等编序。冀望通过诗题、诗句，着重从时间、地点及友朋交往信息中尝试勾勒出李黼平的人生轨迹。

《绣子先生集》分4册，共20卷。其中《著花庵集》8卷，《吴门集》8卷，《南归集》4卷。

清乾隆三十五年（1770）庚寅　出生

李黼平出生于广东程乡县（清雍正十一年三月，程乡县升格为直隶嘉应州）教场背（东郊旺巷口李屋）书香门第。生辰为乾隆庚寅癸未甲子乙丑，即乾隆三十五年闰五月十九（1770年7月11日）。家名贞甫，字绣子，号著花居士。父仰亭，母杨氏。

“与孙文毅公尔准同年同月同日同时”生。（《光绪嘉应州志》）

清乾隆四十五年（1780）庚子　十岁

“怀中授唐人断句，辄上口。就外傅读书，绝颖异，不诵而识。”（梁廷枏《奉政大夫翰林院庶吉士绣子李夫子墓志铭》）

“少与兄弟读书东村草堂，有‘机云’‘轼辙’之好。”（古直《客人三先生诗选·李先生传》）

清乾隆四十九年（1784）甲辰　十四岁

在十三四岁时，曾随父亲经高要返乡。（据李诗《南归集·观赖山人写星岩粉本》：“畴昔年才十三四，大人携我康州还。舍舟高要行北郭，沥湖厉过流淙潺。”）

“年十四，精通乐谱。”（《清史稿·儒林传·李黼平》）

“著传奇曰《桐花凤》，或举示州牧，异之。”（梁廷枏《奉政大夫翰林院庶吉士绣子李夫子墓志铭》）

清乾隆五十四年（1789）己酉　十九岁

“潜心朴学，炳炳有条列。年十九，以诗赋受知关曙生学使，为附学生员。次科，戴衢亨为学使。试《石鼓诗》，戴得卷，剧欣赏之。曰：‘文采珊钩鲜也。’”（古直《客人三先生诗选·李先生传》）

清乾隆五十七年（1792）壬子　二十二岁

同乡宋湘中壬子科乡试解元，回到家乡后，曾与李汝谦、李黼平相聚。

清乾隆六十年（1795）乙卯　二十五岁

为生员，习称秀才，别称博士弟子。李黼平为附学生员六年后，“始为博士弟子”。（梁廷枏《奉政大夫翰林院庶吉士绣子李夫子墓志铭》）

在家乡读书。

作《游静室》：“初春百事暇，巾车缓相逐。”

作《暮春饮田家遂宿》：“留客碧山下，清眠谢奔走。”

作《十五夜过访刘恕堂秀才道源》。

作《东村新葺》。

作《即事》《南楼感事寄萧金若文学声霖》《寄刘梅冶秀才庆缃二首》《杂诗四首》。

作《陈生墨兰同刘五齐峰》《萧生饷腊梅赋谢》《金若过访南楼》。

前往广州参加乙卯科乡试，途经龙川、河源、惠州、博罗等地。

作《望罗浮二首》《博罗竹枝》。

作《石龙》：“秋波净涵天，萧疏点衰柳。”

在广州。

作《偕恕堂游五羊观》《诃林寺》《六榕寺》。

乡试未第。

返回家乡前，游览肇庆七星岩等地。（参见李诗《著花庵集·乞袁香亭画》：“当年我客端州路，太守风流心所慕。”）

清嘉庆元年（1796）丙辰　二十六岁

回到程乡县。

作《周溪夜宿》：“呼童爇松明，吾将越东岭。”又作《见燕》：“梨花庭院春阴淡，尽卷珠帘待汝归。”

作《东村看花寄招金若》：“吟坛请待三月三，草长莺飞共鸣屧。”又作《上巳》：“三月三日天气恶，微雨空蒙殊不开。”

作《次叶秋岚秀才兰成见寄韵》。

作《水涨》：“六月瓜蔓水，陡涨连双江。”

作《翼然亭子待月》《秋日南楼有怀》《望阴那有怀秋岚》。

作《秋柳》：“垂丝柔飏掠波轻，六载江头感旧情。”又作《怀萧苏圃锡霖》《秋夕柬恕堂》《秋岚寓斋小集二首》。

清嘉庆二年（1797）丁巳　二十七岁

在潮州。

“丁巳，与少府同客潮州，日观剧为乐。”（《著花庵集·送吕少府南归四首并序》）

清嘉庆三年（1798）戊午　二十八岁

在潮州。

作《寄元甫兄潮州》：“惊心南食客，三度此淹留。”

作《春日有怀元甫》：“倘下湘子桥，予心寄潮汐。”

作《偕张厚斋文学敦元游西岩，出郭，望落叶作》《新寺》《由新寺至旧寺》《午饭旧寺二首》。又作《灵境院故址》：“卧游二十载，今始续前兴。”以及《绿榕桥》《驭风台》《此地旧有虬山、观音、罗汉三岩，日夕将归不果登，诗以志憾》。

清嘉庆三年（1798）戊午　二十八岁

在广州。

作《羊城早霜贻和甫兄》：“当时揽辔共登车，竖子功名畴不如。堪怜穿履尚待诏，自悔敝貂空上书。”

作《园林杂咏八首》：“群贤此消暑，爽气回帘席。”

中式戊午科举人。堂兄李汝谦（和甫）为是科解元。（据清朝科举考试制度，广东的乡试在广州举行，八月考试，九月发榜。）

中举后，即将离开广州。

作《将归，留别羊城诸子》：“寒宵展良觌，快意持杯酒。……雁叫霜落时，鸡鸣雪深候。”

从广州返乡，由水路，经石龙、博罗、惠州、龙川等地。

作《关下》。又作《次石龙却寄》：“羊城至石龙，潮便一夕耳。”

作《晓过博罗》：“朝日射寒流，丹枫两岸稠。”

作《惠州》：“回首罗阳落照残，萧晨风物尽相看。”

作《草鞋铺遇盗》：“四载扁舟数往来，囊空裘敝亦堪哀。”又作《钓石行》。

作《龙川曲三首》。

回到家乡。

作《却金亭送别》。

作《送元甫之潮州》：“我昨持策鞭五羊，欲蹑仙云朝紫闾。群真抗手忽相谢，三旬拓落留他乡。先生尺书招我返，谓我故丘堪偃蹇。……归来相对赋闲居，桂渚篁山欢有余……北风吹衣岁将暮，念子乘舟别亲故。秦岭回看亘白云，韩江直下攒红树。”

作《草堂答刘五齐峰》：“东村二三里，林峦足游目。”

作《送刘恒斋秀才性源赴揭阳》。

作《云洞纪游诗》，内有《周溪书院》《片月池》《天泉井》《太极堂》《周溪》《云步桥》《云谷亭》《云洞山》。

作《送萧苏圃尉沅陵二首》。

作《夏夜迟友人不至》《刘五送画扇》《白莲同齐峰金若》。

作《观官军赴湖南二首》。

作《过刘五山斋》《寄萧苏圃少府》。又作《拜陈杞公墓》。

作《山中夜起怀金若》："中宵苦烦溽，起坐揽衣襟。"

作《李忠定公草仓祠诗碑》《二妙堂并序》。

作《早秋题刘五水阁》："孤亭环水气，寸寸碧澜秋。"

作《寄元甫》："三秋望眼迷关树，五夜归心逐海潮。"

作《蓝田叔画梅》《刘五送三台山茶》。

作《黄生送龙井茶次前韵》："秋堂炎酷余恢台，欲雨不雨天无雷。"又作《次前无题韵二首》："窗纱已是凉风入，稳护秋灯待远人。""丁冬檐马响廊腰，夜度频将乐府调。"

作《听黄生学古弹甘州》："即今官兵破残贼，势扫湖南捣湖北。"

作《京师水笔歌，送友人之京》。

清嘉庆四年（1799）己未　二十九岁

在潮州。

作《叶石亭解元钧以罗浮藤杖作歌寿胡母，督予和之》《送颜鹤汀秀才崇图赴泉州军门》。又作《叶石亭招看木棉并听张山人弹琴同作》："木棉故迟独未放，二月桐华误游屐。……痛饮且为花作主，长歌并遣春同惜。"

作《题袁香亭司马树画册二首》《送袁香亭分守黄冈》。

作《登楼》："凤城无事日登楼，放眼关河引客愁。"又作《韩山贻石亭》："悔送春流来海国，喜逢芳草在天涯。"

作《赠叶蓉槎秀才溥》。又作《乞袁香亭画》："岂知晚向韩山来，邂逅倡和颜为开。"

嘉庆四年（1799），到京师参加己未科会试。（据清朝科举考试制度，会试时间多在三月，四月发榜、复试，在发榜后一个月举行殿试。殿试传胪后五日，进行馆选，选拔翰林院庶吉士。）

作《纪事》。

作《雨过石亭、黎南垣重光、林讱斯绍龙两孝廉》："积雨暗九衢，尚闻车马喧。"

会试不第。留居京城。

作《春夜贻南垣》："莫嫌连榻此栖迟，一旦关河别后思。难似青门风雨夕，留人春酒五加皮。"又作《崇文门遇雨，同石亭买驴口号二首》《名都篇》。

作《送南垣之宣化》："斜日居庸叠翠多，送君弹剑此经过。"又作《记梦》。

作《送讱斯》："凉飔沧范水，别理满燕京。"

作《霜》："无端结束佩纯钩，拟作燕云汗漫游。哀管数声传朔漠，飞霜一夜坠南楼。"

作《故燕城》："云物萧条天宇清，杖藜来访故燕城。"

作《送俞东白明经宗嵛南归》《送张丹崖孝廉对墀之保定》《送邓郁亭孝廉彬之济南》。

作《得南垣宣化书》。

离京，经河北到山东。

作《出都贻石亭》："吾亦欲东耳，相期霜雪征。"又作《西山》。

作《良乡》："凌晨渡芦沟，毕景驻广阳。"

作《涿州观官军赴蜀二首》："涿州城门朝四开，兵车辚辚动地来。"

作《北河夜宿》：“风急北河流，停车古渡头。”

作《高阳小饮口号》。

作《德平有赠》：“满耳秋风满目尘，短衣行度卫河滨。……来朝又向龙山路，手把黄华借别辰。”又作《德平留别二首》：“山水从来说济南，半生行脚到应惭。”

作《泺口待渡同石亭》。

作《大明湖》：“湖山信美如杭颍，每值清游发深省。”

作《吕仙阁观趵突泉》《移寓三圣庵寄石亭二首》。

作《赠金素中太守棨》《明湖思诗图》。

作《西园赠友》《西园贻素中太守四首》。又作《题竹》：“南人北客不称意，多病衣裘长苦寒，争似西园数竿竹，萧萧风雪百平安。”

作《咏雪，同石亭、恕堂用东坡〈雪后书北台壁〉韵二首》。

作《偕石亭、恕堂泛舟游历下亭，同用杜公‘海右此亭古’为韵五首》《五龙潭同石亭、恕堂》。

作《大雪，同石亭、恕堂用东坡聚星堂韵》。又作《雪晴，同石亭、恕堂再用聚星堂韵》：“高馆絙弦点笙叶，共和齐人歌积雪。……我昨桐城岁方晏，无赖飞廉苦驱掣。皖公山头云作衣，微子湖边水生缬。”

作《和刘校书卧病之作二首》：“湖上桃花楼外雨，将何判断济南春。”

作《追和东坡馈岁、别岁、守岁诗，同石亭、恕堂》。又作《除夕书怀，同石亭、恕堂六首》，中有“明日济南春色好，却烦红袖写乌丝”句。

清嘉庆五年（1800）庚申　三十岁

在山东、江苏、浙江、福建等地参观，游览名胜古迹。

作《湖上别石亭、恕堂》：“湖上草新绿，春人同一游。”

作《出郭马上作》：“官桥杨柳初相识，也遣飞花送我行。”

作《龙山早发有感》《邹平道中作》《行经长白山下》《临淄》《青州》。

作《朐弥渡》。又作《潍水渡》：“东牟又威迟，行役何时已。”

作《昌邑夜宿》。

作《莱州道中二首》：“卢维东上又春分，社鼓村歌处处闻。”

作《山行至登州十里铺最高处》《抵登州夜雪》。

作《登蓬莱阁，寄济南故人》《拜苏文忠公祠》《苏碑》《海潮庵》《海镜亭》《弹子涡，东坡旧游处也。中多石如弹子，故名。由海镜亭下，具舟可达。以潮长未往，归赋此诗》。

作《初寓君子洲二首》。

作《送张芸堂秀才北还》：“短后相逢东海头，黄腄云物眼中收。仙心日问蓬山渡，乡梦宵随涿水流。”

作《城西道院大石歌》。

作《次韵周二南孝廉南白牡丹》。又作《二南斋中牡丹盛开瀹茗见寄赋答》：“谷雨三候今已违，何处牡丹经雨肥。”作《周三泉蠡画鱼二首》。

作《送赵生还宁海》。又作《南窗书事》：“忆偕计吏上金门，庸作供资仅自存。”

作《田横寨行》《杂题三泉山水画册六首》《驼矶石砚歌》。

作《备倭城同陈竹香秀才》：“三方木落寒声共，五岛潮迴晚色分。”又作《曲巷》。

作《秋题蓬莱阁》《以驼矶石赠二南》《得石亭书》《登望仙门楼》《朱畏斋广文光严席上赋赠》《有斐堂对雨》《登州曲二首》《三泉小山》。

作《紫荆山见雁》《询竹香烟霞洞》。

作《戚少保祠堂》。

清嘉庆六年（1801）辛酉　三十一岁

参加辛酉科会试，未第。

在山东、河北等地流连。

作《蓬莱阁雪中寄石亭》："孑身东牟来，放眼北海大。时也冬之孟，风穴苦扬簸。……此间一年住，天意悔折挫。"。

作《之罘谒阳主祠寄石亭、恕堂》。又作《午台》："无限好山看不厌，之罘才过又昆嵛。"

"辛酉四月，予下第未得南归，客保定。秋九月，与少府会于逆旅。"（《著花庵集·送吕少府南归四首并序》）

作《宁海示赵生》："汝昨辞我归，鸣禽变池柳。我今与汝面，已是十月后。"

作《爱景斋明府星阿席上赋赠二首》。

作《西山游诗贻二南》："初冬风日佳，言访珠玑岩。舍舟忽登陆，旧路我所谙。"又作《济南感旧二首》。作《白雪楼》："济流冻已竭，泺水快仍泻。"

作《平原》："平原道上日初沉，醉倚微风振策吟。"

作《德州诒恕堂，时石亭自泰安先至》："春衣历下小分张，岁晚归来鬓有霜。"又作《雪夜赋呈石亭、恕堂》。

清嘉庆七年（1802）壬戌　三十二岁

从山东，经河北，前往京师。

作《深州偕南垣、石亭、恕堂出西郭看桃花》。

作《留别陆砚亭刺史香森》："我忆丰台芍药红，停车还待故人同。……水涨滹沱春浩荡，天连幽冀镇繁雄。"

再次到京师，参加壬戌科会试。

作《题黄海贶诗图二首》："韩江一醉又三载，奈此晓风残月何？"

作《和芷湾饮酒》《重登韩江楼》。

宋湘唱和之作有《答赠李绣子孝廉黼平，兼柬乃兄和甫解元汝谦》《雨夜一首索和甫、绣子和》《答绣子嘲饮》《调和甫、绣子》等。

作《岁暮行》："江边枯榕大十围，我初来时叶未飞。"又作《赠饶少府二首》。

清嘉庆八年（1803）癸亥　三十三岁

仍在潮州设馆授徒。

作《次黄海见招韵》："桃花初落楝花新，添与先生半月春。"

作《寄秋岚》《馆中即事示阿棠》《门人送瓠》。

作《送萧苏圃令弟之京二首》《中秋次黄海韵二首》。

作《赠叶应初秀才跃龙》："秋来相见各言贫，拟结冯驩一日亲。"

作《次韵送黄海北归兼呈吴白庵广文照》："严冬十月霜霰零，浩然将归戒行旅。"又作《次前韵寄舒白香》《戏咏青奴》。

清嘉庆九年（1804）甲子　三十四岁

继续在潮州设馆授徒。

冬，再赴京城赶考。途经江西、江苏、安徽等地。

作《赣州寄恕堂弋阳》："梅花度岭寒如许，知汝多情寄与春。"

作《吴山亭望湖歌寄舒白香》："我过南昌城，恨不见舒君。……君如端肯泛宅来，春水方生吾速去。"

作《湖口》："扁舟渺然出湖口，惟见大江东北横。"

作《枞阳口守风作歌》："马当山前风快哉，轻帆饱挂穷双桅。"

清嘉庆十年（1805）乙丑　三十五岁

作《池口夜泊呈同舟诸公》："临江峭壁磨烟水，惟有小孤和道士。……枞阳大风十日留，新春絮帽常蒙头。今晨打鼓出江驿，属玉春鉏亦迎客。著船池口西日斜，与子推篷看九华。”

作《娱矶祠下作》。

作《江宁》。

作《镇江夜泊》：“远望金焦带晚霞，近依鸥鸟宿圆沙。”

作《十五夜抵扬州二首》：“布帆却背金山转，行到扬州月二分。”又作《扬州晓雪》：“我来正月已过半，轻寒小雨开无因。”

三月，参加嘉庆乙丑科会试，中进士，选翰林院庶吉士。与马瑞辰、胡承珙、黄承吉为同年进士。

作《翰林院上书》：“眷兹枚马俦，奉职充石渠。……弱龄希典坟，（是日予上《尚书》。）能读敢自誉。”

作《为汪大题篠园图即送其行》。又作《杂诗六首》。

作《圣驾东巡盛京谒陵礼成诗八章并序》：“岁在乙丑，七月八日，驾诣盛京，祗谒祖陵。”

请病假返乡。途经河北、河南、湖北、湖南，由粤北到广州。

作《保定留别石亭二首》。又作《得蒋师退书》。

作《次方顺桥》：“停骖方顺桥，斜日照市楼。”

作《冀马行中山道上作》：“凉秋九月中山道，崀垒分屯啮枯草。”

作《巨鹿》：“访旧沿河朔，来过巨鹿城。”

作《邯郸题壁四首》。又作《邺中》：“邺中风景再经行，流水如闻作伎声。”

作《访石氏魏台》。

作《董家堤晓望》：“河声笼树晓微茫，隔岸孤城见大梁。……沙留竹落惊新涨，秋入芦花报早霜。”

作《金铃口渡河》。

作《开封询周二南消息不得》。又作《早发开封》。

作《襄城》：“寒色羹亭外，秋光汝水滨。”又作《叶县观祷雨》。

作《樊城登舟二首》："汉阴绿杨树，昔岁曾见尔。"

作《襄阳醉书》："楚天霜露彫青枫，汉江照见南飞鸿。……山川风景今昔同，乞归况托君恩洪。宜城酒熟十日饮，醒来起柁寻湘东。"

作《汉口渡江》："黄鹤楼西一声笛，杨花飞作洞庭春。"又作《与和甫登黄鹤楼》《鹦鹉洲》《寒夜武昌客舍醉歌》《登黄鹤楼眺江汉》。

作《发江夏》："沔鄂云山忽倦游，布帆商略下江州。无端又向潇湘去，要乞骚人一段愁。"

作《羸山守风》："屯云开赤壁，崩浪卷乌林。"

作《夜渡洞庭》："城陵山前霜月高，江潮欲上鸡初号。舟人夜语起捩柁，但觉枕底生风涛。"又作《汨罗江口》："扬舲背郢路，弭楫复湘波。"

作《浮湘》："周南留滞古所伤，我今一病浮三湘。"

作《长沙逢乡人问郴州路》："背秋已涉冬，万态稍自敛。……暝投长沙宿，都会心所慊。……衡阳上郴州，江路极幽俨。"

作《空舲峡闻笛》。又作《入郴口》："看山穷楚南，华石秀林樾。……流水还江汉，归人念扬越。岭长度尤艰，不寝待明发。"

作《度岭》："凭高望中国，对面九疑阻。……微茫溱溪流，一线趋南武。……陶山宫殿存，韶石萧管举。"

作《泷中二首示陈生》："鸟不能飞兽不临，今朝真怨武溪深。三泷已过才安稳，湟浦关前问好音。"又作《峡山》："停桡峡山下，薄暮起寒碧。"

作《广州寄家书》："距家尚千里，而我喜难寐。为多故乡人，能谈故乡事。"

清嘉庆十一年（1806）丙寅　三十六岁

在广州。其时吴熊光（槐江）任两广总督。

作《舟夜六首》：“万舶屯东界，元戎议救台。”“故里千山外，艰难阻绿林。”

作《柘林》《白雀寺》《登柘林后山》。

掌教越华书院。“丙寅春，延嘉应李绣子吉士主讲席。”（吴熊光《重修越华书院碑记》）。

作《奉呈吴槐江尚书开府二首》《赠吴巢松太学慈鹤》《以玉堂梅花酒饷吴昙绣廉访，先生贻诗督和，即次元韵》《夏日即事呈吴槐江尚书开府四首》。

作《银钱行呈昙绣先生》。又作《述事呈昙绣先生》：“朝询故乡人，市米减常价。……和风动梅城，生气在草舍。”

作《和同年汪竹素吉士全德咏物同吴巢松王香谷行敬作》《同巢松、香谷咏物》《前题再同巢松、香谷》

作《盂兰盆》：“七月十四夜，载观盂兰盆。”

作《即事》：“波罗江上昨乘舟，宵梦随波向北流。”作《沙面四首》：“月榭风亭俯碧流，通宵灯火拟扬州。”

作《初冬昙绣先生招看菊花》《听林明斋征士弹琴》《河东君初谒半野堂小影四首》《李香君小照》《观红单船出海四首》。

作《书院落成，蔡毅堂都转前辈见过，即事奉呈二首》《奉呈孙寄圃侍郎开府前辈祀南海神庙回，次昌黎谒衡岳庙韵》《昙绣先生送梨》《冬日登五羊观后楼》《毅堂前辈送崧》。

作《槐江尚书开府阅东西两路兵回奉呈》。又作《题巢松花首携琴图》。

作《冬夜醉歌》：“越华楼下日啸咏，转借泉石箴膏肓。”

清嘉庆十二年（1807）丁卯　三十七岁

在广州。

作《春帖子三首》。“海艳花为埭，天香穗作城。”“快意丁粮充禹甸，扶头卯酒醉尧年。”又作《昙绣先生署斋铁树花歌》。

作《寄武兰圃知事廷选》。又作《送巢松归应江南布政司试》。

七月，在越华书院作《著花庵集》自序。

李黼平认为“岭南诗”源远流长。古代就有“南”这一诗体，是与风、雅、颂并称的“雅乐”。又强调明代“天下之诗派有三，河朔为一派，江左为一派，岭南诗自为一派”。

《著花庵集》8卷于是年出版。

清嘉庆十三年（1808）戊辰　三十八岁

是年，李黼平回到京城销假。

作《春日赠讱斯民部》：“引疾去京国，假满当来旋。”又作《送兰扆之两淮盐政幕》。

作《九河万福颂并序》“戊辰季春辛丑上日，恭遇圣驾巡幸淀津，阅视河堤各工。”

六月二十九，翰林院散馆，“以知县即用，今签掣江苏苏州府昭文县知县缺”。（中国第一历史档案馆藏《清代官员履历档案全编》）

作《大学观石鼓，时将南行》。又作《出都，留别讱斯民部》：“虞山一发落，临镜摇倭堕，夙龄爱清辉，此邦特宜我。”

前往江苏昭文县赴任，途经河北、山东。

作《卢沟桥》：“离亭白酒尽，首路浑河流。埃壒有余暑，川原无限秋。”

作《楼桑店》。

作《督亢陂行》：“我行新城县，横眺督亢陂。”

作《白沟河晓发至雄县》：“白沟凌晨发，淫潦一何长。”又作《雄县》：“雄州州郭外，向午小停骖。”

作《赵北口泛舟，寄京师同怀诸子》《赵北口秋柳词九首》。

作《行经河间诗经村四首》。

作《平原道上有感》：“平原向历下，衰柳万行斜。”

作《潘村是入山第一程》《泰安夜宿书壁四首》《奉符故城》。

作《早行，看岱东诸山作歌》：“秋山黄落斧柯谢，侭放远目随翔鹳。”又作《山店作》《杨柳店》。

作《敖阳》《东蒙山》。

作《渡沂河》《老马行沂州道中》。又作《渡河》：“霜蒹隔岸白，风蓼近人殷。……中川布帆转，遥望郁洲山。”

作《淮上作》《淮阴侯钓台歌》。

作《清江浦迟所亲不至》：“凉飚扇今夕，先感淮阴树。”

作《江都与兰扆别》：“賸欲移家向吴苑，渡江同买木兰舟。”又作《江水祠》。

作《瓜洲待渡二首》。“万家秋色丹杨郡，八月涛声赤岸人。”“洛沫西来天堑尽，金焦北控海门雄。”

作《北固山》《蒜山》。

作《兰陵酒》：“昨日新丰镇，何曾见悬帜。”

任昭文县知县。

作《初到昭文作》：“海门更上高楼望，但近蓬莱亦是仙。”又作《孙蔚堂秀才延见访有赠》。

作《漕运行》：“书生一食恒三日，忍饥诵经门不出。……一麾作宰居海滨，职有漕事当躬亲。”又作《私马行》。

作《早经虞山下作》：“朝朝此山下，听鼓行威迟。”

收到吴熊光（槐江）赠诗。（《吴门集》中，《戊辰初宰昭文，槐江先生惠诗一章，未暇和也。今简箧中得之，感次元韵》）

清嘉庆十四年（1809）己巳　三十九岁

作《春夜得兰扆书》："簿书翻手看连夜，风雨惊心过一春。"

作《早抵郡城》："低挂蒲帆趁晚风，晓来亦自到吴中。盘阊门外春如海，恰赴桃花满坞红。"

作《京口候潮》："京口苍茫月未升，春江罗袷冷如冰。"又作《麾扇渡》："春晚秦淮渡，风光竞冶游。"

作《城南闲眺》："绵羽已迎夏，杂英尚留春。"

作《登报恩寺塔》："其时分秧初，正望甘泽普。"

作《林通守翌堂招饮同傅竹漪》《姚七景衡明府席上作》。

作《秦淮篇》："门前桃李树，春日正韶妍。"。

作《登鸡笼山》《台城怀古二首》《旧院二首》。作《秦淮泛舟》："白门四月樱桃熟，何处余芳堪送目。"

作《傅竹漪修刺史招饮》。又作《秦淮水阁望月》。

作《北湖亭子看荷花》："南风一夜吹白雨，减却金陵十分暑。"

作《晚步鹫峰寺》《鸡鸣埭行》。又作《再游北湖亭子看荷》："记为北湖游，倏过十日余。"

作《夏夜对酒》。

作《莫愁湖杂诗十四首》。

作《寻江令故宅》："昔岁入陈役，得人仅姚察。"又作《青溪》。

作《梁孝廉颉芳至访即送其还里》。

作《龙潭登舟》《新开河口泛江》《京口舟望》。又作《中冷泉》："我欲求一瓢，浮玉倚江空。掉头宁饮建业水，造次不狎蛟龙宫。"

作《吴季子祠下作》《十字碑行》《惠山第二泉歌》《耿泾七夕》《白龙祠》《三峰望海歌》《由三峰至兴福寺》。

作《客有送梅花者索诗为谢》。又作《送舍弟升甫携梅还里》："吾州亦是梅花国，八口家依北枝北。……一冬篱落初未花，思见江乡嫩寒色。”

清嘉庆十五年（1810）庚午　四十岁

作《和汤点山少府礼祥红毛刀歌》《次巢松见赠韵二首》。

作《赠陈云伯明府文述》：“看君转漕来江介，共此班春坐雨中。是日迎春。”又作《春日怀东村草堂寄元甫、和甫》。

作《看种田》。又作《蝴蝶》：“二月东园里，春红满目看。”

作《鲥鱼》：“小邑江滨复水滨，风光三月吟鲜鳞。”又作《三峰春望》：“吴淞南望归心迫，无限云帆泊粤船。”

作《蒋园看牡丹同云伯明府》：“自入江南困簿领，两年花事成匆匆。”作《古月词二首》。又作《和云伯月夜携客泛舟烧香滨》：“闲张灯火泛鹢舟，凭衿已觉林塘秋。”作《书院西轩大石同云伯》《和云伯七夕之作》。

因昭文县未缴完清嘉庆十四年漕银“地丁银叁仟捌佰贰拾两、耗银壹佰捌拾捌两、扛脚银叁拾肆两”，受“降职壹级戴罪征收”处罚。（傅斯年图书馆藏档案之李黼平案）

作《查客行》：“江南烟波秋雨暮，三载孤篷系芦荻。”又作《送别云伯》：“追惟数月来，事事相扶搀。”

作《秋日黄仲询明府鹤邀同谭培斋鹏宵明洞亭通维摩寺登高》。

清嘉庆十六年（1811）辛未　四十一岁

因“接征未完”被罢官。（傅斯年图书馆藏档案之李黼平案）

作《舟行遇雪》。又作《舟寓》：“罢官觥屋囊无钱，以船为家私自怜。”

作《送春》：“怅望春光过此辰，却凭莺语报幽人。万年枝上薰风转，吹落瀛寰又是春。”

作《晚入枫桥》：“落日大塘暮，归帆春浪重。”

作《虚直堂竹子歌怀黄仲郇明府》。

作《剑池行》："阖闾城边放小舟，四年始作山塘游。"又作《书怀》："扁舟吴下往来频，香火无端结胜因。"

作《秋怀八首》。又作《胥门夜泊》："醉倚秋风冷，吟成江月斜。"

作《和百中丞平海八首并序》《和百中丞高凉道中二首》。

清嘉庆十七年（1812）壬申　四十二岁

作《短歌》："修名苟不立，安用年光为？"

作《春柳四首》："十围瘦影宽金带，三月愁痕上玉杯。"又作《桃花二首》。

作《戏陈存吾明府玉篇造酒》《饮酒次前韵示存吾》。

作《即事二首》。"三年飞挽备辛勤，为负官缗拟赴军。""妄念未消钟撼起，依然身在八寒阴。"

无力填补"亏空"而入狱。"以亏空免官，系省狱。"（梁廷枏《奉政大夫翰林院庶吉士绣子李夫子墓志铭》）。

作《晨起诵经赠存吾》："我生三十六，始举进士科……一麾乃出宰，惘惘辞銮坡。昭文海之角，三年迭丰和。时当漕事兴，井邑纳粟禾。一百十四艘，云帆行潞河。厥费良不赀，逋负将如何？刊章下犴狱，北寺南冠峨。"又作《存吾和章有诚感梦大士像设俨巍峨之句，再次前韵》。

作《送南垣还开封》《赠韩醒园二首》。

作《和存吾读易》。作《和存吾此地》："时方冬至日。"又作《和存吾忆妾怜仆之作二首》。作《闻小童云街头已卖牡丹》："残年百卉腓，花事渺难遇。"又作《至日四首》。"当歌不能寐，著眼又伤神。""漕事连吴会，惊心过小除。"

作《偶作示存吾》："与汝同兹难，相依破寂寥。"又作《和存吾见赠二首》："若庐风景又残年，每夕吟成一惘然。"作《和存吾解梦》。

作《小寒作》："小寒已届天气好，残年景象如萧辰。"又作《存吾以枣肉、莲子，与龙眼各七煎之，名三七汤。诗以纪之，再次前韵》。

作《寒夜贻升甫，时欲往湖州未果》。

作《围炉贻存吾》。又作《和存吾除夕二首》："文书丛里抽身出，也算清闲过一年。"

清嘉庆十八年（1813）癸酉　四十三岁

在狱中。

作《春日二首》。又作《此日》："此日知何日，惊心忆去年。"

作《送潘功人旋里二首》。

清嘉庆十九年（1814）甲戌　四十四岁

在狱中。

作《对雪三首》。"能代月临夜，又令春到门。""回头二十载，雅兴凭谁说。"

清嘉庆二十年（1815）乙亥　四十五岁

作《春帖子三首》："乙地方诸不远，亥年鱼蟹偏多。""立春二候是元日，窗外樱桃花未开。"

作《上颜星槎开府四首》。

作《送升甫之浙江》："嗟君随难已五年，箭筒送饮橐纳饘。若庐起居日三至，绝口不道囊无钱。"

作《玉山雅集图》《画竹二首为存吾赋》《李少府虞山烟雨图歌》。

作《颜鲁舆吉士伯涛过访即别》："羁限于此地，非亲孰来临。"

作《浮山艮泉图为黎楷屏二尹题叶兼山再思作图，黄香石培芳作记》："我今在罗网，辛苦望恩私。"

作《和升甫谒文种庙五首》《和升甫湖上拜岳坟》《和升甫登吴山》

《和升甫兰亭》《和升甫渡钱塘江》《和升甫遣虐鬼歌》。

作《和存吾剑侠》《秋日读画怀楷屏并柬木庵孝廉》《和存吾咏史六首》《和存吾秋夜之作》《谢闻园知事署中神柏和升甫》。

作《冬日周参戎寄示汉瓦当砚》《和存吾咏车》《和存吾咏舫》。

作《雪忆诸弟》："诸弟夜来思共被，定怜孤客卧天涯。"

清嘉庆二十一年（1816）丙子　四十六岁

九月，阮元出任两广总督兼署广东巡抚事。

作《廖听桥比部听莺图写真》。

作《草庵僧送沧浪小志》。

作《送别恕堂》《和升甫偕恕堂游虎丘之作，即柬恕堂二首》。

作《赠存吾、晓帆》《水萍上人伏虎图》《晓帆双松小影二首》。

作《送恕堂游太湖二首》《恕堂归自上海戏柬》。

出狱。

"吴抚胡果泉力为周旋乃释。"（胡曦《梅水汇灵集》）

作《出狱》："握手见吾弟，欲言泪先挥。怀锦兼奉壶，六年靡不为。"又作《闻园四兄送桔》："残年百零落，嘉桔特殊众。"

清嘉庆二十二年（1817）丁丑　四十七岁

"丁丑恩赦，改论城旦出狱。"（桂文灿《经学博采录》）

滞留江苏。"既援赦出狱，主陈芗谷中丞署。"（梁廷枏《奉政大夫翰林院庶吉士绣子李夫子墓志铭》）

作《新正初二日大雪示升甫》。作《访潘功甫孝廉即送其之京》："喟予出梁狱，愿得随吴榜。"又作《寄云伯崇明》："客中潦倒无过余，方读司空城旦书。"

作《和槐江先生东坡生日之作》。又作《前题再和二首》《前诗槐江先生见答，依韵赋谢二首》。

作《琴河悼月图为温星阶少尹赋》《闻园四兄写真二首》《槐江先生雨中见过，依东坡生日韵赋谢二首》《凤巢庵图追次蠡涛先生韵，呈公子巢松太史兼贻庵主嬾公》《勾龙爽尧民击壤图，同巢松太史》《李伯时揭钵图，同巢松太史》。又作《次韵巢松太史见赠二首》。“坎窞六年枕，旅次一朝即。”“昨居牢户间，铅椠未尝虚。”

作《云伯建故明沈忠节公祠堂征诗，次韵四首》。

作《送恕堂之清江，谒河帅黎湛溪侍郎》。又作《牡丹和槐江先生二首》。

作《将渡海访云伯，至大仓相遇，即事赋赠》。作《舟中望玉山》。又作《感遇》：“珠帘三月卷，浩态万方空。”

作《谷雨日雨和槐江先生》。

作《溧阳怀孟东野》《投金濑》《固城》。又作《太白酒楼歌》：“溧阳三月杨花飞，舲窗雪落一尺围。”

作《牡丹诗再和槐江先生二首》。

作《娄县赠万浣云明府台》：“春来诏许脱丛棘，人笑身全如硕果。”

作《朱泾口阻风怀浣云》。

作《青浦马松云明府绍援留饮雨归》：“同寮忽寘棘，今日欣班荆。”

作《和槐江先生芍药杜鹃用前伤字韵二首》。

作《扬州田若谷明府钧馆予双梧书室》：“炎蒸六月节，一叶来邗沟……屏居好宾客，华馆幸依投。”

作《隋宫》《闻笛》。

作《寄升甫》：“自离金阊亭，五辰至丹徒。”又作《逢恕堂》《文选楼》《即事》《法云寺谢安双桧》《王石谷潇湘夜泊图四首》。

作《中秋次升甫韵，示两儿》。

作《和潘树堂舍人世荣两郎补学官弟子四首》《食蟹》《升甫和食蟹

诗，再次前韵》《再次前韵贻升甫》。

作《送叶霞山孝廉轩还里兼呈直庵》：“缘事触长官，两劾抽手板。”

作《承闻前方伯曾公于广州光孝寺建虞仲翔祠堂，补诗记之》。又作《客从故乡来行》：“入门脱纯钩，慷慨谈英夷。”

作《德清赠何藜阁明府太青二首》。

作《乌镇》：“晚村沽薄酒，明日作重阳。”。又作《平望九日》：“功名如上水，风物逼登高。”

作《吴江》《渔翁》。

作《吴淞行》《太仓访昙阳仙子祠四首》。

作《真子飞霜镜歌有序》：“丁丑十月下浣，云伯出诗示予，辄次元韵。”又作《青陵台砖研歌芸台前辈藏》

作《戊辰初宰昭文，槐江先生惠诗一章，未暇和也。今简箧中得之，感次元韵》。

作《送升甫还里五首》：“动关桑梓事，慎勿断知闻。”

清嘉庆二十三年（1818）戊寅　四十八岁

作《闲云出岫图歌，送巢松编修北上》《和巢松编修留别凤巢山懒庵长老兼送甘亭入山之作四首》。

作《中丞芗谷先生送朱樱赋谢》。

清嘉庆二十四年（1819）己卯　四十九岁

作《槐江先生渔樵祝太平图》。又作《和潘功甫西湖秋柳十首》。

作《送门人刘湘华北上二首》。“烟景浓春人握手，风波前度话沾衣。”“君到若逢相识问，五湖萧瑟暂浮家。”又作《赠杨鲁川明府沂秀》。

作《清明虎丘即事》。

作《和尤春樊舍人兴诗见赠二首》《述旧呈槐江先生》《尤春樊舍人

嘱赋槜李》。

作《云伯招集徐园，同镇洋彭甘亭明经兆荪、嘉兴沈西雍大令涛、吴县董琴南编修国华、琢卿孝廉国琛、潘功甫孝廉曾沂、长洲王井叔秀才嘉禄、沈闰生秀才传桂、韦君绣秀才光黻、曹稼山堉、吴县徐玉台秀才尚之、震泽仲子湘秀才湘、长洲褚仙根秀才逢椿、元和朱酉生秀才绶延秋赋诗兼呈西雍二首》。

作《秋雪渔庄图为云伯赋二十韵》《赵承旨砚歌，为沈西雍明府赋》《董琴南太史国华、琢卿孝廉国琛，招集徐园，同陈云伯、王井叔、潘功甫、沈闰生、朱酉生诸公延秋赋齐云楼砖砚》《西雍载酒访诗图二首》。又作《七夕，井叔、功甫，招同云伯、西雍、闰生、酉生诸公，集味菜书屋延秋二十韵》："盘阊修秋禊，好事始瘦沉。"

作《河决》。

作《初雪》。

作《春樊舍人招赴东坡生日集》《徐子鸿宝琢招入石湖探梅五首》《镜天阁》《石湫》《治平寺》。

作《送琴南编修之京，是日冬至》。

作《赠潘榕皋农部奕隽二十五韵》《送金溪前辈备兵高廉》。

作《临春阁砖砚为云伯赋》。又作《同人拟建张司业祠》《题顺卿腊梅》《清如广寒秋乐府题词四首》。

清嘉庆二十五年（1820）庚辰　五十岁

作《和春樊积雨》："屋角喳喳听语禽，一春庭院雨连阴。"

作《阊门送客》："水西楼阁玉参差，杨柳花飞客去时。"。又作《寒山积雪图》。

作《琴河赠吴二阜柏三首》。"一段秾春吾负汝，遶阑吟到夕阳斜。""絮语残宵君莫厌，穷途分手倍伤情。"

清嘉庆二十五年（1820）庚辰　五十岁

“庚辰限满南归。”（桂文灿《经学博采录》）

秋初，离吴返家。

作《归思》：“三载言归今始归，谁知未发涕先挥。”。

作《吴江》：“雨洗船头暑气清，月来湖面夜凉轻。……垂虹放笔掀髯笑，记取南归第一程。”

作《湖州赠张云巢太守青选》。

作《杭州晤恒斋》。

作《富阳》：“夜醉余杭酒，朝吟富春郭。”又作《桐庐》《钓台》《酌十九泉示升甫》。

作《兰溪雨泊》。作《常山客舍抒怀》：“雨声断三吴，旱气连五洲。（今岁江西、江苏、浙江、福建、广东俱旱。）”又作《玉山大雨放舟作歌》：“玉山候雨半月矣，……更假连朝西北风，桂花时节行人至。”作《河口望崇安诸山》。

作《滕王阁》：“关山同寄慨，风物又当秋。”

作《丰城》《金花潭》《张家渡文信国故里》。

作《十八滩》：“如何万安县，云昏水参错。……语卿苏州好，不及赣州恶。赣州虽恶近故乡，苏州虽好离梦长。”又作《滩师》：“问答未及已，已过天柱麓。”

回到广东。

作《赠朱仲香刺史庭桂》：“大朱捧檄来吾州。”

作《风木思亲图为张桂山赋》。

作《芸台尚书开府选江苏诗成，除夕以酒祭之，赋诗纪事》。

清道光元年（1821）辛巳　五十一岁

作《吴石华广文兰修风雪入关图》：“羊城相见示此图，豪气尚觉生眉须。衙斋风景春正好，花下朱绳提玉壶。”

“阮氏开府广州，即聘先生评定学海堂课艺，留府授诸子经。”（古直《客人三先生诗选·李先生传》）

在阮元府中，教授阮元子弟。（据李黼平《耕书堂诗序》：“今岁承宫保阮芸台先生之聘，忝预师席，商榷选事。”）

三月，为门人刘熊（湘华）《仿舫诗钞》作序。

作《听秋图》。又作《严余人先生送子入京图为严厚民杰赋》。

作《芸苔先生抚浙日，题江司马雪夜渡江图，有‘好待他时重绘出，桃花春浪渡江图’之句，韩子锦仙自浙幕归江都，恰值花时，即以前句作图，遍索名下题咏，亦一时韵事也》。又作《小琅环仙馆图》《和小琅环仙馆春柳四首》。

作《赠江郑堂藩二首》《郑堂写真二首》。

作《荔枝词十首》：“万紫千红态各殊，园林初夏绛云铺。”

作《送郑堂旋里》：“炎州七月扇余暑，之字风帆上横浦。”

作《严四香冠秋林觅句图，厚民属赋》。

作《家根五石圃读书图》：“有子穗城客，离心花馆秋。石圃又名粲花馆。禺山桂之树，采采足消忧。”又作《与蓉查别十五载矣，辛巳九日，会于羊城，述怀赋赠》：“零雨十年如一昔，秋风两鬓共重阳。”

作《和芸台尚书试院之作》。

八月，为杨翼江《耕书堂诗》作序。（《光绪嘉应州志》）

作《和榛儿铁汉楼》：“梅州过化流风远，家有元城语录存。”

作《简故箧中，得去年冬董琢卿自苏惠书及诗，并寄酉生、闰生、清如送别诸作，多道昔年文酒之事。邮筒千里，情好若斯。良会不常，况予在客，怀人感旧，抚然成篇，用前徐园延秋韵》。

清道光二年（1822）壬午　五十二岁

作《灯词八首》：“今年春较去年多，百廿风光尽踏歌。”

讴歌颂好春。”

作《寄谢垚山孝廉念功湘华二首》：“降燕春迷雨，栖乌暝噪烟。旧游吾过矣，曾赋子衿篇。”

作《次韵答张凤巢孝廉其翰三首》：“细雨迎梅夏，轻风送麦秋。著书销岁月，笥扁悔曾求。”

作《赖山人云谷索题小影并绘笼鹅图见遗三首》《林鼇洲前辈西山游卷为林生荣璜赋》。

作《水仙》：“争似此花能伴我，画帘微雪过新春。”

作《学海堂落成，芸台尚书招同谢澧浦前辈、罗萝村编修、胡香海司马小集》。

作《和缪莲仙秀才艮六十自寿四首》：“逝水年华只自谙，莞城风物又传柑。”

作《和盂山女史二首有序》。

作《赠黄丙嵎都阃廷彪二首》：“予先世由黄冈徙嘉应。丙嵎，黄冈都阃也。”

作《书扇示椿儿二首》：“高馆清风暑气阑，六时长见月弯环。”作《莲仙写真》。又作《和丙嵎都阃吊明羽冲汉都督墓之作墓在流花桥》：“流花桥畔逢寒食，长使骚人赋礼魂。”

仲夏，梁廷枏将驻南海学署，又与其师李黼平会面。（梁廷枏《奉政大夫翰林院庶吉士绣子李夫子墓志铭》）

八月，新疆回部张格尔谋反，应者众，新疆乱。

作《祈生书常照勋与椿儿唱和冬夜煎茶诗，即次其韵》。又作《读白沙集，忆周溪，即次周溪图诗韵四首》。

作《双桐行》：“春风秋雨等闲度，凤凰不来岁将暮。”又作《资福寺平安上人补植再生柏》。

作《晨起书怀》：“服政才三载，归林逾六春。”又作《季冬二十三夜闻雷作》：“冬至刚过四十日，天暖篱头无筚篥。”

作《连得家书，知升甫北上已达会昌，计除夕当抵苏州二首》：“莞城逢暮节，离思正难堪。”作《严石樵伦楚江烟雨图二首》。又作《除夕示椿儿二首》：“暮节在他县，邈焉二纪余。”

是年为梁廷枏《藤花亭曲话》作序。（梁廷枏《藤花亭曲话》）。

又为张璐《渔石初稿续稿》作序。（民国《东莞县志》）。

清道光六年（1826）丙戌　五十七岁

作《丙戌元旦家卿云少府兆泰斋中见菊花》：“东官庭院过重九，画船投梭轸流水。雪沍冰浓天地寒，此花已隐亡何里。……乘时一出为东皇，逼真商颜起黄绮。”

作《海运》。

作《朱宝田山人珍六十索诗》。

作《重至顺德书怀》：“行迹浑无定，扁舟复此来。”又作《寓斋看山》《北海亭歌为鹿怡亭明府亢宗赋》。

作《顺德归舟》：“问言花市过，惆怅买春英。”又作《波罗江上清明》：“自问东官客，淹留今几年？”作《东洲》。

作《门人梁康公蒳送罗浮茶稻黄精三首》《龙沙寺不齐上人求论心堂书并诗》《赖山人云谷文姬归汉图》。

作《咏古示诸生》。又作《蝉和义山韵示椿儿》：“春色等闲过，绿阴初发声。”

作《西岳先生歌有序》。又作《禾花雀歌》：“珊瑚洲畔禾花雀，闲啄禾花生计薄。”

夏，与梁廷枏在南海学署会面。（梁廷枏《奉政大夫翰林院庶吉士绣子李夫子墓志铭》）

是年，东莞宁淇澜筑竹湾别墅，遍征诗词题其图，编《竹湾题赠录》，聘李黼平鉴定。撰写评跋题词。（许祥光《选楼集句》）

作《东郊》："五月东郊路，看人获稻归。"

作《得槐江先生书》。

作《柳子厚柳城柳石碣有序》："今勒于柳州府署，拓本行世，得者云可以辟邪。莲仙出以示予，隶体奇古，信子厚书，非后人所能伪托也，作诗纪之。"

作《感旧五首》："乌飞兔走易推迁，一别吴门便七年。"

作《双桐轩待月》："一雨洗微暑，双梧生净凉。"

作《观赖山人写星岩粉本》："畴昔年才十三四，大人携我康州还。舍舟高要行北郭，沥湖厉过流淙潺……名区一别四十载，敝车羸马趋尘寰。"

作《送门人祈绎思秀才荷桐昆季赴广州院试》。

作《严厚民书福楼勘书图》《送芸台尚书移节云贵四首》。

作《慈度寺》："珠海磐石上，祖帐复登临。"

作《严厚民属题罗节母诗》《送阮赐卿省觐云南四首》《市得张穆之枯木系马》。

作《自羊城放舟归泊墩头》："道里仅三舍，淹留遂浃辰。……江天近秋节，沙水碧粼粼。"

作《莞城七夕二首》。

作《成果亭中丞诒经图奉呈二首并序》。又作《寄梁康公觅放杖竹》。

作《东郊闲步过莲仙》："不觉秋已至，旷然天宇清。"

作《近有二首》。"近有东南信，传烽岛上明。""彭湖兵已集，飞渡救遗黎。"

九月，门人刘熊（湘华）为《南归集》作序。

作《寄广州故人》："华馆分襟半月间，秋风飒飒动河关。"

作《送同年翟云庄运使锦观廉访福建》。

作《为家晓林广文凤翾题画》："我从东莞客五羊，尘埃终日空奔忙。"

作《钵盂山下作》。又作《张山人泛查图三首》："而今却作东莞客，秋雨堂坳试芥舟。"

作《广州晤厚民，出示芸台尚书在兴安过陡河诗，次韵二首，一寄尚书，一贻厚民》《何惕庵广文其杰席上作》。

作《石鹿汎晓望》："四更天已白（广州水驿惟打四更），催客早鸦啼。"又作《新塘曲》："中塘北出是新塘，画舸沿流目送郎。"

作《秋日有怀铁君二首》《严时甫孝廉显写梅花村图系诗见赠，次韵奉答，并赋长句记事二首》。

十月上旬，在东莞宝安讲院之双桐轩为《吴门集》8卷、《南归集》4卷作自序，付梓。

清道光七年（1827）丁亥　五十七岁

五月，在东莞宝安讲院双桐轩为《毛诗紬义》作自序。（见《毛诗紬义》）

秋，梁廷枏"重至东莞，留旬日"。李黼平"许以越月扬舲南下，既来藤花亭宿，菊尽乃去"。（梁廷枏《奉政大夫翰林院庶吉士绣子李夫子墓志铭》）。

作《师子岭宋宗姬墓下作》。

作《平定回部凯歌十二首》："回部张格尔反，陷喀什噶尔、沙格沙尔、叶尔羌、和阗四城。命大学士伊犁将军长公龄佩扬威将军印讨之。张格尔败走，收复四城。"

清道光八年（1828）戊子　五十八岁

清政府平定新疆叛乱后，将叛乱首领张格尔押往京师处决。

作《回部后凯歌十二首》。

清道光九年（1829）己丑　五十九岁

阮元主编《皇清经解》刻成（嘉庆五年开刻，吴兰修监刻，严厚民校对）。内收李黼平《毛诗紬义》。

清道光十年（1830）庚寅　六十岁

作《镇口竹枝词四首》：“阇西山上夕阳斜，无数渔舟缆树桠。”

春，应梁廷枏之邀，与之相会于广州。（梁廷枏《奉政大夫翰林院庶吉士绣子李夫子墓志铭》）。

作《蓉查见过》。又作《次韵蓉查五坡岭新修表忠祠》。

六月十七日，清政府添建大角山炮台。

作《大渔山歌》《防海四首》。

清道光十一年（1831）辛卯　六十一岁

作《佛山归舟作》：“是身如浮云，来去初无迹。朋好或牵挽，到处皆可宅。禅山二日留，况我风水隔。……帆回石角转，纵横屯鬼舶。”

作《去年今日》《上元夜，范川同年招段纫秋桂裳、陈少府荣越华讲院小集，即事呈范川二首》《范川席上食嘉鱼》《段园次前韵二首》。

作《晦日遣兴五首》：“正月欲尽二月来，连旬阴雨不曾开。”

作《双桐轩赠月》。

作《九月八日，同年陈范川太史鸿墀招同梁一峰广文元，游光孝、净慧二禅寺，呈范川二首》：“鬓丝禅榻记吾曾，廿载尘劳苦莫胜。今日重游留钵地，前身初悟写经僧。”

作《九月十九日吴石华广文兰修曾勉士明经钊招同范川太史仪墨农孝廉克中梁子春明经梅谭玉生明经莹侯君谟秀才康孟蒲生秀才鸿光居少楠秀才锽段纫秋秀才佩兰集云泉山馆饯送程春海祭酒恩泽还京分体得七言律二首》。

清道光十二年（1832）壬辰　六十二岁

作《梁章冉江梅梦乐府题词六首》。

作《和祁琼娘诗四首》《东湖钓矶次东洲仁弟韵四首》。

道光十二年（1832）壬辰十二月二十一日（1833年2月10日），在东莞宝安书院逝世。按客家人习惯称，享年六十三岁。有子三：衍棣（通言）、衍榛（献言）、衍椿（进言）。

“后以门下士请，祀粤华书院。”（《光绪嘉应州志》）

（罗可群、李国器整理）

李黼平诗事年表主要资料来源：

《清史稿·儒林传·李黼平》。

吴熊光：《重修越华书院碑记》。

李黼平：《著花庵集》《吴门集》《南归集》。

梁廷枏：《奉政大夫翰林院庶吉士绣子李夫子墓志铭》。

桂文灿：《经学博采录》。

胡曦：《梅水汇灵集》。

吴宗焯：《光绪嘉应州志》。

陈伯陶：《东莞县志》。

李云俦：《树湖李氏族谱》（手抄本）。

古直：《客人三先生诗选·李先生传》。

◆附：李黼章诗

李黼章，家名升甫，字锡候，李黼平胞弟。嘉庆十三年（1808）戊辰恩科举人，韶州府仁化县训导，叙选知县，敕授修职郎，例授文林郎。兄弟唱和甚多，著有《定园诗稿》，未梓。

城上乌

城上乌，尾毕逋，处高独利下何辜。朝廷设官重廉正，大吏持平总权柄。那许奸佞弄机关，任从司吏大纷更。汉家北寺在黄门，当时人苦狱吏尊。大吏梁下有县鼓，我欲击之丞卿怒。茅田一顷井在中，群贤阨穷不逾矩。有心守法犹见诃，举头撞地奈你何。昭昭天道吁可畏，汝曹慎毋学醉尉。五内包藏多祸心，一日败露无生气。长安少年弹射高，城上乌亦徒悲号，黑丸到处身焉逃？

长相思

长相思，久别离。岭外吴中天一涯。三年未见归何时？天边日月照四陲，应到高堂慈母帏。慈母见月不见儿，殷勤问明月，明月何所知。久别离，长相思。予季胡不归？

说剑篇

狞飚号晴空，天地色惨淡。壮士志郁郁，中夜看古剑。
蒯缠黍米缺，苔剥莲花艳。蛇鳞虽久埋，虎气犹可验。
愿泻七桥水，发你千丈焰。丈夫誓杀贼，久怪锋锷敛。
风沙雁塞靖，灯火蜗居暗。一夕三摩挲，醉切彘肩啖。

清明贻刘筑朋文学汝霖

长安两度看灯火，吴下三逢洗旧泉。

一样清明经五过，断魂风雨倍年年。

斗蟀行

蟋蟀在床下，终日无一声。夜深忽欲语，向人凄恻鸣。

问渠胡以鸣？恐是鸣不平。试请以臆对，缕缕仆再更。

此地本浇俗，斯人尤薄情。奔走竞势利，夤缘幸功名。

我在天地间，自托变化生。与世素无患，与人亦无争。

乃善我格斗，复爱我豪英。因别我雄雌，且畜我狰狞。

譬如养健儿，冀其请长缨。我因感此意，慷慨驰前营。

彼从壁上观，我耻城下盟。遂将千金躯，不持寸铁兵。

当时竖两臂，意气何纵横。师协丈人吉，凶远弟子贞。

十荡亦十决，一喷复一醒。意谓一战胜，势可全功成。

岂图偶失律，即欲诛无能。愿言请复之，终为彼所轻。

昔者我遇敌，摧锋必先登。怒拔地维振，雄扼天柱擎。

屡经恶战场，顿使群丑惊。颡厌老拳折，面饱毒手黥。

彼时主帅欢，仗我为国桢。饮至策其勋，良工天下称。

今日虽小挫，此气实倍增。阳九非厄地，借一当背城。

誓将前败补，努力后效呈。彼哉小竖子，吾谋未能行。

三年见废黜，四野投榛荆。蒙此不白冤，谁能鉴丹诚？

昨宵与君遇，一见心已倾。君虽失意人，气量真恢宏。

聊为梗概述，请定月旦评。告辞退逡巡，鼓翼声凄清。

吁嗟尔王孙，处困而能亨。天下事莫料，我亦心怦怦。

感叹不能寐，作诗吟孤檠。诗成万籁寂，一天秋月明。

题张苍崖茂才自申西蜀山水图

昔年吴与李，同画大同殿。嘉陵一千里，毫末俱涌现。复有杜陵翁，奔波走秦川。险道发高唱，苍茫岩谷愁。吁嗟乎，西蜀山川甲天下，万笏参天势难写。画如吴李诗少陵，古今三绝谁能者，苍崖先生旷代生，独能三绝一身并，有时诗自画中出，忽又画向诗中成。即如此图极奇特，赤县渝州两无色。剑门栈道远势分，云树苍茫万峰碧。悬崖飞瀑如长虹，其势下与青衣通。云气层层绕当中，之而鳞鬣腾苍龙。笔妙直欲争化工。我不善画学题画，病中作歌颇称快。君能步趋吴李俦，我亦私淑杜陵志不休。

遣虐歌

夏王铸鼎神奸哭，魑魅魍魉深藏伏。神人度索尤威严，树下万鬼特地歼。如何虐鬼逃罪罟，留在人间作妖蛊。擅将造化阴阳翻，举世鲜不罹其苦。奸邪反复变化多，瘴脾牝牡奈你何。射魃魑头两无用，骨立形枯各珍重。嗟嗟尔乃漏网之余魂，白日乘虚窥吾门，鼓荡阴风雪翻盆，吹嘘冥火炎如焚。终南进士毕嫁婚，以指抉眼当噬吞。我若疏顽不受痁，彼自潜藏绝其念。一持入术生百疴，遂分寒热妄折磨。有如齐景多失职，直可揶揄失其色。同时效尤有奸慝，胡不玩弄瘁其力，彼虽畏祟或驱逼，尔亦锄奸毋避匿。吹箫纳橐我何人，灵胥宁武为前身。尔如无知尚可恕，知而当虐斯当去。不然唐韩侍郎是吾师，送穷遣虐多奇词。祖轩公项极赞颂，我谓假托当诛之。再拜焚香诉上帝，即达天庭无阻滞。上帝震怒如雷霆，立命雷公行其刑。雷公礮礴发火尔竟烧，我且高歌据梧发悲啸。

读《后汉书·循吏传》有感八首

记取长安一圣童，生平奉诏矢公忠。

上官善事臣何敢，千载犹闻謇谔风。——任延

浚仪堨后汴渠开，诏拜司空洒澹来，
十里水门千古赖，书生原有济时才。——王景

等是官家外戚俦，一麾出守政风流。
稻田兴后谈儒术，愧煞当时四姓侯。——秦彭

汉诏求贤久不颁，先生一去入深山。
而今合浦苍江上，空有月明珠未还。——孟尝

洛阳祠宇荐弦歌，义蹈羔羊德政多。
纵使朝廷重黄老，也随太傅沐恩波。——王涣

使君清本畏人知，奈尔厖眉肯致词。
莫怪大钱消受得，当时情意重分离。——刘宠

爱其鸾凤好仪容，枳棘缘何肯过从。
赍刺就房床下拜，一生知己郭林宗。——仇香

伏罪称冤坐照明，先生执法自廉平。
如何民吏咸歌颂，乃在当时咒虎情。——童恢

春夜听雨呈绣子兄

满腔愁绪迄无宁，奈尔廉纤夜不停。
恨寄淋铃归未得，情深剪烛话谁听？

杏园多少名花落，蕉砌郎当败叶零。
幸有连床好兄弟，诗成古壁一灯青。

吴门除夕

东楚又除夕，客情穷更穷。
所亲非骨肉，相对惟仆僮。
蜡泪替人滴，椒盘怜我空。
高堂愁白发，游子意真同。

以上共10题17首，录自《梅水诗传·卷二》，光绪二十七年（1901）初版影印本。该书由张榕轩、张耀轩兄弟辑刊，张芝田、刘燕勋编订。

后　记

“清朝嘉道年间，李黼平是广东梅州地区的杰出诗人，也是全国杰出的诗人。乾隆、嘉庆、道光年代是所谓‘太平时期’，在中国诗坛上诗歌总体的风格不高。但是，李黼平的诗歌是高格调，出入杜韩，尤其是古风，特别是七古，在全国是一流的。”

2012年9月，在广东省政协主持召开的“李黼平诗歌艺术讨论会”上，中山大学陈永正教授的发言，引起与会专家学者的热烈讨论。华南师范大学教授管林、钟贤培、左鹏军，中山大学教授李吉奎、张维耿，华南理工大学教授谭元亨，广东省地方志办公室主任侯月祥，广东外语外贸大学教授罗可群、严修鸿、方尤瑜，广州大学教授李尚行，广东教育学院教授李畅友、邓辉彝，广州书画家徐启荣，梅州日报记者部主任刘奕宏，等等，畅所欲言，众口一词，一致盛赞李黼平在诗歌创作、诗歌理论以及在经学研究、人才培育等方面的杰出贡献。笔者聆听高言谠论，深受教育。

著名南社诗人、中山大学教授古直，1930年秋编选《客人丛书》时，他尊称李黼平、宋湘、黄遵宪为“客人三先生”。在“客人三先生”中，宋湘和黄遵宪，人们耳熟能详，他们的许多诗歌都已家喻户晓，深入人心。唯独名列“客人三先生”之首的李黼平，却只“活”在少数专家学者的著作如《岭南文学史》《广东客家文学史》中，而广大读者对其知之甚少。究其原因，最主要是普及工作做得不够。

笔者作为从事客家研究的学人，自认为负有义不容辞的普及责任。因此，不揣浅陋，将自己研读《绣子先生集》的笔记作进一步整理，参照古直《客人三先生诗选》，选注李诗中较有代表性的诗作155题228首，附录其胞弟李黼章诗17首，公诸同好，以期共品李黼平先生的美肴佳酿。当我

（从左起依次为：刘奕宏、方尤瑜、谭元亨、侯月祥、张维耿、钟贤培、蔡常唯、黄绍龙、管林、李国器、李吉奎、梁川、钟汉波、柯楚将、罗可群、左鹏军、邓辉麟、李畅友、李尚行、徐启荣）

2012 年李黼平诗歌艺术研讨会

进行这一工作时，得到黄国声老师和李畅友、蒲丽钿学兄的指导和帮助；澳大利亚著名诗人、书法家廖蕴山先生不仅审读了书稿，还题写了书名；年逾米寿的吴永章先生撰写序言；李黼平从来孙李国器先生鼎力支持，搜集资料，核对文稿，提供照片，无不竭力为之。师友深情，永铭于心。

2015年，书稿经广东省社会科学联合会评审后，送中国社会科学出版社。已排出校样，但一直未能付梓。去年刘奕宏兄急我所急，将书稿推荐给广州大典研究中心，承蒙刘平清主编的支持，在赵晓涛博士的帮助下，按照书系的体例，对书稿进行删改补充。在此深表感谢。

众所周知：“诗无达诂。”对诗歌的认识和欣赏，往往是见仁见智，大不相同。李黼平的诗歌含义深邃，典故甚多，笔者一得之见，和盘托出，讹错之处，亟盼方家批评指正。

本书若能引起读者对李黼平诗歌的兴趣，则幸莫大焉！

广东外语外贸大学　客家文化研究所　罗可群

2015年3月22日初稿　于墨尔本博士山

2023年5月31日定稿　于广州三平轩